U0528731

里斯本夜车

Nachtzug nach Lissabon

Pascal Mercier

[瑞士] 帕斯卡·梅西耶 —— 著

赵英 —— 译

Title of the original German edition:
Author: Pascal Mercier
Title: Nachtzug nach Lissabon
Copyright © by Carl Hanser Verlag GmbH & Co.KG, 2022
Chinese Language edition arranged through Hercules Business & Culture GmbH
Simplified Chinese edition copyright © BEIJING ALPHA BOOKS CO., INC., 2024
本简体中文版翻译由野人文化股份有限公司授权
版贸核渝字（2023）第045号

图书在版编目（CIP）数据

里斯本夜车 /（瑞士）帕斯卡·梅西耶著；赵英译. — 重庆：重庆出版社，2024.5
书名原文：NACHTZUG NACH LISSABON
ISBN 978-7-229-17916-8

Ⅰ.①里… Ⅱ.①帕…②赵… Ⅲ.①长篇小说—瑞士—现代 Ⅳ.①I522.45

中国国家版本馆CIP数据核字（2023）第160364号

里斯本夜车
LISIBEN YECHE
[瑞士]帕斯卡·梅西耶 著 赵 英 译

出　品：华章同人
出版监制：徐宪江
责任编辑：彭圆琦
营销编辑：史青苗　孟 闯
责任校对：王昌凤
责任印制：梁善池
装帧设计：人马艺术设计·储平

重庆出版集团
重庆出版社 出版
（重庆市南岸区南滨路162号1幢）
北京毅峰迅捷印刷有限公司　印刷
重庆出版集团图书发行有限公司　发行
邮购电话：010-85869375
全国新华书店经销

开本：850mm×1168mm　1/32　印张：15.75　字数：298千
2024年5月第1版　2024年5月第1次印刷
定价：62.80元

如有印装质量问题，请致电023-61520678

版权所有，侵权必究

"电影文学馆"总序

戴锦华

21世纪伊始,中国电影工业逆市起飞,影院再度重返当代中国人的日常生活,成了众多选择中人们间或为之的娱乐消费。

如果说,21世纪第一个十年过去之时,社会已在网络上碎裂为难于计数的趣缘社群,文化工业也闪烁在分众和"饭圈"文化旋生旋灭的涡旋之中,那么,的确丧失了其"国民剧场"特征的电影却仍充当着洞向可见的与不可见之世界的窗口。与此同时,凭借网络,凭借数码技术,电影——百年间的电影艺术又确乎显影为某种不可替代的文化——迟到地加入了21世纪中国人的生活方式。电影,似乎丧失了或逃逸于影院、银幕,成为附体于种种屏幕、闪灵于各式黑镜之上的、美丽的出窍游魂。电影萦回于或逸出了幽暗迷人的影院空间——尽管电影是、始终是并将继续是影院艺术，跻身于或脱离了放映厅、资料馆等"洞穴"空间，弥散在社会的，亦是个人的世界之内。一如昔日，电影是某种时尚、消费、娱乐，可以是某些优雅的文化、思想和表达，也可以是一类社会的行动和介入。如果说，影院原本是20世纪个人主义者的集体空间，是"孤独的人群"得以会聚、相遇的场域，那么，经由录像带、VCD、DVD、闪存、移动硬盘到云存储，电影也被撕裂/"还原"为个人的私藏。尽管我们个人"拥有"、拥抱电影之时，也许正是电影工业的衰微之际，但我不得不说，当"电影"溢出了胶片和影院——电影的血肉之躯，也是媒介——的囚牢的同时，它也丧失了，或曰解开了它历史的特权封印。进影院，仍是"看电影"唯一正确的打开方式，但我们的确同时有多种方式触摸电影。

电影史大致与20世纪的历史相仿佛。它不仅是对炽烈而短暂的20世纪的目击和记录，而且本身便是20世纪历史的一部分，富丽，炫目，间或酷烈沉重。它原本是工业革命和技术奇迹的一个小小的发明，与生俱来地遍体钢铁、机油与铜臭的味道。曾经，它不过是现代世界"唯物主义的半神"的私生子，一个机械记录、机械复制的迷人的怪物。为电影的创造者们始料不及的是，电影不仅迅速地介入了历史，建构着历史，而且改写和填充着人类的记忆。从杂耍场的余兴节目起，电影不仅复活了可见的人类（贝拉·巴拉兹），不仅以"闪闪发光的生活之轮"拯救了物质世界（克拉考尔），不仅满足了人类古老的、尝试超越死亡和腐朽的"木乃伊情结"（安德烈·巴赞），而且以"作者电影"开启了一个电影大师的时代，一个电影自如地处理人类全部高深玄妙谜题的时代。一如"短暂的20世纪"浓缩了人类文明史的主要场景，实践并碎裂着人类曾拥有的乌托邦梦想，留给我们沉重的债务与珍稀的遗产，电影在其短短百年之间成长为人类最迷人的艺术种类之一，拥有了自己的历史，自己的语言，自己的经典，自己的大师，自己的学科，尽管覆盖着无尽富丽的夕阳的色彩。

有趣的是，在"上帝/人/作者死亡"的断然宣告声中，电影推举出自己作者/大师的时代；在现代主义艺术撕裂了文艺复兴的空间结构之后，电影摄放机械重构了中心透视的文艺复兴空间。电影的历史，由此成为一个在20世纪不断焚毁、耗尽中的历史中的建构性力量，同时以电影理论——这一一度锋芒毕露、摧枯拉朽的年轻领域——作为其伴生的解构实践。电影，从品位/身份的反面，成了品位/身份的重要组成部分，进而成了反身拆解品位、质询身份的切入点。摄影机暗箱成了社会"意识形态腹语术"的最佳演练场和象征物，电影解读则成了意识形态的祛魅式。因此，电影不仅一如从前，是一处今日世界现实的镜城，也是我们再度叩访20世纪历史的通关密语。

在中国，电影尽管自西方舶来，其悠长历史，却不仅大致与世界电影史相始终，而且几乎正是一部帝国、殖民、抵抗、创造之历史的镜像版。今天，电影不仅是中国崛起的佐证，也是期待视野间未来文化的语料。当然，又是一则关于文化自觉的寓言：舶来的，也是本土的；凝视的，也是被看的；梦想，某种醒着的梦。我们凝视着电影，也为电影所凝视；我们深入电影世界的腹地，处处志之，不只为了捕获电影的本体，也试图经由电影捕获文化或自我的本体。

电影，是我们的过去，电影叙事成就了某种奇特的人类思维与情感的回溯结构——缝合体系；然而，电影，自诞生之日起，就是一个指向未来的地标。我们凝视电影，不仅为了拓出一个关于电影、电影艺术、电影工业、电影史、电影作者、电影理论的对话场域，更是为了获取一份自信于未来的动能。"电影文学馆"丛书以著名影片的原著小说为主体，再次回归"从小说到电影"的经典命题，再次标识文学与电影间亲缘关系与媒介区隔，犹如"交叉小径的花园"里溪水勾画出的界标。往返于文学与电影的远方和近端，是为了再度审视和思考我们的世界、时代和生命。在熙攘而变得逼仄的世界与富足而封闭的"宅"之间，在影院"洞穴"与黑镜的闪烁之间，电影与文学仍是我们望向世界的窗口，是我们破镜而出的可能。

目录

Der Aufbruch   启程篇 /1

Die Begegnung   相遇篇 /107

Der Versuch   尝试篇 /246

Die Rückkehr   回程篇 /459

我们的生命有如河流
流向难以测度的大海，
那座静寂的墓！
——约格·曼里克（Jorge Manrique）

吾等只是斑斓的碎片，松散地悬附在一起，每一碎片在每一片刻都可随意震颤飞舞；因此在吾等与吾等自身之间有诸多悬殊差异，一如吾等与他人。
——蒙田（Michel de Montaigne），《蒙田随笔》卷二之一

我们每个人各形各色、过度自我。因此，鄙视周遭环境的人并不同于喜爱或受环境所苦的人。在我们存在的宽广领域中有各色人等，思考与感觉方式各不相同。
——费尔南多·佩索亚（Fernando Pessoa），《惶然录》

Der Aufbruch
启程篇

1

赖蒙德·戈列格里斯的生命出现巨变的那一天，开始时与其他无数的日子并无二致。七点四十五分，他走下联邦阶地，踏上市中心通往科钦菲尔德文理中学的科钦菲尔德大桥。每个去学校上课的日子，戈列格里斯总是在七点四十五分踏上大桥。有一次桥被封锁，当天他在希腊文的课堂上便出了个文法错误。过去从未发生过这种事，之后也未曾再有。全校连续好几天都只谈论这个话题。话题讨论得越久，便有越多人认为是道听途说。最后，连当时在场上课的学生也认为自己听错了。简直无法想象，这位在众人口中名为"无所不知"的老师会在希腊文、拉丁文或希伯来文上犯错。

戈列格里斯望着前方伯尔尼历史博物馆的尖塔，其上是古尔藤山，其下是绿松石色的阿勒河。一阵狂风袭来，揭去他头上低矮的云层，吹翻他的雨伞，让雨水直打在脸上。这时他注意到桥上那位女子。她的手肘撑在栏杆上，在滂沱的雨中读着像是一封信的东西。她用双手紧抓住那张纸。戈列格里斯走近时，女子突然一把将手中的纸揉成一团，奋力向前一扔。戈列格里斯不由自主地加快脚步，这时只离她几步远。他在她被雨水打湿的苍白脸上看到了愤怒，那怒火并非能借厉声嘶喊消退，而是一股潜化入心的顽强愤懑，在她体内灼灼焚烧已久。这名女子此时伸直双臂撑着栏杆，脚跟滑离了鞋。她就要跳下去了，戈列格里斯心想，任强风将伞吹到栏杆外，他把装满学生作业簿的提包扔到地上，嘴里吐出一串平时少用的骂人词汇。手提包的封口松开了，作业簿滑落在潮湿的柏油路上。女子转过身来，好一会儿动也不动地看着作业簿因沾到水而颜色逐渐转深。接着她从大衣口袋掏出一支签字笔，走两步，探身在戈列格里斯的额头写下一串数字。

"对不起，"她的法语带着外国腔，口气紧张地说，"但我不能忘记这个电话号码，身边又没有纸。"

这时，她看着自己的双手，仿佛第一次见到似的。

"我当然也可以……"她来回看着戈列格里斯的额头和自己的手，在手背上抄下这串数字。

"我……我不想留下这个号码，我希望忘掉一切，但是我看到信落下时……又必须记住这个号码。"

厚镜片上的雨水模糊了戈列格里斯的视线,他笨拙地摸索着潮湿的作业簿,察觉签字笔的笔尖再次划过额头,接着便发现那不是笔尖,而是那女人的手指,她正试着以面纸擦掉那串数字。

"我知道这很冒昧……"她开始帮戈列格里斯捡拾作业簿。他不但碰到她的手,也轻触到她的膝盖,当两人同时伸手想捡起最后一本作业簿时,头撞在了一起。

"谢谢你,"他们面对面站着时,他这么表示,然后指着她的头说,"会不会很痛?"

她垂下了视线,心不在焉地摇摇头。雨水打在她头发上,顺着脸颊流下。

"我能跟您走几步路吗?"

"呃……嗯,当然可以。"戈列格里斯吞吞吐吐地回答。

他们一言不发地一起走到桥头,继续往学校方向前进。戈列格里斯的时间感告诉他此刻已过八点,第一堂课已经开始。这"几步路"到底要走多远?女子迎合他的脚步,缓缓走在他身边,仿佛可以一整天这样走下去。她竖起大衣的宽领,身旁的戈列格里斯只能看见她的额头。

"我必须去那所学校,"他停下脚步说,"我是文理高中的老师。"

"我可以一起进去吗?"她轻声问。

戈列格里斯犹豫半晌,拿袖子擦了擦湿掉的眼镜,终于说道：“不管怎样，里头总能避雨。”他们走上阶梯，戈列格里斯帮她拉开门，然后站在上课期间显得特别空旷安静的大厅。两个人的大衣在淌水。

"请在这里稍等。"说完，戈列格里斯就走进厕所拿毛巾。

他站在镜子前擦干眼镜、洗把脸，而额头上的数字仍然清晰可辨。于是他抓起毛巾一角沾了点温水，正想开始擦拭额头时，却突然停下来。当他几个小时后回想这件事时，意识到：那正是决定一切的时刻。他突然明白，自己根本不想抹去与这名神秘女子相遇的痕迹。

他想象自己带着脸上的数字，站在学生面前的情景：他——无所不知——是这栋建筑物里，也可能是学校自创校以来，最牢靠、最一板一眼的人。他在此任教超过三十年，工作表现可圈可点，也是这所学校的中流砥柱。也许个性有点无趣，但受人尊敬，甚至连对面的大学也因他渊博的古代语言知识而对他敬畏有加。每年学生都会善意地捉弄他，刻意考验他，会在半夜打电话给他，找出某篇古文中不起眼的一段征询他的意见，只为了从他的脑袋里弄出枯燥但详尽的说法，其中还包括对其他见解的批判，他说来一气呵成，气定神闲，没有丝毫气恼——"无所不知"是个太落伍、太老派的名字，大家别无他法，必须为他取个昵称，这个昵称还得独一无二地展现出这名男子的特质。身为语言学家的他，实际上怀抱的是整个世界，确切来说，是许多个"整个世界"。

他除了熟谙拉丁文与希腊文的所有文献，亦牢记希伯来文的各文章段落，令一些专研《旧约圣经》的教授大为吃惊。"如果你们希望看见一位真正的学者，"每当校长在新班级上介绍他时，总习惯说，"那就是他。"

戈列格里斯这时心想：这位学者，这个在某些人看来似乎是只靠死亡语言而组成的乏味之徒，这个因为受欢迎而被嫉妒他的同事恶意称为"莎草纸先生"的家伙——将带着一个显然游移在爱恨间的绝望女人记在他额头上的电话号码走进教室。她穿着一件红色皮外套，说着无比柔软的南国腔调，听来仿佛绵延不断的低语，仿佛只要一听到她的声音，便会轻易成为她的共犯。

戈列格里斯把毛巾拿给她时，女人将一把梳子衔在齿间，然后拿毛巾擦拭落在大衣领上——仿佛盛在碗中——的黑色长发。管理员走进大厅看到戈列格里斯时，讶异地望向挂在大门口上方的时钟，接着低头看自己的手表。戈列格里斯如往常一样向他点头示意。一名女学生匆忙跑过他身旁，还回头看了他两次，再继续往前跑。

"我在那边上课。"戈列格里斯指着窗外另一栋建筑对女人说。隔了几秒，他察觉到自己的心跳。"你想一起去吗？"之后，戈列格里斯几乎不敢相信，自己居然真的说出这句话，但他一定说过，因为他们接着并肩走到教室。他听到自己的橡胶鞋跟在塑胶地板上"唧唧"作响，以及女人的靴子踩在地板上的"喀喀"声响。

"你的母语是什么？"他刚问过她。

"葡萄牙语（Português）。"她回答。她出乎他意料地将 o 发成 u，接着是音调上扬、特意按捺住的 ê，最后柔软的 sh，在他听来，有如衔接上一段更悠长的旋律，令人很乐意花一整天聆听。

"请等等，"他从外套中拿出记事本，撕下一张纸，"让你记下电话号码。"

他的手已握住教室门把，这时他又请女人复诵那个词。她又说了一次，他这时第一次见到她的微笑。

他们进教室时，教室内的闲聊声立即停止。室内陷入一片静默，学生表达惊讶的唯一方式，就是静默。戈列格里斯到日后还清楚记得这一幕：他享受因为诧异而来的静默，享受每一张脸孔上难以置信的无言反应，也享受自己竟能感受到一股全新的感受，这是他从来没料想过的。

这到底是怎么回事？课堂上的二十双眼睛一起探问着教室门口那对奇怪的男女：穿着被雨水打湿的外套、秃头、湿答答的"无所不知"，站在一个脸色苍白、头发随意梳理的女人身边。

"或许你可以先坐在那里？"戈列格里斯对女人指着后排角落的一张空椅子。接着他走到教室前，像往常一样问候学生，然后在讲桌后方坐下。他不知道该如何解释，便干脆翻译起学生正在练习的文章。他翻译得吞吞吐吐，眼睛还偶尔捕捉到一些好奇的目光，也有些疑惑的眼神，因为他——在睡梦中也能察觉所有错误的"无所不知"——居然犯了一连串的错误，不仅课上得让人一知半解，还笨拙得很。

他假装没注意那个女人，实际上却分分秒秒看着她，看着她将几绺湿发从脸上拂开，看着她紧握起来的白皙双手和心不在焉望着窗外的迷惘眼神。发呆时，她拿出笔，将电话号码写在纸上，接着身体便往后靠，仿佛不知道自己身在何处。

简直无法想象，戈列格里斯竟然偷瞄了一眼手表：还有十分钟才下课。这时女子起身，轻手轻脚走到门口，打开门后转身面对他，手指搁在唇上。他点点头，微笑回以同样的手势，接着，教室的门在轻轻"咔嗒"一声后关上。

从这一刻起，戈列格里斯再也不听学生说的任何话，整个人仿佛被震耳欲聋的寂静包围着。他走到窗前，寻找那红衣女子的身影，直到身影消失在转角。他察觉自己必须一再费力地按捺住追上她的念头，眼前一再出现她搁在唇上的手势，可能代表了许多含意：我不希望被打扰；或是：这是我们的秘密；但也可能是：让我现在离开，我们的故事不会有续集。

下课钟响，他依然站在窗前。背后的学生个个蹑手蹑脚走出教室。过了一会儿，他也走出教室，从后门离开学校，坐在对街的联邦图书馆内，不会有人到这里来找他。

在两小时课程的后半堂，他像往常一样准时出席。他擦掉额头上的数字，犹豫半响后，将号码写进记事本，随后擦干头上窄窄的一圈灰发，只剩外套与长裤上的水渍仍透露出这件不寻常的事。这时，他从公文包里拿出一沓湿透的作业簿。

"今天碰上一件倒霉事，"他三言两语解释，"我在路上跌倒，作业簿滑了出来，被雨打湿了。好在改过的部分还看得出来，否则你们只能自己猜测内容了。"

这才是他们熟悉的他，如释重负的声音传遍教室。他偶尔仍可捕捉到几道好奇的眼光，在某些学生的声音里还听得出残留的一丝羞怯，此外则一切如常。他把最常见的文法错误写在黑板上，让学生们安静练习。下一刻发生的事，可以称之为"决定"吗？戈列格里斯事后也一再追问自己，却一直无法肯定，但如果这不算是"决定"，又算是什么？

那一刻肇始于他突然观察起趴在作业簿前的学生，仿佛第一次见到他们。

在学校礼堂内举行的一年一度的国际象棋竞赛中，路西恩·冯·格拉芬里德趁戈列格里斯同时和十几位学生对弈时，偷偷挪动了一只棋子。在所有棋盘下完一步棋后，戈列格里斯又站在路西恩面前，立刻发现他在棋盘上动了手脚。戈列格里斯静静看着他，路西恩的脸马上变得通红。"你并不需要这么做。"戈列格里斯说，接着便设法让这一局平手。

莎拉·温特尔因为怀孕而不知所措，凌晨两点跑到他家。他泡茶给她，听她诉苦，其余什么也没做。"我很高兴听了您的建议，"一个星期后，她对他说，"现在生小孩还太早。"贝雅翠丝·吕舍尔写得一手端正整齐的好字，却因为长期处在追求完美的压力下，很快便显得老成。瑞内·齐恩格的成绩则老是在及格边缘。

当然还有娜塔丽·鲁宾。这女孩吝于表达善意，有点像十九世纪的宫廷侍女，令人难以亲近，因为牙尖嘴利既受同学簇拥，也让人退避三舍。上个星期，她在下课钟响后站起来，伸了个大懒腰，仿佛身体感到十分舒服，然后从裙子口袋中掏出一颗糖果。她一边走向教室门口，一边打开糖果的包装纸，经过戈列格里斯身边时，正将糖果放进嘴里。糖果刚碰到嘴唇时，她突然停下来，转身面对他，作势将鲜红的糖果递给他，问道："您想吃吗？"看到他目瞪口呆，她发出特有的爽朗笑声嘲笑他的反应，并伸手故意碰触他的手。

戈列格里斯一一打量自己的学生。起先他自以为是地在整理自己对他们的感受。直到他走到教室中央时，才察觉自己越来越常想着：他们的前途不可限量，未来无尽宽广，他们会有许多遭遇，阅历世间的一切！

葡萄牙语。他听见那旋律，看到女人闭着双眼，白似雪花石的脸出现在擦干头发的毛巾后面。他的视线最后一次掠过学生们的头，然后缓缓起身，走向教室门口，取下挂钩上湿掉的外套，头也不回地离开教室。

装着陪伴他一辈子的书籍的公文包还留在讲台上。他在楼梯上停下脚步，想着自己每隔几年就把书送去重新装订，而且总是送去同一家店。店里的人笑说，这些已经绝版且脆弱易碎的纸张摸起来就像吸墨纸。只要公文包还在讲台上，学生们便认为他会再回来，但这不是他把书留下，此刻还极力抗拒去取回的理由。如果他现在离开，也必须与这些书道别。即使这一刻他已经往大门走去，他依然十分明白自己对"离开"一词毫无概念。

站在学校入口的大厅，他注视着地上的一小摊水，这是身穿湿外套的女子在等待他从厕所出来时形成的小水洼——来自另一个遥远世界的女访客留下的痕迹。戈列格里斯出神地看着水洼，像是在打量古文物。直到听见管理员"吧嗒吧嗒"的脚步声，他才猛然惊醒，赶紧离开这栋建筑物。他头也不回地往前走，一直来到不会被人看见的街角才转身回头。一股连他自己也不敢相信的冲动涌上心头，察觉自己深爱着，也深切想念这栋建筑物及它所代表的一切意义。他推算着：四十二年前，十五岁的他初次以高中生的身份踏进这里，心情在期待的雀跃与忐忑不安之间游移。四年后，他拿着毕业证书离开这里，只为在四年后再度回到这里，代理为他开启古希腊罗马世界的大门却遭遇变故的希腊文老师之职。然后他从还在大学就读的代课老师，成为继续在大学进修的长期代课老师。他参加国家毕业考试时都已经三十三岁了。

他之所以参加考试，只因妻子芙萝伦斯坚持。他从未打算进修博士学位。每当别人问起，他只笑而不答。进修学位与否并不重要，重要的事反而相当单纯：深入了解古文各个段落、每个文法与修辞细节，知道每种语言演变的历史。换句话说，就是要够优秀。这想法并不谦虚，在自我要求上，他一向非常苛刻，但这也不是一种偏执或荒诞的虚荣。日后他曾偶尔想过，那是对这浮夸世界发出的无言怒吼、坚强不屈的违抗行动，以向这狂妄自大的世界复仇，因为他父亲终生为此所苦——说实话，那些人的能力差得可笑——却能通过国家考试，获得稳定的工作，仿佛他们隶属另一个世界，一个肤浅难耐、标准独特的世界，而他对那些标准根本不屑一顾！在这所学校里，从来没人兴起解雇他、以通过国家考试的人取代他的念头。本身也是古代语言学家的校长知道戈列格里斯无比优秀，才华甚至远胜于他。同时也知道，如果解雇戈列格里斯将会引起学生暴动。戈列格里斯最后参加的国家考试题目实在简单得不像话，他在半场时就提前交了卷。因此他一直对芙萝伦斯的坚持感到稍许不满，因为她逼他放弃了自己的原则。

戈列格里斯转过身，慢慢朝科钦菲尔德桥走去。桥出现在眼前时，他心中涌起一股异样感，并兼有不安与解脱。他在五十七岁这年，终于首度掌握自己的命运。

2

他站在先前女人在滂沱大雨中读信的地方往桥下张望，首度明白掉落的高度会有多高。她真的想往下跳吗？或只是自己杞人忧天，因为芙萝伦斯的兄弟便是跳桥轻生？除了知道她的母语是葡萄牙语外，他对这名红衣女子一无所知，甚至不知道她的姓名。想从桥上找到揉成一团的信纸自然也很荒谬。尽管如此，他还是费力眯紧眼睛望着下方，直到因过于吃力而开始流泪为止。底下那个黑点是他的雨伞吗？他摸了摸外套，以确定抄下那位不知姓名的葡萄牙女子留在他额上的电话号码的记事簿还在身边。然后他继续走到桥头，但不确定接着该往哪个方向走。他正准备逃离目前的生活，有此打算的人能就这么回家吗？

他的视线落在这城市最古老、也最讲究的美景饭店。他途经这间饭店数千次，却从未进去过。每次经过，他都知道饭店就在那里，此刻，他心里却觉得那间饭店对他来说变得重要了。如果得知这栋建筑将要拆除，或者不再经营旅馆业，或只是即将结束营业，他或许会感到惊慌失措。

但他先前从未想过，他，"无所不知"，居然会想进入饭店内探个究竟。他迟疑地走向大门，这时一辆宾特利停在门口，司机下车走进饭店。戈列格里斯跟在司机后面走进去，仿佛觉得自己正在从事革命及法令禁止的事。

圆形屋顶以彩绘玻璃装饰的饭店大厅里空无一人，地毯吸纳了所有声响。戈列格里斯很高兴雨已经停了，外套也不再滴水。他踏着沉重变形的鞋子继续往前走，进入餐厅。摆设好早餐餐具的餐厅只有两桌客人。莫扎特轻柔的《嬉游曲》似乎让人远离了所有的嘈杂、丑恶与折磨。戈列格里斯脱下外套，坐在靠窗的桌子前。戈列格里斯告诉穿着浅米色外套的侍者，自己并非饭店的客人。他察觉侍者正在打量自己：陈旧的外套下是一件高领毛衣，外套的手肘处补缀了两块皮革，一条平整的灯芯绒长裤，一圈稀疏毛发覆盖在他的秃顶上，灰色的胡须夹杂白色斑点，给人不修边幅的印象。侍者登记好餐点离开后，戈列格里斯赶紧查看身上是否带够了钱。之后他便将双肘搁在浆洗过的桌巾上，望着桥的方向。

希望她再次在桥上出现并无意义。因为她已过了桥，消失在老城的小巷弄里。她的身影出现在他眼前，看见她坐在教室后，失神地望着窗外。他见到她白皙的双手紧握，又看到那雪花石般的脸孔在毛巾后浮现，疲惫又脆弱。葡萄牙语。他犹疑地拿出记事本，查看上面的电话号码。侍者端来早餐与银制壶具，戈列格里斯并未趁热喝咖啡。他一度站起来，走向电话，走到一半却又转身回到餐桌。他碰都没碰早餐便付了账，之后离开了饭店。

多年前他曾造访过牡鹿胡同上的西班牙书店，从前只是偶尔去帮芙萝伦斯拿撰写有关天主教改革者圣十字若望的博士论文需要的参考书籍。有时会在公交车上翻阅，回到家后却再也不碰。西班牙文是她的专长。令他困扰的是，西班牙文看起来像拉丁文，却与拉丁文截然不同。从当代人口中流泻出仿佛拉丁文翻版的文字，无论在小巷、超市，或在咖啡馆，用来点杯可口可乐、讨价还价或咒骂，令他觉得格格不入。他想到这点就难以忍受。只要这想法一出现，他就赶紧使劲抹去。罗马人当然也会讨价还价、出声咒骂，但这不一样。他热爱拉丁文，因为拉丁文句蕴含了过往一切的宁静，不会逼人说出口，是种超越流言蜚语的语言；也因为拉丁文不可动摇的特质而显得美丽。拉丁文是"死亡的语言"——说这种话的人根本不懂拉丁文，对其一无所知。戈列格里斯轻视这种人，而且态度十分坚决。芙萝伦斯用西班牙文讲电话时，他会关上门。这举动伤了她的心，他却无法对她解释。

书店里弥漫着老皮革与尘埃的美妙味道。老迈的书店老板在书店后头忙碌，他渊博的罗曼语系知识堪称传奇。书店前厅只有一位看似大学生的年轻女子。她坐在靠近桌边的角落，阅读一本已发黄的薄书。也许因为不知该何去何从，戈列格里斯宁愿独处也不想站在这里，但又不愿意忘记那个葡萄牙文字的旋律。如果没有任何目击他举棋不定的证人在场，他或许还容易忍受。他沿着书架走，什么也不看，偶尔把眼镜斜斜拉起，以便看清书架上层的书名，但看过转眼便忘了。他常独自出神，将自己与外界隔离。

门开了，他急忙转过身，发现来者是邮差时顿感失望。他发觉，期待与葡萄牙女子相遇完全有违他的意图与理智。这时女大学生合起书，站起来，她没把书搁回桌子的书堆上，而是站着，来回看着那本发黄的旧书，伸手轻轻抚过封皮。几秒钟流逝后，她小心翼翼地把书轻放到桌上，仿似一碰就会让书化为灰烬。她在桌边又站了一会儿，好像想改变心意买下这本书。之后她双手埋在大衣口袋深处，低着头，就这样走了出去。戈列格里斯拿起那本书，读着：

AMADEU INACIO DE ALMEISA PRADO，UM OURIVES PALAVRAS，LISBOA 1975。

书店老板来到他身边，看了那本书一眼，念出书名。戈列格里斯只听到一串"嘶嘶"声响，那些含糊微弱到几乎听不出来的元音，仿佛只在烘托一再出现于字尾、沙沙作响的sh音。

"你会说葡萄牙文吗？"

戈列格里斯摇摇头。

"意思是文字炼金师。很美的书名，是吧？"

"沉静而优雅，一如褪去光泽的银饰。你能用葡萄牙文再说一遍吗？"

书店老板再次念出那些文字。除了文字以外，戈列格里斯还能听出他很喜欢的那丝绒般的声调。戈列格里斯打开书，翻到正文开始处。他把书递给老板，老板对他报以惊奇又满意的一瞥后开始朗读。戈列格里斯闭上眼睛聆听老板的朗读。朗读几句之后，老板停了下来。

"要我翻译吗？"

戈列格里斯点点头，接着便听到令他内心酥软麻醉的句子，仿佛只为他而写——不仅如此——也为这天翻地覆的上午而写。

　　我们纵然经验数以千计，却至多只提其一，而且纯出于偶然，绝非因深思熟虑。在未被论及的经验里，隐藏着在潜移默化中赋予我们生活形态、色彩与旋律的经验。身为心灵考古学家的我们若去挖掘这些宝藏，便能发现它们如何令人眼花缭乱。我所观察的对象瞬息万变，但我的文字脱离了经历，最后落实在纸上的，是纯粹的矛盾。长久以来我一直相信，少了可以克服这点的东西是个纰漏。但现在，我认为事情跟想象不同：承认迷惑，才是理解此熟悉又捉摸不定经验之最佳途径。我知道这听起来很怪，甚至相当诡异，但自从如此看待事物后，我第一次有了真正清醒并活着的感受。

　　"这是导论，"书店老板这么说，然后开始翻阅书页，"嗯，看来作者一段段地挖掘隐藏的经验，成为自我的考古学家。有些段落的篇幅长达数页，有些却很简短。举例来说，这里是个由单一句子构成的段落。"他翻译道：

　　如果我们只能依赖内心的一小部分生活，剩余的该如何处置？

"我想买这本书。"戈列格里斯说。

书店老板合起书，和女大学生一样伸手轻抚书封。

"去年我在里斯本一家旧书店特价抛售的箱子里发现了这本书。我现在想起来了，因为我喜欢书中的导论才带走这本书。不知怎么，后来却找不到了。"他看着费力摸索钱包的戈列格里斯，"这本书我送给你。"

"这……"戈列格里斯的声音沙哑起来，清了清嗓子。

"反正我买下来时也没花多少钱。"书店主人说，将书递给戈列格里斯，"现在我想起你是谁了——圣十字若望。对吧？"

"那是我前妻想买的书。"戈列格里斯回答他。

"那你就是科钦菲尔德文理中学的古代语言学家，她曾经提起过你，之后还听过另一个人谈到你。在他们口中，你好像是一本活百科，"老板笑着说，"而且是极受欢迎的百科。"戈列格里斯将书塞进外套口袋，伸手和老板告别，"谢谢你。"

书店主人陪他走到门口，"希望我没让你……"

"别客气。"戈列格里斯说，碰了碰店主的手臂。

他在布本贝格广场停下来环顾四周。他在这里过了一辈子，对这里了如指掌，这里是他的家。对于像他这样深度近视的人而言，这点相当重要。对他这样的人来说，居住的都市就像一座房屋、一个舒适的洞穴、一栋安全的建筑，其他一切则意味着危险。这想法只有像他一样戴着厚镜片的人才能了解。芙萝伦斯就不了解这点，或许出于相同理由，她也不理解他不喜欢搭飞机的原因。搭上飞机，几个小时后抵达另一个世界，却没时间在脑海中留下途经之地的景象——他不喜欢这样，也让他备受困扰。

"这样不对。"他曾经对芙萝伦斯说。

"不对？什么地方不对？"她激动地问他。

他解释不上来。从此她越来越常独自搭飞机旅行，或与他人同行，目的地大多都是南非。

戈列格里斯走到布本贝格电影院的广告橱窗前。晚场电影播放根据乔治·西默农的小说改编成的黑白电影《看火车的男人》（*L'homme qui regardait passer les trains*）。他喜欢这片名，电影预告片也看了许久。七〇年代晚期，每个人都买彩色电视时，他却大费周章去找黑白电视机，最后在大型废弃物堆中找到了一部带回家。婚后他依然坚持将电视摆在自己的工作室内。他一人在家时，便冷落客厅那部彩色电视，打开荧幕闪烁不停、画面偶尔卷动的旧黑白电视。

"无所不知，你真令人难以置信。"芙萝伦斯有次看到他坐在这丑陋、庞大不成形的箱子前时这么说。当她开始和别人一样称呼他"无所不知"，并且在家中当他是伯尔尼市的老总管时，他们的婚姻便开始走向尽头了。离婚后，彩色电视随着从家中消失，他终于能松口气。几年后，旧黑白电视的显像管坏掉后，他才买了彩色电视机。

电影院广告橱窗里的预告片影像巨大、线条清晰。有一段播着珍娜·莫罗[1]雪花石般白皙的脸孔,她从额头拂开几绺潮湿的头发。看到这里,戈列格里斯迅速离开,走到隔壁的咖啡店,打算仔细研究这本葡萄牙贵族为了以言语表达其无声经验而撰写的书。

然后,他以古书爱好者的谨慎态度,缓缓翻阅书页,因而发现了作者的肖像,一张在书籍排印时便已发黄的陈旧照片。照片上原本的黑色已褪成褐色,明亮的脸孔出现在颗粒粗大又模糊的黑暗背景前。戈列格里斯擦了擦眼镜再戴上,才看几眼就完全被那张脸孔吸引。这男人大约三十出头儿,脸上散发的智慧、自信与无畏,熠熠生辉,看得戈列格里斯神摇目眩。明亮的脸,高高的额头上覆盖着浓密黑发,泛着淡淡光泽的头发梳向耳后,好似一顶钢盔,柔软的鬈发垂落在耳朵两侧。窄长的罗马鼻子让脸部线条鲜明,衬上浓密的眉毛,双眉仿佛粗笔刷过的梁柱,往外延伸却戛然中断,焦点遂集中在思绪的中心点。一道细长的胡须包围他丰满厚实的唇,这唇若生在女人脸上倒也不令人意外。下颏上修剪整齐的胡子在细长的脖子上投下一块黑影,让戈列格里斯无法忽略其粗犷严酷的一面。然而,最引人注目的是那对黑眼睛。阴影是他双眼的底色,那阴影并非出于困倦、精疲力竭或病痛,而是严肃与忧郁。阴暗的目光中又掺杂着无畏与坚毅的温厚。戈列格里斯想着,这男人

---

[1] 珍娜·莫罗(1928~2017),演、唱、编、导俱佳的法国影坛常青树。

是梦想家也是诗人,也能断然操持武器或解剖刀。当他眼中喷出火焰时,应该避免与他正面冲突,他的双眼能斥退一群战斗力强大的巨人,却也会偶尔露出粗鄙之色。照片上只看得出他在白衬衫衣领上打着领结,穿的外套让戈列格里斯联想到小礼服。

戈列格里斯从作者肖像中回过神来,已经将近下午一点,面前的咖啡又冷掉了。他期望听到这位葡萄牙人的声音,看他活生生的模样。这本书在一九七五年出版,如果他当时年方三十来岁,现在大约已超过七十岁了。

葡萄牙语。戈列格里斯又忆起那位陌生葡萄牙女子的声音,并将这声音藏在思绪深处,以免与书店老板的声音混淆。朗读的声音应当忧郁明亮,才能精准地符合阿玛迪欧·德·普拉多的眼神。他试着用这声音念出书上的句子,却无法如愿,因为他不知道每个单词的发音。

学生路西恩从咖啡馆外走过。戈列格里斯虽然讶异,却为自己并未吓一跳而松了口气。他看着少年的背影,想起放在讲台上的书。他必须等到两点钟下一堂课开始,才能去书店买一套葡萄牙文的语言学习教材。

3

戈列格里斯在家里刚放上第一张唱片,还没听到第一句葡萄牙文,电话铃就响了。一定是学校打来的。铃声响个不停,他站在电话旁，清点着能说的理由：今天早上我突然想为自己做点不一样的事。我不愿再当各位的"无所不知"，虽然我不知道要去过何种新生活，但这件事刻不容缓，没有任何事可以阻止我的决心。我的时间已经流逝，剩下的时间或许也不多了。戈列格里斯大声地自言自语，知道这些话完全切中自己的心思。过去他很少说出像这几句般具有重要意义的话。然而他的声调低沉且过于激动，无法直接对着话筒说出来。

电话铃声停了，但还是会再响起。他们担心他，在找到他之前是不会放心的。毕竟他可能发生了意外。门铃迟早会响起。现在还是二月，天色很早就暗了，他可不能开灯。他正在逃离这构成他生活中心的城市，隐身在居住十五年的公寓里。这行为实在奇特又可笑，听来就像一出不入流的喜剧，然而他是认真的，比大多数他经历过、做过的事都还要认真，却又不可能对寻找他的人解释前因后果。戈列格里斯想象自己开门请他们进屋的情况——不可以，完全不可能。

他连听三次第一张语言教材碟片，逐渐弄懂葡萄牙文说与写之间的差异，尤其是口语中含糊不清的发音。他那擅长准确记住文字构造的记忆力发挥了作用。

当学习渐入佳境时，电话又响了起来。他从前任房客手中接收了一部老式电话，电话线没有附插头，否则他早就拔下来了。他先前坚持让房内一切维持原状，现在只好拿一条毛毯掩盖住铃声。

语言教学唱片里的声音要求他跟着一起念单词与短句。他照着做，嘴唇与舌头却沉重笨拙。古老语言与他的一口伯尔尼腔正契合，而且在古老语言的永恒宇宙中并没有匆忙的概念。葡萄牙人却恰好相反，似乎总是匆匆忙忙，像极了他一直自叹不如的法国人。芙萝伦斯热爱这种匆促的优雅，每次听见她达成这种优雅的轻松音调，他便会沉默。

然而，现在的情况完全不同。戈列格里斯想要模仿男讲师急促的速度，与女讲师让人联想到短笛的明亮跳动声，因此他重复聆听同样的句子，好缩短自己迟钝的发音与模范教材间的距离。过了一会儿，他意识到自己正在经历一场巨大的解脱，从自我设限中解脱，从缓慢与吃力中解脱，正如念出他的名字与聊及他父亲在博物馆里不慌不忙从一间陈列室走向另一间的缓慢脚步。他也从自己的形象中解脱，在那形象中的他即便没在看书，仍会像个大近视般窝在尘封的书堆中。他并非有意制造出这形象，而是在不知不觉中缓缓成形。"无所不知"的形象不只出自他本人手笔，也来自许多人，这些人喜欢他的形象，安逸地占有这位彬彬有礼、博学多闻的典范，有可靠的他在身边就能安心。戈列格里斯觉得，摆脱这形象，如同走出挂在博物馆被遗忘的侧厅里、布满灰尘的油画。

他借着微亮的光线，在没点灯的公寓中来回踱步，用葡萄牙文点了一杯咖啡，询问里斯本某条街道的信息，探问某人的职业与姓名，也回答别人询问自己的职业，闲聊几句天气。

然后他开始和上午遇见的葡萄牙女子交谈，问她为什么生写信者的气。"你想往下跳吗？"他激动地拿起前新买的字典和文法书，翻找还没学到的词句和动词时态。葡萄牙语。这字眼现在听来多么与众不同！与其说这字眼到目前一直拥有来自遥远封闭国度珍宝的魔力，不如说他刚推开一扇宫殿大门，那珍宝不过是千万颗宝石的其中一颗。

门铃响了。戈列格里斯踮着脚尖轻轻走到唱盘前，关掉唱盘。门口传来学生年轻的声音，他们正站在门外七嘴八舌。接着又是两声刺耳的铃声，划破傍晚的宁静，戈列格里斯在寂静中一动不动地等着。之后，脚步声逐渐离开楼梯间。

挂着百叶窗的厨房，是唯一可以从后头往外离开的房间。戈列格里斯放下百叶窗，打开灯，拿起葡萄牙贵族的书和语言教材坐在餐桌旁，开始翻译导论后的文章。文字看来像拉丁文，却又跟拉丁文截然不同，不过这点现在已经不会困扰他了。这段文章相当难，翻译耗时良久。戈列格里斯靠着有条不紊的方式及马拉松选手般的毅力，在字典中翻找，仔细搜索动词变化表，直到解开高深莫测的动词时态变化。翻过几个句子后，他心中激动不已，取纸写下译文。等他终于心满意足时，时间已经接近九点了。

未知的深渊

人类行为表象下是否藏有秘密？或者，人类其实

表里如一?

虽然听来极为奇特,但在我心中,答案被洒在城市与太迦河上的光线取代了。如果是八月天闪烁着的陶醉迷人的光,带来了明快尖棱的阴影,我便会觉得隐藏在人类内心深处的想法十分特别,像奇特又些微感动人的幻影,仿佛海市蜃楼,在我久视光线中的璀璨波浪时便会出现。在阴霾的一月,当无影的光和沉闷的灰蒙天气覆盖住城市与河流,我心中便再确定不过了:人类的一切作为,只是以十分不完美、甚至相当可笑无助的表达方式,呈现出隐藏在心中深不可测的内在生活,即便奋力挤向表面,却永远无法抵达。

我的判断除了这份离奇又不安的怀疑之外,还多了一份经验,自从我体会到后,这经验便一再让我的生活渗入心烦意乱的不确定中:只要与我有关,我便会对这件就我们人类而言至为重要的事犹豫不决。当我坐在最喜爱的咖啡馆、沐浴在阳光下,倾听路过女士银铃般的笑声,便觉得整个内在世界,直至最隐蔽的角落都充实起来,并且让我彻彻底底明白,我的内心世界笼罩在这舒适感中。一旦令人清醒的乌云遮蔽了阳光、去除了魔力,我又猛然惊觉,在我内心住有隐秘深渊与未知深渊,意外随时可能从两者之中爆发出来,将我卷走。于是我迅速结账,赶紧找寻别的消遣，期盼阳光尽快再次露脸，帮助表象得到应有的安宁。

戈列格里斯翻开普拉多的肖像，把书靠在台灯旁。在普拉多忧郁果断的目光注视下，一句句读着翻译好的段落。在这之前，他只有过一次类似的举动：大学时阅读奥勒留的《沉思录》后，他便在桌上摆着这位罗马皇帝的半身石膏像。每当他埋首文章中，便感觉到奥勒留仿佛正无声地守护他。然而此时与彼时不可同日而语，随着夜越深，戈列格里斯越明显察觉他无法以言语表达两者的差异。到了半夜两点时，他只知道：这位葡萄牙人敏锐的感知，赋予他连智慧的奥勒留皇帝都不具有的警觉与精准的感受。过去他囫囵吞下皇帝的沉思，仿佛那是为他量身定做。

这时，戈列格里斯又翻译了一段：

黄金寂静之语

每当我阅读报纸、听收音机，或坐在咖啡座留意人们的谈话时，心中常涌起厌恶感——为那些一再重复说出、写出的言辞，一再重复使用的措辞，空洞的言辞或譬喻感到厌烦。最糟的是，当我听到自己的言谈后却不得不承认，自己也一直重复使用同样的言辞。这些言辞已被彻底使用和毁坏，因使用了百万次而破损。破损的言辞还具有意义吗？当然，言语交换依然有其作用，人们因此而行动，让人微笑和哭泣、向左走或向右走，让侍者端来茶或咖啡。然而，这并不是我想要问的。我想的问题是：这些言语还能表达个人思想吗？或只是效果强大的声音结构驱使人做出种种行为，只因为闲话铭刻在心的痕迹不断地散发光芒？

我仿佛走到沙滩上，伸直脖子迎着风，满心希望那风冰凉，远超过本地的风，吹走体内所有已然损坏的言辞和空洞乏味的说话习惯。如此一来，我便能带着净化过的心灵回来，一再重复使用的空洞言辞已然清除。可是在我首次必须开口说话的场合，一切却又和从前一样。我渴望的净化绝非轻易办到之事。我必须有所行动，而且必须以言语行动，但是，该做什么呢？我并不想摒弃自己的语言，转而使用另一种语言。不，这无关于语言上的临阵脱逃。我又对着自己说：人们无法重新发明语言。然而，我要的到底是什么？

也许是：我希望重新排列葡萄牙文句，希望经由新的排列方式而产生的句子不至于奇特古怪，也不会过度张扬做作，或显得刻意。这些字句必须以葡萄牙文为原型，由其构成新句的中心，俾使人们感觉这些字句仿佛未受过污染，直接源于语言澄净如钻石般珍贵的本质。这些文字必须完美无瑕，如同打磨过的大理石，也必须纯净得像是巴赫组曲中的音乐，将一切不属于自己的声音，转换成完全的寂静。有时，若我心中尚存一丝与语言淤泥和解的心情，那时我便想着：那可能是因为我处在舒适起居室里惬意的宁静中，或是与情人相处在轻松和缓的宁静里。然而，若那挥撇不开的文字使用习惯在我胸中掀起怒火，我便仿佛处在充满明确死寂的黑暗宇宙中，我是唯一一个说葡萄牙文的人，沿着我静默无声的轨道运行。侍者、理发师、列车员——他们听见排列顺序经过重组的文句会大吃一惊，他们的诧异将会证实文句的美，因文句澄净散发出光辉的美。我能想象得到，那会是具有说服力的言辞，我们也能称之为"扎实"。新的语句坚定不移、不可动摇，媲美神的言语。同时也不夸张、不带一丝激情，精确且字字珠玑，无法删除任何一个字，甚至任何一个标点符号。堪比一首诗，由文字炼金者编成的诗。

戈列格里斯饿得胃痛起来，于是强迫自己吃点东西。用餐后，他端了杯茶，坐在黑暗的客厅里。现在该怎么办？傍晚过后，门铃又响了两次，而且最后一次听见被毛毯盖住的模糊电话铃声是在午夜前。明天他想必将被列入失踪人口，警察早晚会找上门。他还有机会回头，来得及在七点四十五分踏上科钦菲尔德桥，走进文理中学，编出一个解释他神秘缺席的故事，让人觉得他很古怪，但事情也就如此，符合他的作风。大家绝对无从得知，在不到二十四小时内，他内心深处那段漫长的心路历程。

正是如此，他经历了这段历程，也不愿意受人胁迫而放弃这趟宁静的旅程。他拿出一张欧洲地图，考虑着如何搭火车去里斯本。他在电话中得知，火车站服务处六点才有人上班。他开始打包行李。

他准备好行装，再次坐在沙发上时，已经接近凌晨四点了。外面开始下雪。他突然勇气尽失。简直是狂想。一位陌生且神智迷乱的葡萄牙女子、一本葡萄牙贵族撰写的泛黄札记、一套初学者的语言教材、思索着光阴流逝。这些并不至于让人在大冷天跑到里斯本去吧。五点钟左右，戈列格里斯打电话给自己的眼科医生康斯坦丁·多夏狄斯。他们经常在半夜通话，分享彼此失眠之苦。失眠的人靠心灵交流不需多言。有时他会和这个希腊人下盘盲棋，速战速决之后，在去学校之前还能小睡一会儿。

"没意义吧？"断断续续说完故事后，戈列格里斯问道。希腊人沉默不语，但戈列格里斯知道，他现在一定闭着眼睛，拿拇指和食指捏住鼻梁。

"绝对有意义，"希腊人这时说，"绝对有。"

"如果我在途中不知该如何是好时,你能帮我吗?"

"只管打电话来,白天晚上都行。对了,别忘记带上备用眼镜。"

他的声音又恢复了简练的沉着,既有医生的安全感,又超脱了职业的领域。那是一种男人的自信,在深思熟虑后做出判断,一旦成立便不动摇。二十年来,戈列格里斯一直找希腊人看病,唯一一位懂得安抚他失明恐惧的医生。有时戈列格里斯会拿医生与自己的父亲相比。他母亲早逝后,父亲无论身在何处、做任何事,都像是待在古旧安全的博物馆中。戈列格里斯很早就知道,这种安全感极为脆弱。他喜欢父亲,有些时刻的感受强烈深沉,远甚于单纯的喜欢。然而父亲并非值得依靠的人,他因此深受折磨。不像希腊人,可以让人相信他坚如磐石的判断。日后他偶尔会为曾在心中责备过父亲而羞愧。他向往的安全感并非牢牢受人控制,一犯了错便大加斥责。成为自信牢靠的人要靠运气,而父亲偏偏对自己、对别人,都少了这种运气。

戈列格里斯坐在餐桌旁给校长写信,但语气不是太过生硬,便是致歉,请求谅解。六点时,他打电话到火车站服务处,得知从日内瓦到目的地要二十六个小时,经过巴黎、巴斯地区的伊伦,然后从伊伦转搭夜车,上午十一点抵达里斯本。戈列格里斯订了七点半开往日内瓦的火车票。

然后,他写完了信。

敬爱的校长，亲爱的凯吉：

　　您这时一定得知，昨天我未加解释便离开教室，一去不回，您也将会知道，我不希望有人来找我。我一切安好，没有发生意外。只是昨天的经历让我改变许多，这经历太私人且混乱，难以形诸笔墨。我只能请求您包容我这鲁莽的举动。我想您了解我的个性，知道这并非出于草率、不负责任或不在乎。我将出远门，不知何时归来。而这样的举动有何意义，我一时间也说不上来。我不期望您为我保留教职。我大半辈子的光阴都与这所中学紧紧相系，相信我会想念这里。不过，一些事迫使我离开学校，如果这成了定局倒也不错。你我都仰慕奥勒留，想必您还记得《沉思录》中的片段："虐待你自己。虐待你自己，我的灵魂，对自己施暴。之后，你没时间重视自己，尊敬自己。每个人的生命只有一次，仅此一次。你的生命已近尾声，你在这段生命中并未关照过自己，而是把自己的幸福加诸其他人身上……那些不关照自己心情的人，必将不幸。"

　　感谢您一直以来对我的信任与合作。我相信，您能找出适当的话告诉学生，他们也会理解，为他们上课，我深感荣幸。昨天在我离开前，曾仔细打量他们，心想：他们拥有无限的未来呀！

希望您能谅解，祝福您一切平安，工作顺利！

赖蒙德·戈列格里斯敬上

附注：我昨天离开时将书本忘在讲台上了。可否请您替我妥善保管？

戈列格里斯在火车站投递这封信。提款时，他双手颤抖。他摘下眼镜擦拭，确认护照、车票与通讯录都带在身边。他找了靠窗的座位坐下。火车离站开往日内瓦时，天空缓缓飘起鹅毛般的大雪。

4

戈列格里斯久久注视着伯尔尼最后的屋舍。等房舍终于消失在视线之外，他便拿出笔记本，列出这辈子教过学生的姓名。他从去年开始，逆着时间次序追溯回去。他在每个姓名中找着一张张的脸孔、独特的举止及生动的插曲。他轻松列出最近三年的学生名单，之后便不断感到遗漏了某一位。对于九〇年代中期的班级，脑海中仅剩下少数学生的脸孔和名字，更早的记忆则是脱离时间次序，只记得少数几位留下深刻印象的男女学生。

他合上笔记本。他在城里不时会遇见多年前教过的学生，现在他们已非少男少女，而是成年男女，已成家立业，有了孩子。学生们外貌上的改变令他诧异，改变的模样有时更令他吃惊：还如此年轻就显露出苦恼的神色、眼神匆匆，露出罹患重病的征兆。他最担忧的莫过于一项赤裸裸的事实：这些变幻的脸孔见证了光阴的流逝及生命无情的衰败。他看着自己老人斑初露的双手，有时拿出自己学生时代的照片，试着回想过往至今的时光，一天天，一年年。在这些无比惊恐的日子，他会没有预约便跑到多夏狄斯的诊所去，再次述说自己对失明的恐惧。最容易让他失控的，莫过于与旅居国外多年、住在另一块大陆、生活在另一种气候、操着另一种语言的学生偶然相逢。您呢？还在科钦菲尔德教书？他们总是这样问他，动作则透露出他们不打算暂留。在这类与学生偶遇的当天晚上，他会先为自己辩护，之后又抗拒为自己辩驳的想法。

此刻，他坐在火车上，脑海中回忆着过往，已经超过二十四小时不曾合眼，听凭火车带着他驶往未知、未曾拥有的未来。

火车停靠在洛桑是个试验。开往伯尔尼的列车驶进了月台另一边。戈列格里斯想象自己在伯尔尼火车站下车的景象。他看着手表，心想：如果从伯尔尼火车站搭出租车到科钦菲尔德，还来得及赶上第四堂课。至于那封寄出去的信，他必须在明早及时拦截邮差，或拜托校长不要拆信，直接把信还他。情况会有点尴尬，但不是办不到。这时他的视线落在包厢桌子上的笔记本上,即便没翻开,学生名单依然清晰浮现在眼前。他突然明白:打伯尔尼最后的屋景从视线中消失那一刻起,他最初想要抓住熟悉事物的企图在经过这些时间后来看,更像是告别的举动。火车缓缓离站时,他心想着,为了能告别,必须在心里和要告别的对象拉开距离,将难以言喻、混沌困惑的心理状况顺理出头绪来,才能明白其中代表的意义,也就是归结成条理分明的轮廓,一如他列出的学生名单。这些学生主宰了他的生活,更胜其他一切。对戈列格里斯来说,此刻离站的火车仿佛抛掉属于他的一部分,却又些微感觉到,自己仿佛踩在一块因微震而松动的浮冰上,缓缓漂向广袤冰冷的海洋。

火车加速时,他睡着了,直到列车驶入日内瓦火车站时才醒过来。在走向法国高铁的月台时他兴奋不已,仿佛正要搭乘横越西伯利亚的火车出外旅行一星期。他还来不及坐下,一团法国观光客便挤上了车厢,聒噪声让四下充斥着歇斯底里的优雅。一名外套敞开的男人在他上方放置行李箱,碰落了戈列格里斯的眼镜。戈列格里斯当下做了一件他从未做过的事——抓起自己的东西,换到头等车厢去。

他有几次搭乘头等车厢的经验,都已是二十年前的往事。那时芙萝伦斯坚持要坐,他只好听命,坐上昂贵的座位后却有种受骗的感觉。你觉得我乏味吗?他在旅程结束后问她。怎么了?"无所不知",你怎能问我这样的问题呢?她说的时候动手梳理着头发——她不知道接下来该怎么办时,就会做出这动作。

火车开始行驶了，戈列格里斯用双手抚摸考究的椅垫，觉得自己的行为像是献给前妻的、迟来的幼稚报复，却又不明其意。他庆幸附近的座位空着，没人会看见他那费解的感受。

追加至头等舱的高金额令他大吃一惊。列车员离开后，他连数了两次身上的现金。他默念信用卡的密码，写在笔记本上，不一会儿又撕下那张纸扔掉。火车抵达日内瓦时，雪已经停了，见到暌违数周的太阳。阳光暖和着他在玻璃窗后的脸，他的心情也趋于平静。他当然知道，自己的账户中还有很多钱。您存这些钱到底要做什么呢？银行员看到他因为很少提款而累积的金额后，都会这么问他。您必须拿这些钱做点什么！银行员帮他做了些投资，这些年来，他已经成为一个对自己的财富一无所知的富人。

戈列格里斯想起昨天留在讲台上的两本拉丁文书，书本扉页上有以稚气笔迹沾墨水写就的名字——安内莉·魏斯。以前家中缺少买新书的钱，于是他在城里到处找，直到在一家旧书店里找到这两本二手书。他拿出自己的战利品时，父亲的喉结激烈地颤动着，一有沉重心事时，父亲的喉结总是会激烈颤动。起初书上的陌生名字让他有些不悦，但后来他将书的前任主人想象成穿着及膝白长袜、发丝飘扬的少女，后来他根本不愿意用新书换掉这两本二手书。担任代理教师后有了收入，他却陶醉在购买美丽昂贵的古文版本中。这是三十多年前的事了，直到今日，他依然感到些微的不真实。不久前他还站在书架前，想着：我买下的书竟然成了一座图书馆！戈列格里斯心中的回忆慢慢变成了梦境，一本薄册子仿佛折磨人的鬼火般反复出现，那是母亲当清洁女工时的收入记录。

一只玻璃杯从桌上掉落，他很高兴那阵碎裂声唤醒了他。

还有一个钟头到巴黎。戈列格里斯坐在餐车里，望着窗外明朗的早春风景。这时他才明白，他确实在旅行——不是他在失眠夜晚的臆想，而是真真实实发生的事。他给这种感受的空间越大，越觉得可能性与真实性之间的关系开始逆转。校长、学校、记在笔记本上的所有学生虽然真的存在，但难道不也是在偶然之间才实现的可能？而此刻的经历——火车的滑行、轻微的轰隆声、邻桌玻璃杯轻轻碰撞、厨房冒出的油烟味、厨师不时吞吐出的烟味——并非纯粹的可能或已实现的可能，而是真实的存在，简单而纯粹的实际存在，密度强大、具有压倒性的必然，其特征不正是真实吗？

戈列格里斯坐在吃完的空盘和冒着热气的咖啡杯前，深觉这一辈子从未像此刻一样清醒过。对他来说不是程度的问题，像人缓缓从睡眠中醒来，越来越清醒，直到完全清醒为止——不，这是另一回事，是一种新的清醒方式，一种进入未知世界的新方式。里昂车站映入眼帘时，他回到自己的座位，之后当他踏上月台时，他发觉自己是有生以来第一次神智清醒地走下火车。

5

回忆的撞击是他始料未及的事。他还记得，这是他与前妻第一次一起前往的陌生城市所抵达的第一座车站。他当然忘不了。只是没想到，时间似乎回到了当初。车站里依旧是绿色的钢梁桁架、红色管子、圆拱透光的屋顶。

芙罗伦斯第一次坐在他的厨房里吃早餐，腿屈着，手臂搂着膝盖，突然说："我们去巴黎吧！"

"你是说……"

"没错，现在，马上走！"

她曾是他班上的学生，相貌漂亮，老是顶着凌乱没梳理的头发，张扬的性格具有致命的吸引力。刚过了一季，她的拉丁文和希腊文就成了班上的顶尖。那年他第一次走进希伯来文选修班时，她就坐在前排——但戈列格里斯做梦都想不到这会和他的人生有关。

接着是高中毕业考。之后又过了一年，他们在大学咖啡厅重逢，一直坐到被人轰走。

"你真是瞎了！"她摘下他的眼镜说，"你那时竟然没意识到！大家都知道，每一个人！"没错，此刻他坐在驶往巴黎蒙帕那斯火车站的出租车里，心想：他正是对这种事毫无感觉的人，这种人认为自己平淡无奇，根本不相信居然会有人对他产生强烈的情感，喜欢他这种人！而他与芙罗伦斯的关系，到头来他还是对的。

"你从未在意过我。"五年的婚姻走到尽头时,他对她说。

这是他们一起相处的光阴中,他对她的唯一指责。这句话宛如一场烈焰,将一切烧成灰烬。

她盯着地面。他指望听到反驳,但她一言不发。圆顶餐厅。戈列格里斯万万没料到,出租车会沿蒙帕那斯大街行驶,更没料到会再次看到这间餐厅。两人分居的事正是在那里谈定,纵使他们一句话都没说。他让司机稍停,默默注视餐厅的红色遮阳棚片刻,黄色字母左右两侧依然有三颗星。准博士生受邀参加罗曼语学术会议是份荣耀。电话那头的芙罗伦斯情绪高昂,近乎歇斯底里,使得他犹豫着,周末是否该如约去接她。后来,他还是去了,还在这家大名鼎鼎的餐厅里认识她的新朋友。一踏进餐馆,扑鼻而来的佳肴美味和上等葡萄酒的香气便告诉他,他与这里格格不入。

"请稍等。"他跟司机交代完后便走进去。

一切都没改变,他马上找到那张桌子。他这位穿着不合宜的人曾在那张桌前与那些狂妄自大、号称文学家的家伙们一较长短。他挡住行色匆匆的服务生时,想起当年争论的题目:他先谈希腊诗人贺拉斯,又谈萨福。没人比得上他,他一篇篇引用原文,一口伯尔尼腔把西装革履、满嘴至理名言的索邦大学的秀才们一个个打得落花流水,直到在座的人哑口无言为止。

回程途中，芙罗伦斯独自坐在餐车里。他的怒气这才逐渐平息，并且开始难过起来。他实在没必要这样与芙罗伦斯过不去，但事已至此。

戈列格里斯沉浸在回忆中，一时忘了时间。现在只有靠出租车司机使出浑身解数冒险飙车，才能准时赶到火车站。他上气不接下气地冲进车厢，坐下来时火车正好开动，朝伊伦驶去。在日内瓦时的感受再次浮上心头：是火车决定这段旅程，不是他自己，这段清醒且真实的旅程一小时继一小时、一站接一站，带他远离到目前为止自己所过的日子。还有三小时抵达波尔多，之后再没有中断行程回头的可能了。

他看了下手表。放学了，他一整天都没待在学校，这还是第一次。此刻应该有六名希伯来语课的学生正在等他。下午六点，在连续上完两堂课后，他常跟学生们到咖啡厅小憩，谈论《圣经》中历史的发展与巧合。露丝·高琪和大卫·理曼——两个准备研究神学的学生，也是班上最用功的学生——越来越常找理由缺席。一个月前他向露丝与大卫问起此事，原来，他们担心戈列格里斯会夺去他们心目中的某些东西；他们的回答闪闪躲躲。大家当然可以用语文学分析《圣经》，但那毕竟是《圣经》啊。

戈列格里斯闭目想象自己向校长推荐继任人选，让一名神学院的女学生来担任希伯来文教职。女学生也是他以前的学生。她有一头铜色秀发，上课时正坐在芙罗伦斯的位置上。他希望这并非巧合，可惜事与愿违。

有一会儿他脑海中一片空白。然后他看到葡萄牙女人的脸从毛巾后露出来，白皙的肌肤近乎透明。他又站在学校厕所的镜子前，再次意识到自己不愿擦掉神秘女人写在额头上的电话号码。想象中他再次从讲台旁起身，从挂钩上取下湿淋淋的大衣，走出教室。

葡萄牙语。他吃了一惊，睁开眼，望见窗外的法国平坦风景，太阳正朝地平线落下。那旋律似的字眼消失在幻梦般的视野中，瞬间失去了所有意义。他试图寻回那心醉神迷的声音，捕捉住的仅是瞬间消逝的回声，他枉费心机的努力更让他觉得促成这段疯狂旅程的宝贵字眼逃得越来越远。即便他知道语言教材的女讲师如何念出这字眼，也无济于事。

他走进洗手间，把脸埋在带氯的水中许久。回到座位上后，他从旅行袋中取出葡萄牙贵族的书，开始翻译下一个段落。起初只是寻求解脱，使劲儿让自己投入其中，让尚未从恐惧中平复的自己仍继续坚信这趟旅程。第一句刚翻出来，他便被文字深深陶醉，情形和昨夜在家中厨房时一样。

静默的高贵

　　谁要是相信，彻底改变惯常生活的关键时刻必定惊天动地、内心情绪强烈激荡，便是大错特错。不过是醉醺醺的记者、对闪光灯上瘾的电影制作人和作家编造出来的低俗童话。这些人脑袋里装的都是小道消息。事实上，真正牵动人心的生命经历往往平静得不可思议，既非轰然作响、火花四溅，更非火山爆发，经验发生的片刻往往不引人注目。当其革命性效应发挥作用，让人生进入崭新的一页，带来全新的生命旋律，而这都是在悄无声息中进行着。超凡脱俗的高贵正在这神奇的静默中。

戈列格里斯的视线不时偏离文字，望向西边。从朦胧余晖中可以隐约感觉到大海。他把字典推到一边，闭上眼睛。

"要是能看一眼大海该多好！"母亲去世前半年，她意识到自己来日无多时曾这么说。"可是我们哪有钱？"

"哪家银行会为这种事借钱给我们？"戈列格里斯听到父亲说。戈列格里斯对这听天由命的虚弱叹息感到气恼。他当时还是科钦菲尔德文理中学的学生，却做出一件连自己都大吃一惊的事。之后他再也无法摆脱"那件事或许从未发生过"的感觉。

那是三月底，一个早春的日子，大家将大衣挂在手臂上，和煦的风穿过教学大楼敞开的窗口涌进来。科钦菲尔德文理中学主楼空间有限，几年前加盖了这栋简易楼房，后来在学校形成一项传统：高年级学生必须在此度过最后一年。进简易教学大楼上课，俨然成了学生毕业考试的第一步。大家喜忧参半。

再过一年就要结束……只剩一年……毕业班学生们踌躇的心情，从他们朝教学大楼走去的模样便一目了然：漫不经心，又胆战心惊。即便在四十年后，在驶往伊伦的火车上，依然深藏在戈列格里斯体内。

下午第一堂课是希腊文。教课的老师是校长，也是凯吉的前任。校长写得一手漂亮的希腊文，端端正正地画出那些希腊字母，尤其带圆弧的字母，譬如 Ω 和 Θ，遇到 H 便往下用力一划——简直是纯粹无缺点的书法作品。校长喜爱希腊文，却以错误的方式热爱，戈列格里斯坐在教室后排想着。那种喜爱是种虚荣，绝非对文字的顶礼膜拜，否则戈列格里斯不会对校长那么反感。校长如名家气派般在黑板上写下最生僻、最复杂的动词形态时，不是出自对希腊文字的崇敬，而是对懂得如此渊博文字的自己仰慕不已。希腊文成为他用来点缀自己的装饰品，正如他那条年复一年戴在身、一成不变的蝴蝶领结。文字从他戴着印戒的书写之手中缓缓流出，仿佛也变成了印戒般的虚荣饰品，一样显得多余。依此而言，希腊文字不再是真实的希腊文字，印戒上的金粉腐蚀了希腊文字的元素，并能证明一点，他不过是为了自己才去爱希腊文。古希腊文学作品之于他，不过是精致家具、上等葡萄酒和高雅礼服。在戈列格里斯看来，自鸣得意的校长窃取了悲剧之父埃斯库罗斯与三大悲剧作家之一的索福克勒斯的诗句，他根本不了解古希腊戏剧。这么说未必正确，校长还是熟悉那些作品，经常带团去希腊做文化巡礼，每次归来皮肤总晒得黝黑。戈列格里斯说不出校长缺欠什么，但他对古希腊戏剧就是一窍不通。

戈列格里斯朝教学楼大开的窗向外望去。他想起母亲的话，让他对校长的自负愤怒不已，虽然他无法解释两者间的关系。他紧张得心惊胆跳，瞥了一眼黑板，确认校长在写完那段话转身向学生解释之前，还需要一点时间。其他同学还趴在桌上振笔疾书之际，他无声无息地推开椅子，翻开的作业本仍摊在桌上。他缓缓挪动脚步，心情如临大敌，像是在防备敌人突袭，然后他两步冲向敞开的窗，攀上窗框，两腿甩出窗外翻身而出。

他最后看到爱娃诧异又忍俊不禁的脸。这个红发女孩一脸雀斑，有轻微的斜视。平日那对斜眼除了讥笑之外，从未正眼瞧过他这个鼻梁上架着厚重眼镜、丑陋的镜架是保险公司给付的男生。爱娃平日看他的眼神，让他丧尽自信。此时她朝邻座女生转过身，对着女孩的头发低声嘀咕。"不可思议！"她肯定这么说，任何时候她都这么说，因此有个绰号叫"不可思议"。"不可思议！"她听到这个绰号时也是如此反应。

戈列格里斯快步朝贝恒广场走去。那天广场上有市场，摊位鳞次栉比，行人只能缓缓前行。人潮把他挤到一个摊位边上。他站好，眼光刚好落在打开的收银台上，那是个简单的金属盒，一边放硬币，一边放纸币，已有厚厚一叠纸币放在里面。女摊贩刚好弯下腰，忙着收拾地上的东西，罩在粗布格子裙下的大屁股往上翘着。戈列格里斯慢慢接近收银台，一边挪动一边左右察看，然后跨两步来到摊位后面，抓起一大把纸钞之后立刻混入人群中。他气喘吁吁地跑到通往火车站的小路时，才强迫自己放慢脚步，等候有人在他身后大喊，或一把将他拿下。然而，什么事都没发生。

他们住在雷尔街一栋灰暗的出租公寓里，墙面是已经变脏的粗灰泥。戈列格里斯一踏进从早到晚散发着包心菜味的门厅时，似乎已看见自己冲进母亲的病房里，要给母亲一个天大的惊喜：她快要去看大海了！就在他冲上最后一级台阶时却猛然惊醒：这根本行不通，荒唐至极！他要如何对父母亲解释从哪里突然弄到这么多钱？他从来没撒过谎。

在回到贝恒广场的路上，他买了个信封，将纸钞全塞进去。走回摊位时，他看见穿格子裙的女摊贩正泪眼汪汪。他买了些水果，趁她到另一角落称重时，将信封塞到蔬菜堆底下。在下课时间结束之前他回到学校，跃过敞开的窗子，回到座位上。

"不可思议！"爱娃看到他时这么说着，眼神多了几分敬佩。但这无关紧要，重要的是刚才那一个小时里的经历，让他认识了他自己。这份认知与其说是震惊，不如说是惊奇，在他心底回响了数周之久。

火车离开波尔多站，驶往比亚里茨。夜色已近，戈列格里斯看着车窗上自己的影子。要是当年那个从收银盒里偷钱的小孩决定了他的人生，而不是对沉默的古老语言如痴如狂、视古老语言高于一切的孩子，那他会变成怎样的人？当年那次出逃和这次有何共同之处？两者是否真有关联？

戈列格里斯拿起普拉多的书，找到上次在牡鹿胡同的西班牙书店里店主翻译的那段简要记录：

> 如果我们只能依赖内心的一小部分生活，剩余的该如何处置？

在比亚里茨火车站上来了一对男女。他们站在戈列格里斯身边的座位旁，谈着两人预定的车位。"Vinte e oito"，戈列格里斯花了好一会儿才确定他们交谈的字眼是葡萄牙文，也证实了他的猜测："二十八。"他全神贯注聆听两人交谈，在接下来半小时中还不时辨认出个别的单词，不过能辨识的并不多。明天早上他将抵达一座城市，那里大多数人说的话如同他耳边沙沙的杂音。

他想到布本贝格广场、贝恒广场、联邦阶地，还想到科钦菲尔德大桥。窗外天已漆黑。戈列格里斯摸着身上的现金、信用卡及备用眼镜，忽然感到不安。

火车驶进昂达伊，那是法国边境的一座小镇。车厢空了下来。葡萄牙人见状吓得抓起架上的行李。"还没到伊伦呢。"戈列格里斯告诉他们，这是他跟着葡萄牙语言教材学的，只是换了个地名。葡萄牙人犹豫片刻，或许是因为他笨拙的发音与缓慢拼凑出来的那串话吧。两人朝外面打量了几眼，才看到站台上的站牌。女人说："多谢。"戈列格里斯回答："不客气。"葡萄牙人重新坐下，火车继续行进。

戈列格里斯大概再也无法忘却刚才那一幕。这是他在现实世界里说出的第一句葡萄牙文，而且管用见效。文字有其效力，能让人停下、让人起动、把人逗笑或惹哭。从孩提时起，他便发现了语言的神秘，并且一再让他感动。文字是怎么做到这点的？这不是魔术吗？但在此刻，文字比以往更玄妙，因为直到昨天，他还对这些文字一无所知。就在几分钟后，他的脚踏上伊伦火车站的月台，所有恐惧一扫而空。他满怀着信心走向卧铺车厢。

6

十点整，在明早前要穿越伊比利亚半岛的火车启动了，火车——将月台上昏暗的灯往后抛，滑入了黑暗。戈列格里斯所在的左右两个包厢都空无一人，往餐车方向再过去两个包厢的位置有一名头发略微灰白的高瘦男子正倚靠在包厢的门上。"晚安。"两人目光相对时，他朝戈列格里斯点头致意。"晚安。"戈列格里斯用葡萄牙语回道。

陌生人听到戈列格里斯生硬的发音，脸上掠过一丝笑意。

他的神情温儒精致，脸部线条明快，显得高贵又难以亲近。他的深色套装做工考究，戈列格里斯不禁想到歌剧院的门厅。唯有松开的领结显得不搭调。这时男人交叉双臂，闭上眼靠在门上，更看出他脸部的苍白与疲倦，那疲倦并不只是因为夜已深沉，一定还有其他原因。火车在几分钟后达到全速行驶。男人睁开眼，朝戈列格里斯点了点头，消失在自己的包厢里。

只要能入睡，戈列格里斯愿意付出一切代价，但是连传到床铺上的单调车轮叩击声都帮不上忙。他坐起身，额头顶着车窗。飞快滑过眼前的荒废小火车站、漫射的乳白色灯光、来不及看清便如箭般闪逝的站牌、搁置的行李车厢、铁道看守小屋中戴着帽子的脑袋、一只野狗、一个在柱子旁的背包与背包上方露出的一头金发。他靠第一句葡萄牙文好不容易建立起来的信心开始动摇。打电话来吧，白天晚上都行。他听到多夏狄斯的声音，想起二十年前两人头一次相遇。当时希腊医生的外国腔还很重。

"失明？胡说！只是您的眼睛很倒霉，在选择命运时抽到下下签。以后定期检查视网膜就行。何况现在还有激光疗法呢，别担心。"医生走到门口前停下脚步，仔细打量他："还担心什么吗？"

戈列格里斯默默地摇头，几个月后才跟医生提起自己将与芙罗伦斯离婚的事。希腊人听了点点头，似乎不意外。医生说："有时人会因为担心别的事而心神不宁。"

午夜来临前，戈列格里斯走进餐厅，里面除了正跟服务生下棋的灰发男人外，并无他人。服务生告诉他餐车早已打烊，刚一说完，又帮他拿来一瓶矿泉水，并摆出邀请的手势请他坐到桌边。戈列格里斯看了几眼，很快便看出鼻梁上架着金边眼镜的灰发男子已中了服务生设下的巧妙圈套。灰发男子的手拿住棋子，移动之前瞥了戈列格里斯一眼。戈列格里斯微微摇头，灰发男子立刻将手缩回。难以想象这名手上长茧、脸部粗糙的服务生，竟然会下国际象棋。服务生诧异地抬起头，戴金边眼镜的男人把棋盘推向戈列格里斯，招手示意他接着下。这是场持久的拉锯战，等到服务生认输已是凌晨两点了。

后来他们站在包厢前。灰发男子问戈列格里斯从哪来，两人用法语交谈。灰发男子告诉戈列格里斯，他每两个星期搭乘这班火车一次。他的棋艺所向披靡，唯独对这名服务生只赢过一次。他介绍自己：胡赛·安东尼奥·达·西尔维拉，是个商人，把瓷器卖到比亚里茨。因为怕坐飞机，所以只搭火车。

"有谁真正了解自己害怕的原因？"他说这句话之前停顿了一下，脸上再次露出戈列格里斯初见他时的倦容。

他讲述自己继承父亲的小企业，在他手中发展成大公司，亲身经历在他口中仿佛是别人的故事，做出的决定都合情合理，但以全局观之却是满盘皆错。谈到离婚和两个难得见面的孩子时也是如此陌生。他的声音充满失望与伤感，但口气不自悯自怜，让戈列格里斯印象深刻。

"问题是,"火车在瓦拉杜利德停靠时,西尔维拉说,"我们总是无法看清自己的生活,看不清前方,又不了解过去。日子过得好全凭侥幸。"有人不知在何处用铁锤敲了一下刹车闸,检查功能是否正常。"您怎么坐上这班车的?"

戈列格里斯讲述自己的故事时,两人坐在西尔维拉的床上。他略去科钦菲尔德桥上遇到葡萄牙女人那段,这件事可以跟多夏狄斯谈,跟陌生人便不太适合。他很庆幸西尔维拉没有请他拿普拉多的书出来看看。他可不希望别人从这本书里悟出其他意涵,并妄加评论。

讲完之后,两人沉默着。从西尔维拉转动印戒的动作,不难看出他心底正琢磨着,而他朝戈列格里斯投射那短促受惊的一瞥,也说明了这点。

"于是,您就起身离开了学校?就这么走了?"

戈列格里斯点头。他忽然很后悔说出此事,存在内心的珍贵感觉似乎因此陷入危机。他说想回去包厢试着入睡。西尔维拉转身抽出笔记本,请他重述奥勒留那句关于人心智冲动的警世名言。戈列格里斯离开时,男人正趴在笔记本上,笔沿着本子上的字滑动。

戈列格里斯梦到"红雪杉"。不安的梦中,"红雪杉"这字眼宛如鬼火般反复出现,是出版普拉多那本札记的出版社名字。他之前一直没特别留意,直到西尔维拉问他要如何找到作者时,他才意识到,或许应该先找到这家出版社。入睡时,他忽然想道：或许这本书是自行出版，要真是如此，红雪杉可能便具有某个特殊意义，只有普拉多才知道的意义。他在梦中迷惘游荡，嘴边念着这神秘字眼，腋下夹着电话簿，沿着里斯本逐渐陡峭的街道，辛苦地往上爬，迷失在一座陌生城市中。他只知道，这座城市坐落在山坡上。

醒来已清晨六点。他透过包厢内的车窗，看见站牌上的地名萨拉曼卡——封闭了四十年的记忆阀门在无预兆之下开启了。首先开启的是一座城市的名字：伊斯法罕。这座波斯城市的名字突然闪现，那是他在高中毕业后一心想去的地方。这个神秘陌生的异国名字让此刻的戈列格里斯觉得是个密码，借此可以通往另一种生活，一种他从不曾鼓起勇气去体验的生活。火车驶离萨拉曼卡火车站时，他再次重温那份封存已久的感受，既打开了另一种生活，又将之封存。

事情是这样开始的。希伯来文老师教了他们一年后，要求他们阅读《约伯记》。戈列格里斯一读懂其中文句，立刻为其心醉神迷，这些文句为他开启一条直通东方的大道。相形之下，卡尔·麦雅[1]笔下的东方，不论语言还是内容都很德国。但手上现在这本书在他听来便是东方。提幔人以利法、书雅人比勒达，及拿玛人琐法，他们三人是约伯的朋友。单是这些来自大洋彼岸、充满诱惑的异国名字，已经让人心驰神往。何等神奇

---

1 卡尔·麦雅（1845~1912），德国探险小说家。

的梦幻世界!

之后,他有段日子曾经梦想成为一名东方学家,一个了解东方文化的人。他很喜欢德语称东方为"晨曦国度",这字眼带他走出雷尔街,进入一片光明。高中毕业前,他申请去伊斯法罕担任家庭教师,登广告的是位为孩子找家庭老师的瑞士实业家。戈列格里斯的父亲不同意他去,因为他十分担忧儿子,又害怕儿子远离后会因此心灵虚空,于是给他十三块三瑞士法郎,让他买了本波斯文文法书。戈列格里斯将此破解东方的新密码,密密麻麻抄写在房间墙上的小黑板上。

然而,骚扰的梦也随之开始,整夜追逐着他。梦境相当简单,其中一段让他备受煎熬,出现越频繁,对他的折磨越大:灼人的东方沙漠,又白又酷热,随着波斯的热风阵阵击打他的眼镜,镜片上结了层滚烫的硬壳,遮去他的视线,好让镜片融化,腐蚀他的双眼。

梦境夜夜如此,追逐着他直到天明。两三周后,他终于去书店退掉波斯文文法书,把钱还给了父亲。父亲留给他三块三瑞士法郎,他把钱存放在小罐子里,仿似他存有波斯钱币。

倘若他当初战胜对东方滚烫沙尘的恐惧,最终去了东方,后来将会如何?戈列格里斯想到自己在贝恒广场抓起女摊贩收银盒中纸钞时的冷酷。这笔钱是否够他在伊斯法罕摆平所有迎面而来的支出?纸莎草纸先生!几十年来他一直把这件事视为玩笑并不以为意,何以现在忽然感到阵痛?

戈列格里斯走进餐车。西尔维拉已经用完了早餐，另外两个他昨晚第一次用葡萄牙文交流的葡萄牙人，已开始喝第二杯咖啡了。

他醒后睁着大眼在床上又躺了一个小时，在脑中演绎着邮差九点左右到达科钦菲尔德文理中学，小心翼翼地将邮件交给学校管理员，里面有他寄给校长凯吉的信。凯吉看到信之后会无法置信："无所不知"居然逃离他赖以维生的工作。谁都做得出这种事，唯独不会是他。消息会迅速传遍全校，楼上、楼下，在学校入口的石阶上成为学生谈论的唯一话题。

戈列格里斯在脑海中把所有同事想了一遍，想象他们如何看待此事，作何感想，说些什么？新领悟像电流一般传遍全身：他无法确认任何人的想法。事情乍看之下完全是另一副模样：布利，这位热衷教会活动的少校一定无法理解，认为他的行为病态、卑鄙可耻，因为他弃学校的课于不顾。最近刚离婚的安妮塔·梅勒塔乐会低头沉思，即便她不会做出跟戈列格里斯同样的事，但还是能理解他。卡伯马腾，从萨士菲来的好色之徒和不敢张扬的无政府主义者，会在教职员办公室高谈阔论："为何不呢？"法语女教师维吉妮·拉朵嫣会做出与自己闪亮名字极不相称的反应，她会瞪大一对严厉的眼睛，脸孔紧绷起来。这些都不难想象。戈列格里斯忽然想道：数月前他曾看到那个道貌岸然、身为人父的布利跟一个金发女郎在一起，女郎身上的短裙表明他们的关系肯定不只是熟人；学生们不服管教时，安妮塔·梅勒塔乐有多小题大做；要反对凯吉的意见时，卡伯马腾有多胆小如鼠；维吉妮·拉朵嫣多轻易受几个懂得阿谀奉承的学生摆布，让学生无须恪守校规。

这些能推衍出什么？能确切推衍出对他的观感与他出人意料的行为吗？是默许的同理心，或是暗中嫉妒？戈列格里斯起身，望向窗外，大地沉浸在银绿闪烁的橄榄树林中。这么多年来与同事之间的信任其实建立在一无所知的基础上，这一无所知进而演变成虚假的习惯。可是，了解这些重要吗？知道他们对他的看法真的那么重要吗？是否因为熬了夜，脑袋无法清醒思考才不知道答案？或是早在下意识中就明白陌生感受的存在，只是一直掩饰在社会礼节下？

与光影朦胧夜车中一望即可洞穿的那张脸——透露出自己亟欲发泄的情绪，让外人一眼能摸透其深浅——相比，今早西尔维拉的脸色显得闭锁：第一眼望去的印象仿佛后悔，后悔在洋溢着羊毛毯味与消毒水味的包厢内跟素不相识的人打开了心门。戈列格里斯怀着犹豫的心情走向他，在桌边坐下。不过他很快便明白，这张紧绷、自我克制的脸表露的并非退缩与拒绝，而是冷静的反省，吐露出与戈列格里斯相遇，意外勾起他内心的震颤，正在试图厘清头绪。西尔维拉指了指咖啡杯旁的手机："我刚才打电话到我合伙人住的旅馆，请他们帮你订一间房。地址在这里。"

他把一张背面写上地址的名片递给戈列格里斯。他说，在火车抵达前他还有些文件要处理，说完作势起身，但又随后回到座位上，盯着戈列格里斯的眼神像在深思熟虑。"将终生奉献给古代语言，你后悔吗？"他问戈列格里斯。想必这意味着一生孤寂，与世隔绝。

"你觉得我乏味吗？"戈列格里斯突然想起，当年他与芙罗伦斯搭火车时曾经问过她。他的面容想必透露出过往情事，因为西尔维拉惊愕地连声解释：请不要误解，他不过是在假设，倘若自己过着这种生活将会如何，想必与现在的生活截然不同。

"这是我想要的生活。"戈列格里斯回答。话在脑中成形时他惊讶地感觉到，在脱口说出的坚定语气中有股抗拒的力量。两天前他踏上科钦菲尔德大桥，看到读信的葡萄牙女人时，心中根本不存有这种矛盾。他会说出同样的话，自然如悄声平静的呼吸，不会有一丝抗拒的气息。

"但您现在为什么坐在这里？"戈列格里斯真怕听到这样的追问，这位高雅的葡萄牙人在他眼中一度变成了大审判官。

"学希腊文需要多久时间？"西尔维拉现在问他的是这个问题。戈列格里斯松了口气，但回答过于冗长。西尔维拉问："能在这张餐巾纸上写几句希伯来文吗？"

上帝说：要有光，就有了光！戈列格里斯写下这段，并附上翻译。

西尔维拉的手机响了。他说他得走了，讲完电话后他向戈列格里斯告辞,并将餐巾纸塞进外套口袋。"那个'光'要怎么说?"他走到门口,又重复了那个字的念法。

车外宽阔的河流想必是太迦河。戈列格里斯吃了一惊,这也就是说快要到目的地了。他走回包厢,列车员已将包厢清理完毕,让卧铺变成有绒毛靠背椅的座位。他倚窗而坐,期望这趟旅程不要结束。他在里斯本能做什么?他已经有了间旅馆房间,他可以付小费给服务生,关上门睡觉。接下去呢,他还能做些什么?他迟疑地拿起普拉多的书,随意翻看。

自相矛盾的渴望

父亲把我送来科蒂斯文理中学就读已经有一千九百二十二天了。这所管教严厉的学校在全国出了名,大家都这么说:"你不需要成为真正的学者。"父亲的脸想要微笑,却跟大多数情况一样挤不出一丝笑容。到第三天我就明白,往后得掐着指头数日子,否则非得被这些日子碾碎不可。

戈列格里斯在字典中查询"碾碎"一字时,火车已驶进里斯本的圣塔阿波罗尼亚车站。

这简短几句话深深攫住他。头几句便透露出这位葡萄牙人的平日生活:他是一所校规严厉的中学的学生,学校的生活让他度日如年;有个大多时候脸上挤不出笑容的父亲。从其他段落中流露出压抑的愤怒，是否皆源自这点？戈列格里斯无法解释普拉多的愤怒，但他想了解更多。他现在才窥见生活在这座城市的普拉多的基础轮廓，还想更进一步了解。普拉多的话，让这座城市跟他渐行渐近，对这座城市不再感到全然陌生。

他拿起行李，走上月台。西尔维拉正在那里等他，带他到出租车前，告诉司机旅馆的地址。

"您有我的名片。"他说，手略挥了一下匆匆道别。

7

戈列格里斯醒来时已近傍晚，暮霭降临在乌云笼罩的城市上空。在抵达旅馆后，他立刻和衣钻入床单下，不知不觉滑入沉沉的梦乡，睡梦中却一直被某种感觉揪着：他不该睡觉，他有太多事要做，但都是些莫名小事——却又不因此而显得无足轻重。那些小事宛如鬼魅随形，必须立刻着手处理，才能阻止可怕的无端事件发生。他在浴室里洗脸时，心情才缓和下来。他感觉到人在神志恍惚时反而不担心错失什么，也无须承担罪恶感。

接下来几小时他都坐在窗前整理思绪，却感到徒然。他不时瞧着在墙角尚未打开的行囊。天色渐晚时，他下楼来到接待柜台，请求帮忙询问机场今天是否还有飞往日内瓦或苏黎世的班机。一班都没有。搭电梯上楼时，他惊讶地发现自己竟然松了口气。之后他坐在漆黑夜色里的床上，想为自己出人意料的解脱找个理由。他打电话给多夏狄斯，让铃声响了十次才挂断。然后他翻开普拉多的书，从在火车站中止的地方接续往下读。

> 我一天听六遍从钟楼传来的上课钟声，那声音更像呼唤修士祈祷的钟声。钟声总共响过一万一千五百三十二次，每次都让我咬紧牙关，从学校操场走回阴暗的建筑，未曾让我追随着想象力穿过校园大门，走到港口，靠在蒸汽轮船的船舷栏杆上，舔着唇间的盐。
>
> 现在，在三十年后的今天，我仍不断回到这里，没半点具体理由。又何必找到理由？我坐在长满青苔、破碎的入口石阶上，不明白自己为何每到此地，心总狂跳不已？为何每当我看到头发光亮、腿晒得黝黑的学生从校门口鱼贯进出，俨然把学校当家时就感到嫉妒？我怎么了，干吗嫉妒这些学生？最近一个炎热天，我从敞开的窗口听着不同科目老师上课，听到怯懦的学生结巴地回答，那些问题连我听了都会发抖。再到教室里坐一回？不，这可不是我的初衷。
>
> 我在阴冷昏暗的走道上遇见学校管理员，他的脑袋像鸟头朝前探，用不信任的眼神打量我。"您有何贵

干?"听到这句话时,我已与他擦身而过。他的声音如哮喘病人般尖细,像是来自天国的法庭。我停住脚步,一动不动。"我曾经在这里求学。"听到自己的声音沙哑无比,我简直瞧不起自己。接下来几秒钟,走道充斥着死寂,然后身后的男人拖着脚步走远。我觉得自己好似被人逮个正着,但又是为了什么?

在高中毕业考最后一天,所有学生戴着学校帽子,行立正礼般笔直地站在课桌后面。校长科蒂斯先生从容不迫地从一个个学生面前走过,用他惯常的严肃神情公布每位学生的成绩,用僵直的眼神把成绩单一张张发给学生。我那勤奋的邻座,面色苍白、郁郁寡欢地接过成绩单,像捧《圣经》般端在手中。班上最后一名,浑身晒得棕黑也是全班女生最爱的男孩,吃吃笑着把成绩单扔在地上,仿佛不过是团垃圾。然后大家走出教室,走进七月炎热的正午阳光下。我们将如何,又怎么面对即将来临的未来?有那么多可能与不成熟。在这个未来的世界里,"自由"轻如鸿毛,"未知"沉重如铅。

不管是在过去还是将来,都没有比接下来的景象更冲击、更强而有力地让我感觉到人之间的差异何其大!全班倒数第一的学生头一个摘下帽子,搁在指尖上旋转,然后将帽子扔出去,越过中庭篱笆,落入旁边的池塘里。帽子慢慢浸满了水，最后消失在睡莲底下。三四个同学模仿他，但有一顶挂在篱笆上。我的邻座同学胆怯又愤慨地小心扶正自己的帽子，我不知道他此刻是何种感受。明天早上再也没有戴帽子的理由时，他会拿这帽子怎么办？我站在中庭角落的阴影里四下观察，印象最深的是躲在满布尘土的矮树丛后面的一位男同学，他半掩半露，要把学校帽子塞进书包。从他优柔寡断的动作一看便知，他显然不想随便往书包里一塞了事。他试来试去，都无法将帽子整整齐齐放进去。最后他抽出几本书，笨手笨脚、不知所措地把书夹在腋下，才将宝贝帽子放进去。然后他四下张望，我清楚读出他眼中的期望：希望没有人注意到他丢脸的举动。男孩撇开视线，希望别人看不到自己的举动，不正是随着人生阅历增长，童稚的思绪日渐消失前的最后痕迹？

　　直到今天我依然感觉得到，当年自己的手不停转着汗淋淋的帽子，一会儿朝这边转，一会儿又朝那边转。坐在入口石阶温暖的青苔上，想着父亲迫切的愿望：要我成为医生，来解除像他这样的人身上的病痛。我因为他的信赖而爱他，又因为这动人愿望强加在我身上的重担而诅咒他。女子中学的女生们渐渐走过来。"都结束了，你开心吗？"玛丽亚在我身边坐下并问道。她打量着我说:"或者到头来觉得感伤?"

直到现在我才明白,促使我一而再、再而三回到学校的原因:我盼望再次回到在学校中庭的那一刻,在那一刻里我们摆脱了过去,而未来尚未开始。在那一刻,时光停滞,呼吸停顿。这样的时刻后来不曾再有。是玛丽亚褐色的腿和浅色套裙的香皂味在呼唤我?还是这如梦般的热切期待——希望再次回到生命中的那一刻——选择与造就后来的我,也就是今天的我,走向截然不同的人生道路?

产生这样的愿望着实不寻常,违背情理又古怪得合乎逻辑,因为抱持这种愿望的人并非从未接触未来,或正站在人生的交叉口,而是早已步入未来,而未来已然成为过去。他希望时光倒转,撤回原本不容撤回的东西。倘若不曾吃过苦,他会想回头吗?再次坐在温暖的青苔上,手中拿着校帽。带着阅世的烙印,加入回到自己过往岁月的旅途,这是否是荒谬的愿望?我是否能假想当初那男孩违背了父亲的意愿,最终拒绝踏进医学院的大门,一偿我今日所愿?他若真的这样做,最终会成为"我"吗?我在当时从未经历挫折,因而无法在人生的岔口选择另一条路。如果时光倒转,一点点抹去我后来的人生经历,让我变回迷恋玛丽亚制服上的清新芬芳和咖啡色膝盖的男孩,这样对我会有何种意义?那个玩帽子的男孩应该不会和现在的我一样,期望能选择另一条路。即使他一开始便选择了另一条路,也不一定会盼望再次回到人生岔口。我愿意成为他那样的人吗?我想,要是真的成为他那样的人,我也就满足了。不过这只能满足我,也就是不是他的我,只能满足不属于他的愿望。如果我真是他,便不会有成为他的愿望,只要我不记得自己拥有这愿望,也就不会在愿望实现时感到莫大满足。不过,我确信再次回到学校的渴望很快又会冒出,并因此听任心底的恋慕主宰——因为无法想象,此恋慕并不具有实体。设法去实现没有具体想象的对象的渴望——还有比这更疯狂的事吗?

等戈列格里斯确信读懂这段晦涩难解的段落时,时间已近午夜。普拉多是名医生,而他之所以成为医生,是因为听从大多时候脸上挤不出笑容的父亲的迫切心意,并非出于专横独断或父亲的虚荣,而是长期折磨的病痛让父亲产生的无助。戈列格里斯翻开电话簿,名字中有普拉多的人竟有十四个之多,但就是没有阿玛迪欧、尹纳西欧或阿尔梅达。他怎么认定普拉多一定住在里斯本?他翻开工商电话索引,在出版社一栏下寻找红雪杉出版社,同样一无所获。难道他得在全国范围内寻找?这有意义吗?哪怕只有极微渺的意义?

戈列格里斯动身走入里斯本的夜色。从二十五岁左右无法轻松入睡起，他便养成了夜游的习惯，无数次踏过伯尔尼空荡的小巷，时而停下来，如盲人般竖起耳朵，聆听来往的零落脚步。他喜欢在夜深人静时站在阴暗的书店橱窗前，因为众人入眠他独醒，让他觉得所有书都归他所有。他从旅馆旁的小巷缓缓地转进宽敞的自由大道，再往下城巴夏区走去，那里的街道整齐如棋盘。凉意袭来，淡雾笼罩着散发金光的老式路灯，形成一股乳白色光晕。他看到一家没有设座位的咖啡店，在那儿吃了一份三明治面包，喝了杯咖啡。

普拉多一再回到母校，坐在入口台阶上，想象过着另一种生活将会如何。戈列格里斯思索着西尔维拉的问题，还有自己别扭的回答：我过着我想要的生活。他似乎看到坐在青苔台阶上的医生在质疑自己，西尔维拉的质疑也让他十分不安。安全又熟悉的伯尔尼街道从不会让他如此不安。

另一位客人付账离开，咖啡店里只剩下他一个人了。戈列格里斯忽然不明缘由地也急匆匆结账，尾随那个男人出去。那是个年迈的老人，一只脚有点跛，走路时经常停下休息。戈列格里斯和他保持一段距离，随他来到里斯本的上城区，也是夜生活的大本营巴罗奥尔多区，直到他消失在一间狭窄破旧的房子门后。二楼的灯亮起，窗帘朝两边拉开，老人出现在敞开的窗口，嘴里叼着烟。戈列格里斯躲在一家大门口的暗处，朝亮灯的房间望去。里面有张绣着织花的软垫沙发，两张不相称的靠背椅，还有一个玻璃橱柜，里面放着餐具与小小的彩绘瓷偶，墙上挂着一幅耶稣受难像，家里连一本书都没有。要如何过他这样的生活？

直到男人离开窗边，拉起窗帘，戈列格里斯才从暗处走出来。他迷失了方向，只好在下一条街口转弯往下走。他从未尾随陌生人回家过，也没想过如果过着这位陌生人的生活将会如何？刚从他心中撬出的好奇心新鲜无比，与他在火车上体验到的全新觉醒合拍，他应是在昨天或是什么时候带着这全新的觉醒在巴黎的里昂火车站下了车。他不时停下来看着前方。在那些古老文本，在他的古老文本中，也有许多拥有自己生命的人物。阅读和理解那些文本，不正是为了知道并理解这样的生命吗？但为什么一跟葡萄牙贵族以及刚才遇见的跛子扯上关系，一切便全然不同了？他不安地一步步走在陡峭街道的潮湿石板地上，直到认出自由大道时才舒了口气。撞击来得突然，他根本没听见直排轮鞋滚动的声响。撞他的人高大强壮，在赶过戈列格里斯时，手肘刚好碰到戈列格里斯的太阳穴，扯掉他的眼镜。戈列格里斯一时头晕眼花，跟跄了几步，惊讶地发现自己一脚踩到眼镜，镜片应声而碎。他感到一阵恐慌。别忘了带上备用眼镜，他想起多夏狄斯在电话中的叮咛。呼吸在几分钟后才平缓过来。他跪在街上摸索着碎片和散落的镜架，把找到的东西扫在一起，用手帕包好，然后缓缓摸着沿街的屋墙回到旅馆。

旅馆夜班门房见到他吓了一跳。戈列格里斯来到旅馆大厅的镜子前时，才发现他的太阳穴在滴血。戈列格里斯走进电梯，拿门房给的手帕压住伤口，然后冲进走道，用颤抖的手打开门后立刻扑向行李箱。摸到备用眼镜冰凉金属盒的那一刹那，如释重负的泪水夺眶而出。他戴上眼镜，擦去血迹，把门房给他的创可贴贴在太阳穴的伤口上。这时已凌晨两点半，机场没人接听电话。四点左右，他才进入梦乡。

8

戈列格里斯在事后曾想过，要不是第二天早上里斯本沉浸在迷人的阳光中，事情可能会有一番转机。也许他会直接去机场，搭下一班飞机打道回府。但这股阳光让人无法转身离去，那光芒让过去的一切变得遥不可及，近乎虚幻，让人执意将过去的阴影一扫而尽，让人只能动身朝未来奔去，不管何去何从。漫天飞雪的伯尔尼如此遥远，戈列格里斯难以相信，在科钦菲尔德大桥遇见那名神秘葡萄牙女子之后才过了三天而已。

用过早餐后，他打电话给西尔维拉，一名女秘书接了电话，他请她帮忙推荐会讲德语、法语或英语的眼科医生。半小时后，他接到秘书回电。秘书转达了西尔维拉的问候，并介绍女医生给他。她是西尔维拉的姐姐的眼科医生,在科英布拉大学[1]和慕尼黑大学的医院工作过一段时间。

诊所位于古堡后面的阿尔法玛区,里斯本最古老的城区。戈列格里斯在灿烂的阳光中慢慢行走,尽早避开所有可能撞到他的人。有时他停下来,用手揉着厚镜片后的眼睛。这里就是里斯本——在他打量学生时突然从人生的终点回头看清自己,又因为他偶然获得一本看似专门为他而写的葡萄牙医生的著作,便决定前来的城市?

他一小时后走进的房子,完全不像女医生的诊所。深色的木质地板、墙上的原创画作、厚重的地毯,让人觉得置身贵族之家,所有东西井然有序,静静地恪守己职。候诊室里空无一人,戈列格里斯丝毫不以为怪。生活在这种房子里的人无须靠为人看病谋生。接待柜台后的女人说玛丽安娜·埃萨女士马上就到,没再多说医生的事。唯一能看出这里在营业的东西,是个满是名字和数字的闪亮荧幕。戈列格里斯想起简朴到略显寒酸的多夏狄斯诊所,还有他莽撞的女助手,忽然感到一股背叛之意。当大门开启,医生出现时,他很高兴不必继续沉浸在不理智的感受中。

玛丽安娜·昆赛桑·埃萨医生的眼睛大而黑,让人产生信赖。她的德语流利,偶尔才会出个小错。她把他当成西尔维拉

---

[1] 科英布拉大学,创建于公元1290年,是葡萄牙历史最悠久的大学。

的朋友问候，也知道戈列格里斯来此的原因。她问他，怎会特别为一副坏掉的眼镜感到遗憾？像他一样有深度近视的人，当然随时需要一副备用眼镜。戈列格里斯即刻平静下来，感觉自己深陷在她桌前的沙发里，希望永远不必再站起来。女医生耐心地问诊，仿佛愿意为他付出所有的时间，这种感觉他从未在其他医生那里经历过，也包括多夏狄斯。这感觉显得不真实，恍若在梦中。他原本以为她会测量他的备用眼镜，做一般的视力检查，给他一张处方，打发他去眼镜行。但她却听他讲述近视的历史，一段接着一段，一个忧虑接着一个忧虑。最后他把眼镜递给女医生时，她打量着他。

"您是那种睡不好的人。"她说，请他来到房间另一边的仪器旁。

检查足足花了一个多小时。这里的仪器看上去和多夏狄斯的完全不同。玛丽安娜仔细检查他的眼底，俨然在探查一片新领域。最令戈列格里斯印象深刻的是，她的视力测验重复做了三次，中间还会休息一下，让他走走，还聊到他的职业。

"视力如何，取决于许多因素。"她注意到他讶异的神情，微笑起来。

检查出来的屈光度竟和从前相差甚远，左右两眼的视差比先前更大。玛丽安娜看出他的困惑。"来试试看吧。"她说着，轻轻碰触他的手臂。

戈列格里斯犹疑在抗拒与信任间，最后信任占了上风。医生给他一张眼镜行的名片，接着打电话给眼镜行。葡萄牙语的魔力再次出现，正是那名神秘葡萄牙女子在科钦菲尔德大桥说出葡萄牙语几个字时的魔力。蓦然间，他身处在这座城市有了意义，此意义并非无法言喻，反而属于一种不该用力量强制，而该用文字掌握领会的意义。

"要两天时间，"女医生放下听筒后说，"凯萨说没法更快了。"

戈列格里斯将手伸进外套口袋，拿出普拉多的札记，把那个奇怪的出版社名称指给医生看，讲到自己在电话簿上找不到这家出版社的事。"是啊，"她心不在焉地回答，"看来像是自费出版。"

"还有这个红雪杉，要是代表什么隐喻，我一点都不奇怪。"

戈列格里斯早想这么说，或许那是种隐喻，或是解开某个秘密的密码，不管是个残忍还是美丽的秘密，它将一段活生生的故事藏在绚丽且凋萎的叶丛下。

医生走进另一间房，拿了一本地址簿回来。她打开簿子，手指在纸上滑动。"这里，尤利欧·西蒙斯，"她说，"先夫的一位老友，是个古书商，对书懂得比一般人都多，多得不可思议。"

她写下地址，告诉戈列格里斯书店的位置。"代我问候他。戴上新眼镜后再过来一下，我想知道检查结果是否正确。"

戈列格里斯在楼梯间转身时，她还手扶着门框站在门边送他。西尔维拉跟她通过电话，她大概也知道自己远走高飞的事。他很想亲口告诉她这件事。他下楼的脚步犹疑不决，像是不愿离去。

一层白色薄纱笼罩天空，灿烂的阳光暗淡了些。眼镜行距离太迦河渡口不远。听到戈列格里斯说刚从哪里过来，原本闷闷不乐的凯萨·桑塔伦脸上开始绽放笑容。他看了一下处方，用手掂了掂戈列格里斯带来的眼镜，然后用生硬的法语告诉戈列格里斯，新眼镜可以用轻一点的镜片与轻型镜框来配。

短短时间之内第二次有人质疑康斯坦丁·多夏狄斯的专业诊断。戈列格里斯感觉有人夺走了他至今的生活，在记忆所及，他鼻梁上总是架着厚重的眼镜。他毫无把握地试过一副又一副的眼镜，最后只好任由满口葡萄牙文、说话宛如瀑布流泻的眼镜行助手连哄带劝地订下一副红色细边眼镜，对他宽阔四方的脸来说太过新潮，也太过时髦了。在走去位于巴罗奥尔多区的古董书店的路上，他一再告诫自己，新眼镜只能备用，平日不需要派上用场。直到站在古书店前时，他才重新找回内心的平衡。

西蒙斯先生是个结实的男人，尖鼻黑眼，眼里流露出狡黠机智。玛丽安娜已经打电话交代过了。戈列格里斯心想，看来半个里斯本城的人都来此为他通报过，也转述过他的故事了，一路上的行程像是为他订好了——在他记忆中从未有过类似的经历。

红雪杉——西蒙斯表示，他在图书业打滚三十年，从不知道有这家出版社，这点他确信无疑。文字炼金师——他也未曾听说过这个书名。他翻开几页，随口念了几句。戈列格里斯觉得，西蒙斯似乎在等待记忆浮现。他又看了一眼出版日期：一九七五年。那时他还在波尔图[1]当学徒，不可能听说一本自费出版的书，更别提是在里斯本印刷的书。

"真有人知道的话，"他一边说一边往烟斗里填满烟丝，"只能是老科蒂尼奥了，这家书店从前是他的。他年近九十，精神不太正常，不过对书的记忆惊人，简直是个神人。我没办法打电话给他，他基本上听不见，但我写几句话让您带去。"

西蒙斯走到角落的书桌前，在一张便条纸上写了些字，搁进信封。

"对他得有点耐心。"他把信封交给戈列格里斯时说，"他这辈子遇到过不少倒霉事，是个愤世嫉俗的老人。不过要是顺着他的话，他会相当友善。只是你永远不知道，哪些话才会顺他的心。"

戈列格里斯在古书店逗留许久，他一向习惯透过书来了解一座城市。学生时代第一次出国是去伦敦，在回加莱的渡轮上，他才发现，在伦敦的三天除了青年旅馆、大英博物馆及无数的书店外，自己在那座城市什么都没看到。在别的地方也看

---

[1] 波尔图，自古以来就是葡萄牙北方的大港，也是闻名的葡萄酒产地，商业活动非常繁荣，至今仍是葡萄牙第二大城。

得到这些书啊！别人摇着头说，对他错失美景惋惜不已。没错，但这些书偏偏在这里。他马上反驳。

现在他又站在高达屋顶的书架前，上面清一色堆放着他根本看不懂的葡萄牙文书籍，他却感到自己正与这座城市接触。清晨他离开旅馆时，觉得应该尽快找到普拉多，找出停留在这座城市的意义。然后他遇到红发黑眼、穿黑丝绒大衣的玛丽安娜·埃萨，现在又来到这些有原书主签名的旧书前，不由得想起自己拉丁语教材上阿奈丽·卫斯的笔迹。

《大地震》。他除了知道一七五五年里斯本发生一场让全城毁灭，也让信徒对上帝的信仰严重动摇的大地震外，其他一无所知。他从书架上取下这本书，旁边的书因此略微倾斜，书名是《黑死病》，叙述十四世纪与十五世纪里斯本爆发的瘟疫。戈列格里斯把两本书夹在腋下，走到摆放文学书籍的另一侧。卡蒙斯[1]、萨·德·米兰达[2]、塞尔帕·平托[3]，还有卡斯特洛·布兰科[4]，都是他闻所未闻的崭新世界，连芙罗伦斯也未曾向他提过。

---

[1] 卡蒙斯（1524~1580），葡萄牙诗人、作家，为葡萄牙文学和语言奠定了牢固基础，对西方文学亦具有深远的影响，最知名的作品为长篇史诗《卢济塔尼亚人之歌》。
[2] 萨·德·米兰达（1481?~1558），葡萄牙文艺复兴时期的第一位诗人。
[3] 塞尔帕·平托（1509~1583），中世纪葡萄牙的冒险家。
[4] 卡斯特洛·布兰科（1825~1890），十九世纪葡萄牙小说家，也被称为"葡萄牙的巴尔扎克"。创作范围包括小说、剧本、评论等。

他看到埃萨·德克罗兹[1]的《阿马罗神父的罪恶》时犹豫了一下，仿佛这是本禁书。最后他还是从书架上取下，与另外两本放在一起，然后他终于站到费尔南多·佩索亚[2]的《惶然录》[3]面前。说来不可思议，他就这么来到了里斯本，想都没想过这里正是《惶然录》的主角会计助理贝尔纳多·索阿雷斯所在的城市。小职员在炼金街工作，借由他来记录佩索阿的思想，他的孤寂的思想远甚他生前与死后世界中的所有思想。

真的那么难以置信吗？描绘中的原野之绿，比真实之绿更浓烈。佩索阿这句话曾导致他和芙罗伦斯起了多年相处中最尖锐的一次冲突。

那次她跟几个同事坐在客厅，笑语和杯觥交错声清楚可闻。为了拿本书，戈列格里斯极不情愿走进去，刚好听到有人念那一句。写得妙！芙罗伦斯的一位同事高声赞叹，他晃着艺术家

---

1 埃萨·德克罗兹（1845~1900），十九世纪葡萄牙具有国际声誉的重要小说家，从事社会改革，并把自然主义和写实主义引进葡萄牙。
2 费尔南多·佩索亚（1888~1935），生于里斯本，是葡萄牙诗人与作家，生前以诗集《使命》闻名于世，被认为是继卡蒙斯之后最伟大的葡语作家。文评家哈洛·卜伦在他的作品《西方正典》中形容为他与诺贝尔奖得主聂鲁达是最能代表二十世纪的诗人。
3 《惶然录》，葡萄牙诗人佩索阿晚年时的随笔、仿日记式小说，他死后整理出版。故事背景为二十世纪初的里斯本，眼见葡萄牙的帝制覆灭与1932年的军事政变，在动荡的政治下，公司小职员主角过着怡然自得的孤独生活，多方哲学反思抒发自己心中的惶然。

的蓬松乱发,将手搭在芙罗伦斯光滑的手臂上。只有少数人懂得这句。戈列格里斯说。屋里顿时尴尬得鸦雀无声。那你就是少数人之一了?芙罗伦斯尖声反问。戈列格里斯刻意慢慢从书架上取下书,然后一言不发走了出去。好几分钟后,他才听到里面重新响起说话的声音。

之后不论他在何处看到这本《惶然录》,都会立刻闪开。两人未再谈起这段插曲,并且跟所有搁置不理的事一样,在离婚时被搁到一边。现在,他从书架上抽出这本书。

"您知道吗,我觉得这本不可思议的书像什么?"西蒙斯将价格敲入收款机时说,"就像普鲁斯特写出《蒙田随笔》。"

戈列格里斯拎着沉重的袋子走到卡蒙斯纪念碑旁的加勒特大街时,已经累得快昏倒了,但他不想马上回旅馆。他想与这座城市更接近,希望感受更多,才能担保今晚不再打电话去机场订回程机票。喝了杯咖啡后,他搭上驶往贝拉兹雷斯墓园的电车。维托·科蒂尼奥那个老疯子住在那附近。他或许知道一些普拉多的事。

9

里斯本的百年老电车,带着戈列格里斯回到在伯尔尼的童年。这辆电车让他在车上颠簸不停,边晃边鸣铃地穿越巴罗奥尔多区,简直跟伯尔尼的老电车没两样。在他还不必买票时，经常花几个小时搭乘电车，穿过伯尔尼的长街小巷。同样的油漆木椅、从车顶垂落的把手旁同样有个停车拉铃、司机刹车或加速时同样用的金属警铃。直到今天，戈列格里斯依然怀疑警铃的作用。在他戴上初中校帽时，伯尔尼的老电车被轻声平稳的新电车取代。其他的学生为此雀跃不已，不少学生为了等新电车而迟到。对于世界的改变，戈列格里斯说不出什么话来，心里却不是滋味。他鼓足勇气来到电车停车场，问一位穿制服的人，那些老电车将如何处置，那人回说要卖到南斯拉夫去。他一定看出小孩子的心事，于是转身走到办公室，拿出一部老电车模型来。戈列格里斯直到今天依然保存着，像对待一件无比珍贵、无可替代的史前文物。里斯本电车在终点站的环形弯道嘎嘎刺耳停靠时，他恍若见到自己那具伯尔尼老电车的模型。

他从未想过，那位眼神无畏的葡萄牙贵族或许已经死了。直到如今站在墓园前，这个想法才在他脑海里闪现。他忐忑不安地沿着园中小路缓缓而行，在这亡灵之城内有多座醒目的小陵墓。

他花了半小时的时间，来到一座白色大理石砌成的高大墓室前，大理石上有日晒雨淋留下的斑斑痕迹。两块边角雕刻纹饰的墓碑嵌在石中，上面那块石碑上刻着：亚历山大·贺拉西欧·德·阿尔梅达·普拉多长眠于此，生于一八九〇年五月二十八日，卒于一九四五年六月九日。玛丽亚·皮达德·莱丝·德·普拉多长眠于此，生于一八九九年一月十二日，卒于一九六〇年十二月二十四日。下碑明显比上碑明亮，苔藓也较少。戈列格里斯读着：法蒂玛·艾梅莉亚·克雷门西亚·格哈多·德·普拉多长眠于此，生于一九二六年一月一日，卒于一九六一年二月三日。再往下的字体上的铜绿略淡些：阿玛迪欧·伊纳西欧·德·阿尔梅达·普拉多长眠于此，生于一九二〇年十二月二十日，卒于一九七三年六月二十日。

戈列格里斯注视着最后一排数字。手里那本书的出版日期为一九七五年。如果这个墓碑上的阿玛迪欧·德·普拉多，正是那位在严格的科蒂斯文理中学就读，后来一再回到学校，坐在台阶的温热青苔上，一再自问如果自己换成另一个人会过何种生活的医生，这就意味着札记不是由医生本人出版，而是另有人代劳自费出版。是普拉多的朋友、兄弟或姐妹？要是这个人在二十九年后的今天依然在世，便正是他要找的人。

但墓碑上的名字也可能只是巧合。戈列格里斯希望这只是恰好与普拉多医生同名同姓的人，他真希望如此。他感觉得到，一旦确信那位发誓重组陈腐的葡萄牙文、多愁善感的男人早已不在人世，自己无缘与他碰面，他会有多失望。

尽管如此，戈列格里斯还是抽出笔记本，记下墓碑上的所有姓名、出生及死亡日期。这个阿玛迪欧·德·普拉多去世时年五十三岁，父亲在他三十四岁时辞世。这个父亲是否正是书中挤不出笑脸的父亲？母亲在他四十岁时去世。法蒂玛·格哈多很可能是普拉多的妻子,死时年仅三十五岁,那年他四十一岁。

戈列格里斯的视线再次扫过墓碑,这回他才注意到半隐在野生常春藤下墓基上的一段碑文:当独裁成为事实,革命便成为义务。这个普拉多是因为政治理念而牺牲的吗?一九七四年初,葡萄牙爆发康乃馨革命[1],结束了独裁统治,所以这位普拉多未能亲自见证。从碑文上来看,他似乎是为反抗运动而死。戈列格里斯从口袋里取出书,打量书中的照片。有可能,他心想,这是张反抗运动战士的脸,也符合他书中压抑的愤怒。他是诗人与语言神秘论者,执起武器为反抗独裁者安东尼奥·德·奥利维拉·萨拉查[2]而战。

他在墓园出口询问一名穿制服的男人,如何找出陵墓的所有人,但他的葡萄牙文词汇不足以沟通。他从口袋里掏出写着尤利欧·西蒙斯书店前任店主地址的纸条,接着便上路了。

---

[1] 康乃馨革命,指1974年4月25日在葡萄牙首都里斯本发生的一场左派军事政变,终止了在萨拉查统治下、二十世纪西欧为期最长的独裁政权,实现了葡萄牙的自由民主化。革命者没有大规模的暴力冲突,而以和平方式,以花代替子弹,实现政权更迭,史称"康乃馨革命"。

[2] 安东尼奥·德·奥利维拉·萨拉查(1889~1970),葡萄牙前总理,统治葡萄牙三十多年。萨拉查原为经济学教授,1928年加入卡尔莫纳将军所组成的军人独裁政府担任财政部长。他在1931年成立政党"国民同盟",1932年出任总理。萨拉查所建立的法西斯性质的国家体制,在他过世后四年的左派军事政变"康乃馨革命"中崩溃。

从外观来看，维托·科蒂尼奥住的房子随时可能坍塌。房子远离街道的尘嚣，隐匿在层层屋舍之后，房屋基底长满了常春藤。门上没有门铃，戈列格里斯不知所措地在院子里站了一会儿，正打算转身离去时，一道洪亮的声音从上面窗口传下来。

"您有何贵干？"

窗框中探出一个满头白色卷发的脑袋，大把白胡子和头发连在一起，鼻梁上架着一副宽边黑框眼镜。

"关于书的问题。"戈列格里斯高举着普拉多的书，用力大声喊回去。

"什么？"窗口的男人追问。戈列格里斯重复一遍自己的回答。

脑袋从窗口消失，大门响起嗡鸣。戈列格里斯走进门厅，四处全是高达屋顶的书架，上面堆满了书，红砖地上铺着一块快要磨平的东方地毯。空气中弥漫着变质的食物、尘埃及烟草味。白发老人出现在嘎吱作响的楼梯上，深黄色的牙齿间叼着一根烟斗，身穿粗方格纹衬衫，灯芯绒裤子几乎磨平，洗得褪色的衬衫早分辨不出原色调，脚上的拖鞋没有绑鞋带。

"你是谁？"重听的老人大声质问，浓眉下让人想起琥珀石的淡褐色眼睛恼怒地盯着来者，仿佛被人打扰了安宁。戈列格里斯递上西蒙斯的信。"我是瑞士人，"他先以葡萄牙文自我介绍，再用法语补充，"古语言学者，正在寻找这本书的作者。"看到科蒂尼奥没反应，他提高音量重复了一遍。

我没聋，老人以法语打断他，皱纹纵横、饱经风霜的脸上露出狡黠的笑容。聋？那是他懒得听胡扯时用的妙招。

他的法语有一种奇特口音，但说得慢条斯理，有条不紊。他快速瞥了一眼西蒙斯的纸条，目光再朝走道尽头的厨房示意一下，先行走了过去。餐桌上摆着打开的沙丁鱼罐头，旁边有半杯红酒和一本摊开的书。戈列格里斯走到桌子另一头坐下。老人走过来，做了一件戈列格里斯意料不到的事：他伸手摘下戈列格里斯的眼镜给自己戴上，然后狡黠地眨了眨眼，左看右看，手中一边晃着自己的眼镜。

"看来我们有共同之处。"他把眼镜还给戈列格里斯时说。

同样戴着厚镜片走过世界的两人——科蒂尼奥脸上的紧张和提防立刻消失了，拿起了普拉多的书。

他一言不发地打量医生的照片好一会儿，其间曾经站起来，像梦游般魂不守舍，给了戈列格里斯一杯葡萄酒。一只猫咪悄悄钻进来，磨蹭他的腿。他没注意猫，取下眼镜，用拇指和食指压着鼻梁根部，这动作让戈列格里斯想到多夏狄斯。落地座钟的嘀嗒声响自隔壁房间传来。老人扣了扣烟斗倒出烟灰，从书架上取下烟丝填满。又过了一阵子他才开始说话，轻飘飘的声音宛如来自遥远的回忆。

"要说我认识他并不对，我们从未打过交道。不过，我的确在他的诊所门口见过他两次。他身穿白袍，眉毛高竖着等待下一个病人。当时我姐姐因黄疸病和高血压找他看病，我陪她去过。她深信他，我相信她有点迷恋他。这没什么好奇怪的，他充满男人味，有让人着魔的魅力。他是鼎鼎大名的法官老普拉多的儿子。法官结束了自己的性命，有些人说他无法继续承受驼背之苦，另一些人则猜测他无法原谅自己为独裁者效力。

"阿玛迪欧·德·普拉多一直广受爱戴与敬重，直到他救了一位人称'里斯本屠夫'的秘密警察鲁伊·路易斯·门德斯一命为止。那是六十年代中期的事，我刚过五十岁生日。那件事后大家开始回避他，伤透了他的心。从此他开始在暗地为反抗组织工作，似乎希望借此赎罪。直到他死后，这事才水落石出。据我所知，他死得突然，死因是脑出血。那是革命爆发前一年的事了。在他生命的最后，一直跟崇拜他的胞妹安德里亚娜生活在一起。

"一定是她让这本书得以付梓。我都猜得出是谁印的，但那间印刷行早已不在了。这本书在出版几年后曾出现在我的书店里。我把它塞进一个角落，没有读。我有点讨厌这本书，又说不上来理由。也许是因为我一直不喜欢安德里亚娜吧。基本上我不认识她，但她是医生的助手，我两次去诊所，她对病人盛气凌人的态度令我反感。或许我看人有误，但我始终这么认为。"

科蒂尼奥翻了几页说："看来写得不错，标题也很好。我真不知道他会写作。您从哪里弄到这本书的？为什么要找他？"

戈列格里斯讲给科蒂尼奥听的故事，和他在夜车上告诉西尔维拉的略有不同。这回特别提到在科钦菲尔德大桥上与神秘葡萄牙女子偶遇,还提到写在自己额头上的电话号码。

"您还保有那个号码吗?"老人问,这个故事精彩到让他新开了一瓶葡萄酒。

戈列格里斯费了点时间找笔记本,但他随即察觉自己做得过火了,摘眼镜的举动让他相信老人会拨打这个号码。西蒙斯说他疯疯癫癫,并不代表他人老糊涂,不是这么回事。看来老人孤独地与猫生活在一起,让他失去了与人疏远或亲近的感受。

没了,戈列格里斯说找不到那个电话号码。老人回答说可惜,看来一点都不相信他。对坐的两人顿时形同陌路。

"电话簿上找不到安德里亚娜·德·阿尔梅达·普拉多的名字。"一阵短暂尴尬结束后,戈列格里斯说着。

"这说明不了什么。"科蒂尼奥闷闷不乐地哼着。要是安德里亚娜还活着应该八十岁了,很多老人会取消自己的电话号码,他前一阵子就这么做。如果她已作古,名字自然会刻在墓碑上。医生居住和工作的地址?已经四十年过去,他记不得了,大概在巴罗奥尔多区吧。不过那栋房子应该不难找,房子外墙贴了很多蓝色瓷砖,而且附近只有那么一栋蓝色屋宅,起码当时是如此。大家管那里叫"蓝屋诊所"。

戈列格里斯在一小时后与老人道别时,两人的距离再次拉近了。粗鲁的距离感与冷不防的同谋交情在科蒂尼奥的举止中不规律地交替，让人捉摸不透其突然转变的原因。戈列格里斯在屋里转了一圈，为视线所及都是书而惊叹不已，这里简直是座图书馆。这位老人博览群书，收藏的初版书籍数之不尽。

老人对葡萄牙姓氏了如指掌。戈列格里斯因此得知普拉多是个古老的宗族，一直可回溯到胡安·努内斯·德·普拉多时代，也就是葡萄牙国王阿方索三世的孙子。玛丽安娜·埃萨的家族则可回溯到佩德罗一世及伊内斯·德·卡斯特罗时代，是全葡萄牙最显贵的姓氏之一。

"我的姓氏自然无疑更古老，与王室也沾亲带故。"科蒂尼奥说着，自嘲地停顿了一下，明眼人都能听出他语调里的骄傲。

他羡慕戈列格里斯在古语言方面的专精。送戈列格里斯到门口时，他从书架上抽出一本希腊文和葡萄牙文的《新约圣经》。

"天晓得我干吗要送你这本书，"他说，"反正就送给你了。"

走过院子时，戈列格里斯知道自己再也忘不了这句话，也忘不了老人将手放在他的背上轻轻将他推出门外。

嘎嘎作响的电车穿过刚降临的薄暮。戈列格里斯心想，别寄望在晚上去找到那栋蓝色房子。这一天似乎漫无止境，现在他疲惫地把头靠在凝结水汽的车窗上。这可能吗，他刚到这座城市才两天而已？自他把拉丁文课本留在讲台上也不过才四天，还不到一百个小时。他在里斯本最著名的罗西欧广场下了车，拎着从西蒙斯旧书店买来的沉沉一袋子书朝旅馆走去。

10

为什么凯吉要用听上去像葡萄牙文,又不是葡萄牙文的语言跟他说话?为什么凯吉在指责奥勒留时,却不对皇帝发表一句意见?

戈列格里斯坐在床边,揉出眼中的睡意。接着学校管理员站在学校大厅里,手握着水管,冲刷着葡萄牙女人擦干头发时他们站过的地方。他分不清是在这之前还是之后,总之,戈列格里斯跟她一起来到凯吉的办公室,要把她介绍给校长。他不需要推门,因为他们一下子便出现在凯吉硕大的书桌前,像两个请愿者,却忘了请愿词。接着校长一下子不见了,大书桌甚至书桌后的那堵墙也都不见了,阿尔卑斯山的风光在眼前一览无遗。

现在戈列格里斯注意到房里小冰箱的门半掩着。之前不知何时他饿醒了,于是吃了些花生和巧克力。醒来前,伯尔尼家塞满账单广告的信箱正让他大伤脑筋,就在他的图书馆快要变成科蒂尼奥的图书馆前,一场熊熊大火烧起,一排排数不清的《圣经》全部烧成黑炭。

早餐的餐点戈列格里斯全都要了双份,并且一直赖着不走,让开始准备午餐的女服务生不太高兴。他不知道下一步该怎么走。刚才他听到一对德国夫妇在安排当天的游览行程,他也想为自己安排一趟行程,却没成功。里斯本对他来说并非观光景点或旅游的舞台，而是为了逃避自己的人生前来躲藏的城市。他唯一能想象的，是自己去搭乘太迦河的渡轮，从河上好好看这座城市。

但就连这件事他也提不起劲。他究竟想做什么？

他回到房间，把收集来的书堆叠在一起。两本有关里斯本大地震和黑死病的书，一本是埃萨·德克罗兹的小说，一本《惶然录》，一本《新约圣经》，还有语言教材。然后他试着把书装进行李箱，搁到门边。不，这也不是他想做的事。并不是为了明天要去拿新的眼镜。现在先到苏黎世，然后在伯尔尼火车站下车？不可能，他已没有退路。

还有什么事困扰他？是思及时光流逝与死亡，使他一时之间不知道该做什么，不再明了自己的意图？还是对自己的信赖丧失了自我意愿，因此对自己感到陌生，解决不了的难题是他自己？

他为何还不出发去找蓝屋？安德里亚娜·德·普拉多在他哥哥死后三十一年，或许还生活在那栋房子里。为什么他要犹豫？为什么他心底突然出现一道屏障？

戈列格里斯做了他内心不安时常做的事：打开一本书。他的母亲是伯尔尼高原地区的农家孩子，很少碰到书，最多只翻翻路德维西·冈霍夫的乡土小说，且要花上数周才能读完。父亲利用阅读来对付百无聊赖的博物馆空荡大厅，等他读出甜头后，所有弄得到手的书他都读。"现在连你都躲进书堆里了。"

母亲发现儿子也迷上阅读后这么说。他对母亲的看法感到很难过，而且母亲无法明白优美的文字具有魔力和光芒，也让他十分难过。

这世上有人嗜书如命，有人对书无动于衷。爱读或不爱读书，一眼就看得出来。这是人与人之间最大的差异。大家对他的主张十分讶异，有些人对如此乖戾的见解不表赞同。但事实就是这样，戈列格里斯知道，他就是知道。

他请清洁女工别打扫他的房间，然后在接下来几小时内吃力地解读普拉多的一则笔记，这则笔记的标题在他翻书时正巧跃入眼帘：

内在表象之内在

　　在前些日子一个阳光明媚的六月上午，晨光静静在巷弄流泻。我刚好站在加勒特大街上的一个橱窗前，因为刺眼的光线让我无法看清橱窗里的商品，却瞥见自己镜中的影像。看到挡在面前的自己，令我很不自在。尤其不管怎么看，整个影像都合乎我看待自己的模样。正当我打算用双手遮阳，好让我瞧进店内，我在橱窗上的影像后面忽然冒出一个高大的男子，他的出现仿佛是个骇人的雷雨乌云，让大地变了色。他站住不动，从衬衫口袋掏出一包烟，拿出一根含在唇间。吐出第一口烟时，他的视线移动了一下，最后停在我身上。我心想着：我们不过是人类，能了解对方什么？为了不与他影像中的眼神相遇，我假装轻松地看着橱窗里的展示品。陌生人从镜中看到一个身材瘦削的男人沐浴在阳光中，头发略白、脸颊细长、神态严肃、圆框眼镜后面有一对黑亮的眼睛。我打量自己镜中的影像，我和平常一样方肩直挺，尽可能让头高高扬起，甚至有点后倾，正如喜欢我的人对我的正确评论：这个狂妄自负的家伙藐视一切、愤世嫉俗，只要有机会便不吝惜于戏弄嘲讽。抽烟的男人想必正是这么看我。

这是何种错觉！我有时会想：自己站立行走时夸张地挺直身体，就是为了抗议父亲佝偻弯曲的脊背，抵挡他的痛苦。强直性脊椎炎的折磨，让父亲像个受尽压榨的奴仆垂头望着地面，不敢正视高高在上的主人。或许我可以靠挺直身子，扳正我那已故骄傲父亲的脊背，或是借由时光倒转的神奇魔力，想办法让他不要驼得那么悲惨，让他在现实中少受一些病痛奴役；仿佛借由我现在的努力，可以减轻父亲吃过的苦，让过去失去真实，换以一个美好、解脱的过去。

我望着镜中身后那个陌生人产生的错觉还不只这一桩：经历了一个漫长的夜晚，没有安慰，不得安眠，我怎可能轻视别人？前一天我刚在诊所当着一名病人妻子的面，明示他已来日不多。请他们走进诊疗室前，我对自己说：你必须说明真相，给他们时间去安排自己和五个孩子的生活。说到底，人类拥有尊严，是因为无论命运何等残酷，都有勇气正视自己的命运。那时临近黄昏，轻柔的暖风将接近尾声的夏日气息和喧闹从敞开的阳台大门送了进来。如果大家沉浸在这充满活力的温柔浪潮中，忘却自我，这会是幸福的时刻。此刻的气氛却如猛力击打门窗的暴风雨！男人和他的妻子在我对面，坐在椅子最外缘，怀着迟疑、焦急、不耐烦的心情等待我的宣判。他们多希望我释放那死期将近的恐惧，让他们可以轻快地步下楼梯，加入街上悠闲的人群，享受充沛的岁月。张口前，我取下眼镜，拇指和食指紧压着鼻梁。想必他们看出这姿势是个宣布可怕事实的先兆，等我睁开眼时，注意到两人的手已紧紧握在一起，似乎已分隔了十几年再重聚。此情此景更是让我哽咽，拖延那揪心的等待。我无力抬头面对两双流露无名恐惧的眼睛，只能对着两双手表白。他们的手紧缠在一起，因为用力过猛以致全无血色。就是这对惨白纠结的手夺走我的安眠，只能出外散步，试图驱散这挥之不去的一幕。我因此来到这条闪亮街道的镜面橱窗前。（想从脑中驱散的还有另外一件事：我为自己向病人宣布坏消息时的不当用词懊恼不已,之后却将恼怒发泄到安德里亚娜身上。她照顾我一直胜过母亲,这天竟然忘记带来我最爱吃的面包。希望金色的晨光能打消这非出于我愿的不公行为!)

我背后那个叼着香烟的男人,此刻将身子靠在灯柱上,看看我,又望了望街上的情景。他看到的我,无法泄露我内心缺乏自信的脆弱,因为那不符合我高傲自负的体态。我想象自己的眼是他的视线,想象我是他,从他的眼中看到我在镜中的模样。我的外表,还有给人的印象,从来不是真实的我,从未出现在我生命中。就学时,上大学时,在诊所时,我都不是这样的我。别人是否也同样辨认不出外表下的自己?他们的镜中影像是否同样像是笨拙失真的帷幕?他们是否讶异地察觉,外人对他们的认知,跟他们自身体验的方式之间,存在着一道偌大鸿沟?是否察觉内在了解及外来了解竟存有如此巨大的差异,以致无法混为一谈?

当我们意识到自己的外表在他人眼中与在自己眼中截然不同,我们与外界间的距离便会拉得更大。面对人类与面对房屋、树木或者星辰,完全是两码子事。面对人类时,大家总期望以某种一定的方式相遇,把对方变成自己的一部分。人用幻想力将他或她分割开来，让他或她符合自己的愿望与期待，当然也有可能透过对方，证实自己的恐惧或是偏见。除了他人的外表轮廓，我们永远无法客观肯定地看清对象。在认识他人的过程中，我们的视线会因自己的期望及幻想而偏移，受蒙蔽。正是这些期望与幻想，让我们成为独特、与众不同的人，成为我们自己。就连内心世界的表面，仍然是我们内心世界的成分，更别提我们对他人内心的看法有多不准确，多不牢靠。对他人的看法与其说是揭示他人，不如说揭示的是我们自己。那个叼着香烟的男人，如何看待我这身子挺得过于笔直、瘦脸唇丰、鼻梁挺立、架着一副金丝眼镜的人呢？在我看来，我的鼻梁过长，也太过突出。这外表又如何顺应与违逆那男人的期望，以及他的心灵？他看出我刻意夸张和自负的地方吗？他又略去了哪些，仿佛全然不存在？抽烟的陌生人从我的镜中影像里，必然得到一幅失真的图像。在他心中关于我内心想法的影像，更是堆积在失真之上的失真。因此我们之间更陌生，因为阻隔在我们之间的不只是虚假的表象，还加上彼此心中的错觉。

　　这种陌生感及距离感惹人厌吗？真的需要一名画家对我们张开双臂，即使是绝望，也徒劳地向我们描绘他人？或是那幅画该用轻松的方式告诉我们：双重障碍的确存在，但那也是一堵防护墙？我们是否要感谢这堵防护墙，帮我们和陌生人保持距离？要感谢我们由此获得的自由？如果没有躯体间双重的保护直接面对面，情况会如何？要是人们之间没有隔阂伪装、相互交融，情况又将如何？

读着普拉多的自述，戈列格里斯不时翻回书前页，打量普拉多的肖像。他想象着医生那头钢盔般朝后梳理的黑发变白，鼻梁架着一副圆圆的金丝眼镜。别人看到肯定会说这人狂妄自大、蔑视他人。不过照科蒂尼奥的说法，他是名备受尊崇的医生，直到救了秘密警察一命。从那以后，他就被原本爱戴他的人唾弃。他为此伤心不已，愿意为反抗组织工作来弥补过错。

但这怎么可能？医生尽了该尽，也是必尽的义务，反而要去赎罪？如果没有这样的过错呢？戈列格里斯想着，科蒂尼奥的描述有哪里不大对劲。这件事肯定没这么简单，一定更复杂。戈列格里斯继续翻阅着。我们人类了解彼此多少？戈列格里斯又翻了几页。或许会有段落提到他人生中这段扣人心弦又痛苦的转折？他没找到。他在淡淡的黄昏中走出旅馆，信步来到加勒特大街。

当年普拉多站在这里看到橱窗里自己的影像，尤利欧·西蒙斯的旧书店也在这条街上。

夕阳西下，橱窗里没有反射的光线。戈列格里斯过一会儿才发现一家灯火通明的时装店里有面大镜子。他从窗子望去，观察镜中的自己，试着模仿普拉多：设想自己在陌生人的注视下，将这个人眼中的影像复制到自己眼中，从陌生人的视线中接收自己镜中的影像。让自己成为陌生人，像是初次与自己相遇。

他的学生和同事正是这样看他，便出现那位"无所不知"。连芙罗伦斯都用这种方式看他，刚开始她只是个坐在前排、对他痴迷的女学生，后来成了他的妻子。他在她面前渐渐变成迟钝缓慢、乏味的丈夫，渐渐取代那个博学多才的人，毁了她光彩文学世界中的魔力、欢愉和优雅。

如普拉多所言，每个人都会看到同样的画面，但是略有不同，因为人类外在世界的可见部分，亦是内心世界的成分。这位葡萄牙人确信，自己一生中从不曾是他在外人眼中的样子。不论他如何熟悉自己的外表，还是认不出别人眼中的自己。那份陌生让他倍感震惊。

一个跑过去的男孩撞了他一下，戈列格里斯吓了一跳。撞击的惊恐与忐忑不安的心情叠合，他没有把握自己能与葡萄牙医生匹敌。普拉多如何确定，自己与别人看到的他截然不同？他如何做到这点？普拉多谈论这件事时，仿佛那是内心的一道光，一直在他心中照耀。那道光芒既是他对自己的深刻了解，也代表外人眼中无比疏离的陌生。戈列格里斯闭起眼，回想自己坐在驶往巴黎的火车上，在餐车车厢里。旅程果真开始后，他才在火车上体悟到对清醒的全新感受。这与葡萄牙人心智上的无比醒觉是否一脉相通？这种清醒是否以孤独为代价？或两者截然不同？

戈列格里斯听人说，他在这个世界上永远保持一种姿势：趴在一本书上，没完没了地读着。但现在他要挺直身子，试着体验过度挺直背脊、高昂着头，拉直父亲备受折磨的驼背的感觉。上中学时，他曾见到一位得了佝偻症的教师。患这种病的人总将头缩进脖子里，以免无时无刻盯着地面。他们的举止跟普拉多去科蒂斯文理中学时遇到那名学校管理员的描述完全一样：就像一只鸟。同学们对那蜷曲的身体开了残忍的玩笑，那名教师则报以阴险严厉的处罚。要是自己的父亲一生都维持屈辱的姿势，时时刻刻、日复一日，不论是坐在法官桌前还是跟孩子们围坐在餐桌旁——这会是何种生活？

老普拉多当过法官，照科蒂尼奥的说法，还是一名鼎鼎大名的法官。他遵守萨拉查的法律，也就是遵从打破所有常规法制的人。或许他因此无法原谅自己而自杀。在普拉多家族的墓碑底座上刻着一行字："当独裁成为事实，革命便成为义务。"题这句话是为卷入反抗运动的儿子？还是为了发现话中真相却为时已晚的父亲？

戈列格里斯下山往大广场走去，他急着想弄清楚这件事，采取的方式和他毕生致力从古文字中了解历史背景的方法大不相同。他为什么这么做？法官已经作古近半世纪，革命也是三十年前的事，而普拉多之死也早已成往事。他何必在这件事上纠缠不清？这跟他又有什么关联？只为了一个葡萄牙文字的发音，一个写在额头上的电话号码，便让他脱离自己井然有序的生活，远离伯尔尼，卷入早已不在人世的葡萄牙人的生活？

在罗西欧广场边的一家书店里，安东尼奥·德·奥利维拉·萨拉查的传记跃入他的眼帘。这个人在普拉多生命中至关重要，甚至可能是普拉多的死神。勒口上有个全身黑衣的男人，盛气凌人却神色机灵，严厉的眼神中带着超凡的神采，透露出智慧之光。戈列格里斯翻开书，心想萨拉查追求权力，但不一味盲目愚蠢地使用残暴手段，更不恣意放纵于酒池肉林中。为了保有并长期占有权力，他抛弃一切欲望，让自己始终保持冷静，无条件地厉行自我约束，过着苦行僧般的生活。人们可从他脸部严厉的线条、吃力摆出的稀有笑容中，看见他付出的巨大代价。在光鲜的政府生涯中，他节制简朴。那些压抑的渴望及冲动，在一切以国家利益为重的美丽措辞下，透过冷酷无情、近乎刽子手般的指令宣泄出来。

戈列格里斯睁着眼睛躺在黑暗中，想着自己与世界大事间的巨大隔阂。他并非对境外的政治事件漠不关心。一九七四年四月，葡萄牙独裁政权解体时，几位萨拉查的同辈动身前往葡萄牙，他却说自己不想当政治观光客。这句话让那几个人气愤难当。

这并不意味戈列格里斯是个不闻不问、一无所知的井底之蛙，不过他不得不承认，那种事对他来说有点像在阅读修昔底德[1]的作品，只不过出现在报纸上，尔后又出现在电视新闻上而已。这是否跟瑞士对世事无动于衷的立场有关？还是只跟他本人个性有关？是否因他对文字痴迷，而对描述残暴、血腥及不公的文字退避三舍？或是跟他的近视有关？

父亲的官阶最高只升到士官，他时常提起过去驻扎莱茵河畔的时光。身为儿子的他对此段故事始终感受不到真实，甚至有些可笑，与日常琐事中的陈词滥调相比，充其量只是澎湃激昂的回忆。父亲感受到儿子的看法，有一次终于勃然大怒：我们怕极了，怕得要命！很可能出现另一种结局，你可能因此根本不会出生。父亲没有高声喊叫，那不符合他的习惯，但语气中的愤怒还是让儿子羞愧，难以忘怀。

难道是这个原因，让他想知道，阿玛迪欧·德·普拉多是个什么样的人？了解普拉多，能让自己更靠近世界一步？

他打开灯，再读了一遍先前读过的段落：

空无

　　Aneurysma。每一刻都可能是最后一刻。我可能在没有丝毫预兆、全然不知的情况下，穿过一堵看不见的墙，墙后面是一片空无，连黑暗都不存在。我迈出

---

[1] 修昔底德（BC460~BC396），古希腊历史学家，《伯罗奔尼撒战争史》的作者。

的下一步很可能就要跨过这面墙。倘若无法体验死亡的瞬间,却又明白死亡的那一瞬确实会到来,我岂有不害怕之理?

戈列格里斯打电话给多夏狄斯,问他什么是 Aneurysma。"我知道这个字在希腊文中指的是扩张。那是指什么病?"希腊医生解释,那是先天性或后天性动脉血管壁向外扩张凸出的病变。是的,也可能出现在脑子里,还很常见。多数情况下病人毫不知情,可能长期潜伏在人体,甚至超过几十年。然后血管一下子破裂,生命告终。他干吗要在深更半夜里打听这种事?哪里不舒服吗?他现在到底人在哪里?戈列格里斯意识到自己犯了错,他不该打电话给医生。两人多年来知心信赖,他却找不出合适的话语回答,于是他结结巴巴、硬扯了一些老式电车、怪癖的古书商、葡萄牙人安息的墓园之类的事。全是些不着边际的胡扯,连他自己都听得出来。两人陷入一阵沉默。

"戈列格里斯?"他听到多夏狄斯问着。

"嗯?"

"葡萄牙文的国际象棋怎么说?"

他真想拥抱这位希腊医生。"Xadrez。"他回答,嘴巴里已不再干涩。

"眼睛没事吧?"

他的舌头重新贴紧上颚。"没事。"又是一阵沉默,然后戈列格里斯问：

"您觉得别人对您的看法，跟您对自己的看法一致吗？"

希腊人大笑："当然不！"

让普拉多深深恐惧的问题，却导致他人大笑，偏偏又是多夏狄斯。戈列格里斯不由茫然起来。他手里握紧普拉多的书，像是它忠诚的信徒。

"您真的一切都好吗？"希腊人打破僵局又问。

"还好，"戈列格里斯回答，"一切正常。"

两人如惯常那样中断了谈话。

戈列格里斯怅然若失躺在黑暗中，试图找出他与希腊人之间到底出了什么问题。毕竟当初是希腊人的一番话鼓励他踏上旅程，尽管伯尔尼已开始下起大雪。希腊人读大学时，在塞萨洛尼基[1]当出租车司机赚取学费。有一次他说：做出租车司机这一行的人都很粗俗。他在诅咒或吸烟时，不时也会流露出粗俗感，加上他满脸黑胡腮和小手臂上浓密的体毛，更显露他的粗犷与桀骜不驯。

希腊人视别人对他的错误认知为理所当然，但一个人真能对此无动于衷？难道他真的如此冷淡麻木？或是在追求内心的特立独行？天渐亮时，戈列格里斯方才入睡。

---

[1] 塞萨洛尼基，希腊除雅典之外的第二大城市，始建于公元前316年，是欧洲最古老的城市之一。

11

怎么会呢，不可能呀。戈列格里斯摘下轻巧的新眼镜，揉了揉眼睛又再戴上。真的。他的视线比以前清楚多了！尤其眼镜的上半部，他透过这部分看全世界。所有事物仿佛争相朝他扑来，想要吸引他的注意。因为再也感受不到如碉堡般压在鼻梁上的厚重分量与护卫感，新获得的明亮视线不但让他觉得刺眼，甚至有股威胁性。世界带来的新印象让他有点头晕目眩，只好将新眼镜取下。凯萨·桑塔伦郁郁寡欢的脸上闪过一丝微笑。

"现在您不知道是旧的好，还是新的好了。"他逗趣地说。

戈列格里斯点点头，然后站到镜子前。细长的红镜框和新镜片不再是他眼睛前面令人望而生畏的壁垒，而让他脱胎换骨变成另一个人，一个注重外表、追求优雅风尚的人。这么形容是有些夸大，但事实就是如此。说服他买下眼镜的眼镜行助理站在他背后，做了个认可的姿势。桑塔伦注意到她，赞同她的好眼光说："不错。"戈列格里斯感到怒气在体内上升，他戴回旧眼镜，包好新的，迅速付账后离去。

步行到阿尔法玛区玛丽安娜·埃萨的诊所原本只需半小时，但戈列格里斯花了整整四小时。

一路上一看到长椅，他便坐下，换戴新眼镜。新镜片让世界变得硕大，他第一次感受到三度空间，物体在这空间里能无限延伸。太迦河不再是一片棕色的模糊平面，而成了一条河。圣乔治城[1]的三面城墙高耸入云，好似一座真正的古堡。但这世界让他感到吃力。轻巧的眼镜的确减轻对鼻梁的压力，但他习惯的沉重脚步反而与脸上的轻盈不搭调了。世界向他靠拢，咄咄逼人，对他提出更多要求，可他又不明白到底要他回应什么。一旦这些捉摸不透的要求太多，他便立即换回旧眼镜，与现实拉开距离，允许他质疑：在文字和文本之外是否还存在一个外在世界？这份质疑对他而言亲切且珍贵，少了便无法想象自己的生活，但他又无法忘却新的视野。他在一座小公园里掏出普拉多的札记，想试试新眼镜的阅读效果。

偶然，是我们生命中的真实导演，他集残忍、怜悯和迷人魅力于一身。戈列格里斯简直无法置信，他第一次轻松领略到普拉多的文字。他闭上眼，放任自己进入甜蜜的幻想，但愿新眼镜会继续带领他领会其他段落——宛若童话故事里的魔法道具，帮助他摆脱文字的外在框架，找出内在含意。他将新镜框扶正了一下，发觉自己开始喜欢上它了。

"我想知道检查结果是否正确。"那位大眼睛，身上套着黑丝绒大衣的女人说。这句话让他意外，因为听起来好像出自一个缺乏自信的用功女学生，与女医生自信的外表不相称。戈列

---

1 圣乔治城，里斯本内最古老的历史遗迹，居阿尔法玛区最高点，处处可见摩尔人的筑城技术，站在城堡的青铜炮台上可眺望整个市街及港口，景色极为优美。

格里斯望着一个滑着直排轮快速远去的女孩背影。若是里斯本头一晚碰到的那位直排轮小子的手肘稍稍岔开一点,就不会撞上他的太阳穴,他现在就不必去找医生,也不必徘徊在朦胧与清晰明确的视野间,给予这世界不真实的真实感。

他在一家酒馆里点了一杯咖啡。正值正午时分,酒馆里挤满来自附近办公大楼里的衣装笔挺男士。戈列格里斯从镜中打量自己的新面孔与全身样貌,也就是女医生接下来会看到的模样:磨平的灯芯绒长裤、粗糙的高领套头衫和老旧的风衣。那身老旧风衣与酒馆内众多束腰西装外套、色泽协调的衬衫和领带一比,显得格外刺眼。这身穿着跟他的新眼镜也不太匹配,根本不协调。

戈列格里斯因此心里感到不快,随着咖啡一口口下肚,他越来越光火。想起美景饭店的服务生在他逃出城的那天早上是如何冷眼打量他,他却全然不当一回事,反而有意以这副邋遢模样与空洞的时髦氛围抗衡。他的自信哪里去了?他戴回旧眼镜,结完账便离开。

他第一次去诊所时,附近与对面的高贵建筑就存在了吗?戈列格里斯换上新眼镜四处打量。医生诊所、律师事务所、一家葡萄酒公司,还有一间非洲国家的大使馆。他在厚厚的套头衫里热得冒汗,脸上感觉到一阵冷风将天空吹得清澈。哪扇窗户是玛丽安娜·埃萨的诊疗室呢?

一个人视力如何,取决于许多因素,玛丽安娜说。两点差一刻,他这时能进去吗?他穿过几条街,在一家男装店前停住。你也该买些新衣服穿了。坐在前排的女学生芙罗伦斯偏偏被他不修边幅的模样吸引。成了他的妻子后,很快便对他随意的外表倒尽胃口。不管怎么说,你不是一个人生活。光懂希腊文也不能当衣服穿。在他独居的十九年中,他只去过两三次服饰店。他很喜欢不受人指点的日子。十九年了,够了吗?他迟疑地走进男装店。

两名女店员使出浑身解数,伺候唯一上门的客人,最后还请出老板来招待。戈列格里斯不断在镜中见到崭新的自己:先试西装,那些西装把他包裹得好似银行家、歌剧院的贵宾、花花公子、教授和会计;接下来试外套,从双排扣外套试到运动休闲上衣,让人想到在宫廷公园里骑马的贵族;最后试穿皮衣。一连串热情洋溢的葡萄牙文,他半句都听不懂,只好一再摇头。最后他穿着一套灰色灯芯绒西装离开那家服饰店。经过几栋房子后,他不安地望向橱窗里自己的身影。他强迫自己穿上质地精致的酒红色高领套头衫,跟新的红镜框搭配吗?

他突然失去控制,怒气冲冲地疾步走到大街对面的洗手间,换上了旧衣服。经过一个车辆出口时,看到后面有一堆垃圾,便顺手将装新衣的袋子往那儿一扔,然后缓步走向女医生的诊所。刚进大门,他便听到楼上传来开门声,接着看到她穿着轻飘飘的大衣下楼。此刻他真希望自己穿着那套新西装。

"哦,是您!"她说,接着便问起他戴新眼镜的感受。

他说话时，女医生已经走过来，伸手握住镜框检查位置是否恰当。香水的气味扑鼻而来，一绺发丝轻抚在他脸上。在那一瞬间，她的动作与芙罗伦斯第一次摘下他眼镜时的那一刻相融。他在诉说那不真实的真实感受时，她听得笑了，然后看了看手表。

"我得去码头搭船，去拜访一个人。"他脸上的神色令她诧异，她因此停下了脚步。"您去过太迦河吗？要不要一起来？"她问。之后戈列格里斯不再记得搭车前往码头的路上发生过什么事，只记得她一下子便利落地将车子驶进十分狭窄的停车位。之后他们坐在渡船的上层甲板，听玛丽安娜·埃萨讲述要去探访的人，也就是她叔父的事。

胡安·埃萨住在卡希尔斯区的一间养老院里。他沉默寡言，成天只模仿那些有名的棋局。他过去在一间大企业当会计，为人谦逊，不引人注目，几乎是个隐形人。没人想到他在为反抗组织效命，伪装完美之极。在他四十七岁时，萨拉查的人逮捕了他。法庭视他为共产党员，以叛国罪判处终身监禁。两年后，他心爱的侄女玛丽安娜才把他从监狱带回家。

"那是一九七四年夏天，革命胜利后几个礼拜。我才二十一岁，正在科英布拉大学念书。"她将头转开说着。

戈列格里斯听到她在哽咽。为避免声音千疮百孔，她继续说下去时压低了嗓音。

"我永远忘不了那一刻。他那年四十九岁，酷刑把他折磨得老迈体衰。从前他的声音饱满、低沉、洪亮，现在的他嗓音沙哑，声音轻飘。那双弹奏钢琴的手，尤其擅长弹奏舒伯特的手，现在完全扭曲变形，还抖个不停。"她吸了一口气，然后挺直身子。"只有那双灰眼睛仍然有刚硬无畏、咄咄逼人的光彩。他没有屈服！很多年后，他才跟我慢慢讲述往事：为了逼他招供，他们把烧得通红的铁块搁在他眼前。铁块离他越来越近，他等待着随时就要沉没在炽热的黑暗浪潮中，然而他的视线并不畏惧发红的铁块，穿透那坚硬与炙热，直射到施酷刑者的脸上。他出奇的刚强不屈，让折磨他的人一时停住了手。'在那以后，我什么都不怕了。'他告诉我，'一切都不怕。'我相信，他不曾泄露过任何机密。"

他们一起上岸。

"那边，"她的声音又恢复了原有的坚强，"就是养老院。"

她指着一艘正画出巨大弧形的渡船，从这儿望去，可从另一个角度眺望里斯本。她迟疑地停顿了一下，这个动作泄露出她意识到两人太快产生亲密关系，现在不可继续下去，也许她惊觉透露这么多胡安和自己的事似乎不对。她往养老院走去时，戈列格里斯久久望着她远去的背影，想象她二十一岁时站在监狱门前的模样。

他要回里斯本，再次搭上了横渡太迦河的船。这么说来，胡安·埃萨参加过反抗运动，普拉多也同样为反抗组织工作。反抗运动。女医生理所当然用葡萄牙文强调这个字，仿佛这件神圣的事无法用其他语言表达。她提到这字眼时带着轻柔的急迫，饱满的声音令人迷醉，这个字也因此罩上一层神秘色彩与光环。一个是会计，一个是医生，两人相差五岁，都经历无数风险，擅长绝妙伪装，沉默寡言，口风严密。他们认识吗？

戈列格里斯上岸后，买了一张详细标注巴罗奥尔多的市区地图。吃饭时，他画出寻找蓝屋的路线。安德里亚娜·德·普拉多很可能还住在那栋房子里，年老体衰，没有电话。他走出餐厅时，黑夜开始降临。他坐上电车前往阿尔法玛区。下车后走着走着，忽然认出路边堆放垃圾的车子出入口，那袋新衣还在。他拎起衣袋，叫了辆出租车回旅馆去。

12

戈列格里斯隔天一大早便出门，那天天色阴暗，雾气蒙蒙。他昨晚上床后，竟反常地很快就入睡，沉入波涛汹涌的梦境中，令人费解的船、衣服和监狱在梦中一排排涌来。虽然难以理喻，倒也不太难受，更算不上噩梦，因为那些如狂想曲般无序变换的插曲总被一个无声却又十分真实的声音压制下去。那声音属于一个女人。他心急如焚地寻找这女人的名字，仿佛那事关乎己命。在他醒来的一瞬间，他想起了这个名字：昆赛桑，女医生如神话般美丽的名字，刻在诊所大门口的黄铜板上：玛丽安娜·昆赛桑·埃萨。他轻声读着这名字，一段遗忘的梦境浮现在脑海：一名快速变换身份的女人取下他的眼镜，重重按着他的鼻梁，现在他还能感觉得到那重量。

醒来时已是午夜一点，不可能再入睡，于是他翻阅普拉多的书，在一个段落停下来。

夜中稍纵即逝的脸

　　我觉得很多时候，人与人相遇正如深夜里呼啸交驰而过的列车。我们望向在朦胧黯淡的车窗后的人，仓促一瞥。还来不及看清，对方已从视线中消失。那是男人还是女人？从对面车窗灯影里稍纵即逝的影像，就像从虚无中浮现的幻影，没有目的与意义，直接闯入无人的深夜。他们认识吗？是否在交谈，在欢笑，或在哭泣？你会说：这正好比陌生人在风雨中擦肩而过。但很多人长期面对面而坐，我们同吃、同住、一起工作，生活在同一个屋檐下，何来稍纵即逝？稳定的关系、信赖感、乃至亲密的了解都在蒙骗我们的错觉：难道我们不是为了安慰自己而发明假象，用以掩盖并祛除那稍纵即逝，只因为我们不可能在任何一刻里捉得住它？他人的每一次注视、眼神的每一次交会，不正像交驰而过的列车上旅人的视线，如鬼魅般短暂交接，在让一切战栗的疾速与强大气流中麻木？我们看陌生人的眼神不正如夜晚交驰的列车，迅速地从别人脸上挪开？留下的不过是臆测、浮想，以及凭空想象的特征？难道事实上相遇的不是人，而是投射出己身意念的影子？

戈列格里斯心想，身为一个从内心深处激荡呐喊出孤独的男人的妹妹，会有何等感受？这个在反思中将不留情面的结论公之于世的人，文字却丝毫没有绝望或冲动。当他的助手、递给他针筒、替他帮病人包扎伤口的人会怎么想呢？他写出人与人之间的疏远及陌生时有没有想过：这对蓝屋诊所的气氛有何意义？他是否把一切藏在心底？蓝屋是否是他唯一能吐露心声之地？他是否走过一间间的房间，手里拿本书，想着要听哪首曲子？哪种乐声适合他孤独的思考？是否明澈坚硬宛如玻璃？他在寻找与内心同调的乐声，抑或要宛如香脂的曲调和旋律，不至于让人迷醉恍惚，却让人内心祥和？

近破晓时，戈列格里斯怀着满腹疑问又浅浅滑入梦乡。睡梦中，他站在一道虚幻的蓝色窄门前，他想按铃，却又不确定该跟出来开门的老妇说什么。醒来后，他换上新装，戴着新眼镜去餐厅吃早餐。女服务生发现他崭新的外表时吃了一惊，一抹微笑随即扫过她的脸。现在他踏着周日清晨的灰浓雾色，去寻找老科蒂尼奥描述的蓝屋。

他在察看上城几条窄巷时，忽然发现在第一晚跟踪过的男人，刚好走到窗边抽烟。那栋房子在日光下看来比夜里更狭窄破落。房间内部虽在阴影中,戈列格里斯还是瞥见沙发上的织毯、摆设彩绘瓷像的玻璃柜,以及耶稣受难十字架。他停下来,望着抽烟男子。

"一座蓝色房子?"他问。

那男人将手罩在耳上,戈列格里斯又问了一次。滔滔不绝的回答,他一句都听不懂,老人夹着烟的手同时上下舞动。老人说话时,一名身形佝偻、老态龙钟的妇人走到他身边。

"蓝屋诊所?"戈列格里斯问。

"是!"妇人声音"嘶嘶"响着,又说了一遍,"是!"

她挥舞着骨瘦如柴的手臂与皱巴巴的手指,激动地比画了半天。戈列格里斯好一会儿才明白,她在招呼他进去。他迟疑地走进屋子,房里的霉味与烧焦的油味朝他扑来。要进入老人正在等待的房间,像是得冲过一堵气味令人作呕的厚墙壁。这时,老人唇间叼上了一根新香烟。他一瘸一瘸地领着戈列格里斯来到客厅,嘴里含糊不清自语着,手飘忽地一摆,示意他在铺着织毯的沙发上坐下。

接下来半小时,戈列格里斯吃力地在两位老人令人费解的葡萄牙文及变化多端的手势间辨明头绪。老人试着向他说明,四十年前普拉多为这社区居民看诊的情形。言语间流露出对医生的敬重,尊敬一位远比自己杰出的人,但语调中还有另一种情绪,戈列格里斯渐渐才看出,那谨慎的情绪来自多年来不愿承认的指责,却又无法完全从记忆中清除。大家开始回避他,伤透了他的心。他想起科蒂尼奥告诉他,普拉多曾经救过有"里斯本屠夫"之称的鲁伊·路易士·门德斯的命。

老人拉起一只裤脚,将一块伤疤指给戈列格里斯看。"这是他治疗的。"他用尼古丁熏黄的手指指着伤疤。老妇用皱巴巴的手揉着太阳穴,然后做出一个飞了的动作:普拉多治好她的头痛。她还指出自己手指上的一小块疤痕,从前那里大概有块疣吧。

戈列格里斯后来常自问,到底是什么让他最终下定决心去按蓝屋的门铃?这时便会不禁想起两位老人的手势,想到那名先受人尊敬,尔后遭唾弃,最后重新获得人们景仰的医生在两老的身上留下的痕迹,医生的手仿佛在他们的身上复活。

戈列格里斯详细打听去普拉多诊所的路后,便向两位老人告辞。他们头挨着头,在窗口目送他。戈列格里斯觉得他们的眼神中似乎含有妒意,一种矛盾的嫉妒:他可以去做他们已无能为力的事,去认识全新的普拉多,由此开拓一条通往自己过往人生的道路。

透过认知和理解他人,真的是看清自己的最好途径吗?尽管他人的人生与自己不同,拥有迥然不同的思考逻辑?对他人的好奇心,跟自己对人生流逝的感叹又有何关?

戈列格里斯站在一间小酒吧的吧台旁喝咖啡,他是第二次站在这里了。一小时前,他刚好来到路易士·路克斯·索里亚诺街,往前走了几步后,便看到普拉多的蓝屋诊所。那是一幢三层楼的屋子,蓝色瓷砖墙确实曾让房子泛着蓝色,但最突出的还是涂上闪亮深蓝色的高大拱窗。油漆虽已老旧,色彩斑驳,有些潮湿的部位长出黑色苔藓。连窗台下锻铁窗框上的蓝漆都开始剥落,只有大门上的蓝漆完美无缺,仿佛在说:看看这里吧,这里才是最重要的地方。

门铃上没有挂名牌。戈列格里斯看着黄铜门环时,心中狂跳不已。我未来的一切似乎都维系在这道门后。他想着,然后朝几栋房子外的小酒吧走去,内心在与要他放弃的威胁感抗争。他看看时间:就在六天前,他正好在这时刻从教室里的挂钩上取下湿漉漉的大衣,头也不回地脱离原本安稳有条理的生活。他摸进外套口袋,碰到伯尔尼寓所的钥匙。一股强烈的欲望涌来,仿佛突然爆发的饥饿感:他想要读一段希腊文或希伯来文,要美丽的外来文字出现在眼前。四十年过去了,这些文字对他而言依然具有东方神奇的优雅魅力。他想证实,在经历过不知所措的六天后,他并未丧失理解那些文字的能力。

科蒂尼奥送的希腊葡萄牙文双语《新约圣经》放在旅馆内,但旅馆离这里太远。他想要读,想在这距离蓝屋不远的地方,在威胁着要吞没他的蓝屋大门尚未启开前,在此地此刻就要读。他赶紧结了账,去找一家有他想看书籍的书店。不巧今天是星期天,他只找到一家大门紧闭的教会书店,玻璃橱窗里摆着希腊文与希伯来文的书。他的额头紧靠在雾气朦胧的玻璃上,再次感受自己想去机场,登上下一班飞返苏黎世班机的蠢动。他意识到自己战胜那咄咄逼人的期望后如释重负，他仿佛经历了一场猛然爆发的高烧又退了烧，耐心地等待热潮退去，然后缓缓走回蓝屋附近的酒吧。

他从新外套的口袋里取出普拉多的书，看着葡萄牙医生果断无畏的面孔，一名因恪守职责而招致无情对待的医生，一名反抗运动者，试图用生命去换抵无罪之罪。他还是一个文字炼金师，最大的热情乃是让缄默的人生打破沉默。

他突然感到一阵恐惧：倘若在此期间蓝屋换了主人，那该怎么办？他匆忙将咖啡钱放在吧台上，然后冲向蓝屋。他在蓝色大门前深深吸了两口气，然后让气缓缓从肺部排出。他按下门铃。

门铃叮当响了起来，宛如来自遥远的中世纪，声音在整栋房子里回荡。没有动静。没有灯光，没有脚步声。戈列格里斯强迫自己镇静下来，又按了一下。依然无声无息。他转身，疲倦地倚在门上，想着自己在伯尔尼的寓所。他感到释然，一切终于过去了。他慢慢将普拉多的书放进大衣口袋，抚摸了一下大门上冰凉的门锁，慢慢抽开身子，打算远离此地。

就在这时，他听到里面传来脚步声，有人从楼梯上走下来。透过门窗，他看到屋里出现了一道光亮，脚步声接近大门。

"是谁？"门后传来一个女人深沉沙哑的问话。

戈列格里斯一时之间不知该说什么。他默默等待。几秒钟后，钥匙在孔眼内旋转，门开了。

Die Begegnung
相遇篇

13

戈列格里斯面前的高大妇人身着一袭黑衣，面容严峻，有着修女般的美貌，宛如从古希腊悲剧中脱身而出。她瘦削苍白的脸颊包覆着一条黑色针织头巾，一只手在下巴处抓紧头巾。她瘦骨嶙峋的手上青筋暴露，比脸更清楚地透露出她的高龄。深陷的眼睛如黑钻般闪亮，锐利地打量着戈列格里斯，眼神诉说她的贫困，她的自我克制与自我否定，仿佛摩西在警告所有听天由命的人。

戈列格里斯心想，这妇人背脊笔直，昂起的头远超过她身形的高度，要是有人忤逆她沉默坚定的意志，那对眼睛肯定会喷出火来。现在那里正射出一道冰冷的火焰。他在她面前不知所措，甚至忘了如何用葡萄牙语问候。

在妇人默默地盯视下,他沙哑地用法语问候,然后从口袋里掏出普拉多的书,翻出作者肖像指给她看。

"我知道,这个人是医生,在这里住过和工作过。"他继续用法语说,"我……我想亲眼看他住过的地方,和了解他的人谈谈。他写的东西太令人难忘。智慧之语,无比神奇。我想知道,能写出这些话的人是怎样的人,跟他在一起过的又是何种生活?"

在黑色头巾衬托下,妇人苍白无光的严厉脸庞似乎不为所动。只有特别清醒之人(此际的戈列格里斯正是如此)方能察觉,她紧绷的脸略为松动(一点点松动而已),不友善的严峻眼神稍微软化,但她依旧一言不发,时间开始显得漫长。

"真对不起,我不想……"他从门边退开两步,手尴尬地摆弄那忽然显得过于窄小的外套口袋,小到无法接纳那本书。他打算转身离开。

"等一下!"妇人的声音比刚才门后那冰冷声调温和了些,她的法语口音和他在桥上遇到的陌生葡萄牙女人相同,但她的声音仿佛不可抵抗的命令。戈列格里斯想起,科蒂尼奥提到安德里亚娜对病人盛气凌人的态度。他转身再度面对她,手里依旧握着那本碍手的书。

"请进。"妇人说着,从门边退了一步,手朝楼梯往上示意了一下。她用一把仿佛来自另一个世纪的大钥匙将门锁紧,尾随他上楼。当她苍白而瘦骨嶙峋的手松开扶手,绕过他,走向会客室时，他听到她的喘气声，一股刺鼻的气味飘过，可能是药水，也可能是香水味。

戈列格里斯从未见过这种会客室，连在电影里都没见过。会客室沿着房子宽度延伸，像是无边无际。无瑕疵的镶木地板泛着光，用不同材质与不同色调的木料镶嵌成玫瑰花型。就在似乎看到最后一朵镶木玫瑰时，却又冒出下一朵。视线的终点一直望向户外的老树，正值二月底，纷乱的深色树枝蹿入灰白色的天际。会客室的一角摆设着一张圆桌与法式风格家具：一张沙发和三把椅子，椅面是橄榄绿与银白色的闪亮丝绒，扶手弯曲有致，椅脚是红木制的。另一角立着一座发亮的黑色立钟，金色垂摆静静地垂着，时针分针静止在六点二十三分的位置。靠窗的一边搁着一架平台钢琴，一块镶绣金银丝线的黑色锦缎琴罩一直铺到琴键盖上。

最让戈列格里斯印象深刻的还是那一眼望不到尽头、嵌入赭色墙壁中的书墙，上面挂着青年风格的艺术小灯，头顶是花格天花板和墙面一样的赭色，融入深红色的几何图案。真像一间修道院图书馆，戈列格里斯心想，真像接受古典教育的富有人家子弟拥有的图书馆。他不敢沿着书墙走，但视线很快在一排镶金书名的深蓝色书中，瞥见牛津大学出版的古希腊文集，接下来是西塞罗、赫拉兹和早期基督教教父圣伊格纳西的作品全集。他在这栋房子里还不到十分钟，却已盼望不要离开。这里一定是普拉多的图书馆了。是吧？

"普拉多很喜欢这房间,喜爱这些书。'可是,安德里亚娜,'他常跟我说,'看书的时间实在太少了,或许我该去当神父。'可是他又想开着诊所大门,从早到晚看诊。'有病痛或恐惧的人不能等待。'每当我看到他精疲力竭想制止他时,他便这么对我说。晚上无法入睡时,他便会读书和写作。也许正因为觉得自己必须读书、写作和思索,他才不肯休息。我不知道。他的失眠太可怕了,我相信,要是他不必承受这种痛苦,不是这么孜孜不倦地探索,不断在文字中寻寻觅觅,他的大脑或许能工作得更久,也许到现在还活着。到今年十二月二十日,他该满八十四岁了。"

她根本没问戈列格里斯是谁,也没介绍自己,却滔滔不绝地谈着自己的哥哥,讲到哥哥的痛苦、奉献、热情及死亡。从她的叙述和表情可看出,这一切的一切无疑对她的一生至关重要。她如此直言不讳,仿佛冀求戈列格里斯在一瞬间变形,不属于任何一个时代,成为她想象世界里面的一员,见证她所有的记忆。他携带的书上印有秘密符号"红雪松",足以让他取得进入她思想圣殿的门票。她花了多少年的时间,为了等待一个像他这样的人前来,一个能与她谈论过世哥哥的人。普拉多墓碑上的死亡日期为一九七三年,也就是说,安德里亚娜在这栋房子里孤单生活了三十一年,也守了哥哥走后三十一年里,留在这栋房子里的回忆与空洞。

她原本一直紧紧抓住在下巴处的头巾,似乎想掩饰什么。

现在她的手放开了,针织头巾散开,露出裹住脖子的宽宽的黑丝绒带,罩着雪白的褶皱的皮肤。这景象令戈列格里斯无法忘怀,这一幕定格成一幅细节清晰的静止画面,在后来得知黑丝绒带掩饰的东西后,更成为记忆中的圣像了,连安德里亚娜的手查看丝带是否安在的动作都包括在内。比起在她计划与意识下做出的事,这个松开动作更表露出她的个性。

头巾稍微向后滑落,戈列格里斯看见她的灰发,夹杂的几绺黑发让人想象她曾经拥有一头乌黑的秀发。安德里亚娜抓住滑落的头巾,尴尬地朝前拉,暂停了一下,干脆从头上扯下来。两人四目相对了一会儿,她的眼神似乎在说:没错,我是老了。她的头往前弯,一绺鬓发滑落到眼前,上半身缩了起来,青筋暴露的手失神地慢慢地摸着膝上的头巾。

戈列格里斯指着桌上普拉多的书。"普拉多写的全在这里面吗?"

简短的话语效果出奇得好,安德里亚娜脸上所有的疲倦与黯淡一扫而空。她起身,头往后仰,双手将头发撩到脑后,然后看着他。这是她脸上第一次露出狡黠的微笑,让她至少年轻了二十岁。

"过来吧,先生。"她语气中所有盛气凌人的口吻消失殆尽,不再像是发号施令,甚至连要求都说不上,反而像是宣告,要他看个东西,领他进入一个掩藏的秘密中,用葡萄牙语对他展露出亲昵与密谋感,显然忘了他不懂葡萄牙文。

她带着他经过走道，走向通往顶楼的第二道楼梯，然后喘着气，一级级往上爬，最后停在顶楼两扇门中的一扇门前。你可以说她只是想休息一下，但戈列格里斯事后在记忆中归纳这件事时，却肯定这个歇息其实是种迟疑，疑虑着是否该向陌生人展示这片神圣之地。最后她还是按下门把，动作轻柔地有如去医院病房探病，她小心谨慎地先打开一条门缝，然后才缓缓推开门。这动作不由得让人觉得，仿佛时间在她爬楼梯时倒退了三十年，期待在踏进房间时再次见到普拉多，看他伏案写作，或是沉思，或是睡觉。

在戈列格里斯的意识边缘，或在稍许蒙眬之处闪过一个念头：一个女人正走在一道狭窄山脊上，这道山脊将她现今可见的生活与一个无形的、久远的，对她而言却更为真实的日子分开来。只消轻轻一推，甚至只消轻轻呼口气，她便会跌下深谷，消失在过去与哥哥的生活中，永不复返。

时间确实在他们进入的大房间里停滞。房间的摆设简陋到近乎苦行，面对墙的一角搁着一张书桌及一把椅子，另一头摆了一张床，床前铺着一小块地毯，看来像是祈祷用的。房中央摆着一张阅读用的沙发椅，旁边立着一盏立灯，周围光秃秃的地板上胡乱堆了一层层的书，此外便一无所有了。这是个避难所，纪念医生、反抗运动者及文字炼金师阿玛迪欧·伊纳西奥·德·阿尔麦德·普拉多的圣坛，弥漫着大教堂的冷静和深远，在无言的空间里，时间凝固了。戈列格里斯站在门边。这里不是陌生人可以随意走进去的地方。安德里亚娜虽在少数几件家具之间移动，动作却显然非比寻常。她不是踮着脚尖或步伐矫揉造作，戈列格里斯觉得，她缓慢的步履本身即超凡脱俗，摆脱物质的概念，近乎不受时空限制。她手臂与指尖的动作也是如此，她走过去轻抚家具，却几乎没有触碰到。

她最先触摸的是书桌椅，圆凸的坐垫、弯曲有致的椅背，与客厅中的椅子十分相配。椅子斜靠着书桌，似乎有人匆忙起身时碰倒了椅子。戈列格里斯不由自主地想，安德里亚娜一定会去扶正椅子，然而在安德里亚娜轻轻绕过椅子未做丝毫改变时，他才明白：倾斜的椅子正是普拉多三十年又两个月前留下的模样，不管要付出任何代价，安德里亚娜都不会去改变，否则便是以普罗米修斯的狂妄夺走不可变更的过去，或是推翻了自然法则。

书桌上的情形也一样。为了方便读书写作，书桌上放了块十分倾斜的书架，上面摆着一本从中摊开的大书，前面有一沓纸。戈列格里斯在远处费力看着，看见纸上仅写了几个字。安德里亚娜用手背轻抚桌面，又轻轻触碰了一下放在红铜垫盘上的蓝色瓷杯，旁边还有个装满的方糖罐和一个满溢出来的烟灰缸。这些东西也经历了这些岁月？三十年的咖啡渣？年龄超过四分之一世纪的烟灰？打开的墨水瓶里的墨水应该已碎成细粉，或是干成黑黑的一团。书桌上雕饰精美桌灯的翠绿灯罩底下的灯泡是否还会亮？

有件事让戈列格里斯吃了一惊,但他隔了一会儿才明白过来:所有物品全都一尘不染!他闭上眼,安德里亚娜成了在室内游走、沙沙作响的幽灵。难道这幽灵在一万一千个日子里定期在这里拂去灰尘,头发因此才灰白的吗?

等他再度睁开双眼,安德里亚娜刚好站在一堆塔楼般高的书堆前,那书堆看似随时会坍塌。她瞧着最上头一本厚厚的大开本书,封面有幅大脑图。

"大脑,老是大脑。"她喃喃说着,语气中净是责备,"你为什么不告诉我?"

她这时的声调中有怒气,在岁月和沉默的洗礼下听天由命的怒气,以此回应死去三十年的哥哥。普拉多没告诉她,他得了动脉瘤,戈列格里斯心想,他也从未跟她提起自己的恐惧,更没告诉她,自己的生命可能会随时结束,直到她看到这些笔记。在悲伤过后最让她气恼的,便是他隐瞒着她,不愿让她分忧。

她抬起头看着戈列格里斯,仿佛已经忘记了他。她渐渐恢复神志,回到现实中来。

"啊,好,请您到这里来。"她用法语说,踏着比先前坚定的脚步。她回到桌边,拉开两个抽屉,里面放着用厚卡纸夹着的一沓沓的纸,外面用红带子缠绑了几圈。

"法蒂玛死后不久,他便开始写作。他说,'这是在与麻木的内心搏斗。'几星期后又说,'为什么我没有早点写作呢?人若不写作，就不可能真正清醒，也无法了解自己，更不用说认清自己不是谁。'他不允许别人阅读，包括我在内。他拔出钥匙，一直带在身上。他……不太相信别人。"

她关上抽屉。"我现在想一个人待着。"她突然冒出这句话，几乎带着敌意，下楼时也没再多说一个字。打开大门后，她默默站着，姿态僵硬又笨拙。她不是那种会跟人握手的女人。

"谢谢，再见。"戈列格里斯说，迟疑地打算转身离开。

"您贵姓？"

她问得过于大声，听来像是嘶哑的吠叫，让他想到科蒂尼奥。他答复后，她又重复一遍：

"戈列格里斯。"

"您住哪儿？"

他告诉她自己的旅馆。她没跟他道别便关上门，转动钥匙锁上。

14

云倒映在太迦河上，在波光粼粼的水面追逐，在河面上掠过，吞噬了光亮，又让阳光从暗处冒出，绽放刺眼的光芒。戈列格里斯取下眼镜，用双手遮阳。刺眼的明亮和咄咄逼人的阴影的强烈交替，在新镜片下锋利异常，对他毫无防备的眼睛来说是个苦刑。他刚才在旅馆里稍事午休，但睡得不安宁，醒来后又戴上了旧眼镜。然而沉重的旧眼镜让他很不舒服,仿佛用脸吃力地推着重担。

他不安地在床沿坐了许久,多少也对自己感到陌生。他试着梳理上午纷乱的经历。梦中他看见沉默的安德里亚娜一袭黑衣,脸如苍白的大理石,形迹如鬼魅。那黑色十分独特,具有附着所有物体的特质,且不论物体原本的色泽,释放出何种光彩。安德里亚娜颈上的黑丝绒带一直包到下巴,像是扼住了她的喉咙,因为她不断扯着,接着又用双手抱头,看来想要保护的是大脑,而不是头颅。书一堆堆坍倒。有一会儿,戈列格里斯的心情交杂在担心的等待与偷窥者的不安良心间,坐在普拉多堆满化石物品的书桌前,书桌中央摆着一张写了一半的纸。一行行文字一经他的眼睛接触立刻褪色,无法识读。

他在回忆这场梦境时,有时觉得自己从未造访过蓝屋诊所,仿佛所有一切不过是场逼真的梦,一段错觉交缠的插曲,清醒与梦境的差别不过是种伪装。于是他也紧抱住头,等他再度感受到拜访过蓝屋的真实感,剥除安德里亚娜身上所有梦幻成分,静静又仔细地看她,让他们相处不到一小时中的每一个动作、每一句话,一一重现在脑海。有时想到安德里亚娜严厉苦涩、不与遥远过去妥协的眼神时,便不由得感到害怕。见到她在普拉多的房间里游荡,近乎迷乱地回到从前时,他则感到毛骨悚然。他想用针织头巾温柔地裹住她的头,让那备受折磨的灵魂稍事歇息。

要探访普拉多的内心，势必要透过这位刚强又脆弱的女人，说得更确切点，必须透过她，穿过这女人昏暗的回忆长廊，才能找到普拉多。他愿意这么做吗？他有能力办到吗？就凭他这个活在古文而非在现实里，被敌视的同事称为纸莎草纸先生的人？

应该找到更多了解普拉多的人，而非像科蒂尼奥和普拉多仅有一面之交，也不是那些把普拉多当成医生的人，例如今天上午见到的跛脚老人和老妪；而是要找出他的朋友，甚至是反抗运动的战友，这些真正了解他的人。想从安德里亚娜那里了解普拉多绝非易事。她将死去的哥哥视为私产，至少在她低头审视那本医学书，对普拉多说话的样子，便已表明这点。一切有别于她心目中普拉多正确形象的事，她都会全盘否认，或想尽办法保持距离。

戈列格里斯找出玛丽安娜·埃萨的电话号码，犹豫良久才拨打电话给她。要是他去养老院拜访她的叔父胡安，她会反对吗？他知道普拉多参加过反抗运动，或许胡安认识他。电话中先是一阵沉默，就在戈列格里斯要为自己的无礼表示歉意时，玛丽安娜若有所思地回答：

"我当然不反对，一张新面孔或许反倒对他有帮助。我只是在想，要如何让他同意见你，他有时很不讲情面。昨天他就比往常沉默寡言。您千万不能鲁莽行事。"她停顿了一下。

"我想，我知道怎么帮你了。我昨天本想带一张唱片给胡安，一张新录制的舒伯特奏鸣曲。一直以来他只听玛丽亚·胡奥·皮尔斯[1]弹奏的舒伯特。我不知道是因为那乐音，还是因为那女人，或是一种怪诞的爱国方式才去听的。不过他会喜欢这张唱片。我昨天忘了带去。您过来我这边，把唱片拿去给他，算是我委托你的。这样或许会有点机会。"

他在玛丽安娜·埃萨的家中喝了加入方糖的金红色阿萨姆红茶，并告诉她安德里亚娜的事。

他希望她能就此事说点什么，但她只是默默听着。只有他提到普拉多那已放置三十多年用过的咖啡杯和满满的烟灰缸时，她才眯起眼睛，仿佛以为自己抓住了一条线索。

"您小心点，"在告别时，她说，"我指的是安德里亚娜。还有，请在事后告诉我拜访胡安的经过。"

他带着舒伯特的奏鸣曲登上了渡轮，去卡希尔斯区的养老院，找一位曾饱受地狱般的酷刑，却始终能直视对手的老人。他再次用手紧捂着头。要是在一个星期前，他还在伯尔尼的公寓里修改学生的拉丁文作业时，有人进来预言：七天后他将换上一身新装，戴着新眼镜，坐在里斯本的一艘渡轮上，要去拜访一位在萨拉查独裁时代饱受酷刑的受难者，只为了打听一名早已去世三十多年的葡萄牙医生和诗人，他铁定会认为那人疯

---

[1] 玛丽亚·胡奥·皮尔斯，钢琴家，1944年出生于里斯本，四岁登台，六岁举行独奏会。至今仍活跃在国际乐坛。

了。他还是那个深度近视的书呆子，那个"无所不知"吗？还是那个只因伯尔尼下了几片雪，便会慌得不知所措的人吗？

渡轮靠岸后，戈列格里斯慢慢朝养老院走去。他该如何跟胡安沟通？老人除了葡萄牙文外，还会说哪种语言？现在是星期天下午，在街上看到人们手上捧着花束便知晓养老院有许多访客。养老院的老人们腿上罩着毯子，坐在窄窄的阳台上，享受着时常躲到云层后面的阳光。戈列格里斯站在入口处报上要拜访的房间号码。站在胡安门前时，他慢慢深呼吸了几次，然后敲门。这已是他今天第二次心跳剧烈地站在一扇门前，同样不知道在等待他的会是什么。

房里没有反应。他又敲了一下。就在打算转身离开时，他听到背后的门在传来一下轻响后打开了。他原以为老人会是衣冠不整，不修边幅，披着浴衣坐在棋盘前，但这位如幽灵般无声息打开门出现的人，却完全是另一副模样。他套着一件深蓝色毛外套，里面穿着雪白衬衫，系着红领带，裤子熨得平整，无懈可击，脚上的皮鞋油黑光亮。老人的双手藏在毛衣外套的口袋里，秃顶上短发稀疏，整齐地贴在一对招风耳上，头略偏向一边，仿似不愿理睬人。那双眯起来的灰眼睛仿佛能当头劈开阻挡在面前的一切物体。胡安·埃萨的确老了，甚至一如他侄女所言，健康状态也不佳，却又不愿屈服。戈列格里斯不由得想着：最好别跟这样的人作对。

"胡安·埃萨先生吗？"戈列格里斯问，"我从您侄女那里来的，带了这张舒伯特奏鸣曲唱片过来。"他在渡轮上临时从书里看来这几句葡萄牙语，练习了好多遍。

胡安一动不动地站在门边看着他。戈列格里斯向来忍受不了这种注视，过了一会儿便低头看着地面。这时胡安才将门打开，做了个手势请他进去。戈列格里斯走进这间过分仔细整理过的小房间，里面只有必备的东西。戈列格里斯在一瞬间想到女医生的豪华房间，不懂她为何未将叔父安置在更舒适的环境里。胡安的问题打断了他的思路。

"您是哪位？"他的声音又轻又哑，却带着见多识广、精明干练的男性威望。

戈列格里斯拿着唱片，用英语报上来历与职业，并告诉老人，自己如何认识玛丽安娜·埃萨。

"您为何来找我？肯定不是为了送张唱片。"

戈列格里斯将唱片搁在桌上，吸了口气，从口袋里掏出普拉多的书，指出那张肖像给他看。

"您侄女认为您可能认识他。"

胡安瞄了书上照片一眼，便紧紧闭上眼，身子微晃了一下，然后闭着眼走向沙发坐下。

"普拉多！"他在沉静中喃喃说着，"普拉多，无神的神父。"

戈列格里斯等着。一个不当用词、不合时宜的动作，都会让胡安不愿再透露只字。戈列格里斯走向棋盘，注视刚刚开始的棋局,决定铤而走险。

"一九二二年在英国海斯延斯,阿廖辛打败波古留波夫的棋局。"他说。

胡安一下抬起头,讶异地望着他。

"有人曾经问波兰棋王塔塔科维,谁是全世界最好的棋手,他回答,如果国际象棋是种搏斗,最好的棋手当属德国棋王拉斯克;如果是门学问,最佳棋手便是古巴的卡巴朗加;如果是门艺术,最好的棋手非阿廖辛莫属。"

"是啊,"戈列格里斯说,"牺牲两个车的棋步,展现出一名艺术家的幻想。"

"听来有嫉妒的味道。"

"确实如此。我想不出这一着儿。"

一丝笑意掠过胡安饱经风霜的土气脸部线条。

"我也一样想不出这着儿,这或许能安慰您。"

两人视线交错又分开。戈列格里斯心想,胡安要不说点什么,把话题继续下去,要不然会面便到此为止。

"那边的小壁龛里有茶。"胡安说,"我也想来一杯。"

戈列格里斯先是吃了一惊,这不是要他来当主人吗?但随即看到胡安藏在毛衣外套口袋里捏成拳头的手,马上明白过来:胡安不想让他看见自己抖动、扭曲变形的手,烙印着恐惧的手。他斟上两杯茶。热气从杯中冒出。戈列格里斯等着。隔壁房间传来访客的欢声笑语,接着又是一片沉寂。

胡安无声地将手从外套口袋中抽出,伸向茶杯的动作,让戈列格里斯想到他无声出现在门口的模样。胡安闭着眼,似乎相信别人无法看见他那双扭曲的手,上面满是烟头烫伤的疤痕,两个指甲不见了,抖得好似患了帕金森症。现在换胡安仔细打量戈列格里斯一眼,看他是否承受得住这场面。戈列格里斯内心的震颤如潮水涌过的乏力感,但他竭力克制,镇静地端起茶杯送到嘴边。

"我的茶只能倒满一半。"

胡安说这句话的声音低且轻,让戈列格里斯难以忘怀。他感到自己眼睛湿润,泪水就要决堤。他做了个动作,深深改变他与眼前这位饱经折磨老人的关系:他端起胡安的茶杯,一口气将半杯滚烫的茶水咽下去。

他的舌头和喉咙一阵火热,但他毫不在意,只静静将剩下的半杯搁回,将杯柄转向老人的大拇指方向。胡安久久看着他,既显得难以置信,又有说不尽的感激,这眼神同样深深烙印在戈列格里斯记忆中。胡安早已不知如何表达感激,早就放弃去指望他人做出让他感恩的举止。胡安将茶杯颤抖地举到唇边,等待恰当的时机,迅速喝下一口。他把茶杯重新搁回碟子上时,发出了一阵和谐的叮当声响。

胡安从外套口袋掏出一包烟,抽出一根叼在唇边,然后颤抖地把火凑上去。他吸了一口,脸上松弛下来,手也平稳了些。他夹烟时藏起两根缺了指甲的指头,另一只手则又消失在毛衣外套口袋里。他眼睛望着窗外,开始诉说往事。

"我第一次见到普拉多时是一九五二年秋天,在从伦敦到布莱顿的火车上。公司派我去英国上语言班,希望我学习与国外客户打交道。我从小在北方的滨海城市埃斯波桑德长大,十分想念大海,因此,在英国的第一个星期天便出发前往布莱顿。我那间包厢门被打开,一个头发光亮、好像顶着钢盔的男人走进来。他的眼神非比寻常,无畏无惧,但又温柔忧郁。他正与新婚妻子法蒂玛四处旅行,钱对他来说不成问题,过去不是,后来也没有过。

"我打听到他是个医生,尤其对大脑着迷;本来想当神父,后来却成为信念坚定的唯物主义者。他对许多事情看法会自相矛盾,观点并非荒谬,却十分矛盾。

"那年我二十七岁,他年长我五岁,各方面都远超过我,至少在那趟旅途期间我这么感觉。

"他是来自里斯本贵族家庭的少爷,我只是个来自北方的农家子弟。我们在一起过了几天,一起去海边散步,一起吃饭,有次谈到了独裁政治。我们必须反抗,我告诉他。直到今天我都还记得这句话,之所以记着,是因为当我面对这位有着诗人般精致脸庞的男人,面对这说出很多我从未听闻过的词句的男人时,这句话便脱口而出。

"听我这么一说,他垂下目光,点点头,把视线转向窗外。我触碰到他不愿多谈的话题,对一个正与新婚妻子周游世界的男人来说,这话题太不识趣。我赶紧找别的话题,但他开始心不在焉,让我跟法蒂玛闲聊。'你说得对,'分手时他对我说,'你说的当然有道理。'他指的显然是反抗运动。

"在回伦敦的路上,我想到了他,我觉得他或是他的一部分,更想跟我一起回葡萄牙,而不是继续蜜月旅行。他请我留下地址,并不是人们在旅途中相遇,礼貌地互换地址。他果然很快地中断旅行,回到里斯本。不过与我无关。他妹妹打掉一个孩子,差点送了命。他急着赶回来探望,他不相信别的医生。他就是不相信其他医生的医生,普拉多就是这样的人。"

戈列格里斯在眼前看见安德里亚娜那张苦涩、不容妥协的脸。他开始理解她了。他的幺妹呢?那得再等等。

"十三年后,我才又再见到他。"胡安继续说,"那是一九六五年冬天,也就是秘密警察暗杀德尔加多那一年。他从我公司那里弄到我的新地址,有天晚上脸色苍白又没剃胡子地站在我家门前。那头曾经如黑金般发亮的黑发完全失去了光泽,眼里净是痛苦。他告诉我,他救了高阶秘密警察门德斯,人称'里斯本屠夫'的门德斯的命。自此以后病人回避他,不再尊重他。

"'我要为反抗组织工作。'他说。

"'为了赎罪?'

"他尴尬地看着地面。

"'你没犯罪,'我对他说,'你是个医生。'

"'我想做些事。'他坚持说,'你听懂了吗:我想行动。告诉我,我能做什么?你清楚这些事的。'

"'你从哪里得知的?'

"'我知道,'他说,'在布莱顿时我就知道了。'

"这很危险,我们会遭遇的危险甚至远甚于他。作为反抗运动成员,他——要我怎么说呢——缺乏合适的内在身段与性格。合格的反抗运动成员必须善于忍耐与等待,像我这种人一样死脑筋,没有梦想家敏感的灵性,否则太冒险了。一旦出现差错,所有人都会受牵连,陷入险境。他过于冷酷,过于大胆,缺少耐力和倔强的个性,以及无所事事的本事,即便时机看似成熟也该如此。他察觉我的想法,在别人还没想好前,他已经感受到外人对他的看法。或许在他一生中,这是第一次有人对他说:你不行,你没这份能力。我想,这一定让他难以忍受。不过,他知道我说得对,他太了解自己。于是,他同意刚开始时只为反抗运动做些不起眼的小事。

"我一再叮嘱他,他必须先经受得住诱惑,不让病人知道他在为我们工作。他当然很想曝光,以便弥补与门德斯受害者,也就是病人间的关系,重新获得病人对他的信赖。其实,他会有这种想法不外乎为了一点:让指责他的病人得知此事,改变那些人对他的鄙视,像从前那样敬重他、爱戴他。我知道,他这个期望太强烈了,但偏偏这点正是他与我们最大的敌人。他听了我的话之后勃然大怒,仿佛我低估了他的智慧。我算什么人,不就是一介小小会计,比他小了五岁。不过,他明白我说得对。'我真讨厌世上有像你这样了解我的人。'有次他对我说,说罢还扮了个鬼脸。

"他战胜了内心的渴望,荒唐的赎罪渴望。他根本没犯错,或是说根本不必承担这种后果。

"门德斯暗中掩护普拉多,他的救命恩人。普拉多的诊所成为反抗组织传递情报与金钱交易的场所,却从未被搜查过。搜索在当时对一般人来说,如同家常便饭。普拉多对此气恼不已。这就是他,心中无神的神父,希望别人别看轻他,受到庇护反而更伤害他殉难者的自尊。

"这导致一阵子的新危机:他企图莽撞行动,激起门德斯的警觉而不再保护他。我找他谈论此事,我们的友谊变得岌岌可危。这次他没说我有理,但之后的举动确实克制许多。

"不久后,他出色地完成了两次棘手行动,只有他这种对铁路系统了如指掌的人才办得到。这就是普拉多。他醉心火车、铁轨和岔道等等,了解所有火车头类型,尤其熟知葡萄牙所有火车站建筑,连最小的车站是否有信号塔都一清二楚。这是他的执念:只要将拉杆朝一边拉,便决定了火车行驶的方向。他对这个简单的机械动作深深着迷。正是他这方面的知识,和他对铁路的疯狂迷恋救了我们的命。原本不愿见到我接受他的同志,认为他不过是个过度狂热的高雅灵魂,会让我们陷入险境,从此都改变了看法。

"想必门德斯对他感激不尽。在我坐牢期间,监狱原本不允许任何人探我的监,连玛丽安娜都不行,更别说受到怀疑的反抗组织成员。只有一个人例外,就是普拉多,他一个月内可以探望我两次,甚至可以打破一切成规,自己选定日子和时间。

"他来,停留的时间总比约定的久。一旦狱卒警告他超过了探监时间,他便气冲冲瞪着他们,让狱卒不寒而栗。他带药来给我,有止痛药,也有安眠药。狱方先允许他把东西带来,只要他一离开,狱方马上便把所有的药通通没收。我从未告诉他真相,否则他一定会撞倒监狱的墙。

"看到我被折磨得不成人样时,他淌下了泪水。当然是同情的眼泪,但更多是对自己无能为力的愤慨。他满是泪痕的脸因怒火涨得通红,要是当时狱卒在旁边,一定会被他狠狠修理一顿。"

戈列格里斯看着胡安,想象他犀利的灰眼睛盯着烧得通红的铁块,正嘶嘶作响朝他逼近。戈列格里斯感受到眼前男人难以置信的坚强。他们可以摧毁他的肉体,却永无战胜他的可能,即便他不再留在这空间里,还是能感受到这里有位让敌人辗转难眠的反抗运动者。

"普拉多带给我一本《新约圣经》,葡萄牙文和希腊文版本。两年中,那本《圣经》加上他带来的一本希腊文文法书,是狱方唯一允许我看的书。

"'你根本不相信《圣经》里的任何一个字。'我被带回牢房时冲着他说。

"他笑了,'但里面的文字美妙极了。'他说,'要注意一下其中的隐喻。'

"我惊讶不已。事实上,我从未真正读过《圣经》,只跟其他人一样,浮光掠影地知道一些常被引用的句子。我开始读,对书中中肯与怪异的奇特结合叹为观止。有时我们会议论一番。

"'一门以死刑场景为中心的宗教令我讨厌。'有次他对我说,'想想看,如果那里换作一个绞刑架、一座断头台会如何?想象一下,要真是那样,我们的宗教符号会是什么样子?'我自然从未这样想过。我有些惊恐,尤其在监狱高墙后面,这类话有一番特别的分量。

"这就是他,无神的神父,爱把事情想到底,总是如此,无论结局多么阴沉。有时他有些残忍,不啻是在自我摧残。或许正因为如此,他除了我和乔治以外没别的朋友。跟他做朋友多少得忍受他的个性。他幺妹美洛蒂离开他后,他伤感许久。他很爱这个幺妹。我只见过她一次,正如他所形容:轻盈活泼,仿佛是个脚不触地的女孩。我想象得出来,她难以消受她哥哥的忧郁伤感,那有如火山即将爆发的面相。"

胡安闭上眼,脸上露出疲倦。这是一趟时光之旅,他已经许多年没说过这么多话了。戈列格里斯很想问下去,打听那名字特殊的幺妹,问问乔治和法蒂玛的事,也想知道胡安后来有没有学希腊文。刚才他全神贯注聆听,气都不敢喘一下,连被烫过的喉咙都忘了。这会儿他的喉咙又疼起来，舌头也肿得厉害。胡安在讲述过去时曾递过来一根烟，他无法拒绝，否则会扯断两人间的无形细线。他无法端起茶杯，拒绝胡安递过来的香烟。天晓得为什么，总之，他就是不能这么做。于是，他把这辈子第一根香烟夹在嘴唇间，战战兢兢迎着胡安颤巍巍递来的火，迟疑地稍稍吸了一口以免咳嗽。这时他才察觉，火辣的香烟刺激嘴里的烫伤。他咒骂自己不理智，同时又惊讶地发现，这烟熏火燎正是他此刻想体验的感觉。

一阵悦耳的铃声吓到了戈列格里斯。

"开饭了。"胡安说。

戈列格里斯看了一眼手表：五点半。胡安注意到他的表情，鄙夷地笑了一下。

"太早了，就像在监狱一样。这跟住户的作息时间无关，只是院方为了方便自己的时间而安排。"

戈列格里斯小心翼翼地问："可以再来拜访您吗？"胡安望着棋盘默默点头，好似罩上无言的盔甲。告别时，他察觉戈列格里斯伸来的手，迅速将两只手深深插进外衣口袋，眼睛盯着地面。

戈列格里斯渡河回到里斯本，几乎没在意周围的景致。他途经奥古斯塔街，穿越巴夏区棋盘般的巷弄，一直来到罗西欧广场，才感到自己人生中最长的一天终于走到了尽头。后来他倒在旅馆床上，忽然想到早上额头靠着教堂书店雾气弥漫的橱窗玻璃，等待前往机场的强烈欲望消退。

后来他和安德里亚娜相遇，跟玛丽安娜一起喝了金红色的阿萨姆红茶，还在她叔父那里，用烫伤的嘴抽了生平第一根烟。这么多事，真的是在一天之内发生的吗？他翻开普拉多的肖像。他今天了解到的事，改变了他对普拉多的印象。这位无神的神父，开始在他心中变得鲜活起来。

15

"都还好吧？虽然不太舒服，不过……"葡萄牙发行量最大，也是最传统的报纸《每日新闻》的实习生阿格斯汀娜面露窘迫。

"没关系，"戈列格里斯安慰她，"不要紧的。"说完便抱着微缩胶片阅读器，到里面找到一个阴暗的角落坐定。一名没耐性的编辑推荐这个读历史和法文的女生给戈列格里斯。她迟迟不肯离去。他早就感觉到，她要是一直待在电话响不停、计算机荧幕不断闪烁跳跃的楼上，才需要更多的耐性。

"您想找什么呢？"她问，"我的意思是，这事其实跟我无关……"

"找一名法官死亡的报道，"戈列格里斯说，"在一九五四年六月九日自杀的一位知名法官，也许因为他再也无法承受佝偻和脊背疼痛的折磨，也许因为认为自己在萨拉查独裁期间执法，却不曾抵制无法无天的政权而心生罪恶感。自杀那年他六十四岁，离退休也就几年的事。一定出了什么事，让他无法忍受下去。不是和佝偻、背痛有关，便是与法院有关。我想查明的就是这个。"

"可是……您为什么一定要查明这件事呢？抱歉……"

戈列格里斯取出普拉多的书，让她读了一段：

为什么，父亲？

"别自以为是！"要是有人抱怨，你总会这么说。你坐在自己专属的椅子上，拐杖夹在瘦腿间。你那双因痛风而变形扭曲的手扶在手杖的银手把上，头跟以往一样，从下往前探出。（我的天，你能不能在我面前挺直起来一次，昂首挺立，好匹配你的骄傲。哪怕一次也好！看过他千万次躬身驼背的模样后，不仅将他从前的模样全都从记忆中销毁，甚至瘫痪了想象力。）你一生中必须承受如此多的痛苦，以至于你千篇一律的警告享有绝对的权威。家里没人敢反抗你，不要说表面上不敢，连心里都不敢否认。我们几个孩子的确会在背地里模仿你的遣词用字，嘲弄你，讥笑你，就连妈妈也常为这些事训斥我们的时候不由得笑出来，让我们这些孩子多陶醉啊。但是，这只不过是表面上的解脱，正如无奈的渎神之举。

从来都是你说了算，直到那天早上。那天早上风雨交加，我忐忑不安地上学去。为何我的不安不是源自阴森的校舍和冷漠的老师，那本该是我觉得重要的事啊？玛丽亚对我满不在乎，让我魂不守舍，我何必非沉住气不可？为何你身上的痛苦，还有痛苦赐予你的超然淡泊，便是衡量一切的准则？"从永恒的角度来看，"你经常喜欢再补上一句，"很多事情并没那么重要。"玛丽亚有了新欢，我妒火中烧，愤愤离开学校，步履沉重回到家中。饭后，我在你对面的椅子上坐下。"我想换去另一所中学，"我说得斩钉截铁，实则外强中干，"我受不了现在这所学校了。""你别太自以为是。"你一边说，一边用手摩着手杖的银手把。"若要是不自以为是，我该看重哪件事？"我问。"还有，'从永恒的角度来看'——事实上根本不存在。"

房中的静穆一触即发。家里从未有人顶撞过你，甚至你最心爱的孩子，所以让事情变得更糟。所有人在等待一场大风雨，还有你惯常的咆哮，此刻却风平浪静，你只将两手搁在手杖的手把上。妈妈脸上闪过的表情，我从未见过。等我事后回想，才明白她当初为什么会嫁给你。你默默起身，我听到你轻微叹息，不知是否因为疼痛。晚餐时你没出现，这种事在我们家从未发生过。隔天午餐时我坐到桌边，你静静望着我,眼中有些悲哀。"你想去哪所学校?"你问。但是这天下课休息时,玛丽亚已跑来问我要不要吃柑橘。"事情解决了。"我说。

你如何判断该认真对待人的感受,或只当是一时的情绪?为什么,爸爸,在你做出决定时,为什么不来找我谈?起码该让我知道,你为什么要这样做?

"我明白了。"阿格斯汀娜说,然后埋头在微缩片中寻找法官亚历山大·贺拉西欧·德·阿尔梅达·普拉多死亡的报道。

"一九五四年,新闻审查最严的一年。"阿格斯汀娜说,"我很清楚这段历史,新闻审查是我学士的论文题目。《每日新闻》上刊登的报道不见得正确,涉及政治人物自杀时更是如此。"他们找出登在报纸上的第一份讣闻,时间是六月十一日。阿格斯汀娜觉得相较于葡萄牙那时代的做法,这份讣闻过于简短,简短到让她轻叫了一声。

Faleceu(死亡),戈列格里斯在墓园认识这个字。Amor(亲爱的)、recordação(追忆),措辞精简、中规中矩。下面列了亲属的名字:玛丽亚·普拉多、阿玛迪欧·德·普拉多、安德里亚娜、丽塔,然后是地址及举行追悼弥撒的教堂名称,仅此而已。戈列格里斯心想,丽塔是否正是胡安·埃萨提过的那个美洛蒂?他们翻找相关报道,六月九日后的第一个星期里没有任何消息。"不行,不行,接着找。"

在戈列格里斯想放弃时，阿格斯汀娜仍坚持找下去。她终于在六月二十日本地新闻的最后一页，看到一则讣闻：

司法部今日证实：任职最高法院多年的杰出法官亚历山大·贺拉西欧·德·阿尔梅达·普拉多久病不治，于上周与世长辞。

旁边附上一张法官的肖像。与简单的讣闻相比，照片大得出奇。严肃的脸上戴着夹鼻眼镜，挂着一条眼镜链，一撮山羊胡与胡须，与他儿子媲美的高额头，花白的头发十分浓密，高耸的白立领，黑领结，雪白的手静静抵住下巴，其余都消失在黑暗背景中。照片拍摄的技巧巧妙，没透露出一丝佝偻的痛苦、手部的痛风。头与手像幽冥般静静地从黑暗中浮现，苍白却有权威，申诉或抗议都无济于事。那张照片有种魔力，笼罩一屋子乃至于一个家，用他令人窒息的权威毒害所有人。一张法官的脸，这种人只能当法官。他的严厉硬如钢铁，决策冷酷，对人对己毫不偏颇，自己犯错也绝不轻饶。他还是个脸上挤不出笑容的父亲，与安东尼奥·德·奥利维拉·萨拉查多少有些共通性，但没有萨拉查的残暴狂热、野心嗜权，对待自己同样严厉与无情。难道正是基于这点，这位头顶圆礼帽，身穿黑衣，神色肃穆庄严的先生，才为萨拉查服务这么多年吗？他是否最终无法原谅自己助纣为虐？从胡安·埃萨那双原本能弹奏舒伯特、如今却颤抖不已的手,便可窥见那残暴。

久病不治,于上周与世长辞。戈列格里斯感到怒火中烧。

"这不是真的,"阿格斯汀娜说,"连捏造的消息都不如,连沉默的谎言都不如。"

上楼时,戈列格里斯问她讣闻上的地址。他看出她想同行,很高兴自己在编辑部里还有用武之地。

"你对这家人的事太过,太过……嗯,好像是自己家的事……"她伸手与他道别时说。

"你觉得奇怪吧?没错,很奇怪,非常奇怪,连我自己都这么想。"

16

这里不算宫殿,却住了一户殷实人家,在屋内随兴布置,多一间或少一间房间,浴室是两间或三间,都无关紧要。驼背法官以前住在这里,握着有银手把的手杖在屋内走动,和如影随形的病痛搏斗,又坚信人不可自以为是。他的工作室是否在那多角的塔楼里,塔上的圆拱窗是用小圆柱分开来的?这栋多角房屋正面有许多阳台,数目多到数不清,每座阳台上都有锻铁制的雕花栏杆。戈列格里斯想象这个家中的五个成员,至少都有一两间房,并且想到自己儿时住的那间狭小、隔音差的屋子,博物馆守卫、清洁女工和他们近视眼儿子坐在斗室里的简陋木桌前，只能借复杂的希腊文动词变化来抵御不断从隔壁传来的广播干扰声。家中窄小的阳台连遮阳伞都无法撑开，小阳台在夏天炽热难耐，加上厨房油烟如浪潮涌过，他根本不想踏上阳台一步。相较之下，法官的家恍若一座宽敞、阴凉、安静的天堂。四下针叶树参天，有弯曲的树干与交织的枝丫，像是一座座遮阴的小屋顶，有时像是中国式的宝塔。

雪杉！戈列格里斯吓了一跳。红雪杉。真的是雪杉吗？安德里亚娜眼中的红雪杉？她为自己的出版社命名时，眼前出现的是否正是这片想象中色彩斑斓的树林？戈列格里斯拦住路人，问这些树是否是雪杉？他们耸耸肩，皱皱眉，觉得这个奇怪外国佬的问题莫名其妙。终于有一名年轻女子表示：是啊，没错，是雪杉，格外高大漂亮。现在他想象自己走进屋子，瞧着窗外的深浓绿意。发生了什么事，让她眼中的浓绿变成红色？是鲜血吗？

塔楼窗子后面出现一个身穿浅色衣衫的女人，头发高高盘起，步履轻飘地来回忙碌却不慌张，现在不知从何处捻起一根点燃的烟，烟雾飘向挑高的天花板。阳光穿透雪杉落在房内，她感到刺眼便侧身避开，突然消失不见。一个似乎脚不着地的女孩，胡安·埃萨曾这样形容美洛蒂，实际的名字想必是丽塔。他的小妹。她会是在这塔楼里动作轻盈如行云流水的女人吗？他们之间的年龄差距是如此之大？

戈列格里斯继续往前走，在下一条街走进一间无座位咖啡店。点咖啡时，他要了一包香烟，正是在胡安那里抽过的牌子。他吞云吐雾，眼前出现科钦菲尔德的学生，他们正站在几条街外的面包店前抽烟，端着纸杯喝咖啡。凯吉从什么时候开始明文规定教职员办公室禁止吸烟的？现在他试着深吸一口入肺，灼热的咳嗽令他差点喘不过气来。他把新眼镜搁在吧台上，擦拭咳出的眼泪。吧台后的女人一看便知是瘾君子，对着他冷笑。"不会就别试。"戈列格里斯得意极了，因为他居然听懂了，虽说听得挺吃力。他不知该拿这烟怎么办，索性丢进咖啡杯旁的水杯里。女人谅解地摇摇头，拿走了水杯。那该怎么办，谁叫他是新手。

他慢慢朝雪杉屋的正门走去，又带着毫无把握的心情按下门铃。门开了，刚才见到的女人出现在门口，手里拉着一条遛狗绳，上面系着一头没耐性的德国牧羊犬。她已换上一条蓝色牛仔裤，蹬着一双球鞋，上半身还是那件束腰短上衣。她被狗拉着，踮着脚尖朝门口挪了几步。一个脚不着地的女孩。她灰黄色的头发里已露出不少白发，看上去却依然像个少女。

"早安。"她打招呼，疑惑地扬起眉，以清澈的眼睛注视着他。

"我……"戈列格里斯用法语犹豫地说道，感到香烟残留在嘴里不舒服的滋味，"多年前这里曾经住了一位法官，一位知名的法官。我想……"

"他是我父亲。"女人应了一句，吹开一绺落到眼前的头发。

她的声音清脆,和一对水汪汪的灰眼睛,还有字正腔圆的法语十分相称。丽塔这个名字很美,但叫美洛蒂(旋律)简直就是完美。

"你为什么对他感兴趣?"

"因为他是这个男人的父亲。"戈列格里斯将普拉多的书拿出来给她看。

狗儿扯着绳子。

"潘!"美洛蒂叫道,"潘!"

狗儿坐下来。她把套圈推进胳臂肘里,然后翻开普拉多的书。"看到雪杉……"她念着,声音随着每个音节越来越小,到结尾已沉寂下去。她翻看着,瞧着书中哥哥的照片。她白皙的雀斑脸渐渐黯淡下来,连咽口水都显得费力。她目不转睛注视着照片,宛若一尊跨越时空的雕像,有次还用舌尖舔了舔干燥的唇。她又往后翻,读了一两句后再回到那张肖像,然后翻到书名页。

"一九七五年,"她说,"大哥那时已过世两年。对这本书我一无所知,你是从哪里弄到的?"

她边听戈列格里斯说明,边用手轻抚着灰色的封面。这动作不禁让他想起在伯尔尼的西班牙书店里碰到的女学生。美洛蒂似乎不再听下去,他赶紧把话打住。

"安德里亚娜,"她说,"安德里亚娜连一个字都没提过。她就是这样子。"美洛蒂刚开始的语调中还带着惊奇,渐渐却添入了苦涩，最后不再与她悦耳动听的名字搭配。她望向远方，视线穿过古堡，穿过巴夏区的低洼地带，一直望到巴罗奥尔多区的山坡上，似乎在与蓝屋中的姐姐怒目相对。

他们面对面默立良久。潘喘着大气。戈列格里斯觉得自己就像个入侵者，一个偷窥狂。

"进来喝杯咖啡吧。"她说，仿佛用轻踮起脚尖翻越过恼怒，"我想看看那本书。潘，算你倒霉。"说完，她用力拉它进门。

屋里生机盎然。楼梯上堆放着玩具，空中飘扬着咖啡、香烟和香水的味道，葡萄牙文报纸和法语杂志七零八落摊在桌上，CD盒敞开，一只猫咪趴在早餐桌上舔着奶油。美洛蒂哄走猫，为戈列格里斯倒了一杯咖啡。她刚才因激动而涨红的脸，这时已趋于平静，只剩几块红斑印证了她刚才情绪的波动。她拿起放在报纸上的眼镜，开始翻阅哥哥的笔记，不时前前后后翻着，偶尔咬住下唇。有次她眼睛没离开书上，手却在上衣上搜寻着，不假思索地摸出一根烟来。她的呼吸变得急促。

"这段关于玛丽亚和换学校的事，一定是我出生前发生的事。我和普拉多相差了十六岁。但对爸爸的描述准确极了，爸爸就是这样。我出生时，他四十六岁。我是他们去亚马孙河的旅行途中意外怀上的，妈妈很少能诱惑爸爸出门旅行，但我无法想象爸爸在亚马孙河时的模样。我十四岁时，他已在庆祝六十大寿。在我眼中他不仅老态龙钟、弯腰驼背，还严厉无比。"

美洛蒂停下来，又点起一根烟，眼望前方陷入沉思。戈列格里斯满心指望她提到法官死亡的事，可是她的脸色变开朗起来，思路转到另一个方向。

"玛丽亚，我都不知道普拉多还是小男生的时候就认识她了。摆明他那时就爱上她了，这份爱从未终止，是他一生中最纯洁无瑕的至爱。他若是没吻过她，我也不会奇怪。在他心目中没有任何一个人、任何一个女人能超越她的地位。她结婚生子对他全无所谓，他依然爱着她。一旦他愁眉不展，遇到重大麻烦，就会去找她。从某种程度上来说，只有她清楚普拉多的个性。他懂得透过和人分享秘密来保持亲密关系，他是这方面的大师，造诣高深。我们全知道，了解普拉多全部秘密的人是玛丽亚。法蒂玛一辈子笼罩在这阴影下，安德里亚娜对她更是恨之入骨。"戈列格里斯问她是否还活着。美洛蒂说，她早年住在墓园附近的奥里基区，不过距离最后一次在普拉多墓前遇到她，已是很多年前的事了。那次碰面双方都很客气，也十分冷淡。

"她出身农家，和我们贵族始终保持距离。可是普拉多也是贵族，她假装对此毫不知情，或只认为纯属偶然，是外在之物，跟他毫无瓜葛。"

美洛蒂也不知道玛丽亚的姓氏。"我们只知道她是玛丽亚。"

两人走出塔楼的房间，来到屋子平整的一面，那里立着一架织布机。

"我做过很多事。"看到戈列格里斯好奇的眼神，她笑着解释,"我一直很不安分,反复无常,爸爸不知道该拿我怎么办才好。"有一瞬间,她清亮的嗓音黯淡下来,仿佛一片乌云飘过太阳前方,又转瞬即逝。她指着墙上自己的照片,照片上的景致各异。

"这张是我在酒吧当侍者;这张是在我逃课时拍的;这张是在加油站打零工;这张你一定要看,是我的乐团。"

照片里是八个女孩组成的街头乐队,全是小提琴手,头上全戴着一顶男孩帽,帽檐都转向一边。

"认出我了吗?我的帽檐朝左,其他人向右,代表我是头儿。我们赚了很多钱,一大把钱。我们在婚礼和宴会中演出,是压轴好戏。"

她忽然转身,走到窗前,朝远处望去。

"爸爸不乐意看我客串演出。在他去世前不久,我正跟我的气球女孩(人们这么叫我们)在街头表演,忽然发现爸爸的专车和司机出现在人行道边。每天早上五点五十分,司机都会准时来接爸爸去法院,他永远都是第一个到法庭上班的人。爸爸跟以往一样坐在后车座上,这时正抬头看着我们。我的泪水涌了上来,演奏不断出错。车门打开,爸爸从车里走下来,脸因疼痛而扭曲着。他拿手杖挡住来往车辆,连在这种地方,他都表现出法官的权威。他慢慢走来,站在围观的人群后面一会儿,然后挤过人群,走到用来赏钱的小提琴盒前,看都没看我一眼,朝里面扔了一大把硬币。泪水顺着脸滑下,我无法继续演奏下去。车子开走了,我看到爸爸挥动那只因痛风而扭曲的手,我也朝他挥手,之后跌坐在一家大门前的楼梯上,泪如泉涌。我不知道那是为了爸爸到来而欣喜,还是为了他的姗姗来迟而感到悲哀。"

戈列格里斯浏览着照片。她曾是一个讨所有人喜爱的女孩,为所有人带来欢笑;就连哭泣也是晴天时突降的骤雨。学校里的教师被这鬼灵精怪的女孩迷惑,以致她逃了许多课还能完成学业。她告诉他,她一夜之间便学会了法语,用法国女星艾乐蒂为自己取法文名字,其他人立刻改称她为美洛蒂,这名字仿佛是为她天造地设,因为只要她在场,一切便显得轻快美好,像美妙的旋律。人人爱她,却又没人拴得住她的心。

"我爱普拉多,或这么说,我一直很想爱他,但是爱他很难。要如何爱一座纪念碑?我还很小时,他已经成为一块纪念碑了。每个人都仰望着他,包括爸爸,特别是安德里亚娜,她用嫉妒把他从我身边夺走。他对我的爱,是哥哥对妹妹的爱。可是我不甘心只像玩偶让他抚摸,期望他正眼相待。我等着,直到我二十五岁。在我结婚前夕,终于收到他寄自英国的信。"

她打开写字柜,取出一大包信。发黄的信笺上密密麻麻布满深黑墨水写成的秀丽钢笔字,连边上都写满了。美洛蒂默默读了一会儿,然后将信件内容翻译给戈列格里斯听。普拉多在牛津写这封信时,妻子刚过世几个月。

亲爱的美洛蒂，这趟旅行是个错误。我原以为，要是再次目睹和法蒂玛一起见过的景物，自己会好过些。殊知睹物思情，更让人伤感，因此我决定提前返家。我很想你，在此将前晚写下的东西寄给你，就此也许可以让我的心与你同在。

"牛津：空谈！"为何在我看来，夜间笼罩住修道院般建筑间的寂静，竟如此无力、乏味，如此空虚、缺乏魅力？比起里斯本的奥古斯塔街真有天壤之别，那里到凌晨三四点即便没人迹，依然焕发出生命的气息。为什么会这样？这些以圣人命名的建筑，不都是用天国般明亮的石头搭建起来的？在饱学之士的研究室、美轮美奂的图书馆、布满天鹅绒般尘埃的寂静空间内，人们思虑周密，来回辩驳，用字考究。为什么会是这样？

"进来吧。"我站在一张海报前，一名红发的爱尔兰人热情邀我进去聆听一场讲座。

主题是：向说谎者撒谎。"进来听听吧，会很有趣的。"我想起曾为奥古斯丁辩护的巴托罗缪神父说过的话："用骗术报复骗术，正如用掠夺回报掠夺、用亵渎报应亵渎、用私通报应私通。看看过去发生在西班牙和德国的事，都是这种例子。"我们为此争辩过多少次，他一直态度温和，从未失控过。我走进演讲大厅，挨着爱尔兰人坐下时,再次深深思念起他,感到思乡之苦。

难以想象,主讲人竟是一个尖鼻猴腮、胡说八道的女人,用嘶哑嗓音宣扬欺骗的诡辩术,世上不可能有比她更吹毛求疵、不着边际的人了。她不必活在专制体制的谎言中,哪里懂得一个好的谎言能决定生死的道理。上帝能创造一块他举不起来的石头吗?如果不能,表明上帝并非全能;要是能,同样表明上帝并非全能,因为有块石头他就举不起来。这女人的皮肤像羊皮纸,灰白的头发砌成一座人工鸟巢。她向听众灌输的,不外乎是繁琐哲学那点货色。

这还不是最不可思议的,更让人瞠目结舌的是他们的所谓讨论。大家把自己浇铸到英式华丽辞藻的灰色铅框中,完美地兜圈子应答,不间歇地表示理解对方的意思,争相提出解释,但全然不是那回事。所有人都坚持己见,没人因为提出的观点而改变想法。我猛然醒悟,就连肉体也感受到震撼:人人向来都在自说自唱。换句话来说,怎能期待那些讨论会有效应?我们脑海中的思想、影像与感知无时无刻不汹涌奔腾,那股强烈的洪流不把别人对我们说的不同意见一扫而尽并转为遗忘,那才是怪事。当然只有那些话在无意间正巧与我们的想法相违背时才会发生。我本人又有何不同？我在心里想着，我什么时候真的听进别人的话，让别人的话深入我心，并因此改变自己的思绪？

"喜欢这个讲座吗？"我们沿着布洛德散步时，爱尔兰人问我。我没说什么，只告诉他，我觉得像活见鬼，每个人都像在自言自语。"嗯……呃……"过了好一会儿，他才接着说，"知道吗，这只是说说而已，空谈罢了。有人就是喜欢说。说到底就是这么回事：空谈。""没有心灵交会？"我惊问。"什么？"他大叫，接着怪声怪气地纵声大笑，"你说什么？"说着将一直捧在手里的足球一脚踢到人行道上。我真希望自己是这个爱尔兰人，居然抱着鲜红色的足球出现在万灵学院[1]的晚间讲座！我多想成为这个爱尔兰人啊！

我现在终于明白，为何夜晚的寂静在这非比寻常之地让我不安。所有注定会被遗忘的话语都将会消逝。本来这也无关紧要，大家在巴夏说过的话同样会逐渐消逝。但有一点不同，我们在那里说话不是为了炫耀，只是单纯交流，单纯享受着交流的乐趣，正如舔舐冰

---

1 万灵学院，在1438年由国王亨利六世创建，名称的由来是为了纪念英法百年战争战死的英灵，它是牛津大学城的学院之一，和其他牛津学院不同在于万灵学院没有自己的学生（没有大学生，只有研究生）。每年万灵学院都会邀请牛津大学的顶尖学生参加考试，挑出其中最优秀的两位成为万灵学院的新人，因此，能够成为万灵学院的学生，在英国被视为最高荣誉。

淇淋以慰藉疲倦的舌尖。在牛津，大家谈吐不俗，超群出众，仿佛说出来的话无比重要。然而，这些人无论如何装腔作势同样得休息，所以一切陷入腐臭的沉寂，因为妄自菲薄正横尸遍野，无声无息地散发恶臭。

"他讨厌装腔作势的人，管他们叫自大狂。"美洛蒂说着将信装回信封袋内，"在任何场合，他都讨厌这样的人，不论在政界，在医师圈里，还是在记者中，而且坚持己见。我欣赏他的判断，因为他铁面无私，清廉公正，于人于己都一个标准。然而，当他的判断如刽子手般具有毁灭性时，我又无法忍受。因此我开始回避他，回避我那像纪念碑的哥哥。"

在美洛蒂头旁边的墙上挂着一张照片，美洛蒂正和普拉多翩翩起舞。戈列格里斯想：普拉多的舞姿虽不僵硬，却看得出他排斥跳舞。事后他回想起来时，心底冒出一个恰当字眼：普拉多与跳舞不相称。

"在万灵学院手捧红球的爱尔兰人。"美洛蒂的声音在静默中响起，"信中这段文字深深触动了我，在我看来，这段文字传递出一份他从未表白过的渴望：能当一次玩球的男孩该多好！他从四岁起开始读书，从那以后博览群书，小学教育对他来说无聊至极，中学时他连跳两级，二十岁时已几乎无所不知，并且常问自己还能学些什么，却偏偏不知道如何踢球。"

狗高声吠叫，几个小孩接着冲进来，想必是她的孙子。美洛蒂向戈列格里斯伸出手。她知道，戈列格里斯一定还想打听更多的事，比如有关红雪杉出版社的事，还有法官父亲的死因。她的眼神证实了她明白，但也表明，即便孩子们不在场，她也不想再多说了。

戈列格里斯斜倚在古堡边的长椅上，想着普拉多从牛津写给小妹的信。他务必要找到巴托罗缪神父，那位温和的教师。普拉多能分辨出不同寂静的声音，这种本事只有失眠的人才有。他评论那晚的演讲时，提到女主讲人是用羊皮纸做的。戈列格里斯这时才发觉自己吃了一惊，第一次在内心深处与这位判断如刽子手般无情的无神神父普拉多疏远开来。无所不知，纸莎草纸，羊皮纸和纸莎草纸。

戈列格里斯下山坡，朝旅馆方向走去，经过一家店铺时进去买了一副国际象棋。这晚直到深夜，他都在琢磨不用波古留波夫牺牲两个车的方法打败阿廖辛。他想念多夏狄斯，取出旧眼镜戴上。

17

那不是文章，戈列格里斯，人们说的话不是文章，不过随口说说而已。很久以前，多夏狄斯曾对他这样说。他有一次向多夏狄斯抱怨，人们说的话常前后不连贯，自相矛盾，而且很快忘了刚才讲过的话。希腊人闻言不觉有些发笑。像他这样的人，当过出租车司机，还是来自塞萨洛尼基，心里都十分明白，人们嘴里说出来的话十有八九靠不住。不光是在出租车上攀谈，大家通常只为了说话而说话。只有语言学家，也就是整天跟有上千条注释文章、一成不变字眼打交道的古语言学家，才会认真看待那些鬼话。

"如果无法信任别人说的话，该拿那些话怎么办？"戈列格里斯不解地问。希腊人放声大笑，"借这个机会自说自话呀！这样才能一直讲下去。"普拉多在写给小妹的信中，爱尔兰人说的话也是这意思，只不过爱尔兰人指的不是希腊出租车上闲扯的乘客，而是牛津万灵学院的教授。

然而，听爱尔兰人这么说的人对陈腐的葡萄牙文反感，恨不得能将之重新组合排列。外面大雨如注，已整整两天，雨水好似一张魔法帷帐，让戈列格里斯与外面世界阻隔开来。他不在伯尔尼，却又像是在伯尔尼；他置身里斯本，又好似不在此。他下了一整天的棋，却不断忘记自己的布局和棋路，这情形从未有过。有时，他突然发觉手中拿着一个棋子，却忘了从哪里拿来的。下楼吃饭时，服务生得不断问他点哪道菜。有一次他连汤都还没点，就先要了一份餐后甜点。

第二天，他打电话给伯尔尼的邻居，请她帮忙清理信箱，信箱钥匙放在他家门口的脚垫下。需要替他转寄信件吗？他回答要，之后又打电话过去说不必了。翻阅笔记时，无意中看到葡萄牙女人写在他额头上的电话号码。他拿起听筒开始拨号，但在接通之前又赶紧挂断。

希腊文的《新约圣经》过于简单，提不起他的兴致。好在这本科蒂尼奥赠送的书的另一半是葡萄牙文，总算有点刺激。他打电话给好几家书店，问有没有埃斯库罗斯、贺拉斯或希罗多德及塔西佗的书，可惜没人听得懂他的话。等他好不容易打听到，又因为外面下着大雨而没去取书。

他在工商电话簿上，按照索引寻找葡萄牙文语言学校，还打电话给玛丽安娜·埃萨，想告知她拜访胡安的情况。但她正忙着，听得心不在焉；而西尔维拉人在比亚里茨。

时间停滞，世界偃息，原因是戈列格里斯的意志停摆了，意志在他这辈子从未停摆过。

他几次眼神空洞地站在窗前，重温科蒂尼奥、安德里亚娜、胡安和美洛蒂评论普拉多的话。

外面依旧云雾缭绕，但已可辨识一些景物，宛如一幅中国山水画。他已几天没碰普拉多的笔记了，他翻开书，眼睛停留在其中一段：

心灵之影

关于自己的故事，外人描述得更准确，还是自己的描述更接近真实？这真的是你自己的故事？人是主宰自我的权威吗？但这并非我关注的问题。我想知道，在这样的故事中，孰真孰伪是否有差异？对人的外在判断就有差异。如果启程去探索一个人的内心世界呢？这样的旅途是否有终点？人的灵魂是否是真相的归宿？或者所谓事实是否是故事中虚晃的诡影？

星期四早上天空湛蓝清澈，戈列格里斯前往报社，请实习生阿格斯汀娜设法找出三十年代初期一所曾教授古代语言，并有神父执教的科蒂斯文理中学。阿格斯汀娜热心地搜索，找出来后，又在市街图上标出所在位置。她还找到那地区所属的教堂，替戈列格里斯打电话过去找一位巴托罗缪神父，曾在科蒂斯文理中学执教，时间应在一九三五年左右。教堂人员告诉她，那只会是巴托罗缪·罗伦可·古斯茂神父，他已年过九旬，很少接待访客。有什么事吗？阿玛迪欧·伊纳西奥·德·阿尔麦德·普拉多？他们会问一下神父，再回电给她。几分钟后，电话铃声响起。神父很想见见在这么多年后仍对普拉多有兴趣的人。神父将在傍晚前等候客人来访。

戈列格里斯出发前往以前的科蒂斯文理中学，年轻学子普拉多曾在那里为奥古斯丁对谎言不妥协的戒律，与巴托罗缪神父有过激烈争辩，个性温和的神父在争辩中未曾失态。位于城东的学校已属城外，四周古树参天，乍看之下很容易把这座灰黄色围墙环绕的学校当作十九世纪的豪华饭店旧址，唯独缺了阳台，狭窄的钟楼也与饭店不搭。整栋建筑完全荒废，墙上灰泥斑驳，窗上玻璃若非积满尘埃就是已经破裂。屋顶上缺了瓦片，屋檐水槽锈迹斑斑，一角已经折断。

戈列格里斯在入口阶梯上坐下，这阶梯早在普拉多怀旧重游之际已长满青苔，应是七十年代吧。普拉多曾坐在这里自问：如果他在三十年前面对人生交叉口时选择了另一个方向，现在将会如何？如果他未顺从父亲动人又霸道的期望，没有踏入医学系的大门，情况又将如何？

戈列格里斯拿出普拉多的笔记翻阅：……如梦般的热切期待——希望再次回到生命中的那一刻——选择与造就后来的我，也就是今天的我，走向截然不同的人生道路……再次坐在温暖的青苔上，手中拿着校帽。带着阅世的烙印，加入回到自己过往岁月的旅途，这是否是荒谬的愿望？

围绕校园中庭的篱笆业已腐朽。六十七年前，普拉多班上倒数第一的学生在毕业考结束后，将校帽扔过篱笆，落入长满睡莲的池塘内。如今池塘早已枯竭，只剩下长满常春藤的池底洼地。

树林后的建筑群想必是女子中学，玛丽亚正是从那里走来。这女孩的膝盖晒得黝黑，浅色连衣裙上飘着香皂的芬芳，普拉多一生中纯洁无瑕的至爱，美洛蒂认为唯一了解普拉多的人。她对普拉多影响之大，使得安德里亚娜对她恨之入骨，尽管普拉多从未吻过她一次。

戈列格里斯闭上双眼，再次回到科钦菲尔德，他在上课时从教室里溜出来，站在一列房屋的角落，从那里可以看到学校而不被人察觉。他再次感受到十天前一股意料之外的冲击力朝他袭来,让他明白他有多眷恋这些建筑与相关的一切。此刻的感受相同,却又不一样,因为现在一切都变了。想到一切不再,一切再也不会回到从前,不由得感到一阵难过。他站起来,视线沿着斑驳褪色的黄屋门面缓缓扫过,心情豁然开朗,漂浮的好奇心冲淡了抑郁的情绪。他推开虚掩的门,走了进去,生锈的门铰链的刺耳吱嘎响好似恐怖片的氛围。

一股潮湿与发霉的气味迎面而来。他走了几步,差点滑倒。被学生们踩得凹凸不平的石板地上不但长满青苔,还覆着一层薄薄的湿泥土。他扶着把手,缓缓踏上凸出的石阶。通往楼上的弹簧门上蜘蛛网密布。他推了一下,门上发出沉闷的断裂声。一群蝙蝠掠过走道,使他吓了一跳。之后四周恢复寂静,戈列格里斯从未经历的寂静:仿佛岁月在其中静默。

通往校长办公室的门饰有精细木雕,很容易辨认。这道门也黏住了,用力好几下才推开来。办公室内似乎只摆了一件家具:一张踩着木雕弧形桌脚的硕大黑色书桌,让一旁堆满灰尘的空荡书架、放在光秃腐坏地板上的朴素茶桌、简朴的沙发椅都黯然失色。戈列格里斯拂去座椅上的灰尘,在书桌后面坐下来。当时的校长叫科蒂斯,步伐稳健从容,面容庄严。

戈列格里斯激起的尘埃,在太阳的圆锥光柱中轻盈起舞。尘封的时间让戈列格里斯觉得自己像入侵者,有好一阵子甚至忘了呼吸。最后好奇心胜利了,他拉开书桌抽屉一个个查看。

有一段绳子、从铅笔上削下来的一圈发霉笔屑、一九六九年的发皱邮票，还有刺鼻的霉味。最下层的抽屉里有一本用灰色亚麻布装帧、又厚又重、陈旧褪色的希伯来文《圣经》，有几处受潮痕迹，书皮上几个烫金大字：BIBLIA HEBRAICA。金字已开始发黑。

戈列格里斯愣了一下。根据阿格斯汀娜查出来的资料，这间中学并非教会学校。彭巴伯爵[1]在十八世纪中叶将耶稣会教士逐出葡萄牙，二十世纪初也发生过一起类似事件。到了二十世纪四〇年代末期，天主教圣母会成立了自己的学校，不过那时普拉多已从中学毕业。在那以前都只有公立学校，偶尔会有神父教授古代语言。怎会出现一本《圣经》呢？而且放在校长的书桌里？是疏忽，还是无关紧要的巧合？一种暗地的沉默抗议，抗议那些关闭学校的人？为抗议独裁政权刻意遗忘在此，连独裁者的走狗也未能察觉？

戈列格里斯小心翼翼地翻阅皱巴巴的厚书页，摸起来有些潮湿易碎。太阳的圆锥光柱缓缓移动。戈列格里斯扣起外套纽扣，竖起衣领，手插入袖管里。一会儿之后将一根香烟衔在唇间，是他在星期一买的。他不时咳几下。未紧闭的门外有东西窸窣而过，想必是只老鼠。

他读着《约伯记》，内心狂跳不已。提幔人以利法、书雅人

---

[1] 彭巴伯爵（1699~1782），葡萄牙十八世纪中期的政治家。

比勒达及拿玛人琐法。伊斯法罕。他原本要去任教的家庭叫什么名字？当时在法郎克书店里有本伊斯法罕的画册，里面有清真寺、广场与受沙尘暴遮蔽的邻近山丘。他买不起这本画册，于是每天都去书店翻阅。自从出现那足以计他失明的白热黄沙噩梦后，迫使他撤销了求职申请，接下来几个月一直没去造访法郎克书店。等他再回到那家书店时，画册已经不在了。

希伯来文字母在戈列格里斯的眼前模糊起来。他抹了一下湿透的脸，擦拭过眼镜，接着往下读。辉煌之城伊斯法罕对他过去的人生具有重大意义：从一开始，他便将《圣经》当作一本诗歌，一部长诗，缭绕在清真寺的深蓝与黄金周围的语言音乐。"我觉得，您并没有认真看待《圣经》。"露丝·高琪有次对他这么说，大卫·雷曼在一旁点头。这真是上个月发生的事吗？

"真有一种认真的态度能超越诗歌的重量吗？"他问这两位学生。露丝眼睛盯着地面，她喜欢这位老师，但比不上当年坐在第一排的芙罗伦斯，更绝对不可能会去摘他的眼镜。但她喜欢他，如今心情摆荡在爱慕与失望之间，甚至为他亵渎上帝之言感到震惊。他阅读上帝的话语像是朗读一首长诗，或是聆听一系列的东方奏鸣曲。

阳光从校长办公室消失，戈列格里斯感到一阵寒意。在几小时中，这孤寂的空间让一切成为过去，他坐在一个完全空无的世界里，唯有希伯来文字母像失落梦想的神秘符号，耸立在世界中。现在他站起来，僵硬地走进穿廊，沿着楼梯上楼朝教室走去。

每间教室都积满尘埃与死寂，唯有根据每间教室的残败状况来区分：一间教室的天花板上有片巨大水渍；另一间的洗手台因螺丝生锈断裂而垂挂着；第三间教室地板上有个破碎的玻璃灯罩，只剩光秃秃的灯泡吊在天花板下。戈列格里斯试了试每间教室的电灯开关，没有任何反应。角落有颗泄了气的足球，残破的窗玻璃在正午阳光下闪烁。他偏偏忘了出去踢足球。美洛蒂提及哥哥时这么说。他在这所学校里连跳两级，因为他从四岁起，就已经开始在图书馆里找书看了。

戈列格里斯在一个位置上坐下，普拉多学生时代在文理中学简易教学大楼里的位置。从这里可以看见女子中学，但女校建筑被一棵五针松的大树干遮住一半。普拉多一定选了另一个看得到女校全景的座位，可以看到坐在书桌后的玛丽亚，无论她坐在哪里。戈列格里斯找到视野最佳的位子坐下，吃力地朝对面望。没错，他可以看见那身穿白衣、身上飘着香皂芬芳的她。他们交换眼神，当她在考试时，他希望能握住她的手帮她写答案。他有用过望远镜偷看吗？出身最高法院法官的贵族之家，想必会有这玩意儿。法官即便肯走进剧院包厢，死活也不会用望远镜。不过他的妻子玛丽亚呢？在老普拉多死后她独自生活的六年里用过望远镜吗？他的死对她来说是否是种解脱？或许正如普拉多和安德里亚娜，他的死让时间停滞，使火山熔岩似的情感凝固定型？

一间间教室如军营般沿着长廊排列下去。戈列格里斯一间间走下去。偶然间被一只死老鼠绊到,颤抖地站在那里好一会儿。手虽然没碰到死耗子,还是在外套上擦了好半天。他又回到楼下,推开一扇高大简陋的门。那里是餐厅,出菜窗口仍在,后方铺瓷砖的空间是旧厨房,现在里面只剩下生锈的管子,突兀地外露在墙上。长餐桌还留在原处,但是大礼堂在哪里?

戈列格里斯在大楼另一侧找到礼堂。成排座椅固定在地面,窗上的彩绘玻璃缺了两块,前方高讲台上有一盏小灯。还有一张单独的长椅,大概是校长的座位吧。礼堂洋溢着教堂式的静默,却又不尽如此,单纯是股让人专心的宁静,无法随意开口打破的宁静,一旦化为文字便可成为雕塑品,颂扬、警示或致命判决的纪念碑。

戈列格里斯回到校长办公室,手上犹豫不决地拿着希伯来语《圣经》。他先把书夹在腋下走到门口,又折回来。他脱下毛衣,衬在放《圣经》的潮湿抽屉里,然后小心地把书搁回去。之后,他启程去拜访住在里斯本贝伦区的巴托罗缪神父。

18

"奥古斯丁和他的谎言,只是我们争论过的千个话题之一。"巴托罗缪神父说,"我们争论过不知多少次,但每一次都不能算是真的争执。您知道,他是个急性子,叛逆又聪明好动,还是个天才演说家,六年间在学校内像股旋风无往不利,因此成为传奇人物。"

神父把普拉多的书搁在手上,手背轻拂过普拉多的肖像,可以说他在抚平纸张,也可说在抚摸普拉多的肖像。戈列格里斯仿佛看到安德里亚娜用手背轻抚过普拉多的书桌。

"他这张照片有点老,"神父说,"但这就是他,他就是这个样子。"

他把书放在裹住双腿的毯子上。

"我当年成为他的老师时才二十四五岁,应付他是项难以置信的挑战。他让教师划分成两派,一派诅咒他,一派喜欢他。没错,这么说丝毫不为过:有些教师甚至爱上他,爱他的无法无天、过度的宽宏大量、执着的倔强、傲睨天下的勇气、他的无畏,还有他狂热的热情。他大胆放肆,是个冒险家,可以想象他是历史上著名航海探险队中的一员,高唱颂歌,向全世界传播信仰,决心保护远方大陆的居民对抗外来的压制侵略,必要时拔刀相助。他准备挑战世界,不只是魔鬼,连上帝也不会放过。不,那不是妄想,不像他的敌人所言;他拥有旺盛的生命力,觉醒的能量如火山爆发,他是迸溅的灿烂火花。这个年轻人无疑自恃极高,性情桀骜不驯,不可一世,让人忘却防卫,惊异地注视这个唯我独尊的天才。爱他的人视他为璞玉,一块未经雕琢的宝石;恨他的人对他的无礼(他的无礼确实伤人)反感,对他外表缄默却无法洞悉的自负深恶痛绝,这类人头脑敏捷、思维清晰、才华出众，又十分清楚自己高人一等。他们视他为华贵子弟，受命运眷顾，不仅有荣华富贵，更是才华横溢、仪表堂堂、风度翩翩，加上令人倾倒的忧郁气质，使他注定成为女孩心目中的白马王子。他的条件胜过一般人，这并不公平，他因此遭妒；但即便是持这种心态的人，同样不得不为他叹服，无法对他视而不见：他有能力攀上天际。"

回忆将神父远远带离两人踞坐的房间。这房间比胡安·埃萨在养老院的简陋房间宽敞许多，也有大量书籍，但是从房内的医疗设备和床上方的铃，还是可以看出这是疗养院的房间。戈列格里斯第一眼见到神父时，便喜欢上这个修长、清瘦、鬓发花白、眼睛深邃机敏的老人。他曾教过普拉多，现在想必超过九十岁了，却未显现老态龙钟或思维不清的样子。七十年前，他正以这份清醒面对普拉多激烈的挑战。神父的手瘦削，手指纤细修长，仿佛天生用来翻阅珍贵古籍。此刻他正用这双手翻阅普拉多的笔记。他并未阅读，触摸纸张似乎只是仪式，借此唤醒遥远的过去。

"他十岁那年穿着合身小礼服踏进科蒂斯文理中学门槛时，不知已读了多少书！许多教师发觉自己私下在考验自己是否能跟上他。课后他窝在图书馆里发挥他惊人的记忆力，黑眼睛将图书馆里所有厚重书籍一段接一段、一页接一页地吸收进大脑，全神贯注，宛如置身无人之境，就算有震耳欲聋的枪炮声都无法影响他。'普拉多读完一本书后，'有位教师说，'那本书

上的字就不见了。他不单吞下书里的精髓，连纸上的黑墨都吸了进去。'

"没错，就是这样，文字看上去全被他吸掉了，书架上只剩下一堆空壳。在他高得吓人的宽大前额后面，他的知识也以惊人的速度快速增长，每周都有新架构组成，各种想法、联想和语言的古怪构想，让我们听了连连瞠目结舌。他好似躲在图书馆某个角落，拿着手电筒通宵达旦地阅读。

"普拉多头一回彻夜未归，他母亲惊慌失措。然而久而久之，她对儿子无视所有常规一事已见怪不怪，还感到些许骄傲。

"有时普拉多专注地注视一名老师，会令那名老师不寒而栗，那视线并无敌对、挑衅或好斗的成分。他只给老师一次好好解说的机会，只有一次，一旦出现错误或解释迟疑不定，他的眼神绝无潜藏或蔑视，甚至读不到一丝失望，他仅仅挪开视线，不想让人察觉，离开时的态度也都礼貌友善。然而，正是这不想伤人的心态最伤人。我自己也体验过，别人也证实过这点：我们还在准备课程时，眼前便已出现普拉多审视的眼神。对某些人来说，那不啻是主考官的眼神，命令他们重返学校再学一遍；对另一些人来说，无异于在运动竞技场上遇上强大对手的挑战。当老师在书斋中准备较难的课题，而且是教师都难免会出错的难题，这个知名法官的儿子，早熟且机敏过人的阿玛迪欧·伊纳西奥·德·阿尔麦德·普拉多都会在场。就我所知，每个教师都经历过。

"他不只挑战别人,他自己亦非完美,有诸多破损、裂痕与罅隙,有时会几乎认不出他来。当他意识到自己的盛气凌人与不可一世造成何种结果,他会惊醒,感到无措,想办法去弥补。普拉多也有古道热肠的一面,整夜陪伴同窗,帮助他们准备考试。这时的他极有耐心且谦逊如天使,让抱怨他的人无地自容。

"这个面貌的普拉多有时候会突然伤感。伤感侵袭的速度很快,他仿佛暂受另一种情绪支配,一丝风吹草动都让他宛若惊弓之鸟。那时候他就像个问题男孩,哎呀,这时候如果有人安慰或是鼓励他几句,他会嘶声愤怒,扑向对方。

"这个受恩宠的男孩会的可多了,唯有一件事做不来:庆祝、放松、顺其自然。他无时无刻不保持绝对清醒、狂热追求一目了然和掌控一切的个性妨碍了他。他烟酒不沾,多年后才变成瘾君子,但茶喝得很凶,尤其喜欢金红色的阿萨姆浓茶,还特意从家里带来一把银茶壶,最后把茶壶送给了厨子。"

"那时应该有个叫玛丽亚的女孩。"戈列格里斯试探着问。

"是的,普拉多爱她,以一种独特的纯洁方式爱着她。大家都在笑他,又掩饰不了自己的嫉妒。这种嫉妒原本只在童话故事里才会出现。他爱她,崇拜她,对,就是这样:他崇拜她!这个字眼一般不会用在小孩身上,但普拉多是另一回事,他实在与众不同。玛丽亚既非花容月貌,更非公主小姐,还差远了。而且据我所知,她甚至成绩平平。没人理解他们的关系,女校那边的女生更是大感不解。她们使出浑身解数,百般想要得到这位贵少爷青睐,偏偏不得要领。或许事情就这么简单:玛丽亚不像别人那样为他神魂颠倒。也许这反而是他要的:找一个能和他平等相处的人,让自己融化在对方平淡自然的话语、注视和举动中。

"每当玛丽亚从女中走来,挨着他坐在阶梯上时,他看上去顿时平静下来,从警觉和机敏反应的担子下,从永远沉着镇静的重压和不得不永远战胜超越自我的折磨中解脱。坐在她身边,他甚至连上课钟声都听不到。你看着他,会感觉到他宁愿不站起来。每次总是玛丽亚把手搁在他肩上,把他从乐园中拉回来。永远是她去碰他,我从未看到他伸手碰过她。每次她准备回学校时,都会用橡皮筋把乌黑发亮的秀发束成马尾。每次他总在一旁看得如痴如醉,哪怕看了上百遍还是一样。想必他爱极她这个动作。有天橡皮筋不见了,换上一个银色发夹。看他脸上洋溢的幸福不难猜出,那是他送她的礼物。"

神父跟美洛蒂一样,不清楚女孩子姓什么。

"您现在问起,我才想到,或许我们根本不想知道那女孩姓什么。打听出女孩的姓反让人觉得奇怪。"神父接着说,"好比没人打听圣人、戴安娜或伊莱卡[1]的姓氏一样。"

一名身着修女装的修女走了进来。

"等一会儿吧。"她刚要挽起神父的袖口替他量血压时,神

---

[1] 伊莱卡,古希腊神话中的人物。特洛伊战争中,希腊统帅阿伽门农的女儿。

父开口说。

他的话中带有温柔的权威。戈列格里斯忽然明白,年轻的普拉多遇到眼前这位老者算是走运:他拥有普拉多最需要的权威,凭借这份权威衡量自己的界限,或借此挣脱拥有绝对权威的严父。

"给我们来杯茶吧。"神父朝修女莞尔一笑,抹去修女脸上刚要表露的不满。"一份阿萨姆茶,请煮得浓点,金红色的茶才会发亮。"

神父闭上眼沉默。他不想离开普拉多送银色发夹给玛丽亚的遥远记忆。戈列格里斯心想,他宁愿跟自己的得意门生在一起,跟曾为奥古斯丁以及其他上千种话题与自己争辩过的得意门生在一起,这个少年甚至可以触碰天际。

他想跟玛丽亚一样,把手搭在这名少年肩上。

"玛丽亚和乔治,"神父闭着眼继续说下去,"就像是他的守护神。乔治·欧凯利。在这日后成为药剂师的人身上,普拉多找到了友情。若说他是普拉多除了玛丽亚以外唯一的朋友,我一点都不意外。乔治在许多方面与普拉多大不相同,甚至正好相反。有时我想:普拉多正需要这么一个人让自己完整。乔治永不会去收拾他农夫似的大块头,头发整天乱蓬蓬的不整理,而他大可以约束一下自己迟钝缓慢、拖拖拉拉的个性。在学校对外开放的日子,我注意到,只要一身穷酸衣服的他邋里邋遢经过家世显赫的学生家长身边时,家长们都会惊愕地转身。乔治不修边幅，衣衫永远皱巴巴，不成形的外套，永远是那条歪歪的黑领结，要以此抗衡世俗的约束。

"有次我和同事们在学校走廊上遇到普拉多和乔治。一名同事后来跟我说，'要是有人要我在一部辞典里定义优雅与优雅的反义词，只要描绘这两个男孩就行了，其他解释都是多余。'

"乔治能让普拉多平静下来，让他从匆促紧张中恢复。只要跟乔治在一起，普拉多的急性子在片刻后会减缓，乔治的从容不迫感染了他。比方说下国际象棋，乔治下一步棋要思虑许久，普拉多在一开始就快要抓狂。以他易变的形而上学观之，需要冗长思考时间的人最终竟然会赢棋，实在有违他的世界观。不过他很快便开始吸纳乔治的镇静，一个始终清楚自己是谁又何去何从的人方有的镇静。听来不可思议，不过我还是认为普拉多需要定期被乔治打败。他难得赢一回时却快乐不起来，这不啻被他抓紧的山崖轰然坍塌了。

"乔治清楚知道自己的爱尔兰祖先何时来到葡萄牙，对自己的爱尔兰血统深以为傲。虽然他天生不适合，却能说一口流利的英语。要是在爱尔兰农庄或乡间酒吧碰到他真的没什么好奇怪，你若想象一下，乔治简直就是年轻的贝克特[1]。

---

[1] 贝克特（1906~1989），二十世纪爱尔兰作家，创作领域包括戏剧、小说和诗歌，尤以戏剧成就最高。他是荒诞派戏剧的重要代表人物。1969年，他"以一种新的小说与戏剧的形式，以崇高的艺术表现人类的苦恼"而获得诺贝尔文学奖。

"那时他的骨子里已是彻底的无神论者。我也不清楚我们怎么知道的,但我们就是知情。一旦触及这话题,他便无动于衷地引用一段自己家徽上的名言:主是我们坚固的塔。他阅读俄国、安达卢西亚和加泰罗尼亚地区的无政府主义者言论,想象着哪天越过边界,去为抵抗佛朗哥而战。后来他加入了葡萄牙的反抗运动,若不是这样,我才真会奇怪呢。他终其一生是个现实的浪漫主义者,要是真有这种人,那非他莫属。这位浪漫主义者有两个梦想:一是成为药剂师,一是弹奏史坦威钢琴。他的第一个梦想实现了,如今他依然披着白袍,站在萨巴泰罗街药局的柜台后面。至于第二个梦想,大家都觉得可笑,他自己更觉得荒谬至极。他那双粗糙的手指尖过宽,指甲有一条条槽纹,更适合在学校乐团演奏低音大提琴。他果真拉了一阵子,直到因为自己缺乏才气深感绝望,在弦上猛烈'拉锯',折断了弓。"

神父喝了口茶,戈列格里斯察觉神父喝水时咕噜声越来越响,不由得一阵难受。神父突然变成一个耄耋老者,嘴唇无法完全听命于大脑,语调也开始出现变化,声音伤感怀旧,仿佛对着虚无说话,正是普拉多离校后遗留下来的。

"我们当然都知道,秋天,当酷暑消退,金色光影洒满大地时,我们在走道上再也碰不到他了,可是没人提起。在离别之际,他与每个人握手,一个都没忘,措辞高贵热情地向大家致谢。

"我现在依然记得，当时我心想：他活像个总统。"

神父犹豫了一下，接着说："他真不该说出那么完美的话语，哪怕停顿片刻、不知所措，或是加点试探的语气，不像精雕细琢的宝石或细心打磨的大理石，那该有多好！"

戈列格里斯心想，普拉多向巴托罗缪神父告别的方式本该与众不同，该用更亲近的字眼，甚至拥抱。然而，他对神父的态度与他人无异，伤透了神父的心。直到七十年后的今天，神父还为此难过。

"新学年开始的第一天，我昏沉沉地走在学校走道上，全因为他的离去。我不断对自己说：你别期待再看到他的钢盔头，别希望再见到他心高气傲的身影转过角落，不可能再看到他跟人说话，两手独特又传神地上下舞动。我相信其他人也有类似感受，虽然我们没谈起。只有一次听到：'在那以后一切都不同了。'无疑是指普拉多。我们再也无法在走道上听到普拉多温柔的男中音了，不只是再也见不到普拉多，再也碰不到他，你能感觉到这里少了普拉多。他的缺席宛如一张清晰照片被剪下了精确的轮廓，现在那空缺的人影反而超越了一切，在照片中占有最重要的地位。这正是我们怅然若失的感觉，因为他确实不在了。

"多年后，我才再次遇到他，那时他就读于北方的科英布拉大学，我很少见到他，只偶尔从我在那所大学里为医学系教授讲课和解剖课时担任助教的朋友那里听到他的消息。普拉多在那里也很快成为一名传奇人物，当然不是很风光的那种。坦白说，获奖无数的教授和专业领域的权威们宛如接受他的重重考核。并非他懂得比他们多，他还差得远，但是他孜孜不倦，永不餍足地在寻求答案。一旦他媲美笛卡儿的严正洞察力得知，从教授那里获得的答案事实上并非真正的答案时，大讲堂里便会有好戏上演了。

"有回他大肆嘲弄一名爱卖弄的教授，把那教授当例证的解释拿出来，与莫里哀大大嘲弄过的一个医生笑话相提并论，里面将药剂的催眠效力解释为催眠促睡力。面对虚荣之徒，他绝不心慈手软，毫不留情。他会勃然大怒。这是低估了愚蠢。他常说：人必须先忘了人类毫无意义的作为乃无穷尽，才能表现得这么虚荣。这是极度的愚蠢。

"一旦他处在这种情绪中，最好别去惹他，科英布拉大学的人很快也了解到这点。他们后来又发现他的一大特长：他有第六感，能悟出想报复他的人要采用的伎俩。乔治也有这本事。普拉多窃为己有，然后自行开发。一旦他意识到有人想让他难堪，他便会找出报复手法最厉害的棋步，小心谨慎地准备。科英布拉大学医学系里就发生过。有次在大讲堂中，教授扬扬得意地把他叫到黑板前，对他提出最冷僻的问题。教授脸上露出不怀好意的笑容，普拉多拒绝教授递来的粉笔，从口袋里掏出自己携带的粉笔。'噢，是这样。'他的口气透露出不屑，然后在黑板上涂鸦，全是人体结构、生理方程式或生物化学公式。

算错时便问道：'我非得了解这些吗？'你看不到其他人的窃笑，却能听得到。你拿他根本没办法。"

两个人在黑暗中坐了半小时，神父才打开灯。

"我主持他的葬礼，他妹妹安德里亚娜希望这样。清晨六点，他瘫倒在奥古斯塔街，他特别钟爱的一条街，他正因为失眠在城里游荡。一个出门遛狗的女人发现他，马上叫来救护车。但那时他已气绝，大脑内一根动脉血管破裂，熄灭他意识中的灿烂光芒。

"我很犹豫，不知道普拉多如何看待他妹妹的请求。普拉多曾说：'葬礼是别人的事，跟死者无关。'有时，他冰冷的话让人感到恐怖，这是其中一句。

"安德里亚娜应该是条龙，保护普拉多的龙。然而，面对普拉多的死，面对死神对我们的索求，她像小女孩般无助。我接受她的请求，找出适合他沉默灵魂的字眼。几十年过去，我在字斟句酌时不必担心他挪开视线，越过我肩头望向远方，他又出现在我面前。他的生命之火熄灭了，可在我看来，他那张坚毅的惨白脸孔要求我做的，比他有生之年以生机勃勃、多姿多彩的脸向我提出的无数次挑战还要艰难得多。

"我在他墓前致哀的悼词，不仅要能过得了死者那关，还得接受另一个人的考验。我知道乔治肯定会到场。在他面前我无法谈论上帝，或提到被他委婉称为空洞许诺的话题。我只能讲述自己与普拉多来往的经验，讲述他在他熟知的人当中留下无法抹灭的痕迹,其中也包括他的仇敌。

"前来墓园参加葬礼的人多到难以置信,都是普拉多治疗过的病患,没收过诊疗费的市井小民。我用的唯一一个宗教字眼便是:阿门!我大声说出这个字,因为普拉多喜欢,也因为乔治清楚这一点。神圣话语在沉静的墓园回荡,人们悄然肃立。开始下雨,泪水从大家眼中扑簌流下,继之相拥而泣,没人想离去。天空好似打开的阀门,在场的人全被雨水打个湿透,却依旧站着,一动不动。我想,他们一定想用如铅沉重的脚拉住时间,阻止时间流逝,不让时间每分每秒拉开他们与心爱的医生间的距离。又伫立了半小时,人群才渐渐动起来,因为最年长的老人无法再支撑下去。又过了一小时,墓园才清空。

"在我打算离开时,却看到了奇特的一幕,后来这一幕一再出现在我的梦境中,如同布努埃尔[1]电影中不真实的一景:两个人,一名男子和一个含蓄的年轻美丽女子同时出现在墓园两侧门边,同时朝普拉多的墓地走来。男的是乔治,女的我不认识。尽管我不知道她是谁,却感觉到他们彼此相识,关系亲密,但又涉及一桩不幸,一出悲剧,普拉多也牵扯其中。他们沿几乎等长的小路,朝普拉多的墓走来,脚步仿佛约定过一般,好同时抵达。两人自始至终不曾看对方一眼,只盯着地

---

[1] 布努埃尔(1900~1986),西班牙电影导演、剧作家,被誉为"二十世纪最后一个超现实主义大师",代表作为《安达鲁之犬》。

面，眼神越是相互躲避，越营造出两人之间关系密切，远超过一次眼神交会的限制。两人最后并排站在普拉多的墓前，似乎连喘气的节奏都一致，但还是不瞧对方一眼，仿佛死者唯自己独有。我意识到自己该走开了。直到今天，我还弄不清楚到底是何种秘密把两人联系在一起，又跟普拉多有何关系。"

铃声大作，该是进晚餐的时候。神父脸上掠过些许不快，使劲掀开盖在膝盖上的毯子，起身走到门前，把门锁上，又重新坐回椅子上，抓住电灯开关将灯关上。餐车在走道上"嗒嗒"经过，渐行渐远。巴托罗缪神父等着，直到四周恢复宁静才接着讲下去：

"也许我知道一些，或说是感觉到一些。在普拉多去世一年前的一个深夜，他突然出现在我门前，自信的神采离他远去，仓促之色支配他的容貌、气息与姿态。我沏好茶，见我拿着方糖走过来，他也只是淡淡笑了一下，脸色随之阴沉下来。他还是学生时，我的方糖总让他雀跃不已。

"我不逼他开口，问都不问，只默默等待。他跟自己过不去，能撑多久就撑多久，仿佛这场搏斗的输赢决定生死。或许事实正好如此。我听到传言，他正为反抗组织工作。趁他费力喘气、出神发呆的时候，我仔细打量他，感叹岁月带给他的改变。他修长的手上已出现老人斑，失眠导致双眼底下的眼皮疲惫不堪，头上甚至有了白发。我突然意识到他一身邋遢，这让我大吃一惊。尽管邋遢的方式十分温和，不像流浪汉般从不洗澡的德性，甚至不惹人注意：他只是胡须杂乱，长出耳毛和鼻毛，指甲忘了剪，白色衣领上有块黄斑，皮鞋未擦，仿佛好几天没回家。他的眼皮不停地眨动，似乎一辈子操劳过度。

"'一条命换多条命，这样做对吗？'普拉多用压抑的口吻问我，话语间既有怨气，又有恐惧，似乎担心做错，做出不可饶恕的事。

"'你知道我怎么看这问题，'我回答，'我的看法从未改变过。'

"'如果里面牵扯到很多条命呢？'

"'你必须这么做吗？'

"'正好相反，我必须阻止。'

"'他知道得太多了？'

"'是她。她处境危险，会受不了。她会说出来，别人都这么认为。'

"'乔治也这么认为吗？'我想试探一下，谁知一试即中。

"'我不想提他。'

"我们之间出现一阵沉默。茶冷了。这件事让普拉多心碎。普拉多爱她？或因为她只是一条人命？

"'她叫什么名字？名字是无形的影子，别人用名字阐明我们，我们同样用名字阐明他人。还记得吗？'

"这是普拉多自己说过的话，让我们瞠目结舌的一句话。

"回忆暂时让普拉多舒坦，脸上闪过一丝笑意。

"'艾斯特方妮雅·艾斯平霍莎,诗一样的名字,不是吗?'

"'你打算怎么办?'

"'越过边境,进入山区,别问我去哪儿。'

"普拉多消失在花园门后,是我在他生前最后一次见到他。

"墓园那奇异一幕之后,我不断回想起那夜的对话。墓园的那女人是否正是艾斯特方妮雅·艾斯平霍莎?她是否在西班牙听到普拉多的死讯而赶了过来?乔治原本打算要牺牲她吗?两人并排站在墓前动也不动,两眼空洞无神,躺在墓中的男人为了救一个名字像诗一样的女人,抛弃了终生挚友的友情。"

巴托罗缪神父再次开灯,戈列格里斯站起来。

"等等,"神父说,"我把一切都告诉您了,现在您该读读这个。"说罢,从书柜里取出一个陈旧的文件夹,系住文件夹的带子已年久褪色。"您是古语言学家,能看得懂这个。这是普拉多在毕业典礼上的致辞,特别为我准备的,用的是拉丁文。不可思议,棒极了!您在大礼堂中见过那个讲台,他就在那儿致辞。

"对普拉多的演讲,大家心里多少有所准备,却没想到会是这样。从第一句起,全场便笼罩在寂静中,之后越加沉重,气氛也越加肃穆。从反圣像朝拜的十七岁少年笔尖流泻出来的文句犀利如鞭挞,口吻仿佛走过人生一遭的老人。我心里揣测,等最后一个字尘埃落定,场内会出现何种情况?我很担心他。

他清楚自己在做什么，但又不完全明白。我担心，这个敏感冒险家的言语力道也会伤害到自己，担心也许在场没有人能承受得了这些。教师们个个僵硬笔直地坐着，几个人紧闭双眼，似乎正在内心筑起一堵墙，抵御这场亵渎神灵的轰炸；或是造出堡垒，对抗对神的诽谤，谁能想到在这种地方会出现这等渎神行为？大家还会跟他说话吗？是否抵挡得住内心蠢蠢欲动的诱惑，视他为未成年的孩子，倨傲地还击？

"您会读到，最后那句话里隐含鼓舞人心又令人恐惧的胁迫，能感觉到背后有一座随时可能喷发的火山，若没有达到爆发的极限，也许会在自己的灼热中崩解。最后这一段，普拉多说得平淡，更没握拳。他语调轻柔，简直是轻声细语。直到现在我都无法肯定，他是否是故意的，借以增强演讲的冲击力，或是他用坚定沉着的态度向鸦雀无声的大众抛出大胆无畏的宣言后，顿时勇气尽失，打算预先以柔声求取原谅？他事先肯定没有这么打算，也许恰巧来自心底所愿，他对外心明如镜，却无法完全认清自己。

"最后一个字尘埃落定，没人动弹。普拉多整理了一下稿子，眼睛盯着讲台。现在没什么需要整理的了，再没有需要他做的事，完全没有了。可是，在这样的讲台上发表了这样一篇演讲后，在没有得到听众反应前无法离开，无论哪种反应。假装根本没人上台演讲过是最糟的情况。

"一股力量驱使我起身鼓掌，哪怕只为这篇危险演说中的杰出论点，都值得拍手叫好。但我随即意识到，绝不能为渎神行为鼓掌，无论演讲有多精彩。谁都不行，更何况我身为神父，神的子民。于是我坐着没动。时间一分一秒过去，不能再拖下去了，否则会是一场灾难，对他对我们都一样。普拉多抬起头，挺直背，视线投向彩绘玻璃窗，久久停在那里。我敢肯定那没有任何目的，绝非作秀。这是由衷而发之举，为他的演讲做了演示，您会见识到，他这个人正如那篇讲稿。

"也许是该打破僵局的时候了，但接着发生一件事，让在场所有的人觉得，仿佛是上帝存在的诙谐证明：外面有只狗开始大叫。起初只是短促的一声干吠，仿佛在责备沉默的我们心胸狭窄、缺乏幽默，随后演变成持续不断的鬼哭狼嚎，仿佛在为演讲遭受的冷漠待遇深感悲哀。

"乔治·欧凯利大笑出声。大家惊愕了几秒钟后，也跟着笑了起来。我相信普拉多先是吃了一惊，怎么也想不到会出现这段可笑的插曲。不过，既然乔治开了头，一切于是无妨。他脸上露出的笑意虽有些牵强，但在更多头狗的吠声伴随下步下讲台时，笑容一直挂在脸上。

"直到这时，校长科蒂斯先生才如梦初醒。他站起来，走到普拉多面前跟他握手。人是否能透过握手得知那是最后一次而因此释怀？科蒂斯先生跟普拉多说了些话，声音被谐和的犬吠声盖过。普拉多在回答时已找回了自信，大家能从他的动作中得知：他把那篇惊世骇俗的讲稿平静地放进礼服的口袋。那绝非难为情而做出的掩饰,更像将一件珍贵的宝藏收藏在安全的地方。最后他低下头,直直望入校长的眼睛,然后转身朝门口走去。乔治正在那里等他,将胳臂搭在他肩上,把他推了出去。

"后来我在公园里见到他们。乔治手舞足蹈讲个不停,普拉多则静静听着。这一幕令我想到指导学生坚持搏斗下去的教练。玛丽亚走了过来。乔治双手把住好友肩膀,笑着将他朝女孩的方向推了过去。

"后来鲜有教师谈及他演讲的事。我不认为他们绝口不提,应该是说,我们找不到合适的字眼或适当口气来谈论。也许大家多少庆幸那几天的炎热难以忍受,不必非说'太不像话'或是'有点道理'之类的话,而是改说'真是热啊!'"

19

戈列格里斯心想这如何可能:他搭乘百年电车穿越夜晚的里斯本,却觉得仿佛在耽搁三十八年后,终于动身前往伊斯法罕。他与巴托罗缪神父道别后,在回程中半途下了车,到书店取走埃斯库罗斯的悲剧和贺拉斯的诗集。回旅馆的路上不太顺遂,步伐越来越慢且踌躇不决。他在一个热气腾腾的烤鸡摊前站了几分钟,因烧焦油脂的气味而倒胃。在这时安静站着,找出浮出表面的东西,对他来说至关重要。他何时曾如此专注地打探蛛丝马迹？

他对外心明如镜，却无法完全认清自己。巴托罗缪神父用这句话描述普拉多时，听来如此理所当然，仿似每个成年人都断然明了自己的内在与外在警醒度。葡萄牙语。科钦菲尔德大桥上那名葡萄牙女子又出现在眼前，看她张开双臂朝栏杆扑去，脚后跟从鞋里滑出来。艾斯特方妮雅·艾斯平霍莎，诗一般的名字，普拉多说。越过边境，进入山区。别问我去哪儿。戈列格里斯突然清楚自己想要什么：他不要在旅馆读普拉多的讲稿，而是去那所荒弃的文理中学，普拉多演讲的地方。那里的校长办公桌抽屉里的《圣经》包在他的毛衣里，那里蝙蝠和老鼠成群。

为何这看似荒谬却无伤大雅的愿望，对他来说是个重大决定？为何他会觉得不回旅馆而回头搭电车会对日后影响深远？在店家打烊前最后一刻，他钻进一家五金行，买了一把亮度最强的手电筒。现在他又坐在老电车上，摇摇晃晃地前往地铁站，从那里出发去科蒂斯文理中学。

校舍没入公园的黑暗，他从未见过如此荒凉孤寂的建筑物。刚刚在路上，他还回想起中午在科蒂斯校长办公室里缓慢移转的圆锥光柱，此刻，眼前的校舍宛如一艘遭人们与时间遗忘的海底沉船。

他在一块石头上坐下，想着一位许久前在夜晚潜入科钦菲尔德文理中学的学生，他从校长办公室打了几千瑞士法郎的电话到全球各地,为了报复。他叫汉斯·古莫尔,他带着这个姓氏,像是背负着绞刑架。戈列格里斯替古莫尔结清了电话账单,说服凯吉不要报案。他在城里碰到古莫尔,试图弄清这少年报复校方的动机,却未成功。"反正就是想报复。"那少年一再说着,疲倦地坐在苹果蛋糕后面,因怨恨而心力交瘁,仿佛那怨恨与生俱来。分手时,戈列格里斯久久望着他的背影。戈列格里斯告诉芙罗伦斯:不知何故,他有点佩服那少年,或是嫉妒他。

"你想想看,他三更半夜一个人坐在凯吉办公桌后面,打电话去悉尼、贝伦、圣地亚哥,甚至北京。都是打到大使馆,因为那里讲德语。接通后却一言不发,半句话不说,就是想听听线路接通后的嗡嗡声,感受昂贵的通话时间一秒秒过去的罪恶感。这难道不让人惊叹吗?"

"这偏偏是你说的?账单还没出来,你就乐意替他付账了?只为不让任何人背负责任?"

"没错,"戈列格里斯说得干脆,"正是!"

芙罗伦斯扶一下过于时髦的眼镜。每次他说出类似话语时,她总会做出同样的动作。

戈列格里斯扭开手电筒,沿着光柱朝入口走去。嘎吱作响的大门在阴森森的黑暗中比白天更响,宛如在说"谢绝进入"。被声音惊醒的蝙蝠一窝蜂拥出。戈列格里斯等待这波浪潮恢复平静,才推开通往楼上的弹簧门。手电筒的光束像扫帚,划过走道的石板地，以免自己踩到死老鼠。冰冷四壁之间，寒意袭人。戈列格里斯先走进校长办公室，去取抽屉里的毛衣。

他瞧着原为巴托罗缪神父所属的希伯来文《圣经》。一九七〇年，柯蒂斯文理中学关闭，要成为干部培训地，神父及柯蒂斯先生的继任者站在空荡荡的校长办公室里，义愤填膺又百般无奈。"我们想做点什么，具有象征意义的事。"神父说。他把自己的《圣经》放在校长办公桌抽屉里。校长对他咧嘴而笑，"太棒了，让上帝去对付他们吧。"

戈列格里斯在礼堂里为校长准备的长椅上坐下。柯蒂斯先生曾坐在这里，面容冷漠地聆听普拉多演讲。他从书店的袋子里取出巴托罗缪神父交给他的文件夹，解开带子，取出一沓纸，那是普拉多演讲完后，在惊愕和尴尬的沉默中在讲台上整理过的讲稿，字迹与普拉多从牛津写给美洛蒂那封信的深黑墨迹一模一样。戈列格里斯将手电筒的光对着发潮泛黄的纸，开始阅读。

崇敬与憎恶上帝的话

我不愿意在没有大教堂的世界里生活，我需要教堂的美丽与庄严，抵御平庸的世界。我愿意举头仰望教堂明亮的窗，让这非世俗的色彩撩乱我的眼。我需要它的辉煌，抵御肮脏单调的制服。我愿意置身在教堂逼人的寒气中，需要那专横独断的沉默，抗衡兵营操练场上空洞的吼叫，追随者俏皮的闲话。我想聆听管风琴的华丽音调，需要超脱尘世的音乐澎湃我心，抵御刺耳可笑的进行曲。我爱教堂中的祈祷者，需要看到他们的眼神，抵挡肤浅与漫不经心的险恶毒素。我要阅读有力的上帝言辞，需要《圣经》韵文中的非凡力量，对抗我们堕落的语言与政治口号的专制独裁。我不想生活在没有这一切的世界里。

可是，还有另一个我不想生活的世界。在那世界里，人的肉体与个人的独立见解备受轻视和诋毁，我们能经历到最杰出的事物被冠为罪恶。那个世界逼迫我们向暴君、虐待狂与暗杀者奉献爱，不论他们野蛮的脚步在大街小巷踏出令人麻痹的回音，还是如猫一般无声无息匍匐而过，像怯懦的鬼魂，手举雪亮的刀剑从背后刺穿受害者的心脏。站在高高的布道坛上的人竟要求我们原谅这样的货色，甚至向他们顶礼膜拜，天下岂有如此荒谬之理？倘若真有人做到这点，可真是史无前例的虚伪，残酷的自制，代价是人格彻底畸形。

这个向仇敌示爱的疯狂和反常的要求，只会造成人类被制伏，被剥夺全部的勇气与自信，让人类受暴君操纵，对他们唯命是从，丧失抗争的能力。为了达到这目的，必要时甚至动用武力。

我崇拜上帝的话，因为那有诗的力量。我又无比憎恶它，无法接受它的残暴。这是份沉重的爱，我必须不断区分话语的光明力量，与透过文字暴力扬扬得意奴役我们的上帝。这是份沉重的恨。地球这半部的人怎能憎恨这属于生命旋律的文字，憎恨人们从儿时起便深深敬仰的文字？在我们开始意识到可见的人生并非人生的全部时，那些文字宛如火把，为我们指明方向。没有这些文字，我们不可能成为今天的我们。我们怎能恨它？

可是，我们不该忘记：这正是要求亚伯拉罕如宰杀动物般杀害亲生儿子的文字。读到这一段时，我们该如何表达自己的怒火？对这样的上帝，我们作何感想？主不是无所不知，无所不晓吗，怎会指责约伯偏离信仰？难道不正是他创造出这个约伯？为什么上帝却像凡夫俗子般，毫无缘由地让一个人陷入悲惨境地，那样做是公平的吗？约伯岂没有抱怨的理由？

上帝话语的诗文如此震撼人心，让万物静寂，让所有反驳伤痕累累。正因如此，一旦人们对《圣经》加诸我们头上的无礼要求和施加于身的奴役再也忍无可忍，就不能只是随手将之弃置一旁，而必须远远抛掉。《圣经》宣扬的是个脱离现实、闷闷不乐的上帝，想要大规模限制人类生活的上帝（要是给他自由选择，他一定会划定一个巨大的范围），将人生困在唯一一个毫无伸展余地的点上，那就是遵从。我们深深忧伤，背负沉重的罪恶，因臣服形同槁木，因忏悔失去尊严。我们额上带着灰十字，往主的墓地走去，尽管被主驳斥上千次，依旧抱持期望，让自己在主身边得到更好的归宿。可是，主已将我们所有的快乐和自由全部剥夺。在这样的主身边，我们怎能获得更多幸福？

但那些源于他，又回归于他的话语何其美妙！担任弥撒仪式中的神父助手时，我对其爱不释手。在祭坛前的烛光剪影中，那些话让我深深醉了！那是衡量万物的准则，那是再明确、清楚不过了。当我发现，人们竟然认为世上还有其他重要话语时，我简直不能理解。那些话语里的每一句都代表着下流的消遣，丧失了人性之本！直到今天，只要听到葛利果圣歌，我还会情不自禁地停下脚步，在不经意的瞬间隐隐哀痛，因为从前的痴迷被叛逆取代，再也追不回来。当我第一次听到下面几个字时，叛逆如火舌自心底窜起：心智的奉献牺牲。

倘若没有好奇心、疑问、怀疑和争辩，我们怎能快乐？没有享受思考的快乐？那几个字一剑斩断了我们的头颅，无疑在要求：感觉和行事皆要违背自己的思想，让我们的心灵四分五裂，命令我们牺牲付出，而牺牲的，正是快乐的核心：内心的完整和人生的和谐一致。在帆桨战船上做苦役的奴隶虽然手脚受缚，却能自由思考；但我们的主却要求我们成为奴隶，亲手把自己推向深渊，还得做得心甘情愿，满心欢愉。世上还有比这更讥讽的事吗？

无所不在的主，日日夜夜观察我们，时时刻刻把我们的言行记录在功过簿上，让我们不得安宁，片刻不让我们拥有自己的空间。无法拥有隐秘，这对我们意味什么？除了主之外，任何人都不得抱持自己的思想和期望？无论是过去的宗教法庭，还是当今的审讯机构，拷问者无一不知一个道理：只要斩断人们通往内心的退路，让人一直处在亮光下，不让他独处，不让他睡，或是得到宁静，便能撬开他的口。拷问者以此方式盗取我们的灵魂，等于摧毁了我们内心的孤寂，而我们对那份孤寂的需求，正如呼吸之于空气。我们的主是否想过：他用肆无忌惮的好奇心与可憎的爱看热闹心态，窃走了我们原应不朽的灵魂？

谁真的愿意长生不老，永世长存？要是我们知道，无论在这一天、这个月或这一年发生过什么事，都将无足轻重，因为以后还有无止境的年月日，一切将会何等无聊乏味。真是那样，还有什么值得我们看重？大家无须计算时间，永远不会错过任何事，永远不必着急。一件事今天去做,或明天去做,全无所谓。在永恒中,即便是百万倍的疏忽也都微不足道,再也无须后悔,反正弥补的机会还有的是。我们将无法体验生活,因为其中的喜乐皆因我们意识到时光流逝;在死亡面前,悠闲度日的人才是冒险家,成为违背立即行动准则的十字军骑士。当所有人,任何事,随时随地拥有充足的时间,人类怎还有可能享受消磨时间的快乐?

同样的感觉第二次出现时,便不再有第一次时的感受,重现的感觉让感受褪色。一旦同样的感觉出现过于频繁,持续过于长久,大家必定心生厌倦和疲乏。想到日子将永无止境,不朽的灵魂怎能不滋生出强烈的厌恶和绝望的呼喊?感觉不断在变,我们也随之改变,是什么,就是什么,因为它们脱离了原来的模样,因为从情感迎向未来的那一刻起,便远离了原有的模样。当这股洪流流向永恒,成千上万的感觉必定在我们体内聚集,远超出我们这些习惯在可见时间里生存的人的想象。于是,我们听到永恒生命这个词时根本无从得知,未来会向我们做出何种保证?假设在得不到安慰下,我们活在永恒中,有朝一日在强迫中获得拯救,我们又将成为什么模样?我们不知道,那是否是种赐福,我们也永远无法得知。因为有一点我们非常清楚：永生的天堂是一座地狱。

死亡赋予人类美丽和恐惧的瞬间！唯有死亡，才让时间有了生命。为什么偏偏我们的主，我们无所不知、无处不在的主却不知道？为何主要用永恒威胁我们？对我们来说，不正意味着难以承受之空虚吗？

我不想活在一个没有大教堂的世界里，我需要大教堂彩绘玻璃的光芒、寒气逼人的肃穆和其霸道的沉默，需要管风琴潮汐般汹涌澎湃的音响，需要虔诚人们的祈祷。我需要神圣的文字，需要这篇庄严的伟大诗篇。我需要所有这一切。然而，我同样需要自由，反对一切残暴。所有这些缺一不可，没人可以强迫我在其中做选择。

戈列格里斯读了三遍，越发惊奇不已。普拉多的拉丁文感染力与文体的优雅，和西塞罗不相上下，而他思想带来的撞击和真挚情感，更让人不禁想到奥古斯丁。这份手稿竟出自一个十七岁少年之手！要是这份奇才表现在乐器上，人们一定会称他神童。

巴托罗缪神父对结尾的看法精确至极：那威胁令人动容，否则又能针对谁？这位少年始终选择反对暴力，必要时，甚至宁愿牺牲大教堂。这个不信神的神父想在内心建造一座自己的大教堂，哪怕只有金色的文字也好，用此抗衡世俗，而他抵抗残暴的历程也将更苦涩。

或许威胁并非空穴来风？普拉多站在大礼堂前演讲时，是否已在无意中道出三十五年后的行动：背离了反抗运动的计划，也是乔治的计划，拯救了艾斯特方妮雅·艾斯平霍莎。戈列格里斯真希望能听到普拉多的声音，感受他言语中熔岩般的灼热。他抽出普拉多的札记，将手电筒对着普拉多的肖像。普拉多曾经担任过弥撒中的助手，孩童时在祭坛上手持圣烛，第一次释放出他的热情，而上帝话语光辉灿烂，神圣不可冒犯。然而，其他书本上的文字渐渐深入他内心，蔓延滋生，直到他将所有外来文字放在金秤上筛选称量，冶炼出自己的文字。

戈列格里斯扣紧外套纽扣，冰凉的手插入袖管，横躺在长椅上。他累了，疲倦源于过分专注聆听演讲，尽力理解其中意涵的狂热，疲倦也源自内心的清醒，清醒伴随狂热而来，他有时甚至觉得，这份清醒正是狂热本身。他第一次眷恋起自己在伯尔尼公寓里的床。他在睡前常爱靠在床上看书，等着入睡。他想到科钦菲尔德大桥，葡萄牙女人踏上大桥前和之后发生的变化，想着放在教室讲台上的拉丁语教材。已经十天了，是谁代替他继续教授拉丁文法的夺格独立片语？又是谁接着讲解《伊利亚特》的结构？前些日子在希伯来文课上，他们讨论路德将《圣经》从希伯来文翻译成德语时，为何将上帝是嫉妒的神翻成渴求的神。他向学生介绍德语与希伯来语《圣经》间令人瞠目结舌的巨大差异。现在，谁会继续讲解呢？

戈列格里斯打了个哆嗦。最后一班地铁早已开走。这里既没电话，也没出租车。徒步到旅馆，至少需要几个小时。礼堂外面隐约传来蝙蝠掠过的扑打声，偶尔听到老鼠吱喳叫唤，除此之外，一切如墓园般静默。

他感到口渴，所幸外套口袋里还有一颗糖果。他把糖塞进嘴里时，看见学生娜塔丽雅·鲁宾的手捏着一颗红红的糖果，伸到自己面前。在短短的一刹那间，他觉得娜塔丽雅·鲁宾正作势把糖塞进他的嘴里。或者那只是幻觉？

他问她，要是没人知道玛丽亚的姓氏，到哪里才能找得到她，娜塔丽雅舒展四肢笑了。他跟娜塔丽雅已在墓园旁的烤鸡摊前站了好几天，美洛蒂在那里最后一次见到玛丽亚。现在是冬季，天开始下雪，从伯尔尼开往日内瓦的火车已经启动。为什么他要上这班车，面容严肃的列车员问他，而且还是坐头等车厢？他冷得浑身哆嗦，翻遍口袋找寻车票。醒来时他四肢僵硬，外面已微露曙光。

20

在首班发出的地铁上，有一段时间他是唯一的乘客，仿佛是柯蒂斯文理中学静谧虚幻世界里的下一段插曲，他自己安排的场景。接着上来一些葡萄牙人，赶去上班的葡萄牙人，和普拉多毫无关系。戈列格里斯很感激这些冷静阴沉的脸，他们的表情与清晨从雷尔街搭乘早班公交车上班的人相似。他能在这地方生活吗？在这里生活和工作，不管那是什么样子？

旅馆门房忧心地注视他。他还好吗？是否安然无恙？门房递给他一个火蜡封口的厚纸信封，昨天下午一个老妇人送过来的，她一直在这里等他，直到晚上。

安德里亚娜！在此地认识的人中，只有她会用蜡封信。然而门房对老妇人的描述并不符合她的样子，何况她也不可能亲自过来。像她这样的人，不可能亲自送信来。无疑是女佣，女佣分内的事，也包括拂去顶楼普拉多房间里的尘埃，不让屋内留下时间流逝的痕迹。一切都好，戈列格里斯再次向门房强调一遍，然后上楼去了。

我想见您！安德里亚娜

这张贵重信笺上只有一句话。黑墨水与普拉多惯用的一样，字迹僵硬，却趾高气扬。仿佛书写者费劲地回忆着每个字母，好让每个字带有过往的庄严优美。她忘了他不懂葡萄牙文吗？他们之间是用法语沟通的。

文字言简意赅，俨如军令，让戈列格里斯一时傻眼。他面前出现那张苍白的脸和一对苦涩的黑眼睛，看到她在不该死去的哥哥房里来回踱步，宛如沿山脊边缘行走的老妇。于是那句话不再是个命令，而是套着神秘黑丝绒带的耄耋老妇从喉咙里发出的沙哑呼救。

戈列格里斯打量着压印在信笺上方中央的黑狮子，显然是普拉多的家徽。狮子与严父及他阴郁的死亡吻合，也与安德里亚娜的黑色身影及普拉多绝不退缩的无畏相符，却与轻手轻脚、反复无常的美洛蒂毫不相关，她是亚马孙河岸一段不寻常的轻率后诞生的结晶。她是否和母亲玛丽亚同一个模子？为什么没人提到她？

戈列格里斯冲了个热水澡，一觉睡到中午。他很高兴自己先考虑到自己，让安德里亚娜暂等。要是在伯尔尼，他会这么做吗？

去蓝屋的路上，他经过西蒙斯的旧书店，问他能否弄到一本波斯文文法书？他若是决定学习葡萄牙文，哪间语言学校最合适？

西蒙斯笑了，"想所有事一起来，既学葡萄牙文，又学波斯文？"

戈列格里斯只恼怒了一会儿。眼前这男人怎会明白，葡萄牙文和波斯文在他人生这一刻毫无区别。在某种意义上来说，这两种语言是同一回事。西蒙斯又问他普拉多的事进行得如何，科蒂尼奥是否帮上他的忙。一小时后，接近四点钟，他按下蓝屋的门铃。

开门的女人五十五岁左右。

"我是这里的女佣。"她说。

她那看来终生劳碌的粗糙手指顺了一下灰白的头发，又查看一下衣服上的纽扣是否整齐。

"夫人在客厅等你。"她在前面领路。

就像第一次登门造访时一样，戈列格里斯再次惊叹沙龙的宽大和优雅。他注意看着立钟指针依然指着六点二十三分。安德里亚娜坐在角落的桌前。他再次闻到那股药水或香水的刺鼻气味。

"您来晚了。"她说。

那封短讯已让戈列格里斯习惯她不带问候的严厉举止。坐在桌边时，他惊讶地感觉到，自己能跟这个冷冰冰的老女人融洽相处。他轻而易举地察觉到，这女人的言行举止，只是内心痛楚和寂寞的表露。

"我这不是来了嘛。"他回答。

"是啊。"她说，过了好一会儿，又重复道，"是啊。"

女佣飘然来到桌旁，悄然无声。

"克罗蒂尔德，"安德里亚娜说，"摆好机器。"

戈列格里斯这才注意到那个箱子。一部巨大的老式录音机，有两个盘子大小的卷轴。克罗蒂尔德从录音带的开口处抽出一节磁带，固定在空着的卷轴上，然后按下键，卷轴开始转动，她转身离开。

起先录音机噼啪出声，沙沙作响，接着出现一个女人的声音：

"你们干吗不说话？"

戈列格里斯听懂的有限，因为耳里满是录音机里嘈杂混乱的说话声，那些声音又被一片窸窣和嘈杂掩盖。一定是麦克风使用不当。

"普拉多。"当一个男人的声音出现时，安德里亚娜介绍说。提到这名字，她惯常的沙哑声提高了，一边将手搁在脖子旁，抓着黑丝绒带，似乎想掐得更紧。

戈列格里斯耳朵紧贴在扬声器上。那里发出的声音和他所想的完全两样。巴托罗缪神父说普拉多有副男中音嗓子。音域上吻合，音质却严肃得多。听得出来，这男人说话时可以锋利如刃。这是否跟戈列格里斯唯一听懂的一句话——"我不要"——有关？

"法蒂玛。"一个声音从嘈杂声中冒出来时，安德里亚娜说。她提到这名字时的鄙视口吻说明了一切。法蒂玛让人不舒服，不只这一次，所有场合都一样。她配不上普拉多。她把安德里亚娜至爱的哥哥据为己有，她最好从未进入他的生活中。

法蒂玛声音柔和低沉。听得出来，她想取得众人认同并不是件容易的事。这温和的声调中是否隐含一种要求，希望引起人们特别的关注和体谅？或只是机器的杂音造成的印象？没人打断她，直到她说话的声音逐渐减弱。

"大家一直照顾她，真他妈的无微不至！"不等听完，安德里亚娜已咬牙切齿说，"好像她的舌音是多舛命运造成的，像是所有人都对不起她,就连宗教的老掉牙玩意儿都能为她辩解,总之,就是所有一切。"

戈列格里斯并未听出法蒂玛有舌音,都被杂音压下去了。

接下来说话的是美洛蒂。她说话的速度很快,似乎有意朝麦克风吹气,然后放声大笑。安德里亚娜厌恶地扭开头,望着窗外。听到自己的声音时,她迅速伸手关掉开关,让录音机停下来。

她盯着录音机看了几分钟,这部机器让过去重现。她的眼神与星期天低头打量普拉多的书、冲着往生的哥哥说话时的模样一样。录音机上的录音她听过上百次,甚至上千次,对每个字、每段嚓嚓作响和噼啪杂音了如指掌。仿佛她依然跟大家坐在一起,还在他们家的那栋大宅里,美洛蒂现在住的那栋屋子里。她凭什么不能用现在式说话?即便使用过去式,也只当是昨天发生的事而已。

"我们简直不敢相信妈妈会把这玩意儿带回家。她对机器一窍不通,根本不懂得如何操作,甚至担心得要命,总觉得自己会弄坏什么,结果她偏偏把一台录音机搬回家,还是市面上出现的第一代录音机。

"'不,不是这样。'我们事后谈起时,普拉多总说,'不是因为她想保留我们的声音。不是,她只想让我们再次关心她。'

"他说得对。现在爸爸去世了,我们的诊所又在这边,妈妈的生活想必十分空虚。丽塔整天只知到处闲逛,很少探望妈妈。法蒂玛虽然每星期都会过去,但解决不了什么问题。

"'她更想见你。'有次法蒂玛回来后告诉普拉多。

"普拉多不想去。他虽然从未提过,但是我知道。一碰到有关妈妈的话题,他就变成胆小鬼。这是他一生中唯一胆怯之处。通常他绝不会避开不愉快的事,从来不会。"

安德里亚娜再次伸手捂了捂脖子。有那么一会儿,她看似就要揭露藏在黑丝绒带后面的秘密了。戈列格里斯屏住呼吸,可是那一刻错过了,安德里亚娜的眼神又从过去回到现在。可以再听一次普拉多的声音吗?他问。

"我一点都不感到奇怪。"安德里亚娜引述了普拉多的话,并开始凭记忆复述普拉多的每一句话。不,她不只在引述,也不光是模仿,好似一名出色演员在历史性的一刻所做的表演。亲近感更强,完美无缺:安德里亚娜就是普拉多!

戈列格里斯这次不但听出 não quero(我不要),还有一些新词汇:ouvir a minha voz de fora(从外面听到我的声音)。

安德里亚娜复述完毕后,开始翻译给他听。不,这一切之所以可能,他一点都不奇怪,普拉多说,透过医学,他多少懂得一些科技原理。"可我不喜欢这类东西与文字扯上关系。"他不想从外界听到自己的声音,不想自己找罪受,他觉得自己已够不讨人喜欢了。至于这种让话冻结的方式,通常人们只随便说说,多数很快会被遗忘。要是把每一句话,所有未经思考的话和毫无品位的评语统统存留起来,他光想到就觉得可怕,让他想到轻率鲁莽的上帝。

"他不过是喃喃自语。"安德里亚娜说,"妈妈不爱听,也让法蒂玛一筹莫展。"

"这部机器毁掉了忘却的自由,"普拉多接着说,"可我不怪你,妈妈,这玩意儿满有趣的。别把你聪明绝顶的儿子说的话当真。"

"何必一直安慰她,一定要把所有的话收回来。"安德里亚娜大发雷霆,"看看她怎么用温柔的方式折磨你!你干吗不坚持己见?你不是一直都这样的吗?一直都是!"

戈列格里斯问可不可以再听一遍录音带,他想再听一遍那声音。这请求打动了安德里亚娜。她倒带时,脸上露出小女孩般惊奇和快乐的神情:她认为重要的东西,大人也认为重要。戈列格里斯反复听着普拉多的话。他把普拉多书中带肖像的一面平摊在桌上,一边听,一边让那些话深入普拉多的脸,直到完全属于那张脸为止。然后他抬头望着安德里亚娜,不由吃了一惊。她想必一直看着他,面容舒展开来,所有严厉和苦涩一扫而光,只剩下一种表情,欢迎他进入她对普拉多的爱和崇拜的世界。你小心点,我指的是安德里亚娜。他听到玛丽安娜·埃萨的告诫。

"请过来,"安德里亚娜说,"我想给您看看我们工作的地方。"

她在前面带路,走下楼时的脚步比先前自信许多,也快了许多。她现在要去诊所找哥哥，哥哥需要她，得动作快。"谁要是有病痛或恐惧，是等不得的。普拉多常爱这么说。"她很有把握地把钥匙插入钥匙孔，推开所有的门，打开所有的灯。

三十一年前，普拉多在这里治疗最后一位病人。看诊床上依然铺着一张干净的纸巾，放置用具的架上摆着现今已没人用的注射器。桌子中央摆着打开的病历卡盒，其中一张病历卡斜插，旁边是听诊器。垃圾桶里还有一堆带血棉球，门上挂着两件白袍，一尘不染。

安德里亚娜从挂钩上取下一件白袍穿上。"他的永远挂在左边。他是左撇子。"她边说边扣上纽扣。

戈列格里斯开始感到害怕，怕她再次回到过往，在往日中梦游，此外一无所知。还好情况没那么糟，她看来十分轻松，脸上因工作的热情而容光焕发。她打开药柜，清点里面的存货。

"快没吗啡了，"她喃喃自语，"我得赶快打电话给乔治。"

她合上药柜，抚摸着诊床上的纸巾，用脚尖调整了一下体重计，又察看一下洗手台是否清洁。最后对着桌上斜插的病历卡，站着不动。她没碰斜插的卡片，更没看上一眼，便开始讲述病人的情况。

"她干吗去找那个混蛋，那个堕胎庸医？好，她不知道我当初的情况有多糟。但每个人都知道，这种事普拉多照料得很好。女人一旦陷入困境，他可以无视法律。艾特维娜加上一个孩子，太不像话了。普拉多说，下个星期，他决定看是否要送她进医院,接受后续治疗。"

他妹妹曾经打掉过一个孩子,差点送命。戈列格里斯听到胡安·埃萨说。他浑身毛骨悚然。在这楼下,安德里亚娜看来比在楼上普拉多的房间里更沉湎于过去。面对楼上的过去,她只能在一旁观看。她把普拉多的书视为纪念碑。可是,当普拉多坐在书桌前抽烟喝咖啡,手里握着老式羽毛笔时,她就无法接近他。戈列格里斯相信,她对哥哥沉思之际的孤寂妒火中烧。然而,在诊所里却是另一回事。她能听到哥哥说出的每一句话,跟他一起谈论病人,协助他治疗。他完全归她所有!多少年来,这里是她生活的重心,对她来说最具生命力的地方。她脸上尽管有岁月的痕迹,但在这一刻却显得年轻美丽,这张脸描绘出她的心愿,永远停留在这时刻中,永远不离开那些幸福时光。

然而,清醒的时刻不远了。安德里亚娜的手指不安地检查白袍的纽扣是否全都扣好了。她眼里的光彩开始黯淡,衰老脸庞上松弛的皮肤开始垂落,往日的幸福开始从这空间消逝。

戈列格里斯真不想看她醒来,回到冰冷的现实,回到必须让克罗蒂尔德为她摆设录音机的世界里。现在还不要,那太残忍了,他决定冒一次险。

"鲁伊·路易士·门德斯,普拉多是在这里治疗这位秘密警察的吗?"

宛如他从架上取出一只注射器,朝她血管扎进一针毒品,在深红血管内迅速蔓延开来。她全身一阵强烈震颤，瘦削的身子如高烧般颤抖了一下，呼吸变得沉重。戈列格里斯吃了一惊，咒骂自己的鲁莽。安德里亚娜接着从痉挛中平静下来，身体绷直，闪亮的眼睛坚定有力。现在她走向看诊床。戈列格里斯等她问，他是从哪儿知道门德斯的事。不过安德里亚娜已回到过去的情境中。

她的手平放在看诊床上的纸巾。"就在这里。我看他倒在上面，似乎几分钟内便会死去。"

她开始叙述当时的事。这博物馆似的空间因她激情有力的话语而生动起来，那遥远日子里的炎热与不幸，重新降临这家诊所。在这里，阿玛迪欧·伊纳西奥·德·阿尔麦德·普拉多，一个热爱大教堂、不懈反对所有残暴的人，做了一件他永生难以摆脱的事，即便他永远保持清醒的判断力也无从处理，无法做出了结。那件事在他生命之火将要燃尽的最后岁月中，一直如影随形跟着他。

那是一九六五年八月，一个潮湿炎热的日子，普拉多刚过完四十五岁生日。二月，左派与温和派在一九五八年支持的反对党总统候选人德尔加多，试图从流亡的阿尔及利亚回国，在他越过西班牙边境回到葡萄牙境内时遇刺身亡。这起谋杀的责任被推到西班牙和葡萄牙警方身上，但人们猜测是秘密警察下的毒手，也就是在萨拉查年老体衰后，大权在握的边防警察干的好事。非法印制的传单在里斯本流传，指称血案系令人毛骨悚然的秘密警官门德斯所为。

"我们的信箱也收到一份同样的传单。"安德里亚娜说,"普拉多看着门德斯的头像,像是要以眼神毁掉他,然后将传单撕成碎片,扔到马桶冲走。"

时间刚过中午,沉闷的热浪笼罩全城。普拉多躺下来想休息,这是他每天的习惯,只睡半小时,分秒不差。这是在他日夜作息中,唯一可以轻松入睡的时段。在这段时间中他总睡得深沉,不会做梦,听不到外界声响。要是有东西把他从睡梦中惊醒,他会心烦意乱上好一阵子。安德里亚娜看护着哥哥的午休,像供奉神明般谨慎。

安德里亚娜听到街上划破午间静寂的刺耳尖叫时,普拉多刚刚入睡。她赶紧冲到窗前,发现邻居家门前的人行道上躺着一名男子。围拢在那男人身边的人群挡住安德里亚娜的视线,他们一个接一个大叫,疯狂地指手画脚。安德里亚娜觉得有个女人正用鞋尖踢那躺在地上的躯体。最终有两个身材高大的男人将众人挡开,抬起地上的男人,朝普拉多诊所的大门奔来。直到此刻,安德里亚娜才认出这人,她的心突然停止跳动:门德斯——在他的传单照片下面印着:里斯本屠夫。

"在这一刻,我清楚知道将会发生什么事,知道其中所有细节,仿佛未来早已发生过。我惊讶地发现,那似乎是早已存在的事实,只不过迟早会扩展开来。接下去几个小时对普拉多来说,将是他生命中一道深深的伤口,是他所有考验中最严峻的一次。就连这点，我当时都看得一清二楚。"

抬着门德斯的男人们如狂风暴雨按门铃。安德里亚娜觉得这此起彼伏、不绝于耳、令人难以忍受的刺耳铃声，仿佛拉近他们一直以来与独裁政权的血腥和暴力所保持的距离（并对此良心不安），并打开一条通道，通往他们优雅、备受呵护的安宁世界。两三秒钟内，她什么都不想，只一动不动地站着，像死了一般，但她明白：普拉多绝不会原谅她。于是她去开门，并上楼唤醒普拉多。

"他什么话都没说。他知道，若非攸关生死，我绝不会叫醒他。'快去诊所。'我只说了一句。他光着脚，跌跌撞撞冲下楼。一进诊所，一头冲向洗手台，手舀着冷水泼到脸上，然后迅速冲到这张看诊床边，也就是门德斯躺的地方。

"他愣住了，难以置信地盯着那惨白、额上流着细小汗珠、瘫软无力的脸两三秒钟。他转过身，求证似的望着我。我点了点头。他手一下子捂住了脸，紧接着浑身震颤。他用双手一把撕开门德斯的衬衫，纽扣都被他扯掉了。他耳朵贴在门德斯毛茸茸的胸前，又用我递给他的听诊器听了一下门德斯的心跳。

"'毛地黄！'

"他只说了这一句。在僵硬压抑的语调里，满是全力抵抗的仇恨，如钢铁般闪烁的仇恨。我把药抽入针管时，他正在按摩门德斯的心脏。我听到一声沉闷的破裂声，门德斯的肋骨断了。

"我把针递给普拉多时,我们对视片刻。这一刻我多爱他,我的哥哥!他以铁一般顽强的意志抵抗自己的强烈愿望:希望躺在床上的人死掉!所有人都猜测他担负了严刑拷打和暗杀的罪名,这具汗涔涔的肥胖身体担负这国家对百姓无情的压制。杀死他有多容易,简单得不可思议!只消几秒钟对他置之不理就够了。什么都不做!不做!

"事实上,普拉多为门德斯的胸口消毒后犹豫了一下,闭上双眼。无论之前或之后,我从未见过任何一个人以这种方式压抑自己。然后他睁开眼,将针对着门德斯的心脏扎下去,仿佛是死亡的一击,让我浑身冰冷。他如往常一样,以惊人的自信扎下这针。你会觉得,人的躯体在这时刻对他来说是玻璃做的。他空前平静,稳稳将药注射进门德斯的心肌,让他的心脏恢复运作。他抽出针头时,身上所有的狂躁消失了,并在注射的部位贴上一块膏药,拿听诊器听了一下门德斯的心跳,然后转头望着我,点了点头。'救护车。'他说。

"医护人员来到,门德斯在担架上被抬出去。快到门口时,门德斯醒过来,张开了眼,碰上普拉多的视线。我很讶异我哥哥的眼神何等平静,就事论事地看着门德斯。或许是因为精疲力竭,总之他斜倚在门上,就像个刚克服过一场难关、现在理应休息一下的人。

"然而,事与愿违。普拉多并不知道刚才聚拢在瘫倒的门德斯身边的人,我也早忘了他们,所以我们突然听到歇斯底里的喊叫'背叛者！背叛者！'时，完全没有心理准备。大家一定看到躺在救护车担架上的门德斯还活着，便对着救活这该死者一命的人发出怒吼，那个人背叛了公正的裁决。

"他就跟刚才第一眼认出门德斯时的模样一样，手紧捂着脸，但这回动作缓慢得多。平日高昂的头颅，现在则垂在两手掌心内，这动作明确表露出他的疲倦与悲哀，并以这心情看清自己面对的事实。

"不过，无论是疲倦还是悲哀，都无法让他意志消沉。他稳重地取下之前来不及从挂钩上取下穿上的白袍，放在手里抚摸。这动作中流露出天生的自信，我到后来才明白：普拉多无须思虑就知道，他必须以医生身份面对众人，只要他穿上这身有说服力的白袍，大家也会立刻认同他的医生身份。

"他出现在大门口时，外面的喧哗戛然而止。有一会儿他只是站在那里，低垂着头，手插在白袍口袋里。所有人都在等待，等他为自己辩护。普拉多抬起头，环视四周。我觉得，他赤裸的双脚不是踏在石砖地上，而是靠着石砖地支撑。

"'我是医生。'他说，又如发誓般重复一遍，'我是医生。'我认出三四个邻居，也是我们的病人，他们尴尬地盯着地面。

"'他是刽子手！'一个人高喊。

"'屠夫！'另一个人也喊。

"我看到普拉多的肩膀因呼吸沉重而上下起伏。

"'他是一条生命，是一个人。'他明确并响亮地说，在重复'人'这字眼时,大概只有我这个对他声调细微变化了如指掌的人,才听得出他语调中的微微震颤。

"他才刚说完,一只西红柿在他的白袍上爆裂。就我所知,这是普拉多唯一一次遭受人身攻击。这对紧接着发生在他身上的事起了多大影响我说不上来,也说不清后来门口那件事对他造成多深的震撼,但我猜想,这和接下来发生的事相比实在不算什么:一个女人突然冲出人群走到他面前,冲着他的脸啐了一口。

"要是那只是唯一一下,他或许还认为是一时的轻率冲动,只是在怒气冲冲的失控下做出的举动,但那女人接连啐了好几下,一口接一口,激动地停不下来,她恶心的唾液淹没普拉多,在他脸上慢慢流淌。

"普拉多紧闭双眼,应付这一波波攻击,但他一定认得这个女人,我也认得,那是他长年以来免费出诊无数次救治的一位罹患癌症的病人的太太。他一直陪伴那个病人直到去世,他从未收过她一毛钱。多么忘恩负义!我开始时想。接着我看到她愤怒的眼神流露出的痛苦与绝望,因此我明白了:她啐他,正是因为感激他,感激他为他们做的一切。他是大家的英雄,是天使,上帝的使者,在丈夫病痛的黑暗中陪伴她的人。要是只靠她自己,她肯定早就迷失了自己,而现在偏偏是他挡在正义伸张的路口,那条路是不让门德斯活下去。这想法在这扭曲变形、思维简单的女人脑海里激荡,而她只知道靠这爆发来发泄。宣泄的时间越久，意义越荒唐无稽，已远非针对普拉多了。

"大家似乎意识到事情过了头，于是情绪缓和下来，纷纷垂下头离开。普拉多转身朝我走来，我拿纸巾擦掉他脸上的污浊。然后他走到那里，就在那个洗手台前，把脸搁在水流下。水龙头全开，水向四面八方溅落出来。他擦干后的脸十分苍白。我相信，这一刻要是能哭出来，让他拿什么出来换都行。他站在那儿，等着泪水流落，可是什么都没有。四年前，法蒂玛死后他再也没哭过。他踏着僵硬的步伐朝我走来，仿佛在重新学习走路。然后，他站在我面前，眼里闪着泪光，却怎么都淌不下来。他两只手握住我肩膀，将他仍潮湿的前额紧靠在我的额上。我们站着，大概持续了三四分钟。这段时间是我生命里最宝贵的时光。"

安德里亚娜停下，沉默不语。她将那段往事、那个时刻又再经历了一次。她的脸抽动着，眼泪却流不下来。她走到洗手台前，用手掌捧住水，把脸埋下去，然后缓缓拿毛巾擦着眼、脸颊和嘴唇。接下去讲述前，她又走回到原来的位子，似乎这个故事要求叙述者保持原来的位置，连手都重新放在看诊床上。

她说，后来普拉多不停洗澡。最后他坐在桌旁，取出一张白纸，旋开自来水笔的笔帽。

什么事都没发生。他一个字都没写下。

"这正是最糟的。"安德里亚娜说,"只能眼睁睁看着他沉默,让事情快要憋死他。"

问他是否想吃饭,普拉多只心不在焉点了点头,然后走进浴室将白袍上的西红柿斑污洗净。吃饭时,他竟然穿着白袍出来——这种事从未发生过!手还不住摸着洗过部位。安德里亚娜感觉出这个抚摸动作发自心底,并非特意,而是刚巧出现的动作。她真担心他会在她面前失去理智,从此一蹶不振,目光变得空洞,脑海里只想着如何搓掉扔到他身上的污秽。他可是日日夜夜向那些人奉献出全部精力啊!

他嘴里还在嚼食物,却突然冲向浴室,在扼人鼻息的痉挛中大吐特吐。他想休息一下,后来他无力地说。

"我真想抱着他,"安德里亚娜说,"但不行。当时他仿佛浑身燃烧起来,靠近他的人会被他烧成灰烬。"

接下来的两天,仿佛什么事都没发生过。普拉多只比往日紧张些,对待病人的友善中总有种缥缈和不真实感。他的动作有时会突然停下,眼睛怔怔地望着前方,恍如失去意识的癫痫病人。

一走到候诊室门口,他的动作便踌躇起来,似乎担心在等候的人群中,会有人骂他叛徒。

第三天起,他病倒了。安德里亚娜在黎明时发现他在餐桌边打战,看上去老了好几岁,谁都不想见。他感谢安德里亚娜,将一切交由她打理,然后陷入深沉、孤魂野鬼般的麻木不仁中,不刮胡子,衣冠不整。只有乔治一人,那个药剂师,可以来探望他。然而,即便面对乔治,他也几乎不发一言。乔治太了解他,不会逼问他。安德里亚娜告诉他事情原委,他只默默点了点头。

"一星期后,门德斯寄来一封信,普拉多原封不动往小茶几上一扔。到了第三天大清早,他把这封未拆开的信装进一个大信封,写上寄信人的地址。他坚持亲自送到邮局。不过那里九点才开门,我说。他还是沿着空荡荡的街走下去,手里拿着大信封。我望着他的背影离去,直到他几小时后回来,我都靠在窗边等他。回来时,他的头比离开时高昂得多。在厨房里,他试着能否再次喝咖啡。可以。随后他剃须修面,穿戴整齐,重新坐到书前。"

安德里亚娜再次停下来,表情逐渐淡漠,眼睛失神地望着看诊床,望着普拉多曾经站过的地方。他在那里用一个动作——仿佛致命一击——将救命针刺进门德斯的心脏。故事说到尾声,也是梦该结束的时候了。

起先,戈列格里斯也觉得时间当着他的面戛然而止,感觉有那短暂一刻,捕捉到安德里亚娜三十多年来的苦境:不得不活在早已到尽头的过去时光里。她把手从看诊床上挪开。随着抬手的动作,似乎便与过去中断了联结,但那才是她的真实世界。她顿时不知该把手放在何处,于是插入白袍口袋,动作凸显了白袍,戈列格里斯觉得那是个魔力罩袍,让安德里亚娜躲进去，逃离平淡静寂的现实生活，重新进入那闪亮发光的遥远过去。

现在，过去的光芒消逝，白袍也失魂落魄起来，像是废弃戏院道具间里的一件平凡戏服。

戈列格里斯无法继续忍受她呆滞的神情。最好马上离开，到城里去找一间人声鼎沸的酒馆，里面充满欢笑和音乐；去一个他平日会避开的地方。

"普拉多坐到桌前，"他问，"写什么了？"

刚才的生命之光重新浮现在安德里亚娜的脸上，但在谈论哥哥的欢愉中似又隐含什么。戈列格里斯慢慢意识到那是恼怒。并非因为鸡毛蒜皮的小事而一时恼火，情绪来匆匆、去匆匆，而是像幽冥之火深沉内敛，在不知不觉中缓缓增长。

"我真希望他没写，或连想都没想过。好像在那一天，他在血管里注射了一剂慢性毒药，改变了他，毁了他。他不想给我看。可是，从那以后他变了个人。因此，我趁他睡着时从抽屉里拿出来读了一遍。这是我头一次做这种事，但也是最后一次。现在，毒素蔓延到了我体内，伤害了自尊，毁掉了信任。后来，我们的关系再也不比从前。

"要是他不对自己诚实到不计后果，那该有多好！他自欺欺人，以致走火入魔！他常说，人理应认清自己的真实面目。这句话宛如对信仰的忏悔，他与乔治之间的誓言，一个信条。最后偏偏是这信条毁掉两人间神圣的友情，那该死的友情。我不清楚两人在一起的细节，一定跟疯狂的自我理想有关，让这两名真正的神父从学生时代起便像十字军骑士般高举着大旗。"

安德里亚娜朝门边的墙走去，额头靠着墙，两手交叉置在身后，似乎被人绑住一般。她默默抱怨普拉多，抱怨乔治及自己。她在脑海中抗拒着无法逆转的事实：抢救门德斯虽然带来一段与哥哥亲密相处的宝贵时刻，但随后发生的事却改变了一切。她用全身重量抵住墙，额头一定很痛。她叉在背后的手突然松开，高高举起，握紧拳头朝墙壁打去，一遍又一遍。这个想要转动时间之轮的年迈妇人，密集敲打出沉闷绝望的声响，那是无力的愤怒爆发，也是丧失幸福时光后的绝望冲撞。

安德里亚娜的捶打渐渐变缓、无力，怒火渐渐平息。她疲倦地倚墙站了一会儿，然后走回房间，又坐在椅子上，额上满是墙上的白色灰泥，白灰砾不时从脸上滚落。她再次盯着墙壁。戈列格里斯顺着她的视线望去，看见她刚才站立的地方有一大块长方形痕迹，颜色比周围淡许多，想必曾经挂过一幅画。

"我一直不明白，为什么他一定要把图取下。"安德里亚娜说，"一张大脑图，在那里挂了十一年，诊所成立时就挂上去了，上面全是拉丁文术语。我不敢问其中原委。有时要是问错话，他会很光火。我当然也不知道他得了动脉瘤，他没向我透露过。人脑里要是一直带着一颗定时炸弹，看到那张图当然无法忍受。"

戈列格里斯对自己接下来的行为万分惊诧。他走到洗手台前，拿起一块手巾走到安德里亚娜身边，为她擦拭额头。起先她僵硬地坐着，仿佛要抗拒。不过她很快便疲倦垂下头，感激地接纳他。"你想带走他当年写的东西吗？"她挺起身子时问道，"我不想再看到了。"

她上楼去拿那些备受她责怪的东西时，戈列格里斯站在窗边，凝视窗外的小巷。门德斯曾经瘫倒在那儿。他想象自己站在门前，面对一群愤怒的群众。一个女人从人群中挤出来，朝他啐口水，不止一次，而是一而再，再而三。那女人指控他背叛，而他偏偏是个始终严于律己的人。

安德里亚娜把那几张纸塞进信封。

她将封了口的信交给他时说："我常想烧掉它们。"

她默默送他到大门口，身上依然穿着白袍。就在他一只脚已跨到门外时，他听到一个小女孩怯生生的声音，安德里亚娜曾有过那声音："你会把那些东西带回来吗？求求你，那是他的所有物。"

戈列格里斯沿着小巷离开时，想象着她脱下白袍，挂在普拉多那件旁边，又关上了灯，锁上门。克罗蒂尔德正在楼上等她。

21

戈列格里斯屏气凝神读完普拉多的文章。起初他只粗略地看,好尽快了解,为何安德里亚娜觉得他的想法对后来的岁月是种诅咒。之后他逐字逐句推敲,最后将全文写下,以便进一步理解普拉多思考这些问题的情形。

我这么做是为了他吗?让他活下去,是为了他着想?我能真诚地说,那是出于我的意愿吗?面对病人以及我讨厌的人,我会如此。起码这是我的希望,并且不愿去想,我做的事在背后实则受其他动机操纵,而不是我自以为明了的动机。可是对他呢?

我的手似乎拥有自己的记忆,在我看来,这份记忆比任何一种自我探究的泉源更可信。这只手将针扎进门德斯心脏的记忆说:这是只谋杀暴君的手,以悖谬之举捡回暴君的性命。(这里也证明了,经验一再施予的教诲,完全与我思考里的原始秉性相抵触:心灵较身体容易收买。心灵是个自欺欺人的迷人舞台,以美丽温柔的辞藻编织而成,让我们以毫无偏差的熟悉感迷惑自己;心灵让我们更认清自己,保护我们不受自己伤害。这种不费吹灰之力便肯定自己的生活多么无趣!)

那么,这样做是否真是为了我自己?为自己摆出有能力克服心中仇恨的好医生和勇者形象?为了庆祝自我克制的胜利,陶醉在自我征服的喜悦中?也就是说，是出于道德上的虚荣，更糟的是出于再平庸不过的虚荣感？那一刻的经验绝非可以细细品味的虚荣，这点我很清楚。情况正好相反，我的行动完全违背自己，让我不为接连而来的赔罪与幸灾乐祸而愤恨。也许那算不上什么证据，也许还有一种人们没意识到的虚荣，恰好隐藏在完全相悖的感觉里？

我是一名医生！这是我对愤怒人群的反驳。或许该说：我曾向希波克拉底[1]誓言起过誓，那是神圣的誓言，我绝不可以打破，无论如何，永远不违反！我感觉到：我想说、爱说那句话，它让我兴奋，让我陶醉，因为它宛如神父向上帝起誓？我救回屠夫的性命，是否是种虔敬的行为？因为他暗自懊悔，不再深信基督教义和礼拜仪式？一直缅怀祭坛烛火超尘脱俗之光的人？这举动根本无从解释？是否在我无意识中，在我灵魂深处，当年那个神父助理与暴君谋杀者之间终于展开一场短兵相接的激烈搏斗？带有救命之毒的针插入门德斯心脏时，是否等于神父与谋杀者握手言和？那举动是否说明双方都如愿以偿？

若我是朝我吐口水的依内丝·萨伦茂，我会对自

---

[1] 希波克拉底（BC460~BC370），古希腊伯利克里时代的医师，其文集中的"医师誓言"成为后世医师奉行的圭臬。

己说什么?

我可能会说:"我们不希望你杀人。你没有犯罪,非法律意义,也非道德上的犯罪。你让他死,没有法官会来追捕你,也没人会以摩西第六诫来告诫你:你不可杀生!都没有!我们指望你做的事十分直接、一目了然:你不该尽力让他活下去,让他得以继续施行血腥统治。他带给我们不幸,拷打我们,带来死亡,让我们不再相信人类本性慈悲。"

我该如何为自己辩护?

"每个人都该得到别人帮助以维持生命,不论他做过什么。出于他是个个体,或是出于人的角度,都应得到别人帮助。我们不能判决别人的生死。"

"如果事关他人死亡呢?看见有人正打算射杀他人,我们该不该射杀他?你会不会去阻止众所皆知的刽子手门德斯屠杀,甚至采取谋杀手段?这些不都远甚于你的无动于衷吗?"

要是我走开,对他见死不救,情况又会如何?我犯了致命疏失,人们非但不朝我吐口水,还对我欢呼雀跃,情况又会如何?要是我面对的是巷里人们兴高采烈的松懈情绪,而不是怒火中烧的失望时,又将如何?我肯定,这件事会让我魂牵梦萦。为什么?因我非得遵守那无条件的绝对准则不可。或简单说,要是

我狠下心让门德斯死,便是背离了我自己?而我会是什么样的人,不过是随机使然。我想象我走到依内丝家门前,按下门铃。我说:

"我别无他法,我就是这样的人。也许会出现另一种情况,但事实上另一种情况并未出现。我就是我,我对自己也没有办法。"

依内丝可能会说:"你爱怎么想你自己都行,那完全不重要。但你想象一下门德斯康复后,穿上制服、下达谋杀指令时的模样吧。你想象一下,好好想象一下,然后再去评断你自己。"

我能做何回答?能说什么?能说什么?

普拉多曾对胡安·埃萨说:"我想做点什么。你听懂了吗,做点什么。告诉我,我能做些什么?"普拉多到底想补偿什么?"你没犯罪,"胡安跟他说,"你是个医生。"他对着愤怒群众反驳回去,同样也对自己说,肯定说过上百次。这样依然无法让他平静。对他来说太简单,过于贫乏。普拉多深深怀疑一切贫乏与表面之物,鄙视,甚至敌视此类随口而出的话:"我是一名医生。"他到海边散步,希望冰冷的海风能扫尽听来只是习惯这么说的话,那是习惯的阴险诡计,阻碍人们反省,习惯制造出幻觉,让人以为事情早已发生,并从空洞的话语中找到结论。

门德斯躺在他面前时，他把门德斯看作单一特别个体，攸关生命死活，只把他当成一个人看待。他看待这条命的方式无法顾及他人观点，顾及那是影响大环境的症结点。那正是他在自我对白中，指责他的女人所言：他没考虑到后果，那后果会牵动其他人的生命，众多的生命；他没准备好，以一条命换取众多生命。

戈列格里斯心想，他加入反抗运动，也是为了慢慢学会接受这种想法，但这努力以失败告终。"用一条命换取众多生命。能这么算吗？"多少年后，他这么诘问巴托罗缪神父。普拉多找到他从前的良师，好确认自己的感受。然而，即便想法得到确认，他又能如何？于是他带着艾斯特方妮雅·艾斯平霍莎穿过边境，离开人们认为只有牺牲她，才能避免招致恶果之地。

造就他的内在重力不允许他采取别的行动。然而，他依然心存疑惑，他无法不怀疑他在道德上的虚荣。对一个视虚荣为瘴疠的人来说，这份怀疑无比沉重。

安德里亚娜深深诅咒这点。她想把哥哥完全据为己有，并且感觉到要是哥哥内心布满疑惑，便永远无法占有他。

22

"听起来像冒险故事。"娜塔丽雅说。

"没错，"戈列格里斯说，"是有那么点意思。"

"我尽力而为。"她说。

起先他没听明白,接着差点昏了过去。他的学生竟然懂葡萄牙文!怎么可能。这一下子毁了伯尔尼和里斯本的距离感,也毁了这趟旅行的疯狂魔力。他诅咒这通电话。

"您还在吗?要是您觉得奇怪,那我告诉您,我妈妈是葡萄牙人。"

戈列格里斯说他还需要一本新波斯语的文法书,接着告诉她那本四十年前标价十三块三瑞士法郎的书名。要是没那本书,就买其他版本。他说话的口吻宛如一个不愿舍弃梦想的固执男孩。

他还给她地址与旅馆名称。他说买书钱今天会寄出,要是还剩下些,嗯,也许以后他还需要买书。

"也就是说,您要在我这里开个账户?这点子不错。"

戈列格里斯喜欢她说的话。要是她压根儿不懂葡萄牙文会更好。

她没听到戈列格里斯的回答,接着说:"您在这里造成的骚动简直闹翻天了。"

戈列格里斯不想听这些。他需要一堵隔绝伯尔尼和里斯本联通的墙。

"发生什么事了?"他问。

"'他不会再来了。'戈列格里斯关上教室门时,路西恩·冯·格拉芬里德在静得出奇的教室里开口说。

"'你疯了！'其他人说，'"无所不知"不会随便就走，"无所不知"不可能做这种事，他这辈子都不可能。'

"'你们根本不懂看脸色。'路西恩反驳说。"

戈列格里斯不敢相信那是路西恩说的话。

"我们去过您家按了半天门铃，"娜塔丽雅说，"我敢打赌，您那时在家。"

他给校长凯吉的信星期三寄到。凯吉星期二整天都在向警局打听车祸事件。拉丁文及希腊文的课都停了，学生全不知所措地坐在外面石阶上。一切失序。

娜塔丽雅犹豫了一下。"那个女人……我是说……我们都觉得蛮刺激的。对不起。"没听到戈列格里斯任何反应，她赶紧补充道。

"那么，星期三呢？"

"下课休息时，我们看到黑板上有布告，说在近期内您暂时不上课，由校长亲自代课。几个学生代表去找校长询问事情原委。他坐在办公桌后，面前搁着您写给他的信。校长看上去不同以往，表情谦逊友善许多，没摆出校长的架势。'我不知道是否应该这样做。'他说，接着读了您信上摘录的奥勒留《沉思录》。我们问他，他认为您生病了吗？他沉默好一阵子，眼睛望向窗外。'我无从得知。'最后他说，'不过我不相信他病了，宁愿相信他只是忽然有了新领悟，虽然只是细微小事，却有革命性的意义，宛如无声的爆炸，改变了一切。'我们还提到，嗯……那个女人。'啊,'校长说,'是啊。'我感觉他有点嫉妒。'校长真酷!'路西恩后来说,'我没想过他是这种人。'路西恩说得没错,但是校长的课非常无聊。我们……我们都希望您回来。"

泪水涌现,戈列格里斯摘下眼镜饮泣吞声,"我,呃……我现在还说不准。"

"不过,您……没生病吧?我是说……"

"没有,"他回答自己没生病,"有点疯,可没病。"

她笑了。他从未听她这么笑过,完全不是女孩温文尔雅的声音。笑声有感染力,他也跟着笑了,为生命中不可知之轻而笑。两人同时笑了一阵子,他的笑声带动她,她的同样感染他。他们笑个不停,起因早已不重要,他们的笑宛如开动的火车,感觉到火车敲击在铁轨上的声音,承载着平安和未来,再也不想停歇。

"今天是星期六。"通话结束前,娜塔丽雅赶紧说,"书店只开到四点,我得马上去书店。"

"娜塔丽雅,我希望别跟人提起我们聊过,就当作什么事都没发生过。"

她笑了,"聊过什么?再见!"

戈列格里斯注视着糖果纸,那是他昨晚在柯蒂斯文理中学放进外套口袋里的,今天早上手插进口袋时无意中碰到。他拿起电话听筒,又放下。查号台给他三个姓鲁宾的电话号码,第二个才是正确的。拨号时,他觉得自己仿佛正跃下峭壁,跌入一片虚无。说不清他是草率行事,还是一时盲目冲动。他好几次把听筒拿在手上又挂断,然后走到窗前。今天是三月一日星期一,早上的阳光果然不同,第一次出现他想象中的璀璨,符合他在暴风雪中搭火车离开伯尔尼时的想象。

不管从哪方面想,他都不该打那通电话。外套口袋里的糖果纸并非出其不意打电话给女学生的理由,他跟她从未私下说过话。既然他开溜了,一通电话很可能会引起骚动。会是因为从哪方面想都不适合,反而才决定去做吗?

现在他们一起笑了好几分钟。仿佛是心灵的触摸,轻飘飘,全无阻力,相形之下,肌肤相亲仿佛笨拙可笑的花招。有次他在报上读到一篇关于一名警察的报道:警察放了逮住的小偷。"我们一起放声大笑,"警察在道歉的时候说,"我没办法监禁他,一点办法都没有。"

戈列格里斯打电话给玛丽安娜·埃萨和美洛蒂。没人接听。于是他动身前往百厦区,去找位于萨巴泰罗斯路上乔治·欧凯利的药铺。巴托罗缪神父说,乔治依旧在开药店。今天是他到里斯本后第一次能敞开外套的日子。他感觉微风拂面,庆幸两位女士都没有接电话,否则真不知道该跟她们讲什么。

旅馆的人问他还打算住多久。"我不知道。"他说,然后结清到此为止的账。他从大厅柱子上的镜子里看到接待处的女人一直目送他出门。他慢慢朝罗西欧广场走去。他仿佛看见娜塔丽雅·鲁宾朝史陶法赫书店走去。她难道不知道,买波斯语文法书得去猎鹰广场的豪普特书店才行?

一间书报摊旁摆着一张里斯本市区图,标示出里斯本所有教堂的剪影。戈列格里斯买下一张。巴托罗缪神父说,普拉多对里斯本城内所有教堂了如指掌。普拉多曾跟神父去过其中几座。

"该把它拆了!"有次经过忏悔室时,普拉多说,"简直丢人现眼!"

乔治·欧凯利药铺的门窗都是深绿色和金色。门上方有根医神的蛇杖,窗台上摆着一具老式天平。戈列格里斯走进去时,许多铃铛齐声响起,合奏出一段温柔叮当的旋律。他庆幸自己可以隐身在许多客人之中。这时他才看见一件难以置信的事:柜台后的药剂师正在抽烟!店里弥漫着浓浓的烟味和药味。乔治此时正用剩下的烟头点燃一根新烟,再啜上一口放在柜台上的咖啡。药铺里的人似乎都习以为常。乔治用极快的说话速度为客户服务,要不就开句玩笑。戈列格里斯发现,他对所有人都不用敬称。

这就是乔治,坚定的无神论者和理智的浪漫主义者,普拉多需要他,才能变得完整。他下棋时深思熟虑,对善于思索的普拉多来说尤其重要。普拉多渎神的演讲完毕后,一声犬吠打破尴尬的沉闷,他是头一个发出大笑的人,也是认为自己缺乏才气,因而在低音大提琴上猛力拉锯,以致弓弦都被锯断的人。他还打算牺牲艾斯特方妮雅,普拉多在得知之后全力反对他的计划。若是巴托罗缪神父的推测准确,他在若干年后,在普拉多的墓地前朝她迎面走去,却未曾看她一眼。

戈列格里斯走出药铺,坐进对面的咖啡馆。他知道,普拉多书中有一段是以乔治的来电起头。此刻他置身在车水马龙的街道上,置身在闭目养神、享受着早春阳光或相互交头接耳的人群中,翻阅着字典开始翻译。他忽然感到一件从未有过的不得了的事:他在噪音、街头演奏及咖啡机蒸汽腾腾的喧闹声中潜心研究文字。"你不也常常在咖啡馆里读报纸吗?"他向芙罗伦斯说明,文章需要一堵护墙,隔离世界上所有杂音,最好厚且坚固,如地下档案室的围墙。芙罗伦斯不表赞同。"什么报纸,"他答,"我指的是文章。"现在他不再需要那堵墙了,眼前的葡萄牙文和他周遭的葡萄牙语交融在一起。他想象普拉多和乔治·欧凯利坐在邻桌交谈,刚好被服务生打断。不过,那些对他的文字没有丝毫影响。

迷惘的死亡阴影

"我从睡梦中惊醒,突然害怕死亡。"乔治在电话里说:"现在还怕得要命。"那时近凌晨三点。声音听来与我往日熟知的他不同,与顾客交谈时不同,也不同于请我喝一杯或下棋时说"该你走了"时的声调。无法清楚指出那声音多不平静,但那声音仿佛在费力压抑一股即将爆发的强烈情感。

他做梦,梦见自己在舞台上,坐在崭新的史坦威钢琴前,却不知如何弹奏。不久前这个狂热的理性主义者才做了一件疯狂举动:他用意外死去的哥哥留下的钱,买了一部史坦威钢琴,尽管他一小节音符都弹不出来。买琴时,他连键盘盖都不打开,便朝闪闪发亮的琴盖一指,让卖钢琴的人惊讶不已。从那以后,那钢琴便带着博物馆般的光芒,一直站在他孤寂的房子里,好似纪念碑的碑石。"我一醒来,立刻明白一件事:在我生命中,永远不可能在这部钢琴上弹奏出配得上它的音乐。"他披着晨袍坐在我对面,看起来比往日更深深陷在座椅中。他窘迫地揉搓永远冰凉的双手。"你肯定在想:这件事从一开始就很清楚。我当然多少有些自知之明,但你看,直到今天醒来,我才第一次真正意识到这点。这下子我怕极了。"

"你怕什么?"我等着这视线刚正无畏的大师抬头看我,"你到底在怕什么?"

乔治脸上闪过一丝笑意。过去一直是他对我咄咄逼人,以他精于分析的判断力与下国际象棋时精密如化学结构的绵密思考诘问我,不让我将悬而未决的事弃之不顾。

我说,药剂师不畏惧病痛与垂死挣扎,而肉体及精神崩溃的屈辱，我们也多次谈论过，一旦超越了可忍受的程度，我们总有足够手段和方法对付。他怕的到底是什么？

"那钢琴！今天晚上它让我想到，我这辈子还有来不及完成的事。"他闭起眼，他想抢先默默反驳我时便一贯如此。"并非事关生活中无关紧要的小小喜悦与一时享受，并非像久旱逢甘霖的人，而是想去做、想去体验的愿望，唯有做过，才能充实自己的人生、这特殊的人生；缺了它，人生便不完整，好似一件未完成的作品，仅是残破碎片。"

我说，从死亡那一刻起，他再也不必受到人生不完整的折磨，再也无法为此感到悲哀。

没错，当然，乔治回答。跟从前一样，一听到在他认为是聊胜于无的话语时，语调就显得烦躁。但这牵扯到当下活生生的意识，意识到自己的人生将不完整，支离破碎，得不到指望的和谐。这个认知最要命，也是对死亡的恐惧。

可是他的不快乐，并不因为他在现在这个人生里——他们正在谈论的人生里——内在尚未完整，对吗？

乔治摇了摇头。还没体验到本该属于他的人生经验、使他人生完整的经验，他没说那是个遗憾。要是将此刻对人生不完整的意识视为不快乐，这个人一生势必无法快乐。反之，开放的意识正是生动的人生、不会活得死气沉沉的大前提。造成不快乐的势必有其他原因：是认知到自己即使到以后，也无法完成那些使人生完善完美的体验？

我说：既然尚未有一刻能证明他存在的不完整，使得那一刻成为忧伤时刻，为什么不干脆承认意识每一刻都在告诉你：完整永无可能实现。事情看起来，你视自己期待的完整为一个未来价值，一件可以追求但不能企及的目标。"换句话说，"我接着说，"你到底是从哪个立场抱怨无法企及的完整人生？你惧怕的又是何物？何不从人生每一刻皆川流不息出发，缺欠的完整并非不幸，而当成对生命力的鼓励和标志？"

假设一个人想要体会刚醒来时的恐惧，乔治说，就得接纳另一种立场，而不是平常向前看时的开放立场，那你就得认清不完整是种不幸，从人生终点回头望时，将人生视为完整，正如人思及死亡之际的作为。

"为何这该引起恐慌？"我问，"身为涉世已深者，你此刻人生的不完整并非不幸，此点我们看法一致。在我看来，在你无法体验，在面临死亡之际产生的体悟，人生的不完整才算不幸。身为还在阅历人生的人，你不能预先望向未来，站在还没出现的终点上，对你有所欠缺的人生产生绝望，而那个未来终点站还等着你慢慢走过去呢。看来你对死亡的恐惧有个奇怪的特性：你永远不会体验到人生的不完整。"

"我真想让大钢琴发出美妙旋律，"乔治说，"在钢琴上弹出，让我想想——巴赫的《哥德堡变奏曲》。艾斯特方妮雅会弹，她曾为我弹奏过，此后我一直期望自己也会弹。直到一小时前，我都还蒙眬觉得自己还有时间学会弹琴。直到那个舞台梦打醒我：直到人生终点，我都弹不出变奏曲。"

就算是吧，我说，这又有什么好怕的？为何不心痛、失望或是难过？甚至恼火？"害怕是因为事情还没发生，还可能来临，但你明知道永远都不会有人去弹那架钢琴，我是指就我们当前所知。这难受的感觉会持续，却不会更强烈，根本无法让你因此产生恐惧。同样的道理，你对自己的新认定很可能压垮你，扼制你，但那不是恐惧的理由。"

这是误解，乔治不同意我的看法。恐惧不能算是新的自我认定，而是关于什么样的认定。虽然将来才能看清自己人生的不完整，但那不完整已大致成形，他已感觉到人生有所欠缺，欠缺感之强烈，导致来自内心的认知转变为恐惧。认知到人生将有所欠缺，我们便惧怕得额头冒汗——人生完整到底又是什么？如果好好思索，不论内心或外在，我们的人生都像狂想曲般反复无常，变化多端，要如何组成完整的人生？人并非完美无缺，完全不是。我们只谈论满足体验的需求吗？他觉得自己无法坐在发亮的史坦威钢琴前弹奏巴赫的音乐，让音符从自己指间流泻出，折磨乔治的是这个吗？或只因为我们有充分体验人生的需求，以便能表明自己人生的完整？

到头来是自我想象的问题，在多年前便已形塑出一个特定想象，规定好自己该做什么、该体验什么，让人生变成我们乐意接受的模样？把对死亡的恐惧视为无法实现愿望的恐惧，看来完全在我个人掌控中，因为我正是为自己设计出人生蓝图的人。怎样做更能让我实现愿望，我便马上调整蓝图，死亡的恐惧肯定会立刻烟消云散。如果恐惧依旧紧紧依附着我，也是因为：蓝图是由我设计而非出自他人之手，既不源自任性乖张的专断，也不可随意更改，而是固着于我，在我的感觉与思想的相互影响下生根发芽。因此可以将对死亡的恐惧描绘成无法实现原来愿望的恐惧。

午夜时分袭向乔治的有限性意识清晰如白昼。我常不得不借用文字向病人宣告致命的诊断结果，正是想要激发病人产生这种意识。它带给我们的惊慌失措没有什么能比拟，因为我们常在不知情的情况下要自己活得接近完整，因为每一个散发出生命力的活跃时刻都能成为一块拼图，从而组成未被我们认知的完整人生。一旦认知到完整人生永远无法实现，我们会即刻手足无措，不知如何度过日后的时光。这导致一些垂死病人心生动摇，对来日无多的日子无所适从。

聊完后，我与乔治走进小巷。太阳刚升起，难得有路人迎面而来，他们在逆光中的剪影仿佛无脸的凡人。我坐在与地面齐平的外窗台上，等待路人接近，露出他们的脸。第一个走近的是个走路摇摇晃晃的女人。我看到她脸上依然带着浓浓睡意，但不难想象这张脸将会在阳光下绽放，眼光充满未来，满怀希望与期望面对这一天。第二个从我身边走过的是个牵狗的老人。他停了下来，点燃一根烟，解开狗绳，让狗跑进花园里。从他脸上神情可看出他深爱那只狗，喜欢跟狗在一起生活。再过一会儿才走过来的老妇，头上罩着针织头巾。虽然浮肿的腿让她举步维艰，她却依恋人生。她紧握着背书包男孩的小手，也许是她的孙子。今天是开学第一天，她要带他准时去上学，不让孙子错过未来的重要开端。

这些人都会死亡，想到这点人人都会畏惧。总有一天会死，但不是现在。我试着回想前晚满是质疑和争辩的迷宫，我和乔治在里面迷失了半个夜晚。试着回想起在最后一刹那失去线索、快要厘清的思路。我目送刚走过的年轻女人背影,她伸了个懒腰;看着手牵狗绳、跟狗纵情玩耍的老人;再看着走路一瘸一拐的老妇,正用手抚摸着男孩的头发。如果他们在这一刻接到自己死期将近的宣告,怎能不惊慌失措?我在晨光中抬起因熬夜而疲倦的脸,心想着:不论生活轻松或艰难,不论生活贫瘠或丰富,他们不过想从生活中得到更多。他们不想就此结束,即使他们知道,人一旦死去,再也无法留恋缺憾的人生。

我朝回家的路走去。复杂与分析式的思考与直观的认知有何关联?我们该信赖哪一边?

我推开诊所的窗,望着屋顶上淡蓝色的天空、烟囱和挂在绳上晾晒的衣服。经过昨夜,我和乔治之间的关系会如何变化?我们还会像往常那样面对面下棋,抑或会从此疏离?对死亡的了解,又关我们什么事?

乔治走出药房关门上锁,已接近傍晚了。戈列格里斯受了一小时风寒,喝了一杯又一杯的咖啡。他在杯底压一张钞票,尾随乔治离去。经过药房时,他察觉到药房的灯还亮着。他从窗口望进去,里面没有人,古老的收款机用一个肮脏的罩子罩着。

药剂师拐过街口,戈列格里斯加快步伐。他们走到横穿百夏区的康西卡奥街,一直到阿尔法玛旧城区,经过三座接连报时的教堂。乔治在撒乌达德街上踩熄第三根香烟,接着消失在一道门后。

戈列格里斯赶紧走到对街,没见到一间公寓亮起灯。他踌躇地穿越马路,走进昏暗的门廊。

乔治一定消失在这扇厚重木门后面。这扇门看上去不像公寓大门,而像一间酒吧,却不见酒吧招牌。是赌场吗?以他对乔治的了解,无法想象乔治会去这种地方。戈列格里斯在门口站了一会儿,手插在外套口袋里。他敲敲门,没有回应。他按下门铃时,感觉跟上午拨电话给娜塔丽雅·鲁宾时一模一样,像是跃入一片虚无。

是个国际象棋俱乐部。在烟雾缭绕、光线朦胧的低矮空间里摆着十几张棋桌,下棋的全都是男人。角落有个供应饮料的小吧台。室内没有暖气,男人们披着外套或穿着暖和的夹克,有几个人头戴扁圆的软帽。已经有人在等乔治。戈列格里斯认出烟雾后面的乔治时,对手正双手握拳让乔治选棋。邻桌只坐着一人,眼睛正盯着时钟,手指咚咚敲着桌面。

戈列格里斯吃了一惊,那男人像极当年与他在尤拉对弈的人。他们下了十个小时,到头来他还是输了。那场比赛在穆狄叶举行,在一个十二月的寒冷周末,那里的天气从未放晴过,四面环绕的山宛如堡垒。对手是当地人,法语讲得很不流利,四四方方的脸跟现在坐在桌边的葡萄牙人一模一样,额头同样后倾,同样有一对招风耳,就连如割草机划过的扎人发型都一个样。只是葡萄牙人的鼻子完全不同,还有那眼神!在浓眉下的黑眼珠赛过乌鸦,迸射出的眼神有如墓园的围墙。

那人正以那眼神盯着戈列格里斯。别跟这种人对弈。戈列格里斯心想,千万别跟这种人对弈。那人招呼他过去。戈列格里斯朝他走近,这样就能看到邻桌乔治的棋盘,可以不动声色观察他,这就是代价。这可恶的神圣友情。他听到安德里亚娜的声音。他坐了下来。

"Novato(新手)?"男人问。

戈列格里斯没听懂。是新来的,还是新手?他决定选第一个解释,于是点了点头。

"佩德罗。"葡萄牙人自我介绍。

"赖蒙德。"戈列格里斯也自我介绍。

这个人的下棋速度比那个尤拉人还慢。第一步就慢,慢得如铅沉重,瘫痪似的。戈列格里斯四下看了一眼,没人用钟,这里没有时间的位置。只有棋盘是一切,连说话都不行。

佩德罗前臂平放在桌面,手撑着下巴,放低姿势望着棋盘。那紧绷的眼神像是得了癫痫,虹膜往上吊,眼白浑浊,不时狂躁地翻咬嘴唇,戈列格里斯看了十分不舒服,当年那个尤拉人也是这样快要将他逼疯。那次比赛是场耐心的较量,他输了。他喝太多咖啡了,他在心里咒骂自己。

他跟邻座的乔治第一次交换了眼神。这男人曾在深夜受死亡恐惧惊醒,比普拉多多活三十一年。

"当心!"乔治说,下巴朝佩德罗点了点,"难对付的对手。"

佩德罗冷冷一笑,头也没抬一下,看上去更像癫痫患者。"没错。"他喃喃自语,嘴角边冒出一些细微泡沫。

单纯的棋路,佩德罗走得滴水不漏,戈列格里斯在一个小时后看清这点。但别被这后斜额头和癫痫症的眼神骗了,这人一切算得仔仔细细,必要时可以算上十遍,至少算出十步棋路。问题在于,若是对手下出意料不到的棋步,他将如何对付?那步棋不仅看上去无意义,实际上也的确无意义。戈列格里斯经常以此让强劲的对手乱了阵脚,但这招对多夏狄斯行不通。"乱来!"希腊人只会嘀咕一声,不轻易丢掉到手的优势。

又过了一小时,戈列格里斯决定搅局。他在占不到优势的情况下,牺牲了一个卒子。

佩德罗的嘴唇不停前后嚅动。最后他抬起头,盯着戈列格里斯。戈列格里斯真希望自己也戴那副堡垒般的旧眼镜,好抵御这眼神。佩德罗眯起眼睛,手搓揉着太阳穴,短而粗的手指在发间来回梳理。他没碰卒子。"Novato。"他低声说着,"dizt Novato。"戈列格里斯知道这个字的意思了:新手。

佩德罗不吃卒子,因为他认为,牺牲卒子是戈列格里斯设下的陷阱,以便随后发动攻势。戈列格里斯挥动大军一步步推进,切断对手所有的防守。佩德罗开始每隔几分钟大声擤一下鼻涕,戈列格里斯不明白这是故意的,还是这人就是这副德性。乔治看到戈列格里斯听见恶心声音难受的样子,不禁咧嘴笑了。大家好似都知道佩德罗的恶习。每当戈列格里斯先一步瓦解佩德罗尚未明朗的计划时,这人的眼神便绷得更紧,眼睛好似发光的板岩。戈列格里斯身子往后靠,平静地望着棋局:还得下几个小时,但大局已定。

表面上他看似瞧着窗户,那里有盏挂在电线上的街灯微微摇动,实际上在打量乔治的脸。在巴托罗缪神父的描述中,乔治原本只是一个剪影,没有光的剪影。他貌不惊人,却坚定不移、无畏无惧、直言不讳。但是在普拉多夜访神父的故事最后却是:"是她,她是个灾祸。她坚守不住,会全盘托出。大家都这么认为。乔治呢?我不想提他。"

乔治先点了一根烟,然后才让象横越棋盘,吃掉对手的车。他的手指被尼古丁熏得焦黄,指甲底下黑漆漆。大且多肉的大鼻孔好似肆无忌惮的肉瘤,戈列格里斯觉得一阵恶心。这鼻子跟乔治刚才幸灾乐祸的笑太匹配了。然而,那对褐色眼珠里疲惫且友善的眼神,又让所有恶心感通通瓦解。

艾斯特方妮雅。戈列格里斯吃了一惊,感觉自己浑身热了起来。今天下午才在普拉多的笔记中读过这名字,当时并未把两者联想在一起……《哥德堡变奏曲》……艾斯特方妮雅——她会弹,她曾为我弹奏过,此后我一直期望自己也会弹。是那个艾斯特方妮雅吗?普拉多想从乔治手里救出来的女人?让两人之间该死的神圣友情破裂的女人?

戈列格里斯的念头快速转动。没错,有可能。一个人为了反抗运动打算牺牲一个女人，那女人用巴赫的音符凸显自己从中学时代起对史坦威的迷恋——真是再残忍不过了。

当时神父离开后，两人在墓园里发生了什么事？艾斯特方妮雅又回西班牙了吗？她比乔治年轻，年轻许多，所以普拉多可能爱上了她，在法蒂玛过世十年后。若是如此，介于普拉多和乔治之间的就不只是不同的道德观，而是爱情的问题了。

安德里亚娜对此了解多少？她能接受这样的想法吗？或许她早已封闭起心灵，正如面对其他事一样？那部没人再碰过的史坦威钢琴，至今还在乔治家里吗？

上几步棋戈列格里斯只按部就班匆匆带过，那是他在科钦菲尔德与几名学生下一对多指导棋时的棋路。他忽然瞥见佩德罗脸上闪现阴险的冷笑，仔细审视棋盘后不由得吃了一惊。葡萄牙人攻势犀利，他的大势已去。

戈列格里斯闭上眼，铅般重的疲倦席卷全身。他为什么不马上站起来走掉？他怎会跑到里斯本一间叫人受不了的低矮房间里，坐在窒闷的烟雾中，跟一个恶心的家伙下棋？那男人跟他素不相识，两人连半句话都说不上。怎么会这样？

他牺牲了最后一个象，让棋局进入尾声。他不可能赢，但至少可以打成平手。佩德罗去上厕所，戈列格里斯转身看了一下，四周已空空荡荡，留下的几个人都围拢过来。佩德罗回来，坐下，又吸了吸鼻涕。乔治的对手已经走了，他坐在邻桌观察这边的残局。戈列格里斯听到他急促的喘息。要是不想输,必须忘了这个男人。

有次阿廖辛在少对手三只棋的情况下在残局取得胜利。戈列格里斯那时还是学生,抱持着怀疑排了那盘残局。之后几个月,他排过所有能找到的棋谱的残局。此后,他一看便知下一步该怎么走。此刻,他也看到自己该走哪步棋。

佩德罗思考了半小时之久,还是落入陷阱。他没移动半步棋,便已发现陷阱。他再无任何赢面,只好不断前后嚅动嘴唇,往前,又后缩,冷酷地直直盯着戈列格里斯。"新手。"他说,"新手。"然后迅速起身离去。

"你从哪来的?"围观人群中有人问他。

"瑞士伯尔尼。"戈列格里斯回答,又补充一句,"慢动作的家伙。"

人们大笑,递给他一杯啤酒,要他再来下棋。

乔治在街上与他攀谈。

"您为什么跟着我?"他用英语问。

看到戈列格里斯脸上错愕的神情,他生硬地笑了一下。

"曾经有段日子,注意是否有人跟踪悬系我的性命。"

戈列格里斯犹豫了。他在墓地前与普拉多告别已是三十年前的事了,若是一下子对他亮出普拉多的肖像,会出现何种情景?戈列格里斯从外套口袋里缓缓拿出书,翻开,让乔治看那肖像。

乔治眯起眼,从戈列格里斯手里拿过书,走到路灯底下,眼睛紧贴住肖像。戈列格里斯大概不会忘记这一幕：乔治在摇曳的路灯下注视着他的故友，一脸难以置信，又惊讶万分。他脸上的神情近乎崩溃。

"您跟我一起来吧。"乔治声音嘶哑，为掩饰震惊，声音听起来霸道蛮横，"我住的地方离这里不远。"

他走在前头，脚步比先前僵硬且不稳，他在骤然间变成一个老人。

他的公寓好似洞穴，一个烟雾弥漫的洞穴。墙壁四周贴满了钢琴家的照片：有鲁宾斯坦、李希特、霍洛维兹、迪努·李帕第、默里·佩拉希亚，还有一张巨大的玛丽亚·胡奥·皮尔斯的肖像。她也是胡安·埃萨最喜爱的女钢琴家。

乔治走进客厅，打开无数的灯。总有一束光投射到一张照片上，使照片从黑暗中浮现。只有一个角落笼罩在黑暗中，平台钢琴放在那角落，沉默的黑将灯光遮暗，折射以苍白。我真想让大钢琴发出美妙旋律……直到人生终点，我都弹不出变奏曲。这钢琴屹立在那里几十年，以磨亮的优雅堆积出来的黑暗海市蜃楼，一块黑色纪念碑，悼念一个无法实现的圆满生命的梦。戈列格里斯想到普拉多房里不可触碰的物品，乔治的大钢琴上也是一尘不染。

生命的意义不在于如何生活，而在于如何设想生活。普拉多书中曾这样说。

乔治以他惯常的姿态坐进座椅。他瞧着普拉多的画像，那视线让地球停止转动,只偶尔被眨动的眼睑打断。钢琴的黑色沉默吞没整个空间,只有外面街上摩托车的嘶吼打破这寂静。人无法承受静默,这意指,人得忍受自己。这是普拉多书中一段简短心得。

"这本书是从哪弄来的?"乔治开口问。戈列格里斯解释了前因后果。

"红雪杉。"乔治高声念着。

"听上去像安德里亚娜喜欢的煽情剧风格。普拉多不喜欢这类戏剧,但尽量不让安德里亚娜察觉。他跟我说:"她是我妹妹。她帮我,让我过自己的生活。""

戈列格里斯是否知道红雪杉跟什么有关?美洛蒂,戈列格里斯回答,他感觉美洛蒂知道个中原因。他怎么认识美洛蒂的?为什么对这些事感兴趣?乔治问话的语气虽不尖锐,但戈列格里斯听出过去时代的回声,在那凡是碰到特殊情况就得保持警觉的时代。

"我想知道,如果我是他,会是什么情形。"戈列格里斯回答。

乔治诧异地望着他,接着视线落在肖像上。他闭起眼睛。

"成为另一个人会如何,有可能知道吗?你根本就不是他。"

"设想自己正是那个人,起码有可能了解,成为那个人会如何。"戈列格里斯回答。

乔治大笑。在毕业典礼上他因为犬吠而爆出的大笑,听起来应该是这样。

"为了这个你就溜了？够疯狂。这主意不错。普拉多常说，想象力是我们的最后圣地。"

一提到普拉多的名字，乔治整个人便不一样了。"他几十年没提过这个名字了。"戈列格里斯心想。乔治点燃香烟时，手指颤抖着。他咳起来，一面翻开普拉多的书，翻到戈列格里斯将下午在咖啡馆消费的账单插入那页。他瘦削的胸膛上下起伏，呼吸发出轻微声响。戈列格里斯真该让他自己独处的。

"我还活着。"他将书搁置一旁，"还有那恐惧，当初无法理喻的恐惧依旧存在。钢琴也还在，只不过不再是纪念碑，就是钢琴而已：一架平台钢琴，不再具有使命，一个沉默的陪伴者。普拉多在一九七〇年年底时写下那段对话。那时我还发誓，我们，他和我，绝不分离。我们好似兄弟，比兄弟还亲。

"我还记着第一次见到他的情景。学校刚开学，他晚一天来班上报到，我不记得理由了。他还迟到了。他穿着小礼服，一看就知道是个富家子弟，那种衣服不可能来自成衣店。他是唯一不背书包的学生，仿佛借此告诉大家：所有东西都装在我的脑子里。这跟他找了空位坐下时外人模仿不来的自信完全相符，没有丝毫傲慢与自命不凡。他只是确信自己没有学不会的东西，而且不费吹灰之力。我不相信他清楚自己拥有这份确认，这么说贬低了他，不，他本身就是那份确认。他站起来，报出自己的名字，再坐下，简直是纯熟的表演。不，这男孩不是在表演。他不需要舞台，什么都不需要。他动作中流露出来的是优雅，纯粹的优雅。巴托罗缪神父看到后愣住了，有一会儿甚至不知该说什么。"

乔治陷入沉默。戈列格里斯告诉他，他已读过普拉多的毕业致辞。乔治站起来，走进厨房，带了一瓶红葡萄酒出来。他倒酒，慢条斯理喝了两杯，他需要慢条斯理地喝。

"我们花了好几个晚上才完成。其中他好几次失去勇气，只能动怒。'因为法老不思悔改，上帝便用瘟疫惩罚埃及人。'他大喊，'但正是上帝创造了法老啊！上帝就是要造出这么一个人来展示自己的权威！多么虚伪、多么自负的上帝！狂妄自大者！'我多喜欢他满腔怒火，昂起又高又俊的额头面对上帝的模样！

"他想以'敬畏与厌恶上帝垂死之言'为题。我说这未免太做作，做作的形而上学。最后他接受了我的建议。他常不自觉地慷慨激昂，偏又不肯承认，但心里很清楚，所以一有机会便公开挑战拙劣的作品。届时他的态度会不公平，极不公平。

"唯一没被他禁革的人是法蒂玛。她可随心所欲。在整整八年婚姻中，他对她无比宠爱。他需要一个被自己宠爱的人，这就是他。但这并没有让她感到幸福。她从未和我谈起这事。她不太喜欢我，可能出于嫉妒，嫉妒我和普拉多亲如知己。有次我在城里一家咖啡馆碰到她。她在读报上的征人广告，还画了些圈圈。一看到我，她马上把报纸收起来，但我从后面走过去，早都看见了。'我真希望他能多信任我一点。'那次她跟我说。但是，他真正相信的女人只有玛丽亚。玛丽亚，我的天，当然是玛丽亚。"

乔治又拿出一瓶酒，话已开始模糊。他喝着酒，默不作声。

"玛丽亚姓什么？"戈列格里斯问。

"亚维拉，跟圣女泰瑞莎一样。所以在学校里，大家都叫她圣人。要是她听到，会气得抓起东西丢过去。后来她结婚，夫姓非常普通且不起眼。我忘了叫什么。"

乔治喝酒，陷入沉思。

"我真以为，我们永远不会分开。"他突然打破寂静说，"我还以为那种事不可能发生。有次我在某处读到一句话：友情有其时间性，会结束。当时我想，这不可能发生在我们身上，不可能是我们。"

乔治越喝越快，已经完全失去了自制。他费劲起身，摇摇晃晃走出去，过一阵子回来时，手里拿着一张纸。

"看，这是我们一起写下的。当时我们在科英布拉大学，整个世界都还在我们脚下。"

上面是一份清单，上面写着：人与人之间的忠诚。

普拉多与乔治开出所有忠诚的理由：

　　对他人的责任感；共同成长；分享痛苦；分享喜悦；戮力同心；意气相投；一致对外；同甘共苦；密

切互动的需要；品位相同；憎恶相同；秘密共享；分享幻想与梦；共享欢乐；共享幽默；共享英勇行为；共同达成决定；共享成功、失败、胜利与打击；共享失望；共享错误。

戈列格里斯说，上面并没有谈到爱情。乔治全身紧绷，有阵子躲在烟雾后保持警醒。

"他不相信爱情，向来避而不谈。他视爱情为平庸之物。他只相信三件事：欲望、满足和安全感。这些全都昙花一现，最快消逝的是欲望，然后是满足，可惜就连受人关爱的安全感也迟早会破灭。生命的苛求，所有我们终需克服的东西，真是太多太庞大，远超出情感所能承受。唯有忠诚永存。他认为忠诚不是感情，而是意志，是决心，精神的拥护，将偶遇和偶然产生的情感转化成必要。他说：'永恒出现虽如刹那芳华，但就是存在。'

"他错了。我们都错了。

"后来我们回到里斯本，他一直在思考自我忠诚是否存在。这意指在想象与行动中面对自我的责任感，即便不愿意，也准备好要信守自己。他太想改写自己，千方百计让虚构的创作变成事实。他有次说：我只有工作时才能忍受自己。"

乔治沉默，紧绷的身体逐渐放松，眼神蒙眬，呼吸缓和得好似睡眠中人。戈列格里斯此刻没办法脱身。于是他起身打量书架。一整排无政府主义理论的相关书籍,涵盖俄国、安达卢西亚和加泰罗尼亚地区。许多书的书名有"正义"的字眼。作者除了陀思妥耶夫斯基,还是陀思妥耶夫斯基。接着是埃萨·德·克罗兹的《阿马罗神父的罪恶》[1],他第一次走进西蒙斯的旧书店便买下这本书。书架上还有弗洛伊德、钢琴家传记和各类国际象棋棋谱。最后,他在壁龛的小架子上发现了学校的课本,有些至少保存了七十多年。戈列格里斯抽出拉丁文及希腊文文法,翻阅墨迹斑斑的脆弱纸张。还有字典、习题本、西塞罗、李维、色诺芬,以及索福克勒斯的作品。《圣经》已被翻烂,上面满是标记。

乔治醒了,但他开口说话的样子,似乎仍在经历方才的梦境。

"他帮我买下这间药房,位于最好地段的一整间药房。我们在咖啡店碰面,讨论未来的远景,但他对药房一事只字未提。他是保密高手,他妈的热心保密高手。我没见过人比他更会守密。这也是他虚荣心的表现,虽然这理由他不爱听。在回家

---

[1] 埃萨·德·克罗兹(1845~1900),葡萄牙最伟大的写实主义作家。《阿马罗神父的罪恶》1876年在里斯本一出版,便带给葡萄牙文学界一股清新的气息,令沉湎于幻想和美化现实的浪漫主义更加萎靡不振。该书所以受到广大读者欢迎,乃因无情揭露群众所痛恨的宗教势力,真实反映当时教权与政权互相矛盾又互相利用的背景。因此,这部长篇小说被视为葡萄牙文学史上难得的批判现实主义的巨著。

路上,他突然停下来问:'看见这间药房了吗?''当然看见了。'我回答,'怎么了?''它是你的了。'说完便将一串钥匙递到我面前,'你不是一直想拥有自己的药房吗?现在你有了。'他也替我支付全部的装潢费用。您知道吗?我甚至不觉得不好意思。我高兴得昏头了,刚开始每天早上都会揉眼睛,无法相信这是真的。有时我会打电话问他,'想象一下,我站在自己的药房里呢!'他听完笑了,笑得轻松愉快。之后要听见那笑声是一年难过一年了。

"面对家族的大笔财产,他的态度扑朔迷离。他会以大手笔将大笔钱财往窗外泼,不同于他一毛不拔的法官父亲。可是一见到乞丐,他又会心烦意乱。'我为什么只给他几个钱币?'他自责道,'而不是给他一大把钞票?为什么不把所有的钱都给他?为什么偏偏是他,而不是别人?我们从这个乞丐身边走过,不是别的乞丐,纯粹是巧合,是偶然。还有,要是几步之外就得忍受这屈辱,怎么还买得了冰淇淋?根本不行!你听清楚了吗?根本不行!'有一次还对这种模糊心态大为光火:他妈的这么不干脆。他这样形容自己的心态,然后跺起脚来又跑回去,往乞丐帽子里扔了一张大额钞票。"

乔治的脸原本因回忆而轻快起来,似乎摆脱了长痛,现在重新黯淡苍老。

"断绝朋友关系后,我原本想卖掉药房把钱还他,但我意识到:那等于将我们过去的一切,那段长久幸福的友谊一笔勾销,仿佛追溯过去,毒害我们的亲密关系与互信。我留下了药房。做出决定几天后,我突然有种特殊感觉:药房这时才真正属于我。为何有这种感觉我不明白,至今依然不明白。"

药房里的灯还亮着。告别时,戈列格里斯提醒他。

乔治笑了。"我故意的。那里的灯一直亮着,始终亮着,就是为了浪费电,报复我贫穷的成长过程。以前我家晚上只有一间房间有灯,睡觉时得摸黑上床。我把几分的零用钱都花在买手电筒的电池上,以便晚上阅读。书是偷来的。我当时想:我不该破费买书,直到今天依然这么认为。房东不停地切断我家电源,只因为我们没付房租。切断电源,我永远不会忘记贫穷的威胁。人总是对平凡小事无法忘怀,正如难闻的臭味、脸上被赏一巴掌后的灼热、整栋房子突然被黑暗淹没,还有父亲粗鲁的咒骂。起先警察会来关切药房彻夜不关的灯,现在所有人都知晓,也没人再理会我了。"

23

娜塔丽雅·鲁宾打来三次电话。戈列格里斯打回去。字典和葡萄牙文文法书没问题,她说。

"您会爱死这本文法书!就像一部法典,罗列一大串例外用法。作者一定对例外有迷恋,就像您一样。请见谅。"

但是,葡萄牙史有些麻烦,版本有好几种。她选择了最精巧简洁的。书都已寄出。他提到的那本波斯文文法书仍然买得到，书店在下星期三前可以弄到手。不过，葡萄牙反抗运动的书是一大难题。她去图书馆找时已经到了闭馆时间，只能等到星期一再去看看。书店的人建议她去大学罗曼语系询问一下。她已经打听到星期一时该去找谁。

她的冲劲让戈列格里斯吃了一惊，虽然他早意识到会这样。他听她说，她真想现在就去里斯本帮他调查。

戈列格里斯在午夜时分惊醒，一时不确定她是在梦中还是真的这样说过。他跟佩德罗对弈时，凯吉和路西恩一直在旁喊着太妙了！佩德罗用额头移动棋子，一旦中了戈列格里斯设下的圈套，便气得用头撞桌子。跟娜塔丽雅下的那盘棋十分怪异，既无棋子，也没灯光。她说："我会说葡萄牙文，我能帮您！"他试着用葡萄牙文回答，像在经历考试，一个问题也答不上来。敏哈太太，他不断重复：敏哈太太。之后的事他就不知道了。

他打电话给多夏狄斯。不，他没把他吵醒，希腊人赶紧解释，他现在又有睡眠问题了，而且不只是失眠。

戈列格里斯从未听他用这样的口吻说话，不由得吃了一惊。他问出什么事了？

"唉，没什么。"希腊人回答，"我累了，诊断时出错。我不想做下去了。"

不做？他，就此结束？然后呢？

"譬如说去里斯本。"他笑了。

戈列格里斯告诉他佩德罗的事,那个后斜额头及癫痫般的眼神。多夏狄斯记得那个尤拉人。

"之后有一阵子,你的棋路全乱了,跟平日的棋路相比真是惨不忍睹。"他说。

天亮时,戈列格里斯才终于入睡。两小时后醒来时,里斯本晴空万里,路上行人全脱去了外套。他坐上渡船,去卡希尔斯区找胡安·埃萨。

"我正在想您今天会来呢。"胡安·埃萨开心地说,细长的嘴里吐出这几个字眼,宛如激情的烟火。

他们喝茶,下棋。每下一步棋,胡安的手都抖动不已;棋子一放就会喀啦出声。他每下一步棋,手背上的烫伤疤痕都让戈列格里斯心惊肉跳。

"痛和伤还不是最可怕的。"胡安说,"最可怕的莫过于羞辱。当你意识到自己尿裤子了,那才是耻辱。出狱后,我心里燃着复仇的烈焰。我躲藏在角落,等着拷问的人下班。他们像上班族一样穿着普通的外套,拎着公文包。我跟踪他们回家,我要一报还一报。然而,一碰到那些人,我又恶心想吐,这才救了自己。我真对他们报复,一枪毙了他们是太便宜这帮人。玛丽安娜认为,我在经历道德成熟的过程。这我才不要,我一直拒绝接受那种成长。我根本不想成熟,认为这种成熟是投机主义,或是单纯的倦怠。"

戈列格里斯输了。才走了几步棋,他就觉着不想赢眼前这个男人,又不能让对手知道,那才是本事。他决定采取高难度手段,胡安这样的棋手能看得出的高难度棋路,但也只有胡安这种人才能识破。

"下次您不可以让棋。"开饭铃声响起时,胡安说,"否则我要生气了。"

他们一起吃着煮得过烂、淡而无味的午餐。没错,一直如此,胡安说。看到戈列格里斯脸上的表情,他第一次开心地笑了。戈列格里斯听到胡安的哥哥,也就是玛丽安娜·埃萨的父亲的事,他娶了一名有钱的妻子,还听闻女医生失败的婚姻。

胡安说:"你这回没问普拉多的事。"

"今天我是为您来,不是为他。"戈列格里斯回答。

"尽管不是为他,"近傍晚时,胡安说,"我还是有样东西想给你看。有天我问他在写什么,他之后拿给我看的。这份东西我已读了无数遍,几乎倒背如流。"说罢,他开始为戈列格里斯翻译:

失望的香膏

失望被视为坏事完全是有欠思考的偏见。未经历过失望,如何发现期待和盼望?若是没有这番发现,自身的认知将栖身何处?如果没有失望,人将如何认清自我?

我们不该叹息着忍受失望,想象着生活本该多美好。我们理应寻找、探究、搜集失望的经验。发现少年时代崇拜的偶像老化和衰退时,我为什么会失望呢?因为失望教导我,成功的价值微乎其微?许多人花上一生的时间才坦承对父母的失望。对于这样的人,我们能有什么期待?一辈子活在痛苦的无情奴役下的人,常会对他人的表现失望,甚至也对那些始终陪伴他、同情他的人失望,抱怨那些人做的和说的太少,对他的关心太少。"您还期待什么呢?"我问。他们说不出来,并且惊讶自己这许多年来一直带着一种会失望的期待,却丝毫未察。

一个真正想了解自己的人,必定是个想象力丰富又积极好动的失望搜集者。他势必像上了瘾般追求失望的经验,支配他一生的瘾。因为他十分清楚明白,失望不是滚烫、毁灭的毒液,而是冷静与安抚人心的香膏,打开了我们的视野,让我们看清自己的真实轮廓。对他来说,失望还不仅限于别人与周围环境。如果把失望当成通往内心世界的主轴,一定会急切想知道,对自己的失望有多大,譬如缺乏勇气、不够真诚,或是由于自我感觉、行动和语言造成的可怕狭隘界限。我们自己到底期待和盼望些什么呢?希望自己不受限制,或是要成为完全不同的人?

降低期待值，希望当然更可能实现，并退缩到更坚实、更可依赖的硬壳中，让自己受到保护，免受失望的痛苦。可是，如果只怀着平庸的期待，就像等公交车一般，拒绝接受每一个大胆狂妄的期待，那将会是何种生活？

"我从未见过像他这样的人，深深迷失在自己的梦中。"胡安说，"而且如此憎恶失望。他写下的东西，明明就是针对他自己，正如他经常不满意自己的生活方式。乔治一定不认同我的看法。您认识乔治吗？乔治·欧凯利，一个药剂师。他的药房日夜灯火通明。他认识普拉多的时间比我久，久多了。尽管如此，还是一样。

"乔治和我，嗯……我们下过一盘棋，就一次，双方平手。可是一旦涉及反抗运动计划，尤其涉及周全巧妙的欺敌计划时，我们就成了战无不克的搭档，像对双胞胎般心灵相通。

"普拉多嫉妒我们,他觉得跟不上我们的诡计与恣意妄为的行为。他称我与乔治间的联盟为你们的方阵。我们的联盟有时完全保密,对他也是。这时就能感觉到,他很想打入我们之间。他开始胡思乱想,有时还真被他瞎猫碰上死耗子,有时却又进入不了状况。尤其是当事情,嗯……牵扯到他的时候。"

戈列格里斯屏住呼吸。胡安要开始谈艾斯特方妮雅了吗?他无法向胡安或乔治直接打听那件事,绝对不行。最后是普拉多弄错了吗?把那个女人带离险境,抵达安全的地方,可是压根儿没有危险威胁?或是胡安的迟疑是另一个回忆的开端?

"我一直讨厌这里的星期天。"两人道别时,胡安说,"蛋糕没味道,鲜奶油没味道,礼物毫无品位,陈词滥调也淡而无味。这里是俗套的魔窟。不过现在……有您在的下午……我会渐渐适应的。"

他从口袋里伸出手来,少了指甲的那只手。在搭船途中,戈列格里斯依然感受得到那强有力的手劲。

Der Versuch
尝试篇

24

星期一上午，戈列格里斯飞往苏黎世。他清晨醒来，心想：我正逐渐丧失自我。这可不是他人先醒来，在不受其他意识支配的清醒状态下冒出的念头，即便没这个念头，他依旧清醒。正好相反：念头先存在，之后才是清醒。他从未感受过这种透彻又奇异的清醒，和上次搭火车前往巴黎途中，那种近乎全新的清醒感受不同，但就某种意义而言，这种清醒与那个念头并无二致。他不确定，是否自己这样想，或是受这想法的支配。不过，即便他无法厘清，这念头还是硬生生盘踞在脑海中。突然，一阵恐慌袭来，他颤抖着手开始将书和衣物胡乱塞进箱子。打包完毕，他强迫自己平静下来，在窗旁站了一会儿。

今天应该是阳光灿烂的一天。安德里亚娜家的客厅里，镶木地板会被阳光照得耀眼生辉。晨光中，普拉多的书桌将比往日更显孤寂。桌边的墙上，贴着好几张纸条，上头的字迹早已褪色，难以辨认。从远处看，只能看见上面的几个点，可见书写者拿钢笔写字时力道之猛。戈列格里斯真想知道，那些字提醒了医生什么。

明天或是后天，也许就在今天，克罗蒂尔德会拿着安德里亚娜的新邀请函到旅馆来。胡安·埃萨相信他星期天会去下棋。乔治和美洛蒂若是没了他（这个突然出现，打听普拉多的人，这个认定自己的幸福和了解普拉多息息相关的人）的消息，应该会很惊讶。至于巴托罗缪神父，在信箱中发现普拉多毕业典礼致辞的复印件时，一定认为事情不寻常。玛丽安娜·埃萨则不明白，为何他仿佛从地球上蒸发了一般，突然间消失。还有西尔维拉和科蒂尼奥……他在柜台前结账时，女接待员表示，希望他突然离去不是因为什么糟糕的事。出租车司机讲的葡萄牙语，他一个字也没听懂。他到达机场，准备付钱，却发现外套口袋里有张纸条，是旧书商尤利欧·西蒙斯写下的一家语言学校地址。他端详了纸条一会儿，还是扔进出境大厅门旁的字纸篓。办理登机时，地勤人员告知他十点起飞的飞机只坐满一半，给了他一个靠窗的位子。候机室里，他听到的全是葡萄牙文，甚至听见有人说到葡萄牙语一词。如今，这个字眼让他感到畏惧，可又说不清原因。他想睡在雷尔街家中的床上，想去联邦阶地，踏上科钦菲尔德大桥。

他想谈论拉丁语变格和《伊利亚特》，想站在熟悉的布本贝尔格广场。他想回家。

飞抵苏黎世克洛藤机场上空时，他被空姐的葡萄牙文问话惊醒。问话很长，但他不费吹灰之力便听懂了，并以葡萄牙文回答。机身下方是苏黎世湖，再往外，大片土地被污浊的积雪覆盖。雨噼噼啪啪打在机翼上。

他想去的地方不是苏黎世，而是伯尔尼，他心想。他很高兴身上带着普拉多的书。飞机开始着陆，其他乘客纷纷将书报放置一旁，他却取出普拉多的书，读了起来。

不朽的青春

年轻时，我们仿佛终将永生不死似的活着。对死亡的认知，犹如易碎的纸袋围绕着我们，却触不到我们的皮肤。从什么时候起，一切都变了？那卷纸从何时开始缠绕我们，越缠越紧，直到我们窒息？我们如何认知这股温柔的却也清楚地让我们明白它绝不退让的压力？

我们如何在别人身上看清这点？又如何在自己身上看清这点？

戈列格里斯真希望飞机就是公交车，即便到达终点，也能继续阅读不必起身，然后折返。他是最后一个下飞机的人。

在火车站售票处，他犹豫不决，售票窗内的女人不耐烦地转着手镯。

"二等车厢。"他终于说。

火车驶离苏黎世火车站,全速前进。他忽然想起,今天娜塔丽雅·鲁宾会去图书馆查一本葡萄牙反抗运动的书,还有几本书正在寄往里斯本的途中。星期三,他回雷尔街已经住了好几天时,几栋房子外的她,会再到豪伯特书店,然后把波斯文文法书拿到邮局。要是他刚巧碰到她,该说些什么?又该如何向其他人、向凯吉、向其他同事,还有向学生们解释?多夏狄斯最容易应付,即使如此,该用哪些词、哪种说法,才恰到好处?伯尔尼主教大教堂映入眼帘时,他有种感觉,自己几分钟后将踏入一座禁城。

公寓里很冷。戈列格里斯拉起厨房的百叶窗,那是他两星期前为了隐藏自己而拉下的。葡萄牙文教学唱片还搁在唱盘上,话筒依旧反放着,让他想起临行前和多夏狄斯的夜间交谈。为什么即便过去有快乐的痕迹,还是让我伤感?普拉多言简意赅的笔记中有一段自问。

戈列格里斯打开行李箱,把书摆在桌上。《大地震》《黑死病》。他将所有房间的暖气全开,又启动洗衣机,便阅读起关于葡萄牙十四、十五世纪黑死病的书。书中的葡萄牙文浅显易懂,读起来毫不费力。过了一会儿,他点燃烟盒里最后一支烟,烟是在美洛蒂家附近的咖啡馆里买的那包。这间他住了十五年的屋子里,第一次飘着烟味。有时候读完一段章节时,他会想起第一次看望胡安·埃萨的情景。为了让胡安·埃萨颤抖的手好过点,他一口气咽下半杯滚烫的茶水。至今,他仍清楚感受到喉咙中的火热。

他到衣柜取出厚毛衣时,突然想起在荒废的柯蒂斯文理中学,用来包裹希伯来文《圣经》的那件毛衣。他坐在校长的办公室里,读着《约伯记》,阳光形成的锥形光柱在屋内游移,感觉妙不可言。戈列格里斯还想起提幔人以利法、书雅人比勒达和拿玛人琐法。萨拉曼卡火车站的站牌也再次出现眼前。还有他为了准备伊斯法罕之行,在他当年距离这里几百公尺远的小屋里,于壁板上第一次写下波斯文字母。他取出一张白纸,寻找手中的记忆,画出了一些笔画和曲线,以及元音上面的几个点。然后,记忆中断了。

门铃大作,他吃了一惊,是他的邻居劳诗礼太太。她注意到他家门前脚踏垫的位置变了,应该是他回来了,她一边解释,一边将邮件和信箱钥匙还给他。假期如何?以后学校都这么早放假吗?

信件中唯一让戈列格里斯感兴趣的,是校长凯吉的信。他一反用拆信刀拆信的习惯,匆忙将信撕开:

亲爱的戈列格里斯:

您的信深深打动了我,我不想让您写给我的信就此悄无声息,石沉大海。何况,我想不论您去哪儿,总会让邮局把信转到您手里。

我最想告诉您,自从少了您,学校显得空空荡荡。空荡到什么程度呢?拿维吉妮·拉朵嫣来说吧。今天,她突然在教职员办公室说:"有时,我真讨厌他直截了当、缺乏教养的表达方式。说实在,他平时若能穿得稍微好点,对他也有益无害,但他永远那身松垮垮、老掉牙的衣服,看了让人倒胃口。可是我不得不说,非说不可:不知为什么,我真有点想他。真奇怪!"这位可敬的法语老师所说,和我们从一些学生——恕我直言,尤其是女生——那里听来的话,几乎无法相提并论。我如今站在您的班级前,感受到少了您所留下的巨大阴影。还有,国际象棋比赛现在该怎么办?

奥勒留——没错。我能否向您透露,我的妻子和我,我们最近越来越强烈感觉到将失去我们的两个孩子,不是因为疾病,或是意外事故,比那还糟:他们完全拒绝接受我们的生活方式,而且是直言不讳,毫无掩饰。有时,妻子看起来快要崩溃了。就在这时,您正好提醒我想到这位贤明的国王。请容我再补充一句——但愿您不要觉得我过于琐碎。每当我看到搁着您来信的信封(仍迟迟不愿从我桌上消失),便心生嫉妒。就这么站起来,走了,这需要何等勇气!"他就这么站起来,走了。"学生们一再说:"就这么站起来,走了!"

我想通知您,学校依然保留您的职位。我接手您部分的课程,其他的找了些学生代课。希伯来文课也是一样。薪资方面,您会收到校方寄出的必要文件。

最后,我还能说什么呢,亲爱的戈列格里斯?简而言之:我们衷心祝福您,无论是内心或者外在世界,愿您的旅程带您到您想去的地方。

您的维尔纳·凯吉

又:您的书好好地搁在我的柜子里,放心吧。只是,我还有一个实际的小请求:您什——么时候——这事一点都不急——将学校钥匙交回来?

最后,凯吉在旁附加一句:

或者,您打算留着钥匙以备万一?

戈列格里斯坐了许久。外头天色已黑。他压根儿没想到凯吉会写这样的信。很久以前,他有次在城里碰到他带着两个孩子。他们开心笑着,看上去幸福美满。他很中意维吉妮·拉朵嫣对他穿着的评论。他低下头,看到旅途中穿上的新西装裤时,几乎感到有点难过。直截了当?她说得真对。可是,缺乏教养？除了娜塔丽雅·鲁宾想念他之外，或许露丝·高琪也有一点儿，还有哪些学生想着他？

他之所以回来，只因想回到自己熟悉的地方。这里，他不必说葡萄牙文，也不必非得说法语或英语。为何凯吉的信将他的企图，一个再单纯不过的企图，瞬间弄得复杂？他之前搭火车时已计划天黑后再去布本贝格广场，这点为什么现在更加重要？

一小时后，他站在广场上，心中有股再也无法触碰这个地方的感觉。没错，听起来奇特，可是再贴切不过，他再也无法触碰布本贝格广场了。他绕广场走了三圈，停下来等红绿灯，四下张望。他看着电影院、邮局、纪念碑，也看着他首次遇见普拉多的西班牙书店。往前望去，是电车站、圣灵教堂和勒伯百货。他靠边站着，闭起眼，专心感受身体压在铺石路面上的压力。脚掌热了，街道仿佛迎面而来，然而情况依旧：他再也无法触碰这座广场。不仅是街道和数十年来再熟悉不过的广场，那些街道、建筑、灯光和嘈杂也无法触碰他，无法跨越最后一道薄薄的裂痕完全靠近他，让自己不单成为他回忆中熟悉的一切，了如指掌的一切，甚至就是他。只有像现在这样无法触碰，他才意识到那是习以为常的方式。

那令人费解的顽强裂痕不是保护他的，不像缓冲器那般，意味着距离和镇定。相反，裂痕来自戈列格里斯的惊恐，他害怕因为这些他希望召唤而来，以便重新找回自我的熟悉事物，让他失去了自己,在这里经历到里斯本那个清晨曾经有过的感受。只是,这次情形显然诡谲得多,也非常、非常危险,因为里斯本后面还有伯尔尼,但遗失的伯尔尼后面,再无另一个伯尔尼。他朝一个路人跑过去,视线盯着向后退去的坚硬地面,突然一阵眩晕袭来,一时间,天旋地转。他双手紧捂着头,好似要把头稳住。待他恢复平静,安定下来后,看见一个女人正打量着他,目光中透露出疑问:他是否需要帮助?

圣灵大教堂的钟显示将近八点,街上交通沉寂许多。云层散开,露出点点星光。天气很冷。

戈列格里斯穿过小堡垒街,来到联邦阶地。他激动又兴奋,期待走过拐角,踏上科钦菲尔德大桥的一刻。他每天清晨七点四十五分准时走到桥上,数十年如一日。

桥被封了。由于修整电车轨道,到隔日清晨为止,整夜不得通行。"出了场严重车祸。"有人看到戈列格里斯一脸茫然迷惑盯着布告,向他解释。

他有种感觉,某些对他而言原本陌生的事物将成为习惯。带着这样的心情,他踏进美景饭店,径直走向餐厅。餐厅里音乐轻柔,服务生身穿浅米色外套,餐具闪烁银光。他点了叫作"失望的香膏"的菜。胡安·埃萨提到普拉多时说:"他常爱取笑我们人类总以为世界是个舞台,舞台上的一切围绕着我们和我们的意愿搬演。他认为这种假象正是所有宗教的起源。'那没有半点真实。'他常说,'宇宙就是存在那里,根本不在乎我们人类发生什么事情，完完全全漠不关心。'"

戈列格里斯取出普拉多的书，寻找有可笑一词的标题。餐点送来时，他才翻到要找的地方：

可笑的舞台

世界宛如一座舞台，等着我们上演想象力的各出戏码，有的重要，有的悲哀，有的可笑，有的无足轻重。这想法多么魅惑又动人！又是多么难以避免！

戈列格里斯慢慢走向蒙比茹大桥，然后前往学校。多年来，他总是从这个方向看学校的建筑物，如今，一切对他异样陌生。他向来从后门进学校，这回改走前门。一片漆黑。某座教堂传来钟声，九点半了。

有个男人将自行车停放一旁，走向大门，推开门，随即消失在门后，是布利少校。他偶尔晚上过来，准备隔天的物理或化学实验。实验室的灯亮起。

戈列格里斯悄悄进入室内，但不知道自己来这儿做什么。他踮着脚，轻轻走到二楼。教室的门都锁了，大礼堂的大门同样推不开。虽是无稽之谈，他还是感到被排斥在外。胶底鞋在地毯上摩擦，发出微微吱嘎声。月光从窗口洒落进来。在苍白的月光下，他打量四周的一切，似乎以前从未注意过似的，做教师时没有，当学生时也没有。他打量门把、楼梯扶手、学生用的柜子，他从前投射过的目光，这些东西如今千倍奉还，展现出他从未见过的样貌。他的手碰触各个门把，感觉它们冰冷的阻力。他像道迟缓的巨大影子，轻轻穿越走道。一楼的另一端，布利弄翻了东西，楼道里回荡着玻璃的破碎声。

有扇门终于能被乖乖打开。戈列格里斯站在教室里，这儿正是他学生时代第一次在黑板上看到希腊文单词的教室。那是四十三年前的事了。他总是坐在左边那排座位后方，此刻，他再次坐了上去。"不可思议"爱娃坐在前两排的位置，红发系成马尾。他可以一连数小时看着马尾在衬衫和毛衣上擦拂，从一边肩膀到另一边。那几年一直坐在他旁边的比亚特·楚布里根，常因上课打瞌睡被人取笑。后来，大家才知道，那跟新陈代谢失调有关，他很早便因这个病过世。戈列格里斯离开教室时，明白了置身此处让他感到奇特的原因：他将自己视为当年的学生，在楼道和内心之间徘徊，完全忘却自己身为教师几十年来也在楼道间来来去去。人能否身为前者，而将后者遗忘，尽管后者才是让前者得以上场展示的舞台？如果那不算是遗忘，又是什么？

楼下，布利边骂边冲过走道，"啪"一声甩上门，那门应该是教职员办公室的。接着，戈列格里斯听到正门锁上的声音。钥匙转动，他被锁住了。

他这时才仿佛如梦初醒，但并非以教师身份归来，也不是一生在这栋建筑里度过的"无所不知"，而是隐身的访客，是那个傍晚入夜时分无法触碰布本贝格广场的人。戈列格里斯走下楼,来到教职员办公室。布利心烦气躁之余,忘了将门锁上。他注视着维吉妮·拉朵嫣常坐的椅子。可是,我不得不说,非说不可:不知为什么,我真有点想他。

他在窗边站了好一会儿,凝视窗外黑夜。乔治·欧凯利的药局浮现他眼前,金绿色的玻璃门上,写着几个大字:爱尔兰之门。他走向电话,拨到查号台,要求接通药局。他真想让电话在灯火通明的药局里响彻通宵,直到乔治隔天酒醒起床,晃进药局,在柜台后点燃第一根香烟为止。

然而,一会儿后却传来占线声。戈列格里斯挂断电话,再次拨通查号台,要求接通瑞士驻伊斯法罕领事馆。电话中传来亲切而沙哑的男人声音,他挂断电话。汉斯·古莫尔,他心想,汉斯·古莫尔。

他从学校后门边上的窗子爬了出去,往下一跳。他眼前一阵发黑,抓住了自行车架。然后,走向棚屋的一扇窗。当年他上希腊文课时,正是从那里翻身跳出来的。他仿佛看见"不可思议"转身看邻座女孩,要邻座女孩注意戈列格里斯跳出窗外的异常举动。"不可思议"的呼吸吹动着邻座女孩的头发,脸上的雀斑因惊异而更为明显,眼睛也斜得更厉害。戈列格里斯转过身,朝科钦菲尔德大桥走去。

他忘了今晚大桥被封,只好再次绕道蒙比茹大桥,心里老大不高兴。到达贝恩广场时,午夜的钟刚好敲响。明天一早这里有市集，又会出现女摊贩和她们的钱盒。书是偷来的。我不该破费买书，直到今天依然这么认为。乔治·欧凯利的声音在耳边响起。接着，他转身朝正义街走去。

芙罗伦斯的寓所没有透出灯光。她向来夜里一点过后才上床睡觉。戈列格里斯转到小巷另一侧，站在一根柱子后等着。他最近一次这么做，是十多年前的事了。当时她独自一人回家，步伐疲惫，缺乏生气。不过，此刻他看见她在男人的陪同下回来。你也该买些新衣服穿了。不管怎么说，你不是一个人生活，光懂希腊文也不能当衣服穿。戈列格里斯低头打量自己的新西装，比那个男人有品位。芙罗伦斯走进巷子，灯光洒在她发上，戈列格里斯吃了一惊。她的头发十年间变白了。她不过四十多岁，穿着打扮却像五十多岁的人。戈列格里斯怒火涌了上来。她为什么不在巴黎待着？旁边的男人看上去就像缺乏保养的税务师，那种邋遢家伙扼杀了她的优雅品位吗？芙罗伦斯后来上楼，打开窗户，身子往外靠，他很想从柱子后面走出来，朝她挥手。

稍后，他走到门铃边。芙罗伦斯婚前的姓是德·劳宏奇。如果他对门铃的排列判断正确的话，她现在应该姓麦尔，姓氏中竟然连个 y 都没有。想当初，这个女博士生端坐在圆顶餐厅时，是多么优雅！但楼上那个妇人却如此庸俗、黯淡！在前往火车站及走到雷尔街的路上，他火气直冒，越走越无法理解自己所气为何，直到站在一栋破败的房子前，怒气才渐渐消退。

这里是他成长的地方。

房门紧锁，不过门上少了片不透明玻璃。戈列格里斯鼻子凑近开口，依然能够闻到白菜味。他搜寻着自己小房间的窗户，他曾在房里将波斯文单词写在壁板上。那扇窗已经改大，换了别的窗框。当他亢奋地埋首于波斯文文法，而母亲吆喝他吃饭时，总让他火冒三丈。他看到本土小说家路德维希·甘霍夫的乡土小说，搁在母亲的床头柜上。俗气的文艺作品乃是最狡诈的监牢，普拉多写道，栏杆用简化过的不真实情感黄金包裹，让人以为那是宫殿梁柱。

这天晚上，戈列格里斯几乎没有合眼。醒来时，一时不知自己身在何处。他仿佛摇晃着学校大门，然后爬过窗户。清晨，城市苏醒，他站在窗边，不太确定自己是否真的去过科钦菲尔德文理中学。

在《大伯尔尼日报》编辑部，大家对他态度冷淡。戈列格里斯不禁怀念起里斯本《每日新闻》的实习生阿格斯汀娜。一九六六年的广告启事？他们虽然同意他独自留在档案室，不过态度有点勉强。将近中午，他终于找到当年登报为孩子征家教老师的工业家姓名。电话簿里，有三个人叫哈内斯·施奈德，但只有一个拥有机械硕士的头衔，住在艾尔芬奥。

戈列格里斯前去拜访，按门铃时，觉得自己的行为非常不恰当。施奈德夫妻住在雅致的别墅里，似乎对这位不速之客来访并不反感，很高兴能跟当年差点成为他们孩子家教的人一起喝茶。

两人年近八十，谈起当年他们发迹致富的美好往事。他当初为何要取消应征呢？通过文理高中毕业考试的年轻人，正是他们要找的对象。戈列格里斯告知母亲生病的事，然后很快便转移话题。

伊斯法罕天气如何？他终于开口问。热吗？有沙尘暴吗？没有什么需要担心的事，他们笑说，至少以他们当时的居住条件完全无须担忧。他们拿出照片。戈列格里斯一直待到傍晚。施奈德夫妻很讶异他对他们的回忆有兴趣，非常开心，送了他一本伊斯法罕的画册。

戈列格里斯上床前，一边欣赏伊斯法罕清真寺，一边听葡萄牙文的教学唱片。入梦前，他有种感觉：无论里斯本或是伯尔尼，都让他受挫。他再也无法理解一个地方让人不感觉受挫，会是何种情况。

他接近四点醒来，想打电话给多夏狄斯，但要说些什么？告诉他，自己回来了，但很快又要离开？告诉他，他把科钦菲尔德文理中学的教职员办公室当成自己纷乱愿望的电话总机？他甚至弄不清一切是否真的发生？

不跟希腊人谈，又能找谁？戈列格里斯想起那个特别的夜晚，他们试探性地以你互称。

"我叫康斯坦丁。"下棋时，希腊人突然说。

"赖蒙德。"他回答。

没有签章仪式，没举杯握手，甚至没相互对视。

"你真卑鄙。"戈列格里斯故意落入陷阱时，希腊人说。

这样讲有点不太对劲，戈列格里斯意识到两人都察觉到这点。

"你不该低估我的卑鄙。"他说。

那晚其他时间两人便避开了称谓。

"晚安！戈列格里斯，"希腊人告别时说，"有个好梦。"

"您也是，医生。"戈列格里斯说。

之后，两人的称呼还是维持老样子。

难道这就是他为什么不想告诉医生悬宕在脑中的困惑，困惑中，他在伯尔尼踟蹰来去的原因？或者，两人刻意保持距离的亲密感，正是这类倾诉所需要的？戈列格里斯拨通了电话，铃声响两下后，他就挂断。希腊人偶尔有这类粗暴习惯，那在他的家乡塞萨洛尼基的出租车司机间相当普遍。

他拿出普拉多的书，就像两星期前一样，坐在拉下百叶窗的餐桌旁阅读。他有种预感，这位葡萄牙贵族在蓝屋阁楼写下的文字，有助他找到不让自己感到受挫的地方，而那既不是伯尔尼，也非里斯本。

内心的广袤

我们生活在此时此地，之前，以及发生在别处的事，都已成为过去。大部分的事已被我们遗忘，只有少数成了未经整理的回忆碎片,以狂想曲般的巧合瞬间闪现又熄灭。我们习惯以此形式反观自己。当我们的目光放到他人、他事上,自然而然如此思考:对方是真真实实出现在我们眼前的此时、此地,而非他时彼处。若非透过其唯一真实仅存在于事件发生当下的内心回忆,我们怎能想到对方与过去的关联?

然而,从自己内心的角度出发,情况迥然不同。我们不局限在当前,而是远远扩及过去。那源于我们的情感,尤其是那些深植内心,决定我们为何许人,又如何成为我们的情感。这些情感没有时间性,不识岁月,也不认可时光流逝。如果我说我仍是个男孩,还站在学校石阶上,手拿校帽,远眺女校,期待见到玛丽亚·胡安·亚维拉,那自然不对。毕竟已经过去三十多年了,怎么会对呢?但那又如此真实。面对难题时的心跳,与见到数学教师朗库斯先生踏入教室时的心跳一样;面对权威时的焦虑不安,与佝偻父亲不容违抗的话语产生共鸣;与目光闪烁的女子眼神交会时,我的呼吸停滞,就如同当年穿过一扇又一扇窗,与玛丽亚的目光相交时一模一样。我依然留在那儿,留在早已远离我的那个地方和那个时刻;我从未离开过,只是长时间活在过去,或者说,从过去走来。过去正是现在,不仅是以短促的瞬间回忆形式出现。与

"在场"的永恒当下相比,成千上万个推移时间流逝的变化,如梦般短暂虚无,也如梦般缥缈不实。那些变化蒙骗我,让我这个病人们带着痛苦和担忧前来求诊的医生,自以为拥有不可思议的强大自信和无畏。求助者一旦站在我面前,目光透露出惊惧的信赖,便迫使我有那样的感受。但他们后脚才离开,我便等不及想朝他们的背影大喊:我还是那个站在学校石阶上胆战心惊的男孩。我是否身穿白袍,坐在巨大的书桌后面诊疗病人,一点也不重要,那甚至是场骗局。你们别被我们可笑又肤浅定义的所谓现状蒙骗。

我们不只在时间上延伸,空间上亦然,远远超过可见的空间。我们离开某处时,总会留下一些东西;人虽已离去,心却依旧留在那里。有些事,只有回到原地,才能再度寻得。当单调的车轮声载着我们通向过去的一段生活,不论过去距今多么短暂,都让我们驶向自我,回到自己的世界。第二次踏上异乡的火车站月台,扩音器传来播音员的声音,车站的独特气味扑鼻而来时,我们不只是到达了远方某处,同时也抵达内心某处遥远的地方,一处或许非常偏僻的角落,我们身在异地时,这角落便深深隐身于黑暗之中。否则当列车长报出站名,当我们听到火车嘎吱的刹车声,被突然出现的车站阴影吞噬的一刹那,为什么会如此激动，难以自持？在火车最后一声气息完全静止下来的瞬间，我们为什么感到如此奇妙，仿佛那是无声却扣人心弦的一刻？因为我们一踏上那陌生却又不再陌生的站台，便再度拾起了人生的一部分。当年，就在我们一感觉到火车驶离那瞬间传来的初次晃动，那段时光便就此中断，且被遗忘。还有什么比一段带着一切期望再次出现的断裂人生，更让人激动的呢？

我们只关注此地此刻，相信因此理解了生命本质，那可大错特错了，是荒唐愚蠢的暴力行为。重要的是，我们应怀抱适度的幽默和忧郁，冷静自信地往来于时空上皆扩展开来的内在风景，那风景代表了我们自己。我们为什么会为无法出门旅行的人难过？因为他们无法跨足外在世界，内在不能随之延展，无法丰富自我，因此被剥夺深入自己内在的可能性，没有机会发现自己还能成为什么样的人，变成什么模样。

天亮后，戈列格里斯来到火车站，搭乘首班列车前往尤拉的穆狄叶。还真有去穆狄叶的人。真的有。穆狄叶不只是他跟那个额头上斜短发扎人的方脸男子对弈，最后因受不了对方下棋的慢劲而输棋之处，还是一座有市政府、超市，甚至茶馆的小城。戈列格里斯在城里转了两个多小时，寻找当年举行国际象棋比赛的地方，但徒劳无功。人怎么可能找得到早已遗忘的东西？他那些颠三倒四的紊乱问题，令茶馆的服务生吃惊，等他离开后，便和同事两个人在背后窃窃私语。

中午刚过，他回到伯尔尼，搭电梯进入大学。此刻正值假期。他在一间空荡荡的大讲堂里坐下，想着年轻的普拉多坐在科英布拉大学课堂里时的情景。据巴托罗缪神父所言，普拉多面对虚伪相当无情。"面对虚荣之徒，他绝不心慈手软，毫不留情。他会勃然大怒。要是有人召他上来黑板前，打算让他出丑，他会带上自己的粉笔。"戈列格里斯在众多好奇眼光的注视下，走进这里，上关于欧里庇得斯[1]的课那一天，已经是多年前的事了。当时，他对年轻讲师故意咬文嚼字的高傲做法大为惊异。"您为什么不再念一遍？"戈列格里斯真想冲着他大叫："照着念，只要念就行了！"等他穿插越来越多的法文概念，仿佛想搭配身上的红衬衫似的，戈列格里斯起身离开。现在想起来，真可惜他当初没冲着无知傲慢的年轻讲师大吼。

出到外面，他才走几步，便突然停下来，屏住呼吸。另一头，娜塔丽雅·鲁宾正走出豪伯特书店的大门，拎着的袋子里，他想应该就是波斯文文法书。好在娜塔丽雅转身朝邮局走去，要将书寄往里斯本。

戈列格里斯后来想，那样仿佛还不够似的。或许他该留下来，待在布本贝格广场，直到自己能够重新"碰触"到广场为

1　欧里庇得斯（BC480~BC406），古希腊三大悲剧诗人之一。

止。但接着，在阴霭的薄暮余光中，所有药局灯光齐放。"我永远忘不了那种要挟。"乔治·欧凯利的声音响起。那句话缠绕脑中不去，戈列格里斯于是走进银行，汇了一大笔钱到自己转账用的户头。"啊，您终于需要点钱用了！"负责管理他账户的女人说。他告诉邻居劳诗礼太太，自己得出门好一阵子，她是否可以继续帮他收邮件，等他打电话告诉她寄件地址后，将邮件转给他？劳诗礼太太想打听更多，又不敢贸然询问。"一切都没有问题。"他安慰她说，然后握手言别。

他打电话到里斯本的旅馆，表示他将停留一段时间，希望对方将之前的房间保留给他。还好他打了电话，旅馆的人回复他们刚收到一件寄给他的包裹；克罗蒂尔德不久前也送来一封信；还有人打电话找他，电话号码旅馆都记下了。另外，他们在衣柜里，发现一副国际象棋。是他的吗？

晚上戈列格里斯到美景饭店用餐，这里最安全，谁也碰不到。服务生态度亲切有礼，仿佛戈列格里斯是常客。饭后，他信步走上科钦菲尔德大桥。大桥已重新开放。他来到葡萄牙女人读信的地方，从桥上往下看，感到一阵眩晕。回到家里，他阅读那本写里斯本黑死病的葡萄牙文书，直到深夜。他翻着书页，觉得自己就像懂葡萄牙文的人。

隔天一大早，他搭火车前往苏黎世。飞往里斯本的班机，将在十一点前起飞。下午，飞机在里斯本着陆。万里无云，阳光灿烂。他搭乘的出租车，车窗大开。旅馆服务生帮他把行李送到房间，同时也拿来娜塔丽雅·鲁宾寄来的包裹，服务生认出了戈列格里斯，话如瀑布般倾泻而出。戈列格里斯一个字也没听懂。

25

克罗蒂尔德星期二带来的短信上写着：

您想跟我喝一杯吗？安德里亚娜

这回的签名比较简单，也多了份亲切。

戈列格里斯端详三张来电记录条。星期一晚上，娜塔丽雅·鲁宾打电话过来。他们告诉她，他已离开，她不知所措。那么，他昨天看她拿着那本波斯文文法书，或许根本没从邮局寄出来？

他拨通她的电话，向她解释一切是误会，自己只是外出小小旅行一番，依然住在这家旅馆。她告诉他徒劳寻找有关葡萄牙反抗运动书籍的过程。

"要是我在里斯本，一定找得出几本。"

戈列格里斯没说什么。

他汇太多钱了，她打破静默说。还有，她今天就去邮局寄出那本波斯文文法书。

戈列格里斯还是没出声。

"要是我也学波斯文，您不反对吧？"她的声音突然透出畏惧。畏惧跟这个礼貌得体的小女生很不相称，比不久前感染了他的笑声更不适合。

"不，不，"他说着，尽量显得快活，"干吗不呢？"

"再见。"她说。

"再见。"他也回答。怎么只要扯上亲密与疏远这类事，他便突然变得像个文盲？星期二那晚是多夏狄斯，现在换成这个女孩。或是他一直如此，只是自己没察觉？为什么他从未有过朋友，像乔治跟普拉多似的朋友？为什么他没有一个能倾谈忠诚、爱情，甚至死亡的朋友？

玛丽安娜·埃萨打来一通电话，没留下任何口信。胡赛·安东尼奥·达·西尔维拉让人转告他，一旦他回里斯本，想请他共进晚餐。

戈列格里斯打开那包书。葡萄牙文文法书，看上去就像本拉丁文书，让他不由得笑出声。他一直读到天黑，接着又打开葡萄牙史，看完后，确认普拉多的生命阶段与萨拉查的法西斯新国家体制在时间上重合。读完了有关葡萄牙法西斯政权的发展和里斯本屠夫门德斯所属的国家防卫国际警察，他得知塔拉法尔是葡萄牙囚禁政治犯的几个地点中最恐怖的地方，位于维德角岛上。塔拉法尔于是成了无情政治迫害的代名词。整本书中，戈列格里斯最感兴趣的，还是葡萄牙青年团，那是按照意大利和德国法西斯模式建立的类军队组织,也采用了罗马人致敬的方式。从小学到大学的男孩,必须加入这一组织。一九三六年起实施,当时正值西班牙内战,而普拉多十六岁。当时他也必须穿上规定的绿色制服,像德国人一样高抬手臂吗?戈列格里斯盯着普拉多的照片,简直无法想象,但普拉多如何摆脱这个规定呢?他父亲是否施加影响力?尽管有维德角这种地方,法官还是每天早上五点五十分让司机准时接自己上班,以便第一个抵达法院。

夜深时分,戈列格里斯站在罗西欧广场。他什么时候能像以前触碰布本贝格广场那样,触碰这里呢?

回旅馆的路上,他途经萨巴泰罗街。乔治的药局依旧灯火通明,他看到搁在柜台上的老式电话。星期一晚上,他在科蒂斯校长的办公室曾拨通这部电话。

26

星期五早上,戈列格里斯打电话给旧书商尤利欧·西蒙斯,请他再给一遍葡萄牙文语言学校的地址。他飞往苏黎世前把那地址给扔了。语言学校校长对他的急切感到非常惊讶,因为他说他无法等到星期一,可能的话,希望即刻开始上课。

没多久,就有位女士走进一对一授课教室,一身绿衣,连睫毛膏的颜色也相称。她在讲台后坐下,尽管屋里暖气十足,但她还是直打哆嗦地裹紧肩头的围巾。她用清亮悦耳的嗓音自我介绍叫赛希里亚，但音色跟她闷闷不乐、困倦的脸极不相称。她请他介绍自己，以及说说为什么想学葡萄牙文。"当然，请用葡萄牙文。"她补充说，语气听来无聊得要命。

三小时后，他头昏脑涨，疲惫地走上大街，方才明白自己刚刚发生了什么事：他接受那怏怏不乐的女人粗鲁无礼的挑战，仿佛她是棋盘上意外的开局。"你棋下得那么好，干吗不也那样为自己的生活拼一下？"芙罗伦斯不止一次对他说。"因为我觉得为生活打拼是件可笑的事，"他如此回答，"跟自己都有拼不完的事了。"现在，他居然扯入这场和绿衣女人的对决。难道她异常敏锐，发现必须在他人生这一刻与他对决？他偶尔出现这种感觉。尤其当她赞赏他的进步，那张阴郁外表下似乎出现胜利的笑意时，感受更为强烈。"不行，不行，"他取出文法书时，她坚决反对，"从会话中学。"

回到旅馆，戈列格里斯一头倒在床上。赛希里亚禁止了他这个"无所不知"使用文法书，甚至将书拿走。她的嘴唇不停地嚅动，他也只好跟着讲，完全不知道那些词汇怎么冒出的。"更甜美些，更柔和些。"她不住地重复，说话时还拉起薄如蝉翼的绿色披肩遮住嘴，披肩被吹鼓起来，他只能等她的嘴唇再次出现。

他醒来时，日近黄昏。等他按响安德里亚娜家的门铃，天色已暗。克罗蒂尔德带他到客厅。

"您去哪儿了？"不等他进来，安德里亚娜便大声问。

"我把您哥哥的手稿带回来了。"戈列格里斯说，一边将装有手稿的信封递给她。

安德里亚娜的面孔僵硬，手依旧放在膝盖上。

"您期待什么？"戈列格里斯问，但那似乎是着儿险棋，后果难料。"一个像他这样的男人，无法思考什么是对的吗？在经历如此的变动、在面对那场质疑他一切信念的谴责之后？您期待他回到原来的生活吗？您不会真的这么想吧？"

戈列格里斯为自己强烈的措辞感到诧异。他已做好被安德里亚娜轰出门外的准备。

然而，安德里亚娜的神色缓和下来，脸上甚至闪过一丝近似快乐的惊讶。她朝他伸手，戈列格里斯将信封递过去。她用手背轻抚信封好一会儿，正如他第一次来访时，她在普拉多房间里轻抚家具一样。

"那之后，他去找一个很久以前与法玛蒂去英国旅行时遇见的男人。他……为了我提前从英国赶回来后，告诉过我那人的事。他叫埃萨，埃萨什么的。后来，他经常去找那人，有时甚至彻夜不归，我不得不请病人回去。他会躺在地上研究火车路线。他以前就是火车迷，可是不至于这样。谁都看得出来他气色不好，脸颊凹陷，人也瘦了，满脸胡茬儿，衣着邋遢。我觉得这样下去，会害死他。"

说到最后，语调又透出抱怨。听得出来，她拒绝接受过往之事已经无法逆转的事实。他刚准备斥责她，却看到她脸上出现一种神情。你可以理解为决心，甚至是摆脱回忆魔爪的迫切渴望，从往日牢狱中解脱。于是，他决定冒险。

"他已很久没研究火车路线了，安德里亚娜，也好久没找过胡安·埃萨。他早就不出诊了。普拉多死了，安德里亚娜，您明明知道这事。他三十一年前死于动脉瘤，人生才到一半就走了。

"他凌晨逝世的，地点在奥古斯塔街。您接到电话通知时，"戈列格里斯指着立钟，"是六点二十三分，对吗？"

戈列格里斯感到一阵眩晕，赶紧撑在椅背上。他没力气再去经历老妇人一星期前在楼下诊疗室爆发的那种情感。一旦眩晕过去，他就要离开这里，不再回来。天啊，他为何认为把这个毫不相干的老妇人从僵化的过去中解救出来，让她重新感受当下流动的生命，是他的责任？凭什么以为自己正是那个注定要打破她心灵封印的人？为何突然间会有这种荒唐的想法？

房内一片静默。戈列格里斯的眩晕感退了些。他睁开眼，发现安德里亚娜瘫坐在椅子中，手捂着脸哭泣，瘦削的身子上下抽动，青筋暴露的手颤抖不止。戈列格里斯坐到她身边，搂住她的肩。她再度泪如泉涌，扑进他怀里。过了好一会儿，啜泣才渐渐缓和，人疲惫地静了下来。

她直起身去拿手帕，戈列格里斯这时站起来朝立钟走去，动作缓慢，宛如电影中的慢镜头。

他打开钟面上的玻璃，把指针调到现在时刻，但他不敢转身，担心一个错误的举动，一个错误的眼神，便前功尽弃。然后，"咔嚓"一下，钟面玻璃轻轻关上。他又打开摆锤箱，让摆锤重新摆动。嘀嗒的声响比他预期还大声。一时，客厅里似乎只剩下嘀嗒声。一个新时代开始了。

安德里亚娜盯着立钟，眼神宛如一个怀疑一切的孩子，捏着手帕的手突然停顿，仿佛从时间中被剪了下来。接下来的事，在戈列格里斯看来，不啻为一场没有震荡的地震：安德里亚娜的目光闪耀炽热，然后渐渐黯淡，熄灭，后又恢复跳动闪烁，眼神变得自信明澈，望向当下。两人目光相遇，戈列格里斯得在眼神中注入所有的自信，才能迎视她再度炽烈燃烧的目光。

克罗蒂尔德端着茶走来，停在门边，直盯着嘀嗒作响的立钟。"上帝啊！"她轻呼一声，看着安德里亚娜。将茶放到桌上时，眼里闪闪晶亮。

"普拉多爱听什么音乐？"静默了一阵子后，戈列格里斯问。起先，安德里亚娜似乎没听到。她的注意力显然有好长一段路得走，才能回到当下。立钟嘀嗒走着，每一下似乎都在宣告此后一切将会不同。安德里亚娜突然起身，一言不发，将柏辽兹的唱片放到唱盘上：《夏夜》《美丽的女旅人》《女奴》和《奥菲莉之死》。

"这张唱片他可以听上好几个小时。"她说，"我是说，他能连续听上好几天。"她重新坐回沙发上。

戈列格里斯确信安德里亚娜还有话要补充。她的手用力压在唱片封套上,指节都泛白了。她咽了下口水,唇边出现一些口沫。她舔了舔嘴唇,头往后靠向椅背,像是个疲累困顿的人。黑丝绒带朝上滑动了一下,露出下面一道细微的伤疤。

"这是法蒂玛最爱听的音乐。"她说。

音乐渐渐减弱,房里立钟的嘀嗒声响再次浮现,安德里亚娜直直坐正,调整一下黑丝绒围巾。她语调沉稳得令人惊叹,一派轻松自信,就像刚跨越原本以为永远无法克服的内心障碍的人。

"法蒂玛死于心脏衰竭,才刚满三十五岁。普拉多完全无法置信。他适应新事物的速度一向异于常人,突发的挑战,只会促使他更加沉着、镇定。所以面对雪崩般极度严重的意外事件时,他反而才似乎真正活着。这个永远无法满足现实的男人不相信、也不愿承认法蒂玛脸上惨白的安宁,不只是短暂的小憩。他拒绝解剖检查,一想到要动刀便无法忍受;他一再推迟举行丧礼,朝所有让他想到现实的人大喊大叫。他完全失去头绪,排定好安魂弥撒的日期又推掉,自己却忘了这事,到头来还指责神父为何没有安排。'我要是早知道就好了,安德里亚娜,'他对我说,'她一直有心悸的问题,我从没当一回事。我是医生,却不拿这当一回事。换成其他人,我早就认真看待了。可是对她,只认为她是神经过敏。她在孤儿院跟别人发生争执。人家说她根本不是受过培训的幼儿园老师，不过是个被宠坏的上流人家女儿、一个有钱医生的妻子，不知道如何打发时间。这深深刺伤她，伤得好重，因为她可以做得那么好，是个天才。孩子们只吃她递过去的食物，别人非常嫉妒她。她将自己膝下无子的哀痛转移到工作中，做得真棒，真的非常好，她才会深受伤害，无力招架，只有咽下这口气。她那时开始出现心悸，有时甚至心跳过速。我真不该掉以轻心，安德里亚娜，我为什么没把她送到专家那里。我认识一个医生，是我在科英布拉大学时的同窗，他是这方面的权威。我只要打个电话就行，为什么我没这么做？天哪，为什么我没这么做？我甚至没帮她听诊，你想想看，一次也没有。'

"于是，妈妈死后一年，我们又参加了一次安魂弥撒。'她肯定希望如此，'他说，'何况，总得给死者一个形式，至少，宗教上是这么说的。我不知道。'他忽然变得举棋不定，'不知道，不知道。'他反复说。参加妈妈的安魂弥撒时，他坐在昏暗的角落，才不会被察觉他没跟着参与仪式。丽塔无法理解这点。'那不过是种表示，做个样子罢了，'她说，'你都当过辅祭童，而且参加爸爸的弥撒时，你不也做得好好的吗？'现在，在法蒂玛的安魂弥撒中，他却失去常态，有时跟着做仪式，有时只是呆坐着不一起祈祷。更糟的是，他的拉丁经文中，竟然出现了错误！他……出错。

"他从未在公开场合哭过，在法蒂玛墓前同样没掉泪。那天是二月三日,气温暖得不寻常,但他依旧不停搓手。他的手有点凉。棺材慢慢降下时,他将手塞在外套口袋里,一直盯着棺材看。我从未见过他那种目光,以后也没见过。那是必须将自己拥有的一切通通埋葬的眼神。在爸妈墓前,他完全不是这样,他站在那里,仿佛早已为告别做好准备,知道那意味着他从此将进入自己的人生。

"大家察觉到他想独处,于是全部走开。我回望时,他与法蒂玛的父亲站在一起。法蒂玛的父亲是我爸爸的老友,普拉多正是在他家认识法蒂玛。那天从法蒂玛家回来后,他整个人好似受了催眠。普拉多拥抱法蒂玛高大的父亲,老人抬起袖子擦拭眼睛,然后迈着过分果断的脚步离开。我哥哥则垂着头,双眼紧闭,两手交叉,独自站在未铺上土的墓前,大概站了有一刻钟。我可以发誓他在为她祈祷。我希望他那么做。"

我热爱教堂中祈祷的人们,需要看到他们的眼神,抵挡肤浅和漫不经心的险恶毒素。戈列格里斯看到学生时期的普拉多出现在眼前,看见他站在柯蒂斯文理中学大礼堂讲台上,表达对主教大教堂的热爱。无神的神父。他耳边又响起胡安·埃萨的声音。

戈列格里斯第一次希望,他们告别时能握个手。一绺灰发垂在老妇脸上,她果然慢慢走近,几乎快碰到他,闻得到她身上混杂香水和药水的奇异气味。他反而想后退了,但她闭着眼,伸手摸他脸的举动,似乎不容违抗。她仿如盲人似的,冰凉颤抖的手轻轻摸索他的脸，滑过他面部轮廓。摸到眼镜时，她停住手。普拉多戴的是金边圆框眼镜。他戈列格里斯，是个外人，终结了时间的静止状态，封印了这位兄长的死亡。然而，他又正是兄长本人，那个在叙述中重新复活的哥哥。哥哥——在这一刻，戈列格里斯绝对是哥哥——与黑丝绒带底下的那个伤疤有关，也与红雪杉有关。

安德里亚娜尴尬地站在他面前，手垂在身体两侧，低头不语。戈列格里斯双手握住她肩膀。

"我会再来。"他说。

27

躺在床上还不到半小时，门房就通知他有访客。他简直无法相信自己的眼睛，是安德里亚娜！她拄着拐杖，身体裹在黑色大衣里，头上依旧是那条针织头巾，就站在旅馆大厅中央，模样动人却又做作，就像多年足不出户后第一次迈出家门的老妇，进入一个自己早已陌生的世界，甚至连坐下都不敢。

她正解开大衣纽扣，取出两个信封。

"我……我想让您看看这个。"她僵硬地说，语调不甚肯定，似乎到了外面的世界，令她说话变得困难，或是有别于内心的自言自语。"一封是我们在妈妈死后整理房间时，我发现的。普拉多差点看到。我从爸爸的书桌暗格里取出来时，有种预感，所以赶紧把信藏起来；另一封是普拉多死后，我在他书桌里发现的，就埋在乱纸堆里。"她有些腼腆地望着戈列格里斯，垂下目光，又重新抬起头，"我……我不想成为唯一知道这些信的人。丽塔，嗯，丽塔不会懂的。我找不出别人了。"

戈列格里斯把信从一只手交到另一只手上，思索合适的话，却怎么也找不到。"您怎么来的？"最后他问。

克罗蒂尔德坐在外面的出租车里，正等着她。安德里亚娜沉入铺着软垫的后车座，这次到现实世界的出游似乎耗费了她所有精力。"再见！"上车前她对他说，一边将手递了过来。他感觉到她的指骨及手背突起的青筋，但在握手的力道下，却又没那么明显了。他很讶异老妇握起手坚定有力，几乎与从早到晚在外打拼，每天不知握过多少次手的人不相上下。

戈列格里斯凝视远去的出租车，安德里亚娜出人意料熟练又有力的握手方式挥之不去。在他脑海中，已将安德里亚娜变回四十岁的女人，对待病人专横傲慢，就像科蒂尼奥描绘过的。如果她这一生没有经历那次震惊的堕胎，如果她得以过自己的生活，而非哥哥的生活，将会成为一个和今天截然不同的人！

回到房间后，他先拆开较厚的信，是普拉多写给法官父亲的，一封没有寄出的信。多年来，这封信不断被修改，从诸多痕迹便可看出，不仅新旧墨水的颜色有差别，笔迹也出现变化。

开头的称谓原是"敬爱的父亲大人",后来改为"令人敬畏的父亲大人",之后又补上"亲爱的爸爸",最后加上的是"悄悄被爱的爸爸"。

今天早上,您的司机开车送我去车站。我一坐上后排软垫,也是您每天一大早坐着的地方,就知道必须把几乎将我撕成碎片的所有矛盾感觉写下来,才能不继续成为这些感觉的受害者。"我相信,将一件事情表达清楚,意味保存其力道,取走其中的惊怵。"费尔南多·佩索阿曾这么写道。写完此封信,我将知道他是否有理。不过,我大概必须等到很久以后才会知道。因为我尚未动笔,就已感觉这段用笔厘清感受之路,将会漫长艰辛。一想到佩索阿忽略了对事物的表达也存在"不切题"的可能时,我不禁忧心忡忡。若是如此,该拿那"力道"和"惊怵"怎么办?

"祝你这学期拿到好成绩。"您对我说,正如每次我回科英布拉时您说的话。您从未——这次没有,以前也从未有过——表达过期望新学期带给我满足,甚至快乐。坐在汽车里,我抚摸着高贵的坐垫,心想:他到底知不知道"开心"这个字眼呢?他年轻过吗?遇见妈妈那时,他总该年轻,总该有过开心的日子吧?

虽然这次道别仍如以往,可是爸爸,我还是感觉到了不同。"希望你再一年就回来。"我已步出家门后,你对我说。这句话一下子扼住我的喉咙,我差点绊倒。这话是出自一个备受佝偻病折磨的驼背者,而非法官之口。坐在汽车里,我尽量将之当成是父亲单纯表达对儿子的喜爱。但那声调却非如此,因为我知道他还是最期望他的医生儿子留在身边,帮助他一起抵抗病痛。"他偶尔会提到我吗?"我问驾驶座上的司机恩里克。他许久没回答,似乎只注意路况。"我想他非常以你为傲。"最终他说。

戈列格里斯知道,葡萄牙孩子即使到五十多岁,还少有亲昵称父母为"你"的,多使用爸、妈这种间接说法。这是他从赛希里亚那里知道的。一开始,她称他为"您",过了一段时间便建议以"你"互称,她说"您"过于死板,何况还是"阁下"的简称。信中,年轻的普拉多透过"您"和"你"的运用,在亲密感与礼节上皆跨出一大步,最后决定在两极之间转换。或许,这根本不是什么选择,而是他对自己摇摆不定的感觉自然而然的草率表达?

这一页结束于司机的回答。普拉多没有加注页数。下一段开始得突兀,用的是另一颜色的墨水。纸张顺序是普拉多原有的,还是安德里亚娜排列的呢?

您是法官，父亲，也就是说，您是那个评判、裁决并处罚别人的人。"我忘了怎么会有这种想法，"有次伯父对我说，"但在我看来，他一出生便注定成为法官。"没错，当时我在心里想：就是这样。我注意到，您在家时行为举止并不像法官。您不像其他父亲那样爱评判，几乎是极少表态。可是，父亲，我还是从您的少言寡语、您的沉默里，感觉到了判决，法官的判决，甚至是司法的判决。

我能想象，您是有正义感的法官，心存善念，且以善行事，而非判决时心狠手辣、不容妥协的法官，根据自己人生中因匮乏和失败所产生的愤慨，或是因私下犯错，问心有愧而做出判决。您充分利用了法律给予的宽容与谅解。可是我始终为你在法庭里审判他人而深感痛苦。"法官就是把别人送进监狱的人吗？"第一天上学后，我回来问你。那天我必须在班上公开回答父亲的职业。下课时，那成了同学们谈论的话题。他们既非蔑视，也绝非指责，只是好奇和八卦，那就跟听到有人说父亲在屠宰场工作时所产生的好奇心无异。

从那时起，我去买东西时会尽量绕路，以免从监狱经过。

我躲过警卫溜进法庭那年十二岁，为的是看您身穿法官长袍，坐在高高的审讯桌后的模样。当时，您还只是个普通法官，尚未进入最高法院。我心中升起骄傲，却又大为震惊。您那天宣读了一份判决，判定一名女惯窃入狱服刑，由于是累犯，不得缓刑。那女人年近中年，面容忧虑憔悴，相貌丑陋，丝毫不给人好感。可是她被带出去，消失在法庭地窖的那一刻，我全身紧绷，每个细胞都痉挛、僵硬。因为在我想象中，那地窖冰冷阴森又潮湿。

我认为辩护律师没有尽责，推测应该只是个义务辩护律师。他无精打采地把话囫囵说完，我们根本无从得知女人的动机，她自己又说不出所以然。她若是个文盲，我也不会觉得奇怪。稍晚，我躺在黑夜中为她辩护。相较之下，这场辩护比较是针对您，而非检察官。我说得声嘶嗓哑，穷尽词汇。最后，我脑筋空白地站在您面前，因为无语而浑身瘫软，仿佛头脑清醒地丧失了意识。醒来时，我知道自己最终是为一个您从未提出的指控辩护。您从未重重指责过您最恩宠的儿子，一次都没有。有时我想，我做的一切只为了一件事：抢先解决我或许认识，但对其却一无所知的可能指责。那不正是我最后之所以成为医生的原因吗？以便竭尽全力，医治你背上邪恶的强直性脊椎炎?以及免遭你的指责,说我不足以分担你无言的痛苦?那个将安德里亚娜和丽塔从身边赶走的指责。

还是回到法庭上来吧。我永远无法忘怀宣读判决后,检察官和辩护律师走到一起,把手言笑的那一刻,我震惊莫名,难以置信。我以为那样的事根本不可能发生,直到今天我依然无法理解。但我原谅您,因为您腋下夹着书离开法庭时,面色严峻,似乎读得到您脸上的惋惜。我多么真切地盼望,当沉重的牢门在女犯人背后关上,大到令人难以忍受的巨大钥匙将锁孔锁住时,您的心里的确感到惋惜!

我永远无法忘记她,那个女犯人。多年后,我在百货公司注意到另一个年轻的女窃贼。她美丽动人,用艺术家般的灵巧敏捷,让那些闪闪发光的东西,消失在自己的大衣口袋里。发觉她后,随之涌出的欣喜的感受,让我迷惑不解。在她胆大包天的偷取过程中,我一直尾随其后,跟着她转遍所有楼层。我渐渐意识到,在我的想象中,这个女人正在替那个被您送进监狱的女人复仇。我看到一个男人潜伏在后走近她时,赶紧朝她走去,低声耳语道:"小心!"她的镇静自若让我瞠目结舌。"朝前走,亲爱的。"她边说边挽住我的臂膀,头依偎在我的肩上。到了街上,她望着我,看得出目光中有丝惊恐,跟她毫不在乎的冷血举动截然相反。

"您为什么这么做?"风将她浓密的头发吹拂到脸上,一时遮住她的视线。我拨开她额前的发。

"这是个很长的故事。"我说,"长话短说吧,我爱女窃贼。但有个前提,我得知道您尊姓大名。"

她嘬起嘴唇,想了一会儿说:"狄阿芒蒂娜·爱斯梅拉尔达·艾尔梅琳达。"

她笑了,在我的唇印上一记香吻,随后消失在街角。后来,我在餐桌上面对您时,内心充满了胜利感及匿名赢家的宽宏大量。这一刻,世上的女窃贼都在嘲弄一切的法典。

您的法典。从我懂事以来,您那些千篇一律的黑色大书,让我何等敬畏,跟其他的书不同,属于特殊的层次,拥有独一无二的尊严。这些书如此脱俗非凡,当我在其中发现葡萄牙文时,不禁大为惊讶。尽管那些文字拙重,字体雕琢华丽,我却感觉像是另一个冰冷星球上的居民杜撰出来的。从书架上渗出的刺鼻灰尘味,更加深了陌生感和距离感,让我隐约觉得那正是这些书的本质,而且没有人取下过书,其神圣内容从未曝光。

很久以后,我开始明白独裁者的专制到底是什么时,儿时那些从未有人碰过的法典便经常浮现眼前,然后我在脑中傻气地指责您为什么没从书架上取下书,砸到萨拉查这个刽子手脸上。

您从未禁止我从架上取下书。不,不是您开口禁止,而是它们的沉重庄严狠狠地阻止了我,哪怕移一下都不行。我儿时多少次悄悄溜进你的办公室,心狂跳不已,不知是否该取下一册,偷看一眼里面神圣的内容!我十岁时,终于迈出这一步。当时我手指哆嗦,朝大厅里瞄了好几眼,生怕被人逮着。我想寻找您职业中的神秘之处,想了解你离开家在外面世界是什么样子。但书中内容让我大失所望,那些在封面封底之间主宰一切的文字,冷漠而公式化,一点启示也没有,压根儿没有!完全无法让人抱持期盼,或是胆战心惊。

那次,您审理完女惯窃的案件,准备起身时,我们的目光相遇。起码我是这么觉得。

我真希望——这个希望持续了数星期——你能谈谈这件事。然而,这个希望逐渐褪色,转成失望,进而演变成反抗和愤怒:您是不是觉得我还年幼,思想过于局限?但这跟您平日对我的要求,对我理所当然的期待不符。儿子看到您身穿法官长袍,您是否感到不安?不过,我从不觉得您会因自己的职业感到难堪。还是说,您对我的质疑感到害怕?我很可能有这些质疑,即使我还年幼。您知道我会有这种质疑,因为您太了解我了,起码我是这样希望。或者是,您胆怯了?您有那种我从未跟您联系在一起的懦弱?我呢?我干吗不自己先提起?答案简单明了:要我责问您吗?那可万万做不得。这不啻让家庭轰然坍塌。不仅做不得,连想一下都不行。我没这么想,也没这么做,而是在脑海中将两种形象重叠为一:一个是我私底下熟知的父亲,沉默寡言的主宰者;一个是身穿法官长袍,遣词精确,雄辩滔滔,声音洪亮威严回荡在法庭大厅的父亲。那声音在大厅中引起的声响,令我簌簌发抖。每当我在心里进行这样的想象,不由得惊骇怵然,因为我没有得出令人安慰的反对意见,反而仿佛看到一个完整的人物。将所有的事情用如此严厉的方式拼合起来真难啊,父亲。而一旦我再也受不了您在我心中如纪念碑般冷酷的形象,便会求助于一个我平日绝对杜绝的念头,因为它会玷污神圣的亲密感:想必你以前有时也会拥抱妈妈吧。

你为什么要成为法官,爸爸,而不是辩护律师?为什么你要站在惩罚者那边?总得要有法官,您可能会这么说。我当然理解,无可非议。可是为什么我的父亲偏偏要成为其中之一?

到此为止,信是就读科英布拉大学时的普拉多写给仍在世的父亲的。可以想象,这是他在信中提到的归程后不久写的。

下一封信，用的是另一种墨水，笔迹也不同，笔势更为自信轻快，就像是经过职业磨炼，每日写下无数处方的人写出来的字迹。从动词的时态变化得知，信是在法官去世后写成的。

戈列格里斯大致推算了一下：普拉多大学毕业至父亲去世，之间相差了十年。难道儿子心中与父亲之间的无声对话，竟然停顿了十年之久？在人类感受的最深底处，十年恍如一瞬间，而普拉多是最清楚这点的人了。

儿子是否非得等到父亲死后，才有办法接着往下写？学业结束后，普拉多回到里斯本，在医院神经科工作。戈列格里斯是从美洛蒂那里得知此事的。

"我那时九岁，他回到家来我很开心，但今天我不得不说那是个错误。"美洛蒂说，"他怀念里斯本，思乡满怀，人刚离开便想着回来。我那个魅力四射、了不起的哥哥，身上总是充满矛盾，对火车如痴如狂，又有强烈的思乡之情。他是名旅者，向往异地，对穿越西伯利亚的火车心驰神往，海参崴在他嘴里，简直就是圣地；但他又是思乡念旧的人。'思乡好比口渴。'他常说，'乡愁袭来时，一如让人无法忍受的口渴。或许我应该熟知所有火车路线，以便能随时回家。我要是真去了西伯利亚，肯定待不下去。你想象一下：接连几天几夜听着火车车轮喀啦的声响，离里斯本渐行渐远，越来越远……'"

戈列格里斯把字典放在床边，揉着刺痛的眼睛，天色已破晓。他放下窗帘，和衣躺在被子里。我正逐渐丧失自我。这念头促使他走向布本贝格广场,去那个他再也触碰不到的地方。那是什么时候的事了?

如果我就是想要失去自我呢?

戈列格里斯陷入浅浅的梦境。那里,千万个念头急风暴雨般肆虐。身穿绿衣的赛希里亚不断尊称法官"阁下"。她偷窃的全是闪闪发光的贵重物品、钻石及其他宝石,但最多的还是"名称",那些"喀啦"作响的车轮穿越西伯利亚,到达海参崴时,沿途承载的名称和热吻。那个地方远离法庭和病痛之城里斯本。

中午,他拉起窗帘,打开窗子,热风吹拂着他的脸颊。他在窗前杵了几分钟,感受脸在沙漠热浪的冲击下变得又干又烫。他一生中第二次让人把饭送进房间。看着眼前的餐盘,他想到另一次。那是芙罗伦斯第一次在他厨房里吃完早餐时建议的疯狂巴黎之旅。欲望、满足和安全感。普拉多曾说这些都会昙花一现。最短促、瞬息即逝的是欲望,接着是满足,最后连安全感也随之破碎。因此,对心灵的效忠程度,远甚于情感。"永恒中的一瞬。你从未真正在意过我。"他最后这样对她说,她没有反驳。

戈列格里斯打电话给西尔维拉。西尔维拉邀他共进晚餐。他带上艾尔芬奥区的施奈德夫妇送的伊斯法罕画册,然后问服务生,哪里买得到剪刀、图钉和透明胶带。他刚要出门,娜塔丽雅·鲁宾打了电话来。她很失望,虽然用了邮递快捷,波斯文文法书还是没有寄到。

"我真该亲自带去给您!"她对自己的话感到惊讶,又不免有些窘迫,于是问他这周末打算做什么。

戈列格里斯忍不住开口说:"坐在一所没有电灯、老鼠满地跑的学校,读一份儿子向父亲吃力的爱心表白。那位父亲或因病痛,或因人生的罪恶感而自杀,没人知道为了什么。"

"您是在逗我……"娜塔丽雅说。

"噢,不,不,"戈列格里斯说,"我不是在跟您开玩笑,我说的是事实。嗯,我说不清,解释不清。没办法。还有这股沙漠的风……"

"您简直不像……几乎认不出是您了。要是我……"

"您尽管直说吧,娜塔丽雅,有时连我自己也无法相信。"

他又说一收到文法书,会马上打电话给她。

"您也想在那个吓人的'老鼠学校'里学波斯文吗?"她为自己造出的新字大笑起来。

"当然了,那里就是波斯啊。"

"我举手投降。"

两人放声大笑。

28

为什么,爸爸,为什么你没跟我谈起你的疑虑和内心的挣扎?为什么你没给我看你写给司法部长请求离职的信？为什么你把它们全部毁掉，看来就像你从未写过这些信似的？为什么我非得透过妈妈，才知道你这些寻求解脱的尝试？妈妈告诉我时，我感到羞愧，但这本该是值得骄傲的理由。

如果最终是病痛将你推向死亡，那好吧，我同样无能为力。在病痛面前，文字的力量很快便会衰竭。但若病痛并非决定性的因素，而是因为你最终没有聚集起足够的力量，摆脱萨拉查，因为你再也无法在血腥暴力和严刑拷打面前紧闭双眼，从而担下了罪恶感和背叛感，那你为什么不跟我谈，不跟你原本想要成为神父的儿子谈。

戈列格里斯抬头望去。非洲的热气透过科蒂斯校长办公室敞开的窗子涌了进来。光柱在已渐腐烂的地板上移走，比前几天更加灿黄。墙上贴着他从画册剪下的伊斯法罕的照片，深蓝与金色，金色与深蓝，还有其他更多：清真寺的尖塔和拱顶、闹市和集市。遮住脸的女人们，漆黑的眼中流露出对生命的渴望。提幔人以利法、书雅人比勒达及拿玛人琐法。他先查看包裹在散发霉腐味的毛衣里的《圣经》。"因为法老不思悔改，上帝便用瘟疫惩罚埃及人，"普拉多有一次跟乔治·欧凯利说，"但正是上帝创造了法老啊！上帝就是要造出这样一个人来展示自己的权威啊！多么虚伪、多么自负的上帝！狂妄自大者！"

戈列格里斯再次翻阅《圣经》，果不其然。

乔治花了半天的时间告诉他，两人为了决定普拉多是否真的应该在演讲中称上帝是狂妄自大，或是吹牛，还是胡扯的人，而发生争执。只因上帝瞬间用过唯一一个狂妄的字眼，便将他与口无遮拦的街头小子相提并论，是否太过分？乔治最后占了上风，普拉多让步。有那么一会儿，戈列格里斯对乔治感到失望。戈列格里斯在楼里四处闲逛，避开老鼠，坐在上次他幻想普拉多与玛丽亚四目相对的地方。

他在地下室找到当年的图书馆。据巴托罗缪神父描述，年轻的普拉多关在这里彻夜阅读。"普拉多读完一本书后，那本书上的字就不见了。"架上空空如也，尘埃堆积，十分肮脏。唯一一本剩下的书，被拿来支撑架子，以免书架倾倒。戈列格里斯从腐烂的木头地板上折下一角，卡在书支撑的位置，然后掸掸书，打开来看。这是一本胡安娜[1]的传记。他把书拿到科蒂斯校长办公室。

> 跟希特勒、斯大林和佛朗哥相比，大家更容易中安东尼奥·德·奥利维拉·萨拉查这个贵族教授的圈套。你应该不会和那种人渣来往，你的智慧和对人准

---

1 胡安娜（1479~1555），是亚拉冈国王斐迪南二世的次女，神圣罗马帝国皇帝查理五世之母。

确无误的直觉,应该让你自然而然对他免疫。而你从未朝这号人举起手臂,这点我用生命打赌。但那个身着黑衣、头戴圆顶黑礼帽,有张聪明又严厉的脸的男人,有时候我认为你或许觉得与他投契、相似。不是他那种冷酷的虚荣和意识形态的盲目,而是那种严厉,却和您十分相近。然而,父亲,他跟别人同流合污啊!面对那些语言难以表述的恶行,他只旁观而已!而我们有塔拉法尔!塔拉法尔啊,父亲!塔拉法尔!您的想象力哪里去了?您真该看看我所见过的胡安·埃萨的手,哪怕就一次。看他那双伤痕累累、扭曲变形的烧伤的手吧,那原是弹奏舒伯特的手啊!为什么您从未看过这样的手,父亲?

难道是身体有缺陷的病人心生恐惧,不敢与当权者正面作对,因此挪开目光?是你弯曲的脊背禁止你展露自己的骨气?不,我拒绝接受这样的解释,如此阐述并不公平,那会剥夺你始终向世人证实的尊严,亦即你一生坚强,永远不屈服于思想上和行动承受的痛苦。

我必须承认,有一次我真的很开心,父亲,只有唯一的一次,您周旋在衣冠楚楚、头戴礼帽的罪人间[1],

---

[1] 这里指的在萨拉查独裁期间,支持萨拉查,压制工会及学者的地主及企业主们。

透过关系把我从莫赛德拉监狱放出来。您看出我一想到要穿上绿衫、高抬手臂时,眼中所透出的惊恐。不会有事,您只简单说了一句。您眼神中充满爱意的不屈不挠,让我深感幸福。我绝对不会想与您为敌。当然,你肯定也不希望儿子成了庸俗营火会中的无产阶级者。无论如何,我还是——我不关心你真正的动机——视你这一举动为深切的爱意表达。我被释放的那天晚上,你表露出了最强烈的感情。

您为了阻止我因安德里亚娜受伤一事受审,费了比前次更大的周折。这可是法官的儿子。我不知道您动用了什么关系,谈了些什么,只是,今天我想告诉您:我宁愿站在法官面前,与他抗辩道德权益,告诉他必须将生命置于法律之前。但不论你如何办到的,仍让我深深感动。我说不清为什么会这么想,不过可以肯定的是,你的举动绝非出自你对丑闻的畏惧和行使权力的快感,那两样是我绝对无法接受的。你就是想保护我!有次,我向你解释医学知识,指给你看教科书中的相关段落时,你突然说:"我为你感到骄傲。"然后紧紧拥抱了我。这是我成为少年后,你唯一一次拥抱我。我闻到你衣服上的烟味和脸上的香皂味。直到今天,我依然闻得到那种味道,依然感受得到你臂膀的力量,那力量久留不去,远超出我的期待。我梦过这样的臂膀，那双臂恳切张开，热切地请求儿子像个善良的魔术师般解除他的苦痛。

梦中，我向你讲解你那无法改变的脊椎弯曲，即所谓强直性脊椎炎，谈起病痛的玄义时，你脸上总会露出过度的期待和希望。你的目光落在我唇上，吸收我这个未来的医生说出的每一个字，仿佛是天启。那是既亲密又深切的片刻。这时我变成知识渊博的父亲，你则是求助的孩子。"外公是个什么样的人，怎样待你？"有次和父亲结束这类的谈话后，我问妈妈。"骄傲孤独、让人忍无可忍的暴君。不过，他对我百依百顺。"她说。他曾是一个狂热的殖民主义者。"他要是知道了你的看法，会死不瞑目。"

戈列格里斯回到旅馆，换好衣服，准备到西尔维拉家赴宴，他住在贝伦区一座别墅里。一名女仆开了门，西尔维拉从宽敞的大厅迎面而来，水晶吊灯将大厅衬托得如大使馆的入口。他注意到戈列格里斯正惊叹地四下张望。

"离婚，加上孩子们都搬走，让这儿一下子显得空荡。即使如此，我也不想搬走。"他脸上浮现戈列格里斯头一次在夜车上遇见他时的疲倦。

戈列格里斯不清楚后来是怎么聊起的。吃甜食时，他提起了芙罗伦斯、伊斯法罕，还讲了自己留在柯蒂斯文理中学里的疯狂举动。那情景有点像上次在夜车卧铺，他告诉这个男人他起身离开教室的事。"您把大衣从挂钩上拿下来时，仍是湿的。我还清楚记得当时下着雨。"喝汤时，西尔维拉说，"而且我也记得用希伯来语怎么说'光'。"于是戈列格里斯不知不觉又提起无名的葡萄牙女人一事，当初他在夜车上时故意略过这段。

"请您过来。"喝完咖啡，西尔维拉带他到地下室。"这是给孩子们露营的装备，都是质料最好的名牌，但也没有用。有一天，他们就这样弃之一旁，再也没兴趣，也没有一句感激的话，什么都没有。里面有暖炉、立灯，还有咖啡机，万用电池。您要不干脆带到柯蒂斯文理中学去？我通知司机，让他检查一下电池，然后开车送过去。"

不，这不只是慷慨，而是因为柯蒂斯文理中学。稍早，他让戈列格里斯详细描绘那所学校给他听，现在还想进一步了解。不过，这只是种好奇，就像对童话里被施了魔法般的城堡的好奇。赠送露营装备的举动，表明他理解戈列格里斯奇特的举动，或者至少带着尊重。戈列格里斯从未料到有人会这样做，尤其是一个一生都在算计金钱的商人。

西尔维拉看出他的惊讶。"我只是喜欢柯蒂斯文理中学和老鼠的故事，就这样。"他笑着说，"那是你根本想象不到的另类事情。在我看来，甚至跟奥勒留有关。"

戈列格里斯单独留在客厅里，于是看起书架上的书。很多是有关陶瓷的书，还一些关于商业法、旅游的书，英语和法语商业字典，以及一本儿童心理学内容的书。一排书架上，则胡乱堆放着小说。

角落一张小桌上，摆了一张一男一女与两个小孩的照片。戈列格里斯一时想起校长凯吉的信。早上，娜塔丽雅·鲁宾在电话中提到校长缺课，他妻子住进森林医院。"有时，她看起来快要崩溃了。"凯吉曾在信中提到。

"我刚打电话给一位商场朋友，他常去伊朗。"西尔维拉回来时说，"去那里需要签证，但去伊斯法罕旅行不成问题。"

西尔维拉看到戈列格里斯的神情，愣了一下。

"啊，原来如此。"他缓缓地说，"原来如此。当然了。跟这个伊斯法罕没关系，跟伊朗也不相干，只跟波斯有关。"

戈列格里斯点了点头。玛丽安娜·埃萨对他的视力感兴趣，也看出他失眠。但西尔维拉是唯一对他感兴趣的人，对他这个人感兴趣。与普拉多世界里的居民相比，只有他不单只是把戈列格里斯视为一面透视普拉多的镜子。

晚上要离开时，两个人再次站在大厅握手告别。女仆去拿戈列格里斯的外套，西尔维拉目光移至通向其他房间的走廊，然后盯着地面，再抬起头。

"那边是孩子们住的侧房，从前住的，您想过去看看吗？"

那是两间宽敞明亮的房间，有各自的卫浴。书架上摆着好几排乔治·西默农的小说。

他们站在走廊上，西尔维拉忽然间显得有些手足无措。

"您愿意的话,可以住在这儿。当然,不需要付钱。想住多久都可以。"他忽然笑出声,"要是您人不在波斯的话。这里总比旅馆强,没人打扰您,我经常出外,明天一早又要离开。胡丽塔,就是那个女孩,会照顾您的起居。还有,总有一天我会赢您一局。"

"我叫胡赛。"两人握手达成协议时他说,"您呢?"

29

戈列格里斯收拾行李。他十分激动,仿佛将要启程环游世界。他已打算取下男孩书架上部分西默农的作品,摆上自己的书:两本关于里斯本瘟疫和地震的书、科蒂尼奥先生许久以前送他的《新约圣经》,还有费尔南多·佩索阿、埃萨·德克罗兹的著作,加上娜塔丽雅·鲁宾寄来的书。另外,还有他从伯尔尼家里带来的奥勒留和郝拉茨作品、希腊悲剧及萨福诗集。最后一刻他还带了奥古斯丁的《忏悔录》。这些书全是下一段旅程的书籍。

行李很重,他从床上拎下拉到门口时,一阵头晕目眩。他躺下歇会儿,几分钟后回过神来。于是,他继续阅读普拉多写给父亲的信:

> 我一想到父母在子女身上留下那些意外的、不知

情的、却又无法避免且不可阻止的压力，就浑身发抖。那如同烧伤的痕迹，永远无法去除。父母的企图及恐惧所呈现出的轮廓，用炽热的石笔刻印在孩子不知何事将至的脆弱心灵上。我们要花一生的时间，才能找到并解读那些烙印的文字，但我们也无法确定能理解它们。

你看，爸爸，这也是你对我做的好事。不久前我才明白，我心里有段威严的文字，高高在上，主宰我至今所有的感觉与行为。这段隐秘的滚烫文字最阴险的力量在于，无论我的学识多丰富，仍未曾想过它或许从未拥有我无意中给予它的有效性。这段文字简练，如《旧约》般决断：他人皆为你之法庭。

我无法在法庭上作证，但我很小就知道自己在您的眼神里读到了这段文字，父亲。您镜片后显露出来的眼神既匮乏、痛苦又严厉，我走到哪里，就跟到哪里，唯一无法跟到的地方是科蒂斯文理中学图书馆的大座椅。晚上，我躲到那椅子后面继续阅读。椅子坚固的实体，加上黑漆漆的夜，形成一堵无法穿透的墙，抵挡了所有的纠缠烦扰。您的目光同样无法渗透。即便我读到那些肢体苍白的女人及所有私下干出的勾当时，也没有需要我出庭作证的法庭。

我读到《耶利米书》的预言时,您能理解我的愤怒吗?"人岂能在隐秘处藏身,使我看不见他呢?"耶和华说,"我岂不充满天地吗?"

"你到底在想什么?"巴托罗缪神父问我,"他是上帝。"

"没错,问题就出在这儿:他是上帝。"我反驳说。

神父笑了。他没因此生我的气,他爱我。

爸爸,我要是能有一位可以谈论这些的父亲该多好!谈论上帝和他扬扬自得的残暴,谈论十字军、断头台、绞架,谈论"另一边脸颊"的疯狂愚蠢,还有公正及复仇。

你的背让你无法忍受教堂的长椅,所以我只看过你蹲下来一次,那是在叔父艾尔奈斯特的安魂弥撒上。你弯曲的侧影,让我永生难忘。那身影与但丁和炼狱有某种关联,我常将之想象成一片熊熊燃烧的屈辱火海。还有什么比屈辱更糟的事呢?相较之下,躯体上的剧痛根本算不上什么。我们从未有机会谈论这些。我是说,我只从你的老生常谈中,听你提过"上帝"一词,那并非由衷出于信仰。不过,你从未对你心中不仅有世界法典,还有诞生宗教法庭的法典这种无声印象有过任何表示。塔拉法尔,父亲,塔拉法尔啊!

30

近午时分,西尔维拉的司机来接戈列格里斯。司机已将露营设备的电池充好电,还带了两条毯子,以及咖啡、糖和饼干。旅馆的人不太愿意他搬走。"接待您非常开心。"他们说。

昨晚下过雨,车顶上沾着沙漠吹来的细小风沙。司机菲立普打开车门,请戈列格里斯坐进华丽宽敞的后座。"坐在汽车里,我抚摸着高贵的坐垫。"那一刻,普拉多冒出写信给父亲的念头。

戈列格里斯只和父母坐过一次出租车。从图恩湖旅行回程的路上,父亲的脚扭伤,因为有行李,除了搭出租车别无他法。从后面看父亲的后脑,让他很不习惯。母亲则像进了童话世界,眼睛绽放光彩,完全不想下车。

菲立普先开车到别墅,再驶往柯蒂斯文理中学。原本提供学校餐厅专车行驶的车道,早已杂草丛生。菲立普停好车。"这里?"他目瞪口呆地说。这个高头大马的男人怯生生地绕开老鼠。

在科蒂斯校长办公室里,他手中捏着帽子,小心翼翼地沿着墙打量伊斯法罕的图片。

"您在这里做什么?"他问,"我的意思是,我没权过问……"

"不好解释,说不清楚。您知道白日梦吧?有点像白日梦,又不全然是,要认真得多,也疯狂得多。一旦觉得人生苦短,就没有什么规则适用了。那看起来就像人变得疯狂,该住进疯人院了。但事实正好相反,基本上那儿住的人并不承认来日无多,一天活过一天,仿佛什么事都没有。您懂吗?"

"两年前,我曾心肌梗塞。"菲立普说,"我重新回来工作后,发觉一切已不同寻常。这件事我全忘了,现在才想起来。"

"没错,就是这样。"戈列格里斯回答。

菲立普走后,乌云密布,天昏暗阴冷。戈列格里斯架好暖炉,打开灯,煮一壶咖啡,然后从口袋里拿出烟来。西尔维拉问过他头一次抽的烟是哪个牌子?听完,西尔维拉起身走开,随后拿了包同一牌子的香烟回来。"拿着,我妻子也抽同一个牌子。烟已在她那旁的床头柜抽屉里搁了几年,我没法扔掉。烟丝大概全干了。"戈列格里斯撕开包装,抽出一根点燃。现在,他已能把烟吸进肺里而不咳了。烟味很重,味如焦木。一阵眩晕袭来,似乎有些心悸。

他翻至普拉多写到的《耶利米书》处,读了一遍,然后翻回《以赛亚书》。耶和华说:我的意念不是你们的意念,你们的道路也不是我的道路。天怎样高过地,我的道路也怎样高过你们的道路,我的意念也怎样高过你们的意念。

普拉多当真视上帝为一个能思考、有愿望、有感受的人。跟别人一样,他从小聆听主的教诲,最终却不想跟这个性格自负狂妄的人扯上关系。可是,上帝有性格吗?戈列格里斯想到露丝·高琪和大卫·雷曼,又想到自己那番再也没有超越诗歌般严肃的说法。伯尔尼遥不可及。

父亲,您难以亲近,总是要透过妈妈来转译您的沉默。您为什么没学会和别人谈论您自己,谈论您的感受?我想告诉您:您太安逸了,安逸至极,把自己隐藏在南方贵族家庭的家长身份之后,同时扮演一个寡言的病痛者,在这种人身上,沉默是种美德,其伟大之处就在于毫不抱怨痛苦。于是,疾病成了您没兴趣学习表达自己的借口。您的傲慢在于:别人却得学着揣摩您所承受的痛苦。

您没发觉自己因此丧失了自决性吗?那是人唯有懂得如何用言语表达才能拥有的。

爸爸,你有没有想过,你不愿跟我们谈你的痛,谈你屈辱的驼背,反让我们倍感沉重?你对病痛英雄般默默忍受,其中不乏虚荣。为什么你就不能放任自怜自悯的泪水横流一次,让我们可为你拭去泪水?沉默比大声咒骂,更让我们感到折磨,你明白吗?你的榜样对我们来说,意味着我们这些孩子,尤其是你的儿子,我,全都囚禁在你勇气的禁区里,没有抱怨的权利。在主张有这样的权利之前——甚至在我们有人想到要主张这权利之前——已经被你的勇气和你承受痛苦的无畏精神给吸入、吞噬、毁灭。你不肯服用止痛剂，不愿让头脑丧失清醒，这点你从不容人争辩。可是，有回，你自以为没人注意时，我却透过门缝注视着你。你先服用了一粒药片，经过一番短暂的挣扎，又将第二粒塞进嘴里。过了一会儿，我再朝门缝望去时，只见你歪倒在沙发椅上，头埋靠在垫子上，眼镜滑落膝盖，嘴巴半张。我多么想冲进去，轻轻抚摸你啊。但那样做当然是令人无法想象的！

我从没见你哭过，一次都没有。我们埋葬亲爱的小狗卡洛斯，也是你心爱的小狗时，你依旧面无表情站在那里。你不是没有灵魂的冷漠之人，当然不是。但是，为什么你终其一生要表现出灵魂是种让人羞愧的不得体东西，是不计代价也要隐藏起来的软弱之处？从你身上，我们从孩提时便学会我们一开始只有躯体，要先有了躯体，脑子里才会有思想。你不让我们接受一点一滴温情的滋养，但矛盾的是，我们实在无法相信，你和妈妈甚至可能亲昵到生出我们。"我不是他生的，"美洛蒂有一回说，"是亚马孙河。"我只有一次感觉到你仍然知道什么是女人，那是法蒂玛来的时候。你没有变，但一切都变了。那是怎样的一个磁场！而我如今才第一次体会到。

信到此结束。戈列格里斯把信纸装回信封，这时他注意到最后一页背面,有段铅笔加注:对你的幻想,我到底了解多少?为什么我们对父母的幻想知之甚少?如果无法了解一个人的想象力传递给他的影像,我们能了解这个人什么?戈列格里斯把信封摆在一旁,出门去找胡安·埃萨。

31

胡安手执白子,却不急于开始。戈列格里斯煮好茶,两人各倒一半。他抽着西尔维拉太太留在卧室的那包烟。胡安同样边抽烟,边喝茶,什么都没说。夜幕渐渐降临,晚餐铃声就要响起。

"不要开。"戈列格里斯打算去开灯时,胡安说,"不过,请您把门锁上。"

天色很快暗下来。胡安手中的烟明灭不定。等他终于说话时,声音仿佛安装了弱音器的乐器,让他的话语较为轻柔难辨,也更加粗俗。

"那个女孩,艾斯特方妮雅·艾斯平霍莎,我不知道您对她了解到什么程度。不过,我相信您听过她的事了。您早就想找我打听她的事,我感觉到了,只是您不敢开口。从上星期天我就一直想着这事。还是把我的故事告诉您比较好。我想,如果有真相的话,这个故事只能算是一部分,但不论日后别人说什么,您应该了解这个部分。"

戈列格里斯递过茶杯。胡安喝茶时,手抖得厉害。

"她在邮局工作。对反抗组织来说,邮局非常重要。邮局和铁路系统都很重要。乔治·欧凯利认识她时,她很年轻,大约二十三四岁。那是一九七〇年春天。她的记忆力惊人,耳闻目睹过的事绝不会忘记。不论地址、电话,还是脸孔都一样。大家开她的玩笑,说她整本电话簿都背得下来。她却完全不以为傲。"你们为什么办不到呢?"她说,"我真不明白,人怎么会如此健忘。"她母亲离家出走,或者很早就死了,我不清楚。有天早上,她在铁路局当工人的父亲被逮捕,当局怀疑他参加破坏活动。

"她成了乔治的情人。他被她迷得神魂颠倒,我们很担心,这种事通常十分危险。她喜欢他,但他不是她的挚爱,这让他备受折磨,变得急躁、病态般嫉妒。'别担心,'当我若有所思地望着他时,他总是这么说,'情场老手又不是只有你而已。'

"开办扫盲班是她的点子,一个绝妙的主意。萨拉查号召大家展开扫盲运动,学习阅读成了爱国义务。我们想办法弄到一间房,在里头放了些旧椅子和一张讲台,还有一块大黑板。那个女孩负责张罗教具,像字母图表之类的资料。任何人都可参加扫盲班,不分老幼。参加这个班,无须对外解释自己的行为,还可以慎重坚持不会阅读是人生的污点,以应付爱打报告的密探。这就是一种伎俩。艾斯特方妮雅负责发送邀请函,确保信件不会被人拆阅,尽管里面只写着:我们星期五见?致吻，娜利亚。这个杜撰的名字是个暗号。

"我们在那儿聚会，讨论行动计划。为预防秘密警察突袭，或是出现陌生面孔，那女孩随时拿着粉笔，黑板上早写好字，假装正在上课。这个伎俩还有一招是，我们可以公开聚会，不需偷偷摸摸，完全随心所欲耍弄那些走狗。反抗运动不是闹着玩的事，但有时我们还是能放声大笑。

"艾斯特方妮雅的记忆力越来越重要。我们无须写下事项，留下书面痕迹，整个网络都存在她的脑袋里。有时我会想：万一她有个三长两短怎么办？不过，她如此年轻，如此美丽，正如蓓蕾盛开，那想法很自然被搁置不理。政府的打击行动一个接一个，而我们就这样做下去。

"一九七一年一个秋天的傍晚，普拉多来了。他盯着她看，心醉神迷。聚会结束后，他朝她走去，跟她说话。乔治在门口等。她几乎没瞧普拉多一眼，迅速垂下目光。我把这一幕看在眼里。

"什么事都没发生，乔治仍跟艾斯特方妮雅在一起。普拉多再也没来参加聚会。后来，我得知她疯了似的迷上他，去过他的诊所，但普拉多拒绝了她，他要对乔治忠诚，所以自我克制着。接下来整个冬天就在紧张的平静中度过。有时还能看到乔治跟普拉多在一起。他们之间似乎起了某种变化，某种难以捉摸的改变。两人并肩同行时，似乎不再像从前那样步调一致。仿佛维持彼此的共同之处相当劳神费劲。而那女孩和乔治之间,也发生了变化。乔治尽量控制自己的情绪,偶尔还是忍不住爆发。他会纠正她,却反遭她超级记忆力的驳斥,只有一气之下离开,但事情闹得再大,跟后来相比,也只是小事一桩。

"二月下旬,一名萨拉查的走狗突然闯入聚会。他悄悄推开门,走进教室。那是个头脑机敏、十分危险的家伙,我们都认得他。艾斯特方妮雅实在不可思议,她一看见他,立刻中断一段关于危险行动的句子,拿起粉笔和教学棒,讲解字母ç。我到现在都记得那是ç。那男人名叫巴达霍斯,跟西班牙一座城市同名。他坐了下来。直到今天,我还能听见椅子在静得让人窒息的空间里吱嘎一响。虽然教室里很凉爽,艾斯特方妮雅还是脱掉外套。我们聚会时,她总是打扮得妩媚迷人,以防万一。裸露的手臂和透明的衬衫让她……让人当场神智迷乱。乔治肯定气疯了。巴达霍斯则把一条腿架到另一条腿上。

"艾斯特方妮雅一记性感的肢体扭动,结束了这堂所谓课程。'下次见。'她说。大家起身,从手部动作看得出来大伙正竭力保持镇定。坐在我旁边来参加扫盲班的音乐教授也站起来,而巴达霍斯朝他走去。

"我就知道,我就知道,要出事了。

"'啊,文盲教授!'巴达霍斯说着,脸上挤出阴险可憎的冷笑,'学点新东西,恭喜你体验新的学习生活。'

"教授脸色惨白,舌头舔着发干的嘴唇。不过,他马上随机应变,'我最近结识了一个人,他不识字。我听说艾斯平霍莎小

姐开这样的课，她是我的学生。我想在建议那个人之前，先了解一下上课情况。'

"'啊哈，'巴达霍斯说，'那人叫什么名字？'

"我真庆幸其他人全都走了。当时我没带刀子，真诅咒自己。

"'胡安·平托。'教授说。

"'真有创意啊。'巴达霍斯说，'地址呢？'

"教授说出来的地址，当然不存在。他被传唤到警局，遭到扣留。艾斯特方妮雅再也没回家，我阻止她跟乔治同住。'理智点，'我对他说，'太危险了。要是她被逮捕，你也会被牵连。'我把她安置在一位年岁很大的姨妈家里。

"普拉多请我去他的诊所。他刚跟乔治谈过，整个人惊慌失措，完全失去自制力。当然，以他特有的平静方式表现出来。

"'乔治想杀死她！'他无力地说，'他没明确说出这个词，但再清楚不过。他想杀死艾斯特方妮雅，在他们带走她前，消除她脑海中的记忆。你想想看呀，那是我的老朋友乔治，我最好的朋友，我唯一真正的朋友啊。他疯了，要牺牲情人的命！为了拯救更多条生命。他一再强调。用一命换取更多生命，这就是他的打算。帮帮我，你必须帮我，这种事绝不能发生。'

"就算我早先不知道，那么这次谈话也让我明白：普拉多爱她！我自然不清楚法蒂玛怎么想，我只在布莱顿见过他们一次。不过，我相信这回完全不一样，狂热得多，好似即将爆发的岩浆。普拉多本身就是个矛盾:举止自信无畏,但在表象底下,又总在意旁人的眼光,痛苦万分。正因如此,他才来找我们,想为自己因救门德斯而受到的指责辩护。我相信,艾斯特方妮雅是他的机会,让他终于能远离法庭,进入炽热又自由的人生。这回,他才不管别人,完全依照自己的心愿,听任自己的激情。

"他知道自己有这个机会,这点我深信不疑。他太了解自己,胜过世上大多数人。但他有道障碍,一道对乔治忠诚的铜墙铁壁。普拉多是世上最忠诚的人,视忠诚为信仰。要忠诚,必须牺牲自由以及一些幸福,没有妥协的余地。他在心里抵御着如山崩般轰裂的欲望,渴望的目光一碰到那女孩,便迅速移开。不论自己的渴望有多剧烈,他希望以后还能直视乔治的目光,不愿四十年的友情为了个白日梦而破裂。

"可是现在乔治想要这女孩子的命,这个从未属于过他的女孩;想要毁掉他内心介于忠诚及被否认的心愿间的危险平衡。这样做太过分了。

"我找乔治谈。他矢口否认说过类似的话或做出相关暗示。他胡须未刮的脸上有红色伤痕,很难说是跟艾斯特方妮雅,还是跟普拉多有关。

"他撒谎,我知道。他也知道我心知肚明。

"他开始喝酒,不管是否有普拉多出现,艾斯特方妮雅一样正在离他而去。他受不了。

"'我们可以带她出国。'我说。

"'他们仍然抓得到她。'他说,'教授人很好,乐意帮忙,却不够坚强。他们会撬开他的嘴,然后得知艾斯特方妮雅脑袋里隐藏的一切,接着竭尽全力追捕她,得到他们想要的东西。太严重了,你想想吧,那可是整个里斯本的关系网。他们不找到她,誓不罢休。他们可是军队。'"

护理员过来敲胡安的房门,问他是否吃晚饭。胡安没理睬,继续说着。屋里漆黑一片,戈列格里斯觉得他的声音仿佛来自另一个世界。

"我现在要说的事,会让您吓一跳:我能理解乔治,既理解他这个人,也理解他的想法。只要他们给她打上一针,撬开她的记忆,我们就完了,会赔上两百多条人命。要是他们再把两百多人一一拷打,可能还会牵扯出更多人。那种事无法想象。只要稍微想象一下,就会生起她必须离开的念头。

"从这个意义上说,我理解乔治。直到今天,我仍认为那种谋杀站得住脚。持相反意见的人过于轻率,照我看是缺乏想象力。把不沾污秽的清白双手视为最高准则,令人作呕。

"我认为普拉多在这件事上思虑不周。他眼前只有她闪亮的明眸,近乎亚洲人的不寻常肤色,还有迷人的笑声及摇曳的身影。他不想让这一切消失,不愿意这样的事发生。我很高兴他不愿意那样,因为其他事或许已经让他成了怪物,一个自我克制的怪物。

"乔治则不同。我怀疑他也从中看到了摆脱痛苦的可能,摆脱自己再也无法留住她,而且明白激情将她吸引到普拉多身边的痛苦。在这点上,我能理解他,但意思完全不同,也就是说我根本不认同他。我从他的感受中看到了自己,所以能理解他。那是很久以前的事了,我的女人同样移情别恋。她也把音乐带入我的生活,但不像带给乔治的巴赫,而是舒伯特。我很清楚梦想能有这样的解脱是什么意思,也很清楚会有多想为这种计划找个借口。

"正因如此,我阻止乔治的计划。我把女孩从藏身处带到蓝屋诊所。为此,安德里亚娜恨我入骨。不过,她以前就恨我了,我是拐走她哥哥参加反抗运动的罪魁祸首。

"我找那些熟悉边境山路的人,然后告诉普拉多怎么走。他离开了一个星期,回来后就病倒了。此后,我再没见过艾斯特方妮雅。

"不久,他们把我抓起来,但跟她无关。她应该在普拉多的葬礼上出现过。多年后,我听说她成了萨拉曼卡大学的历史讲师。

"十年间,我没跟乔治说过一句话。现在,我们的关系还好,但彼此不会互访。他如今明白我当初的看法,只是那也无法让情况好一点。"

胡安猛吸了口烟,火舌沿着烟一路下来,在黑暗中幽幽泛光。他咳了起来。

"每次普拉多来探监,我都想问他乔治的情况和他们之间的友情，但没这个胆。他从不威胁人，这是他的信念，但他在不知不觉中成为一种威胁，他会当着别人的面撕破脸。当然，一样不能问乔治。或许三十多年后的今天可以问他，我不知道。发生这样的事，友情还能幸存吗？

"我出狱后，到处打听音乐教授的下落。自从他被逮捕，就没人听过他的消息。那些猪猡，还有塔拉法尔。您听过塔拉法尔的事吗？我当时以为自己也会被关进去。那时萨拉查已经老了，秘密警察随心所欲。我相信自己没被关进塔拉法尔，全凭运气。幸运总与专横跋扈结伴而行。我要真的进去了，肯定拿头猛撞监狱墙壁，直到脑袋开花。"

两人默不作声。戈列格里斯不知该说什么。

最后胡安起身，打开电灯。他揉了揉眼，坐在棋盘前，用一贯的着数下第一步棋。四步棋后，胡安一把推开棋盘。两个人站起身。胡安从毛衣口袋里抽出手来。两人互相靠近，紧紧拥抱。胡安的身体颤抖，喉咙发出一声充满兽性却又无助的嘶哑喊叫。他精疲力竭，紧挨着抚摸他头的戈列格里斯。稍后戈列格里斯轻轻开门离去时，胡安靠在窗口，朝夜幕中望去。

32

戈列格里斯站在西尔维拉别墅的客厅中，打量一组在大型宴会上拍的照片。男人多数身穿燕尾服，女士身着晚礼服，裙摆拖过光亮的木头地板。里面也可见西尔维拉的身影,他比现在年轻得多,一旁有妻子陪伴,一位体态丰腴的金发女人,让戈列格里斯不由得想到安妮塔·艾格伯格[1]款款步入罗马许愿池时的情形。七八个小孩在一张长得见不到边缘的自助餐桌下,追来跑去。有张桌子上放着一面家族徽章的小旗,上头是系着红佩带的银狮。另一张照片上,所有人坐在客厅里,聆听一名年轻女子在平台上演奏钢琴,她光洁雪白,美得惊人,有点像戈列格里斯在科钦菲尔德大桥上遇到的无名葡萄牙女子。

戈列格里斯回到别墅后,在床上躺了很久,等待和胡安·埃萨道别时的震撼平息下来。那声发自喉头的嘶哑喊叫,是无泪的呜咽,是求助的呼唤,是对折磨的回忆,是所有的一切——这一幕,他此生难忘。他真希望,自己能灌下更多热茶,冲刷掉胡安·埃萨心中的痛楚。

慢慢地,艾斯特方妮雅·艾斯平霍莎故事中的细节浮现在他脑中。萨拉曼卡!她曾在萨拉曼卡当大学讲师。那个站牌上带着中世纪风范的黑色名字,又出现在他面前。站牌消失,他回想起巴托罗缪神父描绘的场景:乔治·欧凯利和那位女士彼此避开目光,朝对方走去,然后一起站在普拉多墓前。眼神越是相互躲避,越营造出两人之间关系密切,远超过一次眼神交会的限制。

---

[1] 安妮塔·艾格伯格(1931~2015),瑞典女演员。

戈列格里斯终于打开行李，把书搁上书架。屋内寂静无声。女仆胡丽塔已经走了，厨房餐桌上留了张纸条，告诉他在哪儿可以找到吃的。戈列格里斯从未待过这种房子，觉得这里的一切似乎全被禁止，包括自己的脚步声。他把灯一盏盏打开，餐厅、卫浴，还有西尔维拉的书房，他探头进去瞄了一眼，旋即将门带上。

他来到和西尔维拉一起喝咖啡的客厅，喊了一声高贵，感觉非常好，便反复说着这个字。还有贵族。他这才发现自己一向很喜爱这个字，它是个事物会注入或者流出的字。"德·劳宏奇"是芙罗伦斯的娘家姓，虽然有"德"，他却未因此想到贵族，她也不以为然。路西恩·冯·格拉芬里德这个伯尔尼的古老贵族称号则不同。听到这个名字，让他联想到正义街拐角上完美无瑕的高贵砂岩建筑，还想到有个冯·格拉芬里德曾在贝鲁特扮演过暧昧奇怪的角色。当然，还有"不可思议"爱娃·冯·穆拉尔特。她家举办过聚会，虽然比不上西尔维拉家照片上的场景，可是高大的屋顶，还是令戈列格里斯激动得汗流浃背。一个男孩问爱娃是否可以买到贵族头衔，她大叫："不可思议！"聚会结束时，戈列格里斯想帮忙清洗餐具，她又大叫："不可思议！"

西尔维拉收集的唱片感觉许久没碰过，仿佛音乐在他人生中举足轻重的那个时代早已结束。戈列格里斯找到几首柏辽兹作品，《夏夜》《美丽的女旅人》和《奥菲莉之死》，那些曲子普拉多爱不释手，因为让他想起法蒂玛。艾斯特方妮雅是他的机会，让他终于能远离法院，进入炽热又自由的人生。

玛丽亚。他必须找到玛丽亚。若还有人知道当初逃亡过程发生什么事，为什么普拉多一回来就病倒，那么非她莫属。

他独自度过不安的夜。夜里，他竖耳倾听每一个不寻常的声响。梦境凌乱片段，内容似乎雷同：到处是贵族仕女、轿车和司机，他们追捕艾斯特方妮雅，但他看不到任何驱赶追捕的画面。

他因心跳剧烈而醒来，头晕目眩。于是清晨五点，他在餐桌边坐下，开始阅读安德里亚娜带来的另一封信。

我亲爱的出色儿子：

这么多年来，我写给你又扔掉的信数不胜数，自己都不知道这次是第几封了。为什么会这么困难？你能想象生个天性机警、拥有众多天赋的儿子是什么样子吗？这个儿子驾驭词汇的能力之强，让父亲觉得唯有选择沉默，才不至于显得笨拙迟钝。身为法学院学生，我一向享有善于遣词用字的美誉。在你母亲家人的面前，我被介绍为能言善辩的律师。我反对那位身穿军装、风度翩翩的骗子西多尼奥·拜斯[1]，以及拥护

---

[1] 西多尼奥·拜斯（1872~1918），葡萄牙第一共和时期的第四任总统。

在电车站手持雨伞的特奥菲洛·布拉加[1]的言论,让人留下深刻印象。是什么原因让我陷入沉默呢?

你抱着你的第一本书,跑来念"里斯本是我们的首都,是一座美丽的城市"给我听时,才四岁。那是一个阵雨过后的星期天下午,湿热沉重的空气从敞开的窗户涌入,带着一股潮湿的花味。你先敲了敲门,然后探进小脑袋问:"你有时间吗?"俨如贵族家的成年孩子,举止恭敬地接近一家之主,恳求接见。我既为他的早熟高兴,又相当诧异。我们做错了什么,你竟不像其他孩子那样"砰"的一声闯进门来?你母亲从未跟我提起过这本书,你口齿清晰地对我流利朗读出那两句话时,我简直目瞪口呆。那不止是清晰,言语间还充满了爱意,让两句简单的话听上去如同诗歌。(这么想很可笑,但我时常在想,这两句话应该就是你乡愁的源头,你所欣赏的那种传奇乡愁。你虽然从未离开过里斯本,不可能懂得什么乡愁,但你在有能力经历它之前,一定就拥有这份感受。谁知道呢,你毕竟无所不能,甚至连常人无法想象的事也一样。)

---

[1] 特奥菲洛·布拉加(1843~1924),作家、剧作家,葡萄牙第一共和时期的第二任总统。

顿时，房间洋溢着耀人的智慧。我至今还记得当时的想法：幼稚的句子与他的聪慧多不相称啊！事后我独处时，骄傲感被另一个想法取代：从现在起，他的灵魂将如耀眼的聚光灯，无情照亮我所有的缺点。我相信这是我畏惧你的开始，之后我便开始怕你了。

要一位父亲向孩子坦白真难！想到所有的缺点、盲目、错误和胆怯，都铭印到自己孩子心中，让人难以承受！起先，我是因为强直性脊椎炎的遗传性，而有此想法。谢天谢地，这病没遗传给你们。后来，我想到了心灵，我们的内在很容易受到印象的影响，有如蜡片[1]写字板，将一切如地震仪般精确地记录下来。我站在镜子前，心想：这张严厉的脸会给别人什么印象？

可是，一个人能拿他的脸怎么办？不是一点办法都没有，我指的不是单纯的相貌。不过，也做不了更多。我们不是自己容貌的雕刻家，也不是让我们严肃、欢笑或哭泣的导演。

那两句话引出了成百、成千、上万句的话。有时

---

1 指柏拉图在公元前四世纪提出的记忆领域思想，即蜡片假说。柏拉图认为，人脑接受印象，就像蜡表面被尖状物划过留下痕迹一样。一旦留下印象，就会保持，直到随着时间的推移又恢复平滑的表面。

书似乎是你持书的手，是你的一部分。有一次，你坐在石阶上读书，一旁孩子们玩的球不小心滚到你这儿，你放下书，把球扔回去。你扔球的动作竟是如此生疏！

我爱读书人的你，非常爱你。即便你对读书如饥似渴地痴迷，让我觉得怪异，我还是深爱着你。更怪异的，是你对手持圣烛走向圣坛的炽烈热情。我不像你母亲，从未想过你以后可能成为神父。你有种叛逆的气质，而叛逆者无法成为神父。那么，这股热情最终会引向哪个目标，会寻觅哪件物体？你的激情之火随时可能引爆，那是显而易见的。我非常担心你的激情可能制造的爆炸威力。

我在法庭看到你时，马上感觉受了这份忧心。我必须判那名女惯窃入狱，这是法律要求我做的。为什么吃饭时你盯着我的眼神仿佛我是个施虐者？你的眼光让我瘫痪，我无法谈论这件事。但你有更好的主意，我们能拿那个女惯窃怎么办？你有办法吗？

我看着你渐渐长大，讶异于你心智跳跃式的进步。我听到你诅咒上帝。我不喜欢你的朋友乔治，无政府主义让我害怕，但同时又为你拥有朋友而高兴。一个像你这样的少年，很可能变成另一副模样。你的母亲梦想你沉静而苍白地置身圣坛的围墙后。她对你在学校毕业典礼上的演讲,大感震惊。"我为什么会有一个亵渎神明的儿子。"她说。

我也读了演讲稿,多么为你骄傲,又多么嫉妒你!嫉妒,是因为你独立的思想及从字里行间流露出来的刚正,好似灿烂的地平线,我多希望自己也能到达那里,却做不到。我所接受的教育仿佛铅般的重力,让我动弹不得。我如何向你解释我骄傲的嫉妒心,而不让自己变得渺小,比以前还更渺小、更气馁?

真是疯狂,戈列格里斯心想。这父子两人如同古代戏剧中的对立角色,同住一城却隔山相望。古老的恐惧及深切的爱意,将两人紧紧相连,却找不出合适的言语表达,于是诉诸笔端。然而,写好的信却不敢投递。两人纠结在自己也不明白的沉默中,完全看不见一个沉默引出另一个沉默的事实。

"从前太太常爱坐在这里。"上午稍晚,胡丽塔进来,看到戈列格里斯坐在餐桌边上时说:

"不过,太太从不看书,只看杂志。"她仔细打量他,"没睡好觉吗?是床的问题?"

"我很好,"戈列格里斯回答,"已经好久没感觉这么好了。"

她很高兴房子里终于又多了一个人,她说,西尔维拉先生太安静自闭了。"我讨厌住旅馆。"前不久她帮他收拾行李时,他说,"我为什么还要这样下去?你能告诉我吗,胡丽塔?"

33

他是她学生中最奇特的一位,赛希里亚说。

"您懂得的文学词汇,比电车上的多数人还多,却对骂人、购物或旅游订票之类一窍不通,更别提调情。你知道该对我说些什么吗?"

她哆嗦地将绿围巾裹紧肩头。

"还有,您是我碰到的反应最慢的男人。回答缓慢,却又对答如流,没想到竟有这种事。对于您来说……"

在她指责的目光下,戈列格里斯取出文法书,指出其中一个错误。

"是啊,是啊。"她说,她唇前的绿围巾被吹鼓了。"但有时候潦草马虎反而是对的。希腊文中一定也有同样情况。"

在回西尔维拉别墅的路上,戈列格里斯在乔治的药局对面喝了杯咖啡。他不时透过橱窗看到抽着烟的药剂师。他被她迷倒了,胡安·埃萨的声音响起,她喜欢他,但他不是她的挚爱。这让他备受折磨,变得急躁、病态般嫉妒……普拉多走了进来,盯着她看,心醉神迷。戈列格里斯取出普拉多的笔记,翻找着。

但何时启程去探查一个人的内心世界?那是一趟会到达终点的旅程吗?心灵是真相的归宿吗?所谓事实是否是自己故事中的骗人影子?

在往贝伦区的电车上,他突然发觉自己对这座城市的感觉正在改变。迄今为止,这座城市只是他研究的地方。他在这座城市花费的时间,完全投注在想多了解普拉多的计划中。此刻他望向电车窗外,感觉在电车的嘎吱声中流逝的时间,完全属于自己,是他赖蒙德·戈列格里斯经历新生活的时间。他又看见自己站在伯尔尼电车停车场前,打听那些旧车的去向。三星期前,他感觉是在这里重游儿时的伯尔尼。但现在他坐在穿越里斯本的电车上,穿越的只是里斯本。他感觉内心深处发生了某种变化。

他在西尔维拉的家,打电话给邻居劳诗礼太太,告诉她新的地址。然后又去电旅馆,得知波斯文文法的包裹寄到。露台沐浴在春天温暖的阳光里。他听着街上行人的言谈,惊讶地发现自己竟然听懂许多。不知何处飘来饭香,他想起儿时弥漫着厨房刺鼻烟雾的小阳台。最后,他躺在西尔维拉儿子的房间里,盖上被子,不出几秒便睡着了,进入一场对答如流的比赛,回答最慢的赢;然后又跟"不可思议"爱娃·冯·穆拉尔特站在流理台前,清洗聚会的杯碟;最后,他坐在校长凯吉的办公室里,打了好几个小时的长途电话,但都没人接听。

就连在西尔维拉的家中,时间也开始变成他自己的。他到达里斯本以来,第一次打开电视机看晚间新闻。他离电视机很近,尽量缩短与句子间的距离。他很惊讶这段时间所发生的事,以及里斯本人看世界的角度和其他地方不同。同样让他吃惊的是，这里出名的事物跟在家乡是一样的。他脑海里想：我住在这里。之后的影片他听不懂内容，便来到客厅，播放柏辽兹的唱片，那是普拉多在法蒂玛死后天天听的乐曲。旋律回荡屋里。过了一会儿，他又坐回餐桌边，将法官写给令人敬畏的儿子的信读完。

有时（频率越来越多了），我的儿子，我觉得你像是自负的法官，指责我依然身披法官长袍；指责我对当局的残暴视而不见。然后，我感受到你投射到我身上的炽热目光。我真想祈求上帝，多给你充实些理解力，去除你眼中尖锐的审视光耀。在与我有关的事情上，为什么你不赋予更多的想象力？我真想呼唤上帝。呼唤中，将满是怨恨。

因为你想想，不论你的想象力多丰富，多出类拔萃，你根本不懂病痛与永远佝偻的脊背会将人折磨成什么样。算了，反正看来没人懂，除了受害者外，谁也不懂。你对我精辟解释了如何发现强直性脊椎炎。我绝不会错过这样的谈话，一次也不会。对我而言，这种时刻太珍贵了，那时跟你在一起很有安全感。但随后，一切又过去，我重新回到弯腰驼背和忍耐的地狱。你好像从未想过，你是无法期待一个屈辱地驼着背、无法摆脱病痛的奴隶，像那些可以忘掉自己的身躯，把一切抛诸脑后，以便尽情享受的人一样。根本不该对那样的人有同样的期待！而那类人自己也不会说出来。否则，又会是新的屈辱！

真相——是的，真相——非常简单：若是恩里克不每天早上五点五十分来接我，我不知道将如何承受这一切。你无法想象星期天对我是何种折磨。星期六晚上我有时候不入睡，因为我知道星期天会是什么样子。你们也会嘲笑我每星期六早上六点十五分准时踏进空无一人的法院大楼。我偶尔会想，轻率有时比人类其他的缺点更为残忍。我一直要求星期天也能给我钥匙，但被拒绝。有时，我真希望他们哪天也能经历同样的病痛，一天也好。这样，他们便会明白。

我一踏进办公室，病痛便减轻些，似乎这个空间转变为减轻我肉体痛苦的支柱。八点以前，整栋大楼都静悄悄的。通常我会研究这天的案例，确保不出意外。像我这样的人害怕意外。我也会读读诗，这时我的气息便较为平缓，仿佛面对一片汪洋大海。有时，念诗也有助于我减轻痛苦。你现在懂了吗？

可是，塔拉法尔！你一定会说。没错，塔拉法尔，我知道，这我知道。难道因为如此，我就得交出钥匙？我尝试过不止一次。我从钥匙圈上取下钥匙，放在桌子上，然后离开大楼，走上大街，仿佛我真的做到了。我照医生的建议,吸气入脊背,呼吸声越来越响。我气喘吁吁地穿越城市,恐惧让我浑身发热,担心这假想的行动有天成为事实。事后我大汗淋漓跌坐在法官桌边,衣衫湿透。你现在明白了吗?

我不仅给你写过许多封信,虽然都消失了,也不断写信给部长,其中一封我直接扔进法院的内部信箱。后来我又在街上拦下送信给部长的信差。因为得彻底翻找信袋,所以他很生气,看我的眼神带着有些人看待疯子时那种轻蔑的好奇。我随即把信丢了,其他的信也同样丢在那儿:太迦河,让河水冲刷背叛的墨迹。你现在懂了吗?你在学校时最忠诚的女友玛丽亚·胡安·亚维拉就懂得这点。有天,我再也无法忍受你的目光时,终于去找她。

"普拉多很希望敬重您。"她把手放在我手上,"既敬重您又爱您,就像爱一个模范那样。'我不希望把父亲看成可以被原谅一切的病人。'他说,'要是那样,我等于失去父亲。'他在心里帮所有人指定了位置,要是别人无法符合他心意,他会冷面无情。一种高雅的利己主义表现。"

她注视着我,送上一份微笑,仿佛发自清醒而生机勃勃的宽广草原。

"您为什么不试试愤怒?"

戈列格里斯取出最后一张信纸,上头有短短几句话用另一种颜色的墨水写成。法官在上面加注日期:一九五四年六月八日,他死前一天。

搏斗到头了。我的儿子,道别时我能对你说些什么呢?你为了我而成为医生。如果没有我受难的生命,让你在阴影下成长,你会成为什么人?我欠你的债。你不用为我的病痛和我失去抵抗力而负责。

我已将办公室的钥匙交回去了。他们会将一切归咎于我的病痛。拒绝也会置人于死地,而他们并不熟悉这种想法。

你呢,我的死会让你满足吗?

戈列格里斯感到浑身发冷,于是把暖气开大。普拉多差点看到,但我有种预感,所以赶紧把信藏起来。戈列格里斯耳边又浮起安德里亚娜的话语。暖气开得再大都没用。他打开电视,看着一句话也听不懂的肥皂剧,那可能是中文。他在浴室里看到一片安眠药。药发挥效力时,外面的天色已发白。

34

电话簿上,有两个玛丽亚·胡安·亚维拉住在奥里克广场。

隔天语言学校下课后，戈列格里斯便前去拜访。他按下铃的第一道门后，住着一位带着两个小孩的年轻女人，小孩紧抓着妈妈的衣裙。而在第二道门后，他得知亚维拉太太已经出门旅行两天了。

他回到旅馆取了波斯文文法书之后，又动身前往柯蒂斯文理中学。候鸟沙沙地飞过荒弃的中学。他曾希望非洲热浪再度来袭，但是这里只有温和的三月暖风，夹带着一丝冬天的寒意。

文法书里夹着娜塔丽雅·鲁宾的纸条：截至目前，我已经全部搞定！他打电话告诉她书已收到时，她说："这些话可不是闹着玩的。"几天下来，她除了他交代的事情之外，什么都没做，父母对她的勤奋感到吃惊。他打算什么时候去伊朗旅行？现在去会不会有危险？

一年前，戈列格里斯曾在报上读到关于一名老人的讽刺评论文章。那人在九十岁时开始学中文。作者狠狠地讥讽了老人一番。您什么都不懂。戈列格里斯用这样的标题，给编辑部写了封读者投书。"您何必把时间浪费在这种事情上面？"多夏狄斯看他气愤难耐，安慰他说。那封信他并没有寄出去。但是，多夏狄斯那不把这当回事的态度，让他不太开心。

几天前，他在伯尔尼小小测试一下，看自己还记得多少波斯文。结果还想得起来的，实在少之又少。现在书摆在眼前，一切就顺利多了。我依然留在那儿，留在早已远离我的那个地方和那个时刻;我从未离开过,只是长时间活在过去,或者说,从过去走来。普拉多曾这样写道。与"在场"的永恒当下相比,成千上万个推移时间流逝的变化,如梦般短暂虚无,也如梦般缥缈不实。

校长办公室里,锥形的光束游移着。戈列格里斯想着父亲死去时,脸上那再也不会改变的沉静。当初因为害怕波斯的沙尘暴,他曾经多希望父亲能给他一些建议,但他并不是那种会给孩子建议的父亲。

前往贝伦的路很长,戈列格里斯一路步行,想象法官当时如何默默承受痛苦以及生活在儿子对他所做判决的恐惧中。漆黑的夜空下,雪杉高耸入云。戈列格里斯想着安德里亚娜脖子上那道掩藏在黑丝绒带底下的伤疤。往灯火通明的屋里望去,美洛蒂从一个房间走到另一个房间。她是否知道,这些正是红雪杉?当法庭可能宣判普拉多人身伤害罪时,她与此事又有何关联?

这已经是他在西尔维拉家住下的第三个晚上。现在我住在这里。戈列格里斯穿过屋子,又穿过阴郁的花园,来到街上。他信步走在社区里,看着那些正在做饭、吃饭和看电视的人们,然后又再走回西尔维拉家前,打量着这栋建筑。这栋入口灯火灿灿、装饰着立柱的浅黄色房子,是这片高级住宅区中的豪华建筑。现在我住在这里。他在客厅里的沙发上坐下来。这意味着什么?他已经无法再触碰布本贝格广场了。他有可能就这么继续碰触里斯本的地面吗?那会是一种什么样的碰触?他在这片土地上的足迹,看上去会是什么样子?

为当下而活,这听起来多么适切又美妙。普拉多在他的一段短文中写道。但我越是希望自己能做到,越是无法理解其中含义。

戈列格里斯在他的生命中从未感到无聊过。他认为一个人不知道该怎么过他的生活,是最不可理解的少数几桩事情之一。就连现在,他也丝毫不觉无聊。他在这栋大得出奇的寂静屋子里,感受到某种不同的东西:静止的时间。或许不尽然,时间并没有完全静止,只是没有引他向前,没有带他迎向未来,反而只是无动于衷地从他身边流过,事不关己。

他走进男孩的房间,打量书架上西默农的小说,《看火车的男人》。他在布本贝格广场电影院的广告橱窗里,看过画着珍娜·莫罗的黑白电影海报。那已经是三周前的事了,那天是星期一。就在这天,他"溜走"了。那部电影应该是珍娜·莫罗在六十年代拍的,已经是四十年前的事了。那又是多久呢?

戈列格里斯犹豫不决,不知是否该翻开普拉多的书。看了那些信之后,他的心境有了些微变化。从父亲的信中所受到的影响,远比从儿子的信来得多。最后,他还是翻开书来。还没读到的部分,所剩不多。在他读完最后一页后,情况将会变成如何?他始终害怕读到这本书的最后一句。读到一半的时候,有个想法一直折磨着他:他的阅读迟早会来到最后一句。然而这次的最后一句,将比其他任何书中的最后一句都要来得艰难,它很可能因此断绝了他和牡鹿胡同的西班牙书店之间无形的联结。他尽量拖着不翻到最后一页,让阅读的目光尽可能久久停在那里,但这毕竟不全是掌握在自己手里。最后,他再查一下字典,详细到超出了实际的需要。最后一个字。最后一个句号。接着,他将进入里斯本,进入葡萄牙的里斯本。

谜一样的时间

我花了一年的时间,想弄清楚一个月到底有多长。那是去年十月的最后一天。那天和每年的这一天并无二致,但我每年到了这一天,便感到惊慌失措,仿佛我以前从未经历过这一天似的。清晨,一道崭新的微弱曙光,预示了冬季的降临。光线不再灼热,不再刺人肌肤,不再有让人只想躲进阴暗处的热浪。随之而来的阳光,温柔又和谐,让人明显察觉到白日的缩减。面对这样的新光线,我不视之为敌,不是那种像在无可救药的滑稽剧里,对此妄加断拒且无谓抵抗的人。当世界失去尖锐的夏日棱角,向我们展露出模糊的轮廓时,这光线正好省下些力气,也要求我们少一些坚持。

不,不是新光线那片淡淡的乳白雾霭让我吓了一跳,而是因为破碎微弱的光线,再一次向我明示了一段自然时光已经告终,我人生的一个阶段也已经过去。

我从三月底到现在做了些什么?从我伸手想要拿起咖啡馆桌上的咖啡杯,却因为碰了在阳光照射下变得烫手的杯子而将手缩回去的那天起,我都做了些什么?从那以后,是否已经流逝了太多的时间,或是太少?七个月——那是多久的时间呢?

我总是习惯绕过厨房,那里是安娜的领地。我不太喜欢她摆弄锅盘的样子,仿佛精力充沛地在玩杂耍。但那天,我需要一个人,让我可以表达出我无声的惊讶,即便我不挑明着讲都行。

"一个月是多长的时间?"我直截了当地问。

安娜正准备点火,听我这么问,把火柴吹熄。"您指的是?"

她的眉头紧蹙,就像那些碰到了解不开的难题的人。

"我指的是一个月有多长?"

她垂下目光,两只手尴尬地揉搓着。"嗯,有时是三十天,有时……"

"这我知道,"我没好气地说,"我问的是:那到底是多长?"

安娜抓起锅勺,让她的手有点事做。"有一回,我照顾女儿差不多一个月的时间。"

她迟疑地说,仿佛心理医生般谨慎,担心说出来的话会让病人崩溃,再也没有复原的机会。"我每天端汤,上下楼梯好几次,小心不让汤洒出来。那是一段很长的时间。"

"之后呢,等你再回过头看那段时间时,你是怎么想的?"

安娜终于敢露出一点笑容,表现出她的释然,显然她的答案并没有太离谱。"我还是觉得那是一段很长的时间。不过,不知道从什么时候开始,我已经觉得它没那么长了。"

"那些送汤的日子,你到现在还感受得到吗?"安娜来来回回翻转着锅勺,接着从围兜里取出纸巾,擤了一下鼻涕。"我当然很乐意照顾孩子。在那段时间里,她一点儿也不倔强。尽管如此,我还是不愿再经历一次。我始终非常担心,因为没有人知道那是什么病,有没有危险。"

"我指的不是这个。那个月过去之后,你曾觉得遗憾吗?遗憾时光流逝,遗憾再也无法做些什么?"

"反正,一切都过去了。"安娜说,看上去不再像是沉思的医生,反而像是胆怯的考生。

"好吧。"我说,转身朝门口走去,身后响起划火柴的声音。为什么当涉及一件对我而言非常重要的事时,我总是对人如此吝啬冷酷,如此不知感恩呢?我为什么会有这样的需求，不惜如此粗暴地抗拒他人，来为自己认为重要的东西提出辩护？即使他们从未想过要从我这里拿走这个我认为重要的东西。

隔天早上，也就是十一月一日，我在晨曦中走到了世上最美的街道奥古斯塔街尾端的拱门。大海在苍白的晨光中，宛如一面黯淡的银板。我要趁着非常清醒的时候，体验一下一个月到底有多长——这是当时驱使我起床的想法。咖啡馆里，我是第一位客人。杯子里只剩下几口咖啡时，我放慢了惯常喝咖啡的速度。我不知道当杯子空了，我还能做些什么。

我若就这么坐着不动，第一天可能会过得很长。但我想要了解的，并不是一个人无所事事时一个月会有多长的问题。那么，我究竟想要了解什么呢？有时候，我是相当慢条斯理的。直到今天，当十一月初的曙光又再度减弱时，才意识到我问安娜的那个问题：那些不容改变的、短暂的、遗憾的和悲伤的事情，根本不是我在意的重点。我想问的其实是另一码事：要怎么做才能够让我们充实地度过一个月的时间，充分体验我们的时间，而不是任由它从我们身边溜走，让我们只为此感到遗憾，眼睁睁看着时间从我们的指间流逝，却非因为时间的消逝而觉得痛苦，反而是因为自己什么都没做而感到难过？因此，我的问题不再是

"一个月有多长的时间？"，而是"在一个月的时间里，可以为自己做些什么？我什么时候才可以得到这个月完全归我所有的印象"。

换句话说，假使我说，我花了一整年的时间来弄清楚一个月究竟多长的问题，这是一个错误的说法。事实是，在我提出了"一个月是多长"这个错误的问题后，我耗费了一整年时间，才弄清楚自己想知道的到底是什么。

隔天下午，时间还早，戈列格里斯离开语言学校去找玛丽安娜·埃萨。当他见到玛丽安娜·埃萨转过街角，朝他迎面走来时，突然明白为什么自己害怕打电话给她：他会告诉她自己头晕的事，而她会思索各种可能的原因。但他并不想听。

她建议一起喝杯咖啡，接着提起了胡安。"我星期天一整个上午都在等他。"提到戈列格里斯时，他告诉她："我不知道为什么，可是，我可以跟他谈心里的话。并不是说我已经甩掉那些事，但是几个钟头下来，我感到轻松多了。"戈列格里斯告诉她安德里亚娜、立钟、乔治和国际象棋俱乐部及西尔维拉家里的事。他差点也告诉她回伯尔尼的事，但随即打住。这件事讲不得。

他说完后，玛丽安娜·埃萨问起他新眼镜的情况，然后眯着眼打量他。"您的睡眠太少了。"她说。戈列格里斯想起那天上午,她帮他做检查时,他陷在她办公桌对面的沙发里,再也不想站起来的感觉,想到她巨细靡遗的检查,想到他们同船前往卡希尔斯区,以及后来两人一起喝金红色阿萨姆红茶。

"我最近常头晕。"他说,然后停顿一下,"我有点担心。"

一小时后,他离开了她的诊所。她又检查了一次他的视力,量了血压。他得做曲膝和平衡的动作。她详细听他描述头晕的现象,然后写下一位神经科医生的地址。

"我觉得没什么,"她说,"我一点也不觉得有什么奇怪。想想,在这么短的时间里,您的生活起了多大的变化。不过,无论如何还是做一下一般检查。"

戈列格里斯眼前浮现了普拉多诊所墙壁上空缺的四方形,那里曾经挂着一张大脑图。她看出他的惊慌。

"肿瘤的症状完全不一样。"她说,轻抚了一下他的手臂。

这里离美洛蒂家不远。

"我就知道,您还会再来。"美洛蒂打开门时,愉快地说,"自从您上次来访之后,普拉多好几天都活生生地浮现在我面前。"

戈列格里斯将这对父子的信递给她看。

"不公平。"她读完父亲信的最后一个字时说:"不公平!太不公平!好像普拉多是置他于死地的人。他的医生是个明眼人,开的安眠药剂量很少。但是爸爸可以等。忍耐是他的优点,好比一块沉默的石头一样。妈妈知道会发生这种事。她什么都知道，只是没法阻拦。'现在，他已经不再疼了。'我们站在打开的棺材前，妈妈这样说道。就为了这句话，我是多么爱她啊！'现在，他也不需要再挣扎了。'我说。她说：'是啊，这倒是。'"

戈列格里斯告诉她自己拜访安德里亚娜的事。普拉多死后，她再也没去过蓝屋，美洛蒂说她对安德里亚娜将那儿弄成了博物馆和神庙，让时间停滞不前的事，一点也不觉得惊讶。"安德里亚娜还是小女孩时，就很钦佩他。他无所不能，是最了不起的哥哥。他胆敢反驳爸爸，反驳爸爸耶！他去科英布拉上大学的一年后，她转到柯蒂斯文理中学对面的女中，也就是玛丽亚的学校。普拉多是那里的女孩心中的偶像。安德里亚娜非常享受她作为偶像妹妹的身份。要不是发生了一件戏剧性的事，让他救了她的命，事情本来可以往另一个更正常的方向发展的。"那件事发生时，安德里亚娜才十九岁。即将参加国家考试的普拉多，在家整日埋在书堆里，只有吃饭时间才下楼。就在一次这样的家族聚餐中，安德里亚娜噎到了。

"当时，我们每个人盘子里都有食物。起先谁都没注意。突然，安德里亚娜发出一声很特别的声响，喉咙恐怖地呼噜了一下，她双手紧掖住脖子，急促地在地板上顿足。普拉多坐在我旁边，完全沉浸在考试的准备中，像个沉默的幽灵一般，盲目地把食物塞进嘴里。我们已经习以为常。我用手肘推了他一下，指向安德里亚娜的方向。他迷惘地四下张望。安德里亚娜的脸开始发紫，喘不过气来，眼神无助地望着普拉多。我们都看得出来，普拉多脸上所流露的愤怒的专注。每当他遇到某种无法立刻理解的问题时，便会流露出那样的神情。他习惯于迅速理解，所有事都是如此。

"他猛然跳了起来，椅子往后翻倒，大步冲到安德里亚娜身边，抓起她的胳臂让她站起来，将她转过身来，背靠自己。接着，他扳着她的肩，吸了口气，猛力将她的上身往后一扯。安德里亚娜的喉咙发出一声窒息的喘息。除此之外，什么也没发生。普拉多又重复一次相同的动作。卡在她喉咙中的肉块，依然没有松脱的样子。

"随后发生的事，每一秒、每一个动作，都永远烙印在我们的心里。普拉多把安德里亚娜放在凳子上，命令我过去。他把她的头向后翻。

"'扶住！'普拉多竭力喊了一声，'别动！'

"他抓起自己桌上切肉的尖刀，在餐巾布上擦了两下，屏住呼吸。

"'不要！'妈妈大叫，'不要！'

"我相信他根本没听见。他骑在安德里亚娜腿上，直视她的眼睛。

"'我必须这么做。'他说，直到今天，我仍为他声音里的平静感到震惊。'否则你会死。把手拿开，相信我。'

"安德里亚娜松开脖子上的手。普拉多用手探着她喉头的角状软骨和环状软骨之间的空隙,接着用刀尖对准缝隙,深呼吸一口,闭了下眼,猛刺进去。

"我专注地用两手像老虎钳般按住安德里亚娜的头,没看见血飞溅出来,后来才注意到他衬衫上的血迹。安德里亚娜的身体猛地直立起来,从普拉多刚刚划开的口子吸入空气。当我听到她喉头里发出气息时,才知道普拉多找到了气管的通路。我睁开眼,讶然发现普拉多正用刀尖在伤口上转动,那一幕真是惨不忍睹。后来我才明白他必须让气管保持开放。接着,普拉多从衬衫口袋里抽出一支原子笔,咬在牙缝间,空出一只手,旋开笔帽,取出笔芯,像注射针筒一样将笔的后半截插进伤口里,再慢慢抽出刀来,紧握住原子笔。安德里亚娜的喉头不停抽动,发出像口哨一般的声音。但她还活着,脸上紫胀的颜色也逐渐消退。

"'救护车!'他命令道。

"爸爸从呆滞中回过神来,走到电话前。我们把安德里亚娜抬到沙发上。她的脖子上插了一支原子笔。普拉多抚摸着她的头发。

"'我别无选择。'他轻轻地说。

"几分钟后赶到的医生,把手搭在普拉多肩上说:'真是惊险,差一点啊。这样的年纪,就能这般镇定,有勇气!'救护车载着安德里亚娜急驶而去,普拉多穿着带血的衬衫坐回自己的位子上。谁都没出声。我相信,这对他来说是非常糟糕的事：没有任何人说一句话。医生短短的几句话，证明了普拉多做的是对的，他救了安德里亚娜的命。尽管如此，却没有任何人表态。这股笼罩着餐厅的沉默，源自对他冷血举动的诧异。'那样的静默，让我觉得自己是个刽子手。'事隔几年，有次我们提起这件事时，他这般说道。

"在这样的时刻，我们全家却弃他于不顾，他再也不曾从这样的伤害中复原。这一点，永远改变了他和家人的关系。从此以后他很少回家。回来时，也只像个彬彬有礼的客人。

"突然之间，这股静默被打破。普拉多全身开始颤抖，他双手捂着脸。直到今日，我依然可以听见他干涩的啜泣声。他全身抖动。我们再次弃他于不顾。我用手抚摸他的胳臂，但这远远不够。我当时只是个八岁的女孩，他需要的是完全不同的东西。

"然而，这一切都已经太晚了。他再也忍受不了，一跃而起，冲进自己的房间，抱起一本医学教科书，再度冲下楼来，把书往桌上用力砸去。餐具在盘子上哗啦作响，杯子也叮当晃动。

"'看！'他疯了似的叫着，'这里写着。这种手术叫作气管切开术。你们干什么那样傻傻盯着我，要不是我，我们就得把她抬出去，放进棺材里了！'

"医院为安德里亚娜动了手术。她在那里待了两个星期，普拉多每天都去医院看她。每次他都是自己一个人去，不愿和我们一起走。安德里亚娜对他无限感激，简直像宗教膜拜一样。她带着脖子上的伤口，脸色苍白地靠在枕头上，不断在脑海里演绎着当时惊心动魄的场面。我单独陪着她的时候，她跟我谈了这件事。

"'就在他要刺下来之前，窗前的雪杉变红了，雪红的一片。'她说，'然后，我就昏了过去。'"

美洛蒂说，安德里亚娜带着一个信念出院，因为救了自己一命，她要终生为哥哥奉献。这使得普拉多胆战心惊，他千方百计要让她放弃这个念头。有一阵子，似乎出现了可能性。她遇到一个法国人，他爱上她。那段惊心动魄的场景，似乎就这么消失。然而，在安德里亚娜意外怀孕之后，这段爱情在顷刻间破灭了。普拉多再次赶到，在流产手术中陪伴她。为此，他中断了他和法蒂玛的蜜月旅行，从英国赶回来。她中学毕业后开始学习护理。三年后，普拉多的蓝屋诊所开张。很明显地，她成了他的助手。法蒂玛不让她住在那栋屋子里。当她不得不离开时，那真是扣人心弦的一幕。法蒂玛死后不到一个星期，安德里亚娜便搬了进去。普拉多因为失去法蒂玛，伤心至极，无力反抗安德里亚娜。安德里亚娜赢了。

35

"有时候，我觉得普拉多的灵魂就是语言。"美洛蒂在谈话结束时说,"他的灵魂是用文字组成的。这点,我从未在其他人的身上体会过。"

戈列格里斯给她看动脉瘤的记录。对此,她同样一无所知。不过,这么一说,倒是让她想起了些什么。"要是谁提到诸如消散、消逝及流逝之类的词,普拉多总是大吃一惊。我记得尤其是有人说出跑过、驶过和经过、走过等词的时候,他的反应更是明显。他对于言语的反应是如此激烈,仿佛它的重要性远远超越事物本身。假使你想要理解我哥哥的话,这是最重要的一件事,你必须谨记在心。他经常提到错误用词的独断及正确用词的自由,提到庸俗的语言有如无形的牢笼一般,也提到诗歌的璀璨光芒。他是个对文字百般痴迷的人,一个文字的巫师。一个错误的用语,会比刀刺更要他的命。后来,他忽然对时光流逝及时光短暂的字眼反应非常激烈。有次他来我家拜访,表露出了他对这类字眼的一种新的恐慌,我丈夫和我为此想了大半夜,却怎么也想不透。'别用这样的字眼,请别用这样的字眼!'他说。我们不敢追问,否则,哥哥会变成一座火山。"

戈列格里斯坐在西尔维拉客厅里的沙发上,读起美洛蒂给他的一篇普拉多的手稿。

"他担心极了,怕落入不肖人士之手。"她说,"普拉多曾说过,'或许,我应该销毁它才是。'不过,他既然交给了我,我就得好好保管。只要他还没死,我就不能打开。为了什么原因,我现在才恍然大悟。"

这是普拉多在母亲去世后的那个冬季写的。隔年春天，法蒂玛死后不久，他将手稿交给了美洛蒂。手稿分成三篇，是他在不同时间写成的，墨迹也有所不同。虽然它们同属给母亲的告别信，却没有写明收件人。但和书中的许多文章一样，这篇手稿也附上了一个标题。

向妈妈的告别失败

妈妈，我要向你告别，却只能以失败告终。你已经不在了，真正的告别本应该是面对面的。我已经等太久了，这当然绝非偶然。诚挚的告别与胆怯的告别，两者之间区别何在？诚挚地与你告别，将是与你达成协议的一种尝试，试着理解我们之间的关系，你跟我，到底是怎么回事。唯有如此，才是"告别"这个字完整且重要的意义：两个人在分开之前，可以彼此理解对方的所见和体验，坦然面对两个人之间所达成和没达成的事。这需要勇气：你必须承受不协调的痛苦。坦然相对也意味着去承认不可能的事。与他人告别，同时也是与自我的告别：站在他人的角度，面对自己。相对地，胆怯的告别是为了让事情显得美妙，试着让过去沉溺在金碧辉煌中，用谎言掩饰阴暗。在这样的情况下失去的，不啻对自己阴暗面的认知。

妈妈，你在我身上成功施展一记绝招。我现在写下一直以来想对你说的话：这真是一记完美的绝招，加诸我一生的负担，莫此为甚。简单地说，你让我了解到——而且这样的讯息所要传达的意涵根本无须质疑——你指望我——你的儿子——成为一个最完美的人。至于哪方面完美，并不是太重要。但是，我的所作所为都必须超越别人，而且不只是超越别人而已，还非得出类拔萃。奸诈的是，关于这点你从未对我提过只言片语。你从未明确表达出你的期望，让我有机会可以表态、思索或是凭借我的感觉来为此提出争辩。可是，我清楚地知道你的期望慢慢地渗入一个毫无抵御能力的孩子的心里，点点滴滴，日复一日，孩子却对这无声滋长的知识一无所知。这个无形的知识在孩子内心中蔓延开来，仿佛险恶的毒剂一般，在身体和心灵等有机组织中慢慢扩散，主宰了孩子人生的色调与色彩。

这种尚未被认识清楚的知识，在暗中发挥它的力量，好似一只野心狂妄到令人心生恐惧的蜘蛛一般，在我的身上织出一张看不见、无法发现的网。那是一张刚硬不屈、冷酷无情的期望之网。之后，我有多少次彻底绝望，却又滑稽地出手反击，希望可以从中挣脱，然而却越陷越深！我根本不可能去抵抗存在我心中的你。你的招数太绝了，太完美了，是超越一切、让人叹为观止的完美杰作。

这份完美还包括你那让人窒息的期待，不仅没有明白说出来，甚至还隐藏在看似完全相反的言语和手势里。我并不是说，这是一个有意识的、阴险狡猾的计划。事情并非如此。反而是你相信了自己的欺诈谎话，成为那张面具下的牺牲品。那张面具的智能，远远超过了你的智能。自此之后，我才了解到人与人之间究竟是如何有可能在毫不知情的情况下，彼此羁绊且相互缠绕如此之深。

还有另一个你透过自己的意愿，强加在我身上的东西——好似蛮横的雕塑家雕塑出一个陌生的灵魂，虽然从某种角度来说，颇具艺术性——那就是你为我取的名字。阿玛迪欧·伊纳西奥。多数人对此并没有什么意见，偶尔有人说这个名字听起来颇有韵律。但是只有我知道这个中原因，因为我听得出你的声音，是一种虚荣的虔诚。我应该要成为一个天才，我应该要具备上帝般做什么都轻而易举的能力。同时——与此同时——我还应该要体现出圣人伊纳西奥一般可怕的坚强韧性，驾驭如他一般庄严的统御能力。

这是一句恶毒的话，但是没有其他句子可以像它一样切中要害：我的人生蒙受了我母亲的毒害。

自己身上是否也隐藏了父母的存在，进而影响了自己的一生？他们或许也戴着面具，做出了正好完全相反的事情？戈列格里斯沿着寂静的贝伦区街巷漫步时，在心中这样问自己。他曾看过那本细长的小册子。母亲在上面记下了每次清扫的所得，她的眼睛透过廉价的破眼镜和永远是肮脏的镜片，疲倦地望着他。我要是可以看一眼大海多好啊！可是我们哪有钱呢？她身上存在着某种东西，某种光彩亮丽的东西。长期以来，他从未想过她是有尊严的。她用她的尊严，去面对她在街上遇到的、自己打扫清洁的人家的雇主。母亲不卑不亢，目光和那些付钱让她蹲在地上来回擦拭的人齐平。她可以这么做吗？小时候，他曾经这样问自己。后来当他再观察到这一点时，他为母亲感到骄傲。如果她在难得翻开书本的时候，拿的不是路德维西·冈霍夫的乡土小说的话，该有多好。现在连你都躲到书堆里去了。她从来就不是个读书人，这让他心里不好受，但是她压根儿不是个爱读书的人。

"哪家银行会为这种事借钱给我们？"戈列格里斯听到父亲这么说，看见父亲数着那给他买波斯文法书的十三块三瑞士法郎硬币时，那巨大的手和修剪得过短的指甲。"你确定你想去吗？"他问儿子，"那里那么远，离我们住的地方遥不可及。看看这些字母，是如此特殊，跟我们的字母完全不同。而且我们再也听不到关于你的消息。"戈列格里斯把钱还给他时，父亲巨大的手抚摸着他的头发。那双大手，太少也太难表露出他的温柔。

还有"不可思议"爱娃的老父冯·穆拉尔特，他曾经是个法官。校庆的时候，他来学校露过脸，是个高大魁梧的男人。假使自己身为一个严厉、饱受病痛折磨的法官和一个野心勃勃的女人的儿子，且那女人一生都是为了她那被神化的儿子而活，这会是一种什么样的生活？戈列格里斯思考着。要是这样的话，他还有办法成为"无所不知"吗？成为"无所不知"和"纸莎草纸"？我们有办法预知这些事吗？

戈列格里斯从冷飕飕的夜里回到暖气大开的屋子里时，头又开始眩晕。他坐在先前坐过的沙发里，等待头晕目眩过去。"我一点也不觉得有什么奇怪。想想，在这么短的时间里，您的生活中起了多大的变化。"他听到玛丽安娜·埃萨说，"不过，无论如何还是做一下一般检查。肿瘤的症状完全不一样。"他驱走脑海里女医生的声音，接着读起普拉多写给母亲的信：

当你不再想听我逼问你任何关于父亲职业的事时，我第一次对你感到无比失望。我自问：你这个备受冷落的传统葡萄牙女人，是否宣称过自己早已无能为力？因为法律和法院都只是男人管的事？或者更糟的是，你从不过问爸爸的工作，也从未有过质疑？你真的不关心塔拉法尔监狱里那些人的命运？

你为什么不强迫爸爸别老是像块纪念碑一般，让他偶尔也来跟我们说说话？你是否会因为自己在这其中握有越来越高的权力而感到开心？你真是个沉默的高手，甚至不愿意和自己的孩子们结盟。你也是介于爸爸与我们之间的外交调解高手。你享受这样的角色，其中不乏虚荣。这难道是你对婚姻留给你的狭小空间所做的报复？还是你对自己缺乏社会认可，以及肩负照顾病痛父亲的重担所要求的补偿？

为什么只要我一反抗你，你就受不了？为什么你不坚持下去，教会我承受对立的冲突，让我眨着眼，快乐地在游戏中学会面对冲突？反而让我必须从教科书里，吃力地领会这其中的意涵？你知道吗，这样做的结果反而是让我失去了心中的度量衡，往往操之过急，欲速则不达！

为什么你将全部的赌注都押在我的身上？爸爸和你：为什么你们对安德里亚娜和美洛蒂不多点期待？为什么你们就是感受不到她们因为得不到你们的信任而造成的屈辱？

不过，妈妈，如果说这些就是我向你道别时所要说的话，这并不公平。我可以说，在爸爸死后的六年间，我看着你，内心里萌生了一些新的感受。知道这些感受的存在，让我雀跃无比。你站在他墓前怅然若失的样子，让我深深感动。我很开心，宗教信仰让你的精神有所寄托。我第一次看到你终于从父亲那里解脱了的迹象，比我想象的来得要快，我为此深感欣慰。那仿佛是你第一次意识到自己的人生。第一年的时候，你常来蓝屋，法蒂玛担心你会过于依赖我，过于依赖我们。事实上根本不是如此：现在，就在你至今为止的人生，也就是支配你内心角力游戏的支架崩塌之后，你似乎才发现，过早的婚姻虚耗了你所扮演的家庭角色之外的自我人生。你开始找书来看。你翻书的样子，有如一名充满好奇心的女学生，动作笨拙，缺乏经验，但眼睛里却闪烁着光彩。有一次，你没注意到，我看见你站在一家书店的书柜前，手里捧着一本打开的书。顷刻间，我发现到我有多爱你，妈妈。我想过去找你，但这样做反而会适得其反，又会将你带回到原来的生活里。

36

戈列格里斯在校长的办公室里走来走去，用着他的伯尔尼腔德语念出每一样东西的名称。接着，他穿过柯蒂斯文理中学阴冷幽暗的通道，也是看到什么，便念出名称来。他大声嚷嚷，怒气冲冲，带着喉音的单词回荡在整栋大楼里。要是哪个旁观者见着了，肯定非常诧异，认为这个在荒废的建筑中迷了路的人，是彻头彻尾疯了。

事情的开端是上午在语言学校里,他突然忘了那些最简单的葡萄牙文,那些他在出发到里斯本旅行之前,便已经在第一张语言教学片的第一课里学过的单词。因为偏头痛而迟到的赛希里亚,本来想嘲讽他一下,但是随即停了口,皱了皱眉,做了个安慰的手势。

"冷静,"她说,"冷静点,学外语的人都会遇到这种情形,突然之间便停滞不前,什么都忘了。明天,您又会恢复到以前的水平。"

接着,他的波斯文记忆力也跟着大罢工。他对自己的语言记忆能力向来感到安心。惊慌失措中,他大声背诵贺拉斯和萨福的诗,召唤荷马诗中的少见字眼,急促翻阅着《旧约圣经》中所罗门的赞歌。一切无恙,什么也不缺,也没有出现记忆力丧失后的空白。但是,他却像刚经历一场地震般头晕目眩。头晕目眩,记忆力丧失,一定是出了什么问题。

他静静地站在校长办公室的窗前。今天,没有在屋内游移的光束。下雨了。忽然间,他暴跳如雷,掺杂着一丝丝的绝望,摸不着任何头绪。渐渐地,他意识到自己正经历一场暴动,抵制所有加诸他身上的外来语言。一开始,愤怒只体现在葡萄牙文上而已,也许还包括英语和法语,因为那也是他在此地不得不使用的语言。后来,他很不情愿地承认,怒火已经延烧到古代语言那一块,那块与他共同生存了四十多年的地方。

当他体会到那股抗拒的深度时，感到相当震惊。脚下的地基开始动摇，他必须有所行动，抓住某种东西。他闭上眼睛，想象自己站在布本贝格广场，用伯尔尼腔德语大声念出所见之物的名称，用方言跟它们说，也跟自己说，语句清晰、缓慢。地震渐渐平息，他再次感受到脚下坚实的土地，但是他的震惊仍余波荡漾。他坦然面对，带着面临危急关头的人特有的狂怒，才导致他在无人的建筑里，疯子似的跨步穿过走道。看来，似乎只有靠着伯尔尼腔德语，才有办法制伏阴暗走道里的幽灵。

两小时后，他坐在西尔维拉别墅的客厅里，一切又恢复正常，仿佛刚刚发生的事情只是鬼魂作祟。或许，他只是做了一场梦。他阅读拉丁文和希腊文的书籍时，感觉一如往常。他打开葡萄牙文文法书，学过的内容立刻回到眼前，在虚拟式的部分，进展飞速。唯有那场梦境，仍然提醒着他之前曾经大发雷霆。

他在沙发上打了个盹儿，发现自己是一间大教室里唯一的学生，正用着方言反驳前面一个他看不见的人用陌生语言所提出来的问题与要求。他醒来时，衬衫已经湿透。他冲了个澡，便外出去找安德里亚娜。

克罗蒂尔德告诉他，自从客厅里的立钟开始嘀嗒作响，时间和现实重新回到蓝屋之后，安德里亚娜也开始跟着改变。戈列格里斯是在从柯蒂斯文理中学过来的电车上，巧遇克罗蒂尔德。

"有时候,"她怕他没有听懂,又耐心重复了一遍,"她站在立钟前,好像想让时钟再次停下来。最后,她还是由着它继续前进。她走路的脚步快多了,也比以前坚定许多。起床的时间也变早了。看起来,她似乎已经不再只是……忍受日子了。"

她的胃口好多了,有一天,她甚至请克罗蒂尔德和她一起外出散步。

当蓝屋的门被打开时,戈列格里斯吃了一惊。安德里亚娜不再是一袭黑衣,只有用来遮住伤疤的那条黑丝绒带依旧。她穿着细蓝条纹浅灰色的裙子与夹克,还有醒目的白色衬衫。看到戈列格里斯脸上的惊愕,她露出一丝微笑。

他将父子两人的信还给她。

"是不是很疯狂?"她说,"瞧你惊讶得说不出话来!情感教育,普拉多常说,也就是意味着得先透过艺术来让我们表露出情感,接着才能体会到情感会因为文字而变得越来越丰富。这样的教育显然在爸爸身上不太成功!"她盯着地板,"在我身上也是!"

戈列格里斯告诉安德里亚娜他想看看留在普拉多桌上的字条。他们一起上顶楼的房间时,他再次大感意外。书桌后的椅子不再是倾斜着,而是直立在桌旁。三十年后,安德里亚娜才让椅子从凝结的过去中解放出来,将它重新直立起来,不再维持当时她哥哥刚起身的样子。他望向安德里亚娜。她站在一旁，目光低垂，手插在夹克口袋里。一名抱着献身精神的老妇，同时，又有如一名刚解出一道难题的小女学生般，害羞地等待人给她赞美。戈列格里斯将他的手搁在她肩上好一会儿。

铜盘上的瓷杯洗得干干净净，烟灰缸清空了，唯独旁边的糖罐里还装着方糖。那支老旧的钢笔已经给重新套上。安德里亚娜走了过去，打开有着翠绿灯罩的台灯，拉开书桌前的椅子，对戈列格里斯做了个手势，请他过来。手势中的迟疑，显而易见。

那本过去摊开放在阅读架上的大部头书，依旧照着原来的样子摆着，上头的那堆纸也还在。他探询似的看了安德里亚娜一眼，拿起了书，想看清楚上头的书名及作者：《阴暗骇人的海洋》，胡安·德·路萨德·德·雷德斯玛，搭配上铜版版画的海岸和水手的毛笔素描。戈列格里斯再一次望向安德里亚娜。

"我不知道为什么。"她说，"我不知道他为什么突然对此感兴趣。他完全被这类探讨中世纪人类的恐惧的书给迷住。当时的人认为自己就站在欧洲的最西边上，因为不知道无止境的大海的另一边究竟有着什么而心生恐惧。"

戈列格里斯把书搁在自己面前，读了一段西班牙文的箴言：在另一边，除了海水之外，别无其他。大海的边界，除了上帝之外，无人知晓。

"菲尼斯特雷角，"安德里亚娜说，"在加利西亚的上方，也就是西班牙的最西端。他对那里深深着迷，那是当时世界的尽头。'但是,我们葡萄牙也有一个海角,更靠近西边,为什么偏要说是在西班牙呢?'我问,一面指着地图给他看。但他不想听,一再说着菲尼斯特雷角,仿佛心意已决。当他说起这些话的时候,脸上流露出着魔般的热情躁动。"

纸页上方赫然写着:孤独。这是普拉多最后写下的字。安德里亚娜的眼睛随着戈列格里斯的目光移动。

"最后一年,他常常抱怨不明白这种孤独,这种人人畏惧的感觉由何而来。'我们称之为孤独的东西,究竟是什么?'他问,'不可能只是因为他人不在的缘故吧?一个人可以独处,却丝毫不感到孤独,但也可以身处在人群之中,却依旧感觉到孤独。那么,孤独究竟是什么?'他一再思索着:我们虽然身处在繁忙嘈杂之中,却依然可能感觉到孤独。'那好吧,'他说,'这跟是否有人可以填满我们身边的空间无关。即使他们为我们欢庆,或者是在友善的对话中为我们提供一个明智的、善体人意的建议,就算如此,我们仍可能感觉到孤独。换句话说,孤独和是否有他人在场毫不相关,也和他们在做什么毫不相关。那么,孤独究竟和什么有关?它和这个世界上的什么东西是有关联的?'

"他从未跟我提过法蒂玛以及他对她的感情。'亲密是我们最后的圣地。'他老爱这么说。只有一次,他不由自主加上一句评语:'我躺在她的身边,听着她的呼吸,感受她的体温——还是感受到可怕的孤独。'他说,'那究竟是什么?

究竟是什么？'"

唾弃导致的孤独

当我们得不到别人的好感、敬重与肯定时，为什么不能干脆对他们说：所有这些我都不需要，我只要做自己就好了呢？我们做不到这一点，这难道不是一种可怕的束缚吗？这难道不会让我们成为别人的奴隶吗？我们究竟可以召唤出哪些感受，让它们成为我们的大坝，成为我们的护墙？内心的坚毅，究竟是以何种姿态出现？

戈列格里斯倾身横越过书桌，读着墙上字迹早已斑驳的字条。

信任所造成的强取掠夺。

"病人常向他透露隐私，这正是最危险的事。"安德里亚娜说，"我指的是政治上的危险。他们期待他也能透露些什么，好让自己不会有种赤裸裸的暴露感受。他很讨厌这点，简直厌烦之极。'我不想让任何人期待可以从我这里探听到什么。'他顿足地说，'要和这类事情保持距离，怎么会这么难？'

"'妈妈，'我想跟他说，'是妈妈。'不过，我最后还是什么也没说出口。他心里再清楚不过。"

  耐心是危险的美德。

  "耐心,在他生命的最后几年,他对这个字眼极为敏感。要是有人用耐心来规劝他,他的脸会马上沉下来。'那不过就是一种该死的推卸责任的方式罢了,'他恼怒地说,'是对那股涌上我们心头之热的恐惧。'直到我获悉他得了动脉瘤之后,才开始明白个中道理。"

最后一张纸条上的字,远比其他纸条上的来得多。

  假使心灵涌起的波涛不受控制,远比我们更强而有力的话,为什么我们还会得到赞美与指责?为什么不干脆说:我们的"运气好"或"运气不好"呢?为什么不干脆承认这波涛就是比我们强而有力,而且它一向如此?

  "从前,整面墙贴满了纸条。"安德里亚娜说,"他不断记下些什么,贴在墙上,直到他过世一年半前那趟不祥的西班牙之旅为止。之后,他便很少握笔,经常只坐在书桌前,傻傻地凝视前方。"

戈列格里斯等待着,偶尔抬头看一眼安德里亚娜。她坐在地板上一堆书旁的阅读沙发椅上，那堆书没被动过，上面依然摆着那本有着大脑图像的巨著。她青筋暴露的手交叉握住，放松开来，又再交叉握住，脸部表情不断变换。显然，这场对抗回忆的争斗，终于占了上风。

他也想了解一下那段时间里所发生的事情。"为了能更了解普拉多。"他说。

"我不知道。"她回答，然后陷入了一阵沉默。等她再次开口，那些话语仿佛来自遥远的他方。

"我以为自己很了解他。没错，我的确说过我了解他，对他了如指掌。最起码这些年来我每天看着他，听他讲自己的感受和想法，甚至是他的梦，直到那次聚会回家——那是他去世前两年发生的事，那年的十二月，他满四十一岁。那个叫作胡安的家伙，也参加了聚会。那个男人给他带来了不良的影响。我相信，乔治也去了那里。就是他那位神圣的朋友——乔治·欧凯利。我真希望他从未参加过这类对他产生不良影响的聚会。"

"反抗运动的人在那里碰面。"戈列格里斯说，"普拉多为反抗运动工作，这点想必您很清楚。他想做些什么，为的是反抗门德斯这样的人。"

"反抗运动！"安德里亚娜大声地说，接着又重复了一遍，"反抗运动！"仿佛她从没听过这个字眼似的，拒绝相信这样的事。

戈列格里斯在心里骂自己，不应该强迫她去面对这样的现实。刹那间，戈列格里斯以为她又会开始默不作声。然而，她脸上的怒容随后消失，再次回到了哥哥的身边，回到了哥哥从一个不祥的聚会归来的那个夜晚。

"凌晨我在厨房碰见他时，他依然穿着前晚的衣服，彻夜没睡。我知道他失眠时会有的模样，但这回不同。虽然他的眼睛下方冒出了黑眼圈，但看上去并不像往日那样备受煎熬。他还做了一件平时绝不会做的事：让椅子往后倾斜，然后前后来回摇晃。我后来回想起这件事，对自己说：对了，当时他就像准备要启程去旅行一样。他在处理诊所里的大小事务时，表现出了罕见的轻巧敏捷，不管做什么，仿佛顺手即可拈来似的。他把不要的东西丢入垃圾桶，每次都百发百中。

"您或许会认为他恋爱了？这难道还不够明显吗？他恋爱了。我当然也这么想。但是，这样的聚会不都只有男人而已吗？这和当时法蒂玛的情况全然不同，狂野得多，放纵得多，欲望也强烈得多，可以说是完全超出常规。我很害怕，他让我感觉像是变了一个人，尤其是当我见到她之后，我的恐惧便更强烈。她一走进来，我便意识到她并非只是个单纯的病人而已。她的年纪应该二十出头，或者二十五岁左右，是个介于天真的女孩和妖妇之间的奇特组合。她明眸皓齿，有着亚洲人般的肤色。走起路来，腰肢款摆。候诊室里的男人，全都偷偷瞧着她，女人则眯起眼睛来。

"我把她带进看诊室。普拉多正在洗手。他一转身，随即迎向了她的目光,刹那间满脸通红,但很快便镇静下来。

"'安德里亚娜,这位是艾斯特方妮雅。'他对我说,'让我们单独待一会儿,好吗?我们有事要谈。'

"这样的事情以前从未发生过。在这间屋子里,从未有过不许我听的事。从来没有!

"后来,她又来过几次,大约四五次吧。每次,他都把我请出去,单独跟她谈,把她送到门口。每次,他都满脸通红。见面的那天接下来的时间里,他经常心不在焉,那双一向让人崇拜的稳健的手,也没办法好好拿住针筒。最后一次,她没进去诊所,直接按了楼上的门铃。那时已经是午夜。他拿着大衣下楼。我看见两人转过街角。他激动地对她说了些什么。一小时后,他回来,头发蓬乱,还猛抽着烟。

"之后,她便消失了。普拉多出现了短暂的记忆丧失,似乎有一股看不见的力量将他吸入深谷。他焦躁不安,有时对病人表现得很粗鲁。我第一次觉得他已经不再热爱自己的工作,这份工作不再让他感到欣慰。他想要离开。

"有次,我碰到了乔治和那个女孩。他搂着女孩的腰,她看上去有些不情愿。乔治装着不认识我,赶紧将女孩拖进旁边的小巷子去。我感到莫名其妙,真想把这事告诉普拉多,但最终还是没说。他一直很难过。有一次,在一个特别难受的夜晚,他请我弹奏巴赫的《哥德堡变奏曲》。他闭上眼睛,坐在一旁。我敢打赌他正想着她。

"和乔治下棋本属于普拉多的生活节奏之一,如今已经停摆。整个冬天,乔治没来过我家,连圣诞节也不例外。普拉多也不再提起他的名字。

"来年三月初的一个晚上,乔治站在我家门口。我听到普拉多把门打开。

"'你?'他说。

"'没错,是我。'乔治说。

"两人一同走进了诊所,我无法听到他们的对话。我把客厅的门打开,侧耳倾听。但是一句话也听不见。后来,我听到房门砰的一声关上。乔治竖起大衣衣领,嘴里叼着烟,消失在街角。

"一片死寂。普拉多看来欲行又止,最后还是留在楼下。最后,我下了楼。黑暗中,他一动不动地坐着。

"'让我一个人待着,'他叫道,'我什么也不想说。'

"深夜,他上楼时,脸色苍白,失魂落魄。我不敢问他出了什么事。

"隔天,诊所关门。胡安·埃萨来了。我不知道他们谈了些什么。自从那个女孩出现以后,普拉多便离开了我的身边,离开了诊所中一起工作的生活。我真恨那个长发披肩、走路腰肢款摆、穿着短裙的女人。我不再弹琴,也不再计算清点。那真是……真是一种耻辱。

"两三天后的深夜,胡安和那个女孩站在我家门口。

"'我想让艾斯特方妮雅住在这里。'胡安说。

"他说话的样子,根本不给人说不的机会。我讨厌他,讨厌他专横的德性。普拉多跟他走进诊所。他看见她时,一句话也没说。但是,他不仅拿错了钥匙,还将一串钥匙掉到楼梯下。我后来看见他帮她整理睡椅上的睡铺。

"早上,他下楼,淋浴,准备早餐。女孩因为熬夜显得疲惫不堪,样子看上去十分胆怯。她穿着类似工人装的衣服,煽情挑逗的影子都不见了。我控制住自己,烧了一壶咖啡,还有一壶带在路上用的。普拉多什么话也没跟我说。

"他只说:'我不知道什么时候会回来,不过不用担心。'

"他往一个包里装了些东西,带上部分药片,接着带着她走上街。让我大感意外的是,普拉多从衣服口袋里拿出一把汽车钥匙,打开一辆汽车车门。昨天,这辆车还没有出现,但他不会开车呀,我心里还在奇怪时,女孩已经坐上驾驶座。这是我最后一次看到她。"

安德里亚娜讲述时,始终平静地坐着,手搁在大腿上,闭着眼,头朝后仰。她呼吸急促,仿佛重回到当年的情景。黑丝绒带往上滑去,戈列格里斯又看见底下的伤疤——一道弯弯曲曲、稍稍隆起的丑陋伤疤,微微发出骇人的光亮。"我必须这么做。"普拉多说:"否则你会死。把手拿开,请相信我。"说完,便刺了下去。然后,在他的下半辈子里,安德里亚娜眼睁睁看着他坐进汽车里,坐在一个年轻女人旁边,没有任何解释,驶向不明的前方。

戈列格里斯等安德里亚娜的呼吸平静下来后,才问:"普拉多回来时,是何等模样?"

"他从出租车上下来时,我恰巧站在窗前。他独自一人,肯定是坐火车回来的。距离他们当时离开,已经过了一个星期。关于这段时间内发生的事,他只字未提,当时没有,以后也没有。他的胡子没刮,面颊凹陷。我相信那段日子里他几乎什么都没吃。他狼吞虎咽将所有我摆在他面前的食物一扫而空。然后就在那里,就在那张床上倒头大睡,睡了足足一天一夜。他一定是服了药。事后我发现了那包药。

"他洗头,刮胡子,细心穿戴齐整。同时,我把诊所打扫得窗明几净。

"'噢,好亮啊。'他说,试着挤出一丝微笑,'谢谢,安德里亚娜,没你就糟了。'

"我们通知病人诊所重新开张。一小时后,候诊室里便坐满了人。普拉多的动作显得比往日迟缓,或许是安眠药的副作用,或许是因为他已经生病了。病人们都意识到他不再是以前的样子,看着他的眼神,显得不甚肯定。中午,他请我端一杯咖啡。这是以前从来没有过的事。

"两天后,他发高烧,异常头痛,服任何药都没用。

"'没必要惊慌,'他双手顶着太阳穴,安慰我说,'身体同样也是灵魂。'

"可是,当我偷偷观察他时,却读出了他眼中的恐惧。他一定是想到了动脉瘤。他请我放一段柏辽兹的音乐,也就是法蒂玛的音乐。

"'停!'音乐才开始几个小节,他便大声叫道,'马上关掉!'

"或许是因为头痛的缘故,或许是他意识到,在那个女孩之后,他再也回不去法蒂玛身边了。

"接着,胡安被捕。我们从一位病人那里得知消息。普拉多头痛欲裂,在楼上疯了似的来回走动,双手紧捂着头部。一只眼睛里,有条微血管破裂,把眼睛染成血红。他看上去可怕至极,粗野又绝望。我束手无策之际,问他:'是否要叫乔治来?'

"'你敢。'他大吼。

"一年后,他才又和乔治碰面。那是普拉多过世前的几个月。这一年中,普拉多改变了许多。两三个星期后,他的高烧和头痛才逐渐消退。老天送回来一个深陷忧郁的哥哥给我。忧郁——他从孩提起,便非常喜欢这个字眼,日后也读了许多这方面的书籍。有本书上写道:这是典型的新时代现象。'胡说!'他咒骂道,认为忧郁是人类所知的最宝贵的财富之一。

"'这种情感揭示了所有人性脆弱的一面。'他说。

"这并非毫无危险。他当然知道忧郁和病态的忧伤不是同一回事。然而,当罹患忧郁症的病人上门求医时,他有时候会犹豫很久,迟迟不将病人转送到精神病院。他和他们聊天,仿佛他们只是有些忧郁而已。他倾向于美化这类病人的状况,希望可以透过自己对他们精神上所受到的折磨感兴趣,而让他们大吃一惊。自从他跟那个女孩出走归来以后,这样的倾向变得更明显,有时候,甚至已经濒临玩忽职守的边缘。

"他对病人的诊断,直到最后都是一丝不苟的,但他毕竟是个有病在身的人,而且一旦面对的是人格有着严重缺陷的男性病患时,他有时几乎是毫无招架能力的。相对地,他对女病人则是碍于羞怯,而往往过早将她们转送到专科医生那里去。

"不管那次旅行的结果如何,它让他心烦意乱的程度,是什么都比不上的,甚至超过了法蒂玛死时带给他的痛苦。仿佛他脚下发生了一场结构性地震,连灵魂最深处的岩层都被推移。结构层上的所有物体都受到波及,稍有风吹草动,便晃动不已。家里的气氛改变了。我必须让他避开众人,保护他,仿佛我们生活在一间疗养院里。太可怕了。"

安德里亚娜擦掉眼中的泪。

"太好了,他……重新归我所有,要不是乔治有天晚上站在我们家门口,他很可能一直属于我。"

乔治取出一副棋盘和在印尼峇里岛刻制的棋子。

"我们好久没下棋了。"他说,"太久了。"

他们下第一盘棋时,不太交谈。安德里亚娜将茶水端了过去。

"沉默的气氛，让人感到神经紧绷。"她说，"不是敌意，而是紧张。他们相互探询着对方，探询着重新成为朋友的可能性。"

偶尔，他们会试着开玩笑，或者使用学生时代常说的字眼，但仍然行不通，笑意还没浮上脸孔，便消逝了。普拉多过世前一个月，两人再次在楼下的诊所中下棋，两人交谈了起来，直到半夜。安德里亚娜一直站在敞开的客厅门口。

"诊所的门开了，他们走了出来。普拉多没开灯。诊所门里透出的光，只能隐隐照亮走廊。他们走得很慢，仿佛慢镜头似的。我觉得他们刻意保持了一段距离。两人走到走廊尽头，同时在大门前站定。

"'就这样吧。'普拉多说。

"'好吧。'乔治说。

"接着……是的，两人投入了对方的怀中。我不知道该如何表达。他们一定是想彼此拥抱一下，最后的拥抱。动作一出现，似乎又觉得不妥，但欲罢不能。他们落入对方的怀抱，双手探索着对方，仿佛盲人般无助，头顶着对方的肩膀，然后，又挺直了身子，朝后退去，手和胳臂不知道该往哪里摆。一两秒钟的可怕尴尬之后，乔治一把拉开大门，冲了出去。门砰的一声关上。普拉多转身面向墙壁，用额头顶住墙，啜泣起来，声音深沉、沙哑，近乎动物般的吼叫声，整个身体随之激烈抽动。我现在还记得，当时自己脑袋里在想什么：他存在于他内心深处，根深蒂固，长达一辈子之久！即便两人道别了以后，依然如此。这是他们最后一次见面。"

普拉多失眠的情况，比起以往更为严重。他开始抱怨他会头晕，不得不在病人就诊时，休息一下。他请安德里亚娜弹奏巴赫的《哥德堡变奏曲》，还去过几次柯蒂斯文理中学，回来时，脸上依然带着泪痕。在葬礼上，安德里亚娜从美洛蒂那里听说，她曾经看到他从教堂里走出来。偶尔，他会重新拾起钢笔书写。这一天，他就整天不吃不喝。他过世前的那个夜晚，抱怨着他的头痛。安德里亚娜陪着他，直到药效发作。她出去时，他看上去已经睡着了。等她早上五点起来看他时，他的床却是空的。他又去心爱的奥古斯丁街。在那里，一小时后，他晕倒了。六点二十三分，安德里亚娜得知他的死讯。她回到家里，将立钟的指针扳回，让摆锤就此停止摆动。

37

"唾弃导致的孤独。"这是普拉多在他生命的最后阶段一直思索的问题：别人对我们的尊重与好感，让我们产生了依赖，也受其支配。他思考的是多么深奥的问题啊！戈列格里斯坐在西尔维拉的客厅里，再次读着普拉多早期关于孤独的心得，也就是安德里亚娜收入书中的那一段：

愤怒的孤独

我们所做的一切，全是出于对孤独的恐惧，是这样吗？我们是否会因此放弃一切我们在人生走到尽头时或许会感到懊悔的事物？这是否就是我们为何甚少说出自己想法的原因？否则，我们为什么要硬抓着破裂的婚姻、虚假的友情和无聊的庆生会不放？要是我们断绝了这一切，终止不知不觉的勒索，仰赖自己，独立自主的话，事情将会如何？假使我们让自己那受到奴役的愿望以及受到束缚的愤怒，像喷泉一般高高喷涌出来的话，事情又将会如何？我们所恐惧着的孤独，它的起因究竟为何？是在毫无预期的情况下蒙受指责的沉默？是已经不再需要屏着气息、蹑手蹑脚地走过婚姻的谎言和善意的真假莫辨等雷区？是吃饭的时候不再需要与人相对而坐的自由？还是那在与人密集约会的嘈杂沉寂下来时，突然多出来的大把时间？这难道不是一件很棒的事吗？仿佛身在天堂里一般？所以我们为什么要害怕？孤独是否最终只是一种存在的恐惧而已，因为我们实在想象不出它的对象？孤独是否只是我们轻率的父母、教师与神父们用来恫吓我们的一种恐惧而已？我们何以能够肯定，当其他人看见我们拥有如此高度的自由时，不会对我们心生嫉妒？我们何以能够肯定，他们不会因此过来寻觅我们的社群？

当时，他还没有意识到"遭人唾弃"的刺骨寒风，日后，他有了两次经验：第一次是他救了门德斯的命，第二次则是他把艾斯特方妮雅·艾斯平霍莎带出国去。那些早期的记录，让他成为反圣像运动者、一个思想不受拘束的人、一个在全体教师面前无所顾忌发表亵渎上帝言论的人。那些人之中，甚至还有神父。在他写下那篇言论的当时，还有乔治的友谊带给他安全感。戈列格里斯心想，这份安全感想必在他站在愤怒的人群面前，被人吐到脸上的唾液横流的时候，帮助他撑下去。然而，这份安全感却在之后破裂了。"人生的无理要求，实在是太多、太沉重，让我们难以消受，远远超出我们的情感所能承受的范围。"这句话是普拉多在科英布拉大学读书时说过的，而且他正好是说给乔治听的。

如今，他那一针见血的预言果然成真，他留在寒冷世界难以承受的孤独之中，就连小妹的关爱也无能为力。忠诚，那一根曾经被他视作抵御情感潮汐的救命稻草，最后被证实并非坚不可摧。根据安德里亚娜所说，他再未参加反抗运动的聚会，只去监狱探望胡安·埃萨。探监的许可，是他从门德斯那里得到的唯一一份谢意。"他的手，安德里亚娜，"回来后，他说，"他的手啊，那双曾经弹奏舒伯特的手！"

他禁止安德里亚娜在诊所开窗通风,以保留乔治最后一次来访留下的烟味。病人们抱怨连连,但窗子依然整日紧闭。他深深呼吸着污浊的空气,仿佛那是记忆的毒品一般。当最后不得不通风时,他整个人陷进椅子里,仿佛生命力也随烟味的散尽,从这间屋子里消散而去。

"请您到这边来。"安德里亚娜对戈列格里斯说,"我让您看样东西。"

他们一起走下楼,走进诊所。在木板地的一角,铺着一小块地毯。安德里亚娜用脚将地毯推至一边,露出下面破碎的灰泥和一块松动的大瓷砖。她蹲下去,掀起瓷砖。下面有一块在地板上凿出来的凹陷,里面摆着一盒折叠式的国际象棋棋盘与棋盒。安德里亚娜打开棋盒,让戈列格里斯看里面精雕细琢的棋子。

戈列格里斯一时喘不过气来。他打开一扇窗,呼吸着清凉的夜风。一阵眩晕袭来,他不得不紧握住窗户的把手。

"我让他大吃一惊。"安德里亚娜说。她再次阖上棋盒,朝戈列格里斯走去。

"他的脸涨得通红。'我只是想……'他喃喃自语。'你没必要觉得难为情。'我对他说。

"那天晚上,他像孩子般脆弱,不堪一击。当然,这看起来就像是这副棋盘的坟墓,也是为了乔治、为了他们的友谊所挖的坟墓。但是,我发现他并不是这么想。事实上,他的感受比这复杂许多，而且不知道为什么，他同时也是满怀希望的。他压根儿没想过要埋葬两人的棋盘，只想在不毁损棋盘的情况下，把它推至自己世界的边界之外。他希望可以确信自己随时能够再将它取出来。现在，他的世界是没有乔治的世界，但还是有着乔治的存在，他仍在那儿。'现在，没有乔治的地方，似乎也不会再有我的存在。'有一次，他这样说。

"在那之后，他一连数日都丧失了自信，对我几近卑躬屈膝。'下棋这档事，实在是太庸俗了。'当我质问他的时候，他最后这样说。"

戈列格里斯想起乔治说过的话：他常不自觉表现出他的激情，虽然他心里清楚，但是不愿意承认。因此，他一有机会便要挑战庸俗。这时候，他的态度是没法公平的，他的态度是极其不公平的。

现在，他在西尔维拉的客厅里，再一次阅读普拉多书中关于庸俗的评论：

> 庸俗乃所有牢狱中最歹毒的一个，是拿简化的不实情感黄金来包覆铁栅栏，让人们以为那是宫殿梁柱。

安德里亚娜交给他一沓纸张，之前全都搁在普拉多的桌上，夹在两层厚纸壳中，以一条红色的带子紧紧捆起。"这些都是没收到书里的，内容是外界不该知道的东西。"安德里亚娜说。戈

列格里斯解开带子,把厚纸壳搁到一旁,读道:

  乔治的棋盘。看,他把棋盘还给我的样子!就只有他做得出来。他是我认识的人当中唯一一个可以令人如此信服的人。那种强制力,是我在这个世界上说什么都不愿错过的东西。就像他在棋局中那令人信服的棋路一样。他这么做,究竟可以得到什么好处?这么说对吗:他究竟想要得到什么好处?他从未说过:"当年艾斯特方妮雅的事,你误解我了。"他反而只有说:"当时我以为我们之间可以无话不说,可以谈论自己脑袋中的所有东西。我们一向如此,你忘了吗?"听他这么一说,几秒内,真的只有几秒,我以为或许我们还可以重新找回彼此。那是一种炽热的、美妙的感受,可惜,稍纵即逝。从前,他脸上的大鼻子,他的眼袋和满口黄牙,全都深得我心,是属于我的一部分。但是,它们现在全待在外面,比一张从未进入我内心深处的陌生人的脸还要陌生。那是在我的胸口上的一条裂痕,一条收不了口的裂痕!

  我处理棋盘的方式,算是庸俗吗?那只不过是一个简单、真实的动作罢了。我这么做完全是为了自己,而不是为了公众。当一个人完全是为了自己而做出某件事,却丝毫不知道有成千上万的人正盯着他瞧,在震耳欲聋的刻薄话中放声大笑,只因为他们认为他的做法过于庸俗时,我们该如何对此做出评断?

一小时后,戈列格里斯走进国际象棋俱乐部,乔治刚好陷在一盘错综复杂的尾盘棋局里。那个长着一对癫痫眼、不停擤鼻涕的佩德罗也在。戈列格里斯看到他,就想起在穆狄叶输掉的那盘棋。没有空位了。

"坐这儿吧。"乔治冲着他说,拉来一把空椅,摆在自己的桌子旁。

戈列格里斯在前往俱乐部的一路上,都在想自己究竟指望什么?他究竟想从乔治那里得到什么?有一点很清楚,他绝不能问乔治当时他跟艾斯特方妮雅·艾斯平霍莎之间究竟是怎么回事?他真的想牺牲掉那个女孩吗?他找不出答案,却又无法转移这个想法。

此刻,望着乔治抽烟的脸,他突然明白:他想要再一次确定,坐在一个让普拉多一辈子都想放在心底的人身边,是一种什么样的感觉?按照巴托罗缪神父的说法,普拉多需要这样一个人来让自己变得完整。他享受输棋给这个人的快乐,并且在买下一整间药局送给这个人时,也不指望得到他的感激。这也是他那耸人听闻的演讲结束后,当犬吠声打破难堪的沉寂时,响声大笑的第一个人。

"怎么样,要不要来一盘?"乔治赢了棋,跟对手道别后,转过来问戈列格里斯。

戈列格里斯从没这样跟人下过棋。这跟下棋无关,反而只是因为还有其他人在场的关系而已。或者根本是因为乔治在场的关系。而且有一个问题始终萦绕不去:要对眼前这个有着肮脏指甲、手指被尼古丁染黄、无情地表明立场的人一辈子念念不忘,会是什么样的感觉?

"我不久前跟你说的事,我是说,关于普拉多和我的事,您就全忘了吧。"

乔治看着戈列格里斯的眼神,掺杂着腼腆和打算舍弃一切的恼怒。

"酒一下肚,什么都变了样。"

戈列格里斯点了点头,希望乔治看出自己脸上对他们那段复杂且深厚的友谊的尊敬。他告诉乔治,普拉多曾自问:一个人的灵魂是否是真相的归宿?所谓事实,是否只是我们用来描绘他人与描绘自己的故事中迷惑人的幽灵而已?

"是啊,"乔治说,"普拉多一生都在探索这个问题。他曾经说过:'一个人的内心世界,比起我们想要用公式化的、幼稚可笑的解释来哄骗自己的,还要复杂得多。'"

> 所有的一切都要复杂得多。每一个瞬间也是复杂得多。"他们因为相爱,因为想要共同分享生活才结婚。""她缺钱,所以才行窃。""他不想伤害另一个人,

所以才说谎。"所有这些都是极其可笑的故事！我们好似分化出不同阶层的生物，高深莫测，灵魂的动荡有如水银泻地，性情色泽与形状的变化，有如万花筒般变化多端、晃动不断。

听来，当时的乔治对此提出了反驳："这世上一定还有着深藏在人内心中的真相，只是形式复杂得多。"

"不，不是的，"普拉多坚称，"我们可以无止境地将自己的解释完美化，但是结果依然是错的。"

错误的地方在于我们假设有所谓真理等待我们去发现。所谓灵魂啊，乔治，只不过是一种单纯的发明罢了，是我们一种最天才的发明。天才之处，就在于那近乎不证自明的假设：在我们的内心中，一定找得到某种在现实世界中可以找到的东西。但是事实上，乔治，完全不是这么一回事。我们发明了灵魂，为的是让我们彼此相遇的时候有个可供谈话的对象，是某种我们可以谈论的东西。想象一下，如果我们没法谈论灵魂的话，那我们之间的对话要如何开始？那不成了地狱？

"这时，他会越说越兴奋，两眼发光，心醉神迷。一旦注意到我和他一样享受他的陶醉时，他便会说：'你知道吗，思考是第二美好的事。最美妙的事，不外乎诗歌。如果这世上有着诗歌般的思想和有思想的诗歌，那便是天堂。'后来他开始写作时，曾经说过：'我相信，这是通往天堂之路的尝试。'"

乔治的眼睛微微湿润。他没发现自己的皇后陷入险境。戈列格里斯移动了一步无关紧要的棋子。俱乐部里只剩下他们。

"结果有一次，本来是闹着玩的事，却被当真了。到底是什么，跟您无关，跟谁都不相干。"

乔治咬着嘴唇。

"也跟住在卡希尔斯区的胡安·埃萨无关。"

他抽出一根烟，大咳起来。

"'你骗人。'普拉多冲我叫道，'你这么做一定还有其他的理由，绝不是你自编自演的这一个。'

"这就是他的话。他那可恶、伤人的话：你自编自演的这一个！您想象一下，要是有人冲着您说，您自编自演了一个理由？您能想象吗，一个朋友，一个您的好友，说出这种话的时候，您会怎么想？

"'你哪里会知道？'我也冲着他大叫，'我不认为这里有所谓真实或虚假，或者是你根本不想承认这点？'"

乔治胡子未剃的脸上有几点红斑。

"您知道吗，我以为我们无话不说，可以谈论自己脑袋里的所有东西。所有！多么罗曼蒂克！该死的罗曼蒂克，我知道。然而，我们之间就是这样，四十多年来都是这样，似乎从那天他身穿贵重的小礼服,不背书包走进教室起,就是这样。但他对任何思想都毫无畏惧。他还是那个当着神父的面,想要说出上帝的语言是苟延残喘的语言的人。当我试着要说出那个大胆,我承认,也是可怕的念头时,我发觉自己高估了我和他之间的友谊。他看我的样子,仿佛我是个怪物似的。通常,他可以清楚区分出单纯试验性的想法,以及真的发生在我们身上的事情。他正是那个教会我辨识出这其中差异的人。忽然之间,他对此一无所知。他面色惨白。在这一瞬间,只在这一瞬间,我想最可怕的事情已经发生了,我们对彼此一辈子的好感转变成仇恨。在那一刻,那决定性的一刻,我们失去了对方。"

戈列格里斯真希望乔治可以赢这一盘棋,他希望乔治可以用他的棋路逼他就范,让他心服口服。然而,乔治已经无心回到棋盘上来。戈列格里斯只好安排一场和棋。

"无止境的坦承,显然是不可能的。"他们走上街,握手告别时,乔治说,"那已经超出我们能力所及的范围。由于不得不沉默而导致的孤独,也是有可能存在的。"

他呼出一大口烟。

"这是很久以前的事了,已经过了三十多年,却依然像昨天刚发生一样。我很高兴自己留下了这家药局。如此一来,我可以依然生活在我们的友谊里。有时候,我甚至觉得我们从未失去过对方,只不过是他已经死去了而已。"

38

戈列格里斯已经在玛丽亚家附近前前后后绕了一个钟头的时间，不知道自己的心为何跳动得如此剧烈？"他爱她，"根据美洛蒂的描述，"她是他一生中没有过肉体接触的至爱。如果说他从来没有吻过她，我也丝毫不以为奇。但是，没有人，没有任何女人，可以超越她。如果说有人知道他的所有秘密，一定就是玛丽亚。某种程度上来说，只有她，唯独她清楚他是一个怎样的人。"乔治曾经说过："她是唯一一个普拉多真正信任的女人。玛丽亚，我的天，当然是啊，玛丽亚。"他说。

当她站在门前把门打开的时候，戈列格里斯马上就明白了一切。她一只手拿着一杯热咖啡，另一只手放在杯上暖着。那双明亮的褐色眼睛里发散出来的眼神，虽然带着审视的意味，却不具任何威胁。她并不是艳光四射、让男人回头顾盼的女人。即使在她年轻时也从不是那样的女人。

然而，戈列格里斯却未遇到过这样一个女人，如此平淡，却又充满自信且独立。她的年纪一定已经超过八十，即使她至今仍用那双稳健的手持续工作，也丝毫不会引人讶异。

"那要看您想要做什么喽。"当戈列格里斯问她是否可以进她的屋子打扰时，她这样说道。

他已经不想再站在门口，拿普拉多的肖像当入门证件，但她平静坦率的目光，给了他开门见山的勇气。

"我正在研究阿玛迪欧·德·普拉多的生平和文章。"他用法语说，"我听说您认识他，比其他人都还要熟悉。"

她的目光已经让人预期到她不会因为这句话而惊慌失措。果然，起码在表面上是这个样子。

她穿着一身深蓝色的羊毛套装，身体依然靠在门框边，显出一副泰然自若的样子，另一只空出来的手，平静地捂着热咖啡杯，只不过动作有些迟缓。不过，她眨动眼睫毛的速度变快了，额头上浮现出人在突然面对某件意外而需要用心思索的事时，经常会出现的那种全神贯注的皱纹。她一声不吭。有几秒钟的时间，她闭上了眼，接着很快又恢复自制。

"我不知道自己是否想回到过去。"她说，"不过，您这样在外头淋雨也不是办法。"

她的法语流利，没有片刻犹豫，带着葡萄牙女人轻松说法语时，片刻也不愿意脱离自己母语的特有慵懒优雅。她为他端来一杯咖啡，想知道他是谁。举手投足间，毫无殷勤得体的女主人矫揉造作的模样，而是一个头脑清醒、动作朴实平淡的人的样子。这种人只解决生活中最现实、最迫切需要解决的问题。

戈列格里斯告诉她关于伯尔尼的西班牙书店及书店老板为他翻译的那一段文字，他引用原文：我们纵然经验数以千计，却至多只提其一……在未被论及的经验里，隐藏着在潜移默化中赋予我们生活形态、色彩与旋律的经验。

玛丽亚闭上了眼,因上火而起水泡的厚嘴唇,开始不自觉地微微颤动起来。坐在沙发上的身躯似乎有些下陷。她双手合拢,抱紧膝盖,又松开,现在不知道该将手放置何处。满布着隐约可见的深色血管的眼皮,微微抽动,过了一会儿,呼吸才逐渐平缓。她重新睁开双眼。

"您听到这段文字后,便离开了学校?"她说。

"我离开学校,然后才听到这一段。"戈列格里斯纠正她说。

她笑了。她注视着我,送上一份微笑,仿佛发自清醒而生机勃勃的宽广草原。普拉多的法官父亲曾经这般写道。

"好吧。不过,时机刚好,正好是您想要认识他的时候。您是怎么找到我的?"

戈列格里斯开始讲述自己的故事,她仔细打量他。

"我从来没有听过那本书。我想看一看。"

她打开书,注视着普拉多的照片,似乎有双倍的磁力将她吸进沙发里。在她布满血丝、近乎透明的眼皮后面,眼球快速滚动。她做好准备,睁大了眼,盯住书上的肖像,慢慢用布满皱纹的手轻抚着,一次又一次。现在,她将双手撑在膝上,起身,默默走出房间。

戈列格里斯拿起书,打量着书上的照片,想起自己坐在布本贝格广场上的咖啡馆,第一次看到这幅照片时的情景,想到从安德里亚娜那部老式录音机里听到普拉多的声音。

"我还是回到了过去。"玛丽亚重新坐回沙发上时说,"一旦涉及的是心灵的部分时,我们基本上是无可奈何的。他经常这么说。"

她的脸更显沉着,将落在前头的发丝梳理整齐,然后接过书,注视着照片。

"普拉多。"

从她口中说出来的这个名字,与其他人的完全不同,仿佛那是另一个名字,而非属于同一人的。

"他苍白文静,到了可怕的地步,或许是因为他的语言天分过人。我简直不能,也不想相信,他再也说不出话来。从破裂的动脉血管流出来的鲜血,冲走了那些语言,那些文字。所有文字。一场具有毁灭力量的可怕血液溃堤。身为护士,我一生中不知见过多少死者。可是,在我看来,没有一个如此惨不忍睹,仿佛这一切根本不该发生,也完全无法让人承受。无法承受。"

街上虽然嘈杂,屋子里却寂静无声。

"我还记得他过来找我时的样子,手里握着装在黄色信封袋里的病历。他因为严重的头痛和头晕才去医院检查,担心自己得了脑瘤。X光血管显影、显影剂。除了一个动脉瘤,什么都没有。'留着,您活一百岁都没问题!'神经科医生说。可是,普拉多脸色惨白。'这个瘤随时都可能破裂,无时无刻啊!脑子里有着一颗定时炸弹,你要我怎么活?'他说。"

"他取下了挂在墙上的大脑图。"戈列格里斯说。

"我知道,这是他要做的第一件事。要是你知道他是何等赞叹人类的大脑及其谜一般的功用时,一定能推测出那对他而言代表的意义。'一个证明上帝存在的证据。'他说,'这是一个证明上帝存在的证据。要是上帝不存在,才见鬼了。'现在,他开始了新的生活,一种避开所有涉及大脑思考的生活,哪怕任何一点与大脑相关的问题病例,都立刻被他转诊到专科医生那里去。"

戈列格里斯看到普拉多房间里那本被高高堆置在书堆上的大书。"大脑,大脑,"他听见安德里亚娜说,"为什么你什么都不说?"

"除了我之外,没人知道这件事。安德里亚娜不知道,乔治也一无所知。"

语调中几乎听不出任何骄傲的语气,但就是有一股骄傲感存在。

"以后,我们很少谈及此事。即便谈起,也是匆匆带过,没什么可说。但是,脑子里一场血灾的威胁,就像是他生命最后七年间无时无刻不伴随着的阴影。有时候,他甚至希望事情就这么发生,可以让自己从恐惧中解脱。"

她注视着戈列格里斯。"请您过来。"他跟着她来到厨房。她从一个柜子的顶层取下一个大而平滑、有着镶嵌箱盖的涂漆木箱。他们一起坐在餐桌旁。

"有些段落是在我的厨房里写的,是另一间厨房,但是同样的桌子。'我在这里写的东西,都是最危险的。'他说,不愿谈及其中的内容。'写作即沉默。'他说。他似乎可以彻夜坐在这里，然后觉也不睡，便直接到诊所去。他摧残着自己的健康。安德里亚娜恨不得了，她恨所有跟我有关的事。'谢谢，'离开时，他说，'在你这里，就像在受到保护的安静避风港里。'我一直把这些纸放在厨房里，它们属于这里。"

她打开木箱雕镂的锁，取出最上面的三张纸，读了几行，便把纸张推给戈列格里斯。他开始读下去，碰到不太能理解的地方，便探询地望着她。她就为他翻译。

　　死亡的警告——记住，你明天将会死
　　修道院的黑墙，低垂的眼神，白雪覆盖的墓园。
非得这样不可吗？
　　想想吧，你到底想要什么？把流逝的有限时间的意识，当成能源，抵制自己原本习以为常的事物和期望，尤其是抵制来自他人的期望和威胁。成为一种开启未来，而非封闭未来的力量泉源。从这点来理解的话，死亡是对权势者、压制者的威胁，那些人尝试要建立起让受压制者灰心丧志、俯首称臣的机制[1]。"我为

---

[1] 普拉多这里指的是三百多年来，欧洲知识界倡导向往思想自由的愿望。普拉多认为，"死的警告"也是实现解脱的因素。只有当一个人得知自己随时会死，才会真正反省人生至关重要的事，即从中发现个人的愿望。

何如此听天由命，听任结束便是结束，该发生的事迟早都会发生？你们为何要跟我说，虽然这事根本不会有丝毫的改变。"

答案是什么？

"不虚度光阴。在有限的时间里，做些有价值的事吧。"

可是，"有价值"意味着什么？实现长久以来受到忽视的愿望，向"今后有的是时间"的错觉进攻；配合必要的改变，让"死亡"变成向舒适、自我欺骗与恐惧挑衅的武器；去旅行，实现多年的梦想；学习一直想学习的语言，读一直想阅读的书籍，买一直想买下的首饰，到梦寐以求的饭店住上一晚。总而言之，别让自己觉得遗憾。

此外，还有其他一些重要的事情：放弃自己不喜爱的职业，远离自己厌恶的环境，做有助于让自己变得更坦率、更贴近自己的事。

从早到晚躺在沙滩上，或是坐在咖啡馆里，这也可以是一个一辈子都在工作的人对"死亡"所做出的回答。

"别忘了，你早晚会死，也许就在明天。"

"我一直想着这件事，所以才从办公室里溜走，出来享受阳光。"

看似阴郁的警告，并没有把我们禁闭在白雪覆盖的修道院里，反而打开一条通向外界、唤醒我们面对现实的通道。

无时无刻不想着死亡，将拉近自己与他人之间的距离：化解敌意；对过去所做的不公致歉；表达对他人的认可，在平时，我们会觉得那种认可不值一提；不再过分留意自己以前甚为在意的事，诸如别人的挖苦讽刺、装腔作势以及反复无常的情绪性评断等；让"死亡"成为一项敦促自己去感受他人感受的要求。

危险的地方在于：人与人之间得以亲密无间的先决条件，乃是对当下的认真态度。少了这一点，无疑让人与人之间的关系不再坦率真诚，不再生气蓬勃。此外，关于我们所体验到的许多事，关键的部分在于：它们和我们的人生终点毫不相关，我们甚至会认为，未来尚遥不可及。换句话说，一旦死期将至的意识渗入我们的脑海里，那样的想法便会被扼杀在萌芽状态中。

戈列格里斯讲述了爱尔兰人的事。他居然手持血红色的足球，出现在牛津万灵学院的夜间学术讲座上。

"普拉多写道：我多想成为这个爱尔兰人啊！"

"是啊，这相当符合他的性格。"玛丽亚说，"完全符合，尤其符合我们当时刚认识的他。在那个时候，如同我今天要讲的，他的性格就已经完全固定下来了。那是我去柯蒂斯文理中学旁的女校上学的第一年。所有女生都对男校的男生心怀敬畏。拉丁文和希腊文！有一天，那是五月里一个温暖的清晨，我对那些荒诞的敬畏心倒足胃口，直接走了过去。柯蒂斯文理中学的男生都在玩，嬉笑作乐，唯独他没有。他坐在石阶上，双臂抱膝，迎向我的目光，似乎已经在那儿等我数年之久。要不是因为他那样看着我，我或许就不会直接坐在他身边。然而，当时那么做，显然是再自然不过的事情。

"'你不去玩？'我问。他轻轻摇了摇头，几乎有些恼怒。

"'我在看这本书。'他说，声音轻柔，又有如独裁者般令人无从抗拒。他对自己的专制一无所知，而且肯定不想知道。'这是一本关于圣女小德兰[1]事迹的书。看完后，觉得自己的所作所为都庸俗无比，根本不够重要。你懂我的意思吗？'

"我笑了。'我叫亚维拉，玛丽亚·胡安·亚维拉。'我开始自我介绍。

"他跟着笑，但有些难堪，显然他觉得我并不拿他当回事。

"不可能所有的事情都是重要的，更不是永远都重要。"我

---

[1] 圣女小德兰（1873~1897），天主教的第三位女圣人。教宗保禄六世在1970年，册立圣女大德兰（1515~1582）与加大利纳·西耶纳（1347~1380）为女圣人。圣女小德兰则是在1997年，由教宗若望·保禄二世册立为圣人。

说,"否则,这世界不是太可怕了吗?"

"他看着我,脸上露出来的笑容不再是难堪。文理中学上课钟当当作响,我们就此分开。

"'你明天还会来吗?'他问。我们见面还不到五分钟,对彼此之间的信赖感却仿佛已有数年之久。

"当然,隔天我又来了。他已经弄清楚我姓氏的底细,做了一篇关于被西班牙阿方索六世统治时期的卡斯提尔国王,派驻到地方去的瓦斯可·希曼若及雷蒙多·德·鲍尔哥尼亚伯爵,还有十五世纪时将这个姓氏引进葡萄牙的安东尼和胡安·贡萨尔维斯·德·亚维拉等的长篇大论。

"'我们可以一起去阿维拉[1]。'他建议说。

"隔天,我从女中的教室望着文理中学,发现那边窗上的两个光点,是他歌剧望远镜片的反光。

"下课休息的时候,他让我看那只望远镜。'这是我妈妈的。'他说,'她爱听歌剧,可是爸爸……'

"他想让我成为优等生,为的是日后可以让我当医生。但我不愿意,我说,我以后想当护士。

"'可是你……'他又开始了。

"'护士!'我说,'就是一个普普通通的护士。'

"他花了一年的时间,才接受我的想法。我坚持己见,不听

---

[1] 阿维拉,马德里近郊古城,也是西班牙海拔最高的都市。

他的建议，为我们之间的友谊打下了深深的烙印，这份友谊因此一生牢不可破。

"'你膝盖的颜色真深，衣服上的香皂味真好闻。'我们见面两三个星期后，他对我说。

"我送给他一个柑橘。全班所有人都嫉妒死我了：贵族和农夫的女儿？！为什么偏偏是玛丽亚？有一次，一个女孩大声说。她没注意到我在附近。她们想出种种理由，胡掰瞎想。普拉多最看重的老师——巴托罗缪神父不喜欢我，一看见我，马上掉头往另一个方向走去。

"我过生日时，得到了一套新套裙，我请妈妈裁短一些。普拉多对此没有任何表示。

"偶尔，他也会来女中。我们就在课堂休息时间散步。他告诉我他家的事，他父亲的脊背及母亲无声的期待。我知道所有让他情绪产生变化的原因。我成为他的至交。没错，就是这样我成为他的终身知己。

"他没有邀请我参加他的婚礼。'你会觉得无聊。'他说。他们从教堂走出来时，我站在一棵大树后面。真的是一场贵族的昂贵婚礼，汽车又大又亮，婚纱的裙摆又长又白。男人身穿燕尾服，头戴礼帽。

"这是我第一次正面看到法蒂玛。她的脸匀称美丽，如大理石般洁白，长发又黑又亮，有着男孩子般的身材。不是个布娃娃，我得说，不过也说不上来，她就是有点……幼稚。我无法证实这一点，不过我想他约束着她，自己却没察觉。他是个很有自制力的人，没有丝毫控制欲，完全没有，却将一切置于自己的掌控之中。他光彩照人，远在常人之上。基本上，他的一生根本就没有留给女人的位置。她死后，他深深受到震撼。"

玛丽亚停了下来，望向窗外。她重新开始讲述时，语调迟缓了许多，仿佛有些良心不安。

"就如我说的那样：他深受震撼，毫无疑问。可是……怎么说呢，那还是没有触及他的灵魂最深处。起先几天他常来我这里，跟我坐在一起，不是为了寻求慰藉，他知道，他……从我这里得不到慰藉。是的，他知道，肯定知道。他只希望我在他身边。经常是这样：我非得在他身边不可。"

玛丽亚站了起来，走到窗边，望着外头，手交叉在背后。她又开始说起话时，语调中带着一种在谈起秘密时刻意放轻音量的调子。"到了第三、第四次时，他终于鼓足勇气，内心的急迫感太强烈了，必须找人说出来。他生不出孩子。他早就动过手术，绝对不想当父亲。那是很早以前的事了，早在他遇到法蒂玛之前就已经动了手术。"

"'我不想有个毫无抵御能力的可怜孩子，一个必须承受我的灵魂重量的孩子。'他说，'我知道，自己会是什么样子，到现在依然如此。'"

"父母的企图及恐惧所呈现出的轮廓，用炽热的石笔刻印在孩子不知何事将至的脆弱心灵上。我们要花一生的时间，才能找到并解读那些烙印的文字，但我们也无法确定能理解它们。"戈列格里斯将普拉多写给父亲信中提到的这句，告诉玛丽亚。

"没错。"她肯定地说，"让他感到沉重的，不是那个手术。对此他从不后悔，而是他从未告诉过法蒂玛。她因为无法生育，深深感到痛苦，他也备受良心的谴责。他向来无畏，是个罕见的无畏无惧之人。但在这件事情上，他却胆怯了，也再没从这份胆怯中恢复过来。"

"一碰到有关妈妈的话题，他就变成胆小鬼。这是他一生中唯一胆怯之处。通常他绝不会避开不愉快的事，从来不会。"安德里亚娜曾如此回忆道。

"我能理解。"玛丽亚说，"是的，我相信，我敢说自己完全理解这一点。我自己就感觉到他的父母是如何深植他心，又对他做了些什么。但我还是异常沮丧，也为了法蒂玛。最让我感到惶恐的是他的做法，是一个过激、甚至残忍的决定。那时他才二十五岁左右，但对这种事却心意已决，而且下了一个永远的决定。我几乎花了一年的时间，才接受了这样的事实。我跟自己说：要是他不做出这样的事情来，就不是他了。"

玛丽亚把普拉多的书放在手上，戴上眼镜，开始翻阅起来。然而，思绪却依然停留在过去的回忆里。她摘下眼镜。

"我们从未谈论过法蒂玛，谈论他对她的感受。我和她只碰过一次，在咖啡馆里。她走进来，觉得跟我坐在一起是一种义务，没等服务生走过来，我们已经知道这是个错误。万幸，我们只喝了杯意大利浓缩咖啡而已。

"我不知道,我是否理解了所有这一切,或者根本什么都没有理解。我一直不确定,普拉多自己是否明白这一切。还有,令我感到怯懦的地方在于:我从未读过他关于法蒂玛的笔记。'我死了以后,你才能打开看。'他把上了封印蜡的信封交给我的时候说,'不过,我不想让它落在安德里亚娜的手里。'我不止一次把信拿在手里,但不知何时开始,我做出一个永远的决定:我不想知道信的内容。所以信到现在还放在箱子里。"

玛丽亚将《死亡的警告》这篇文章放回箱子里,推到一旁去。

"有一点我很清楚:当艾斯特方妮雅出现的时候,我一点也不感到讶异。真的就是这样,除非你得到了这样东西,否则你永远不知道自己还缺少什么。然后,就在那一瞬间,你全都明白了,那正是你所缺少的东西。

"他整个人都变了。四十年来第一次,他在我面前表现得拘束,想把自己隐藏起来。我只听说,有着这样一个人,一个参加反抗运动的人,跟乔治也有关系。普拉多不想承认这件事,他也没法承认。但我太了解他了,他不停地想着她!他的沉默清楚地表现出'我不该见到她',我不该透过他的目光,来了解她的事。谁也不许知道的事,连他自己都不行。因此,我自己去守在反抗运动成员聚会的屋子前。唯一的一个女人走了出来。我立刻知道就是她!"

玛丽亚的目光在房间里慢慢移动，然后固定在远处的一点上。

"我不想跟您描述她的样子。我只能说，我马上就能猜想出来，在他身上发生了什么事。世界对他而言突然变成一个完全不同的模样，截至目前的秩序轰然塌陷，这显然是和另一件完全不同的事情有关。她就是这样一个女人。那时她大约二十五岁。她不只是学院里爱尔兰人手上的那颗鲜红色足球而已，更可以说是所有鲜红色爱尔兰足球的集合体。这点他一定感觉到了。她赋予了他的人生得以完整的机会。我是说，就一个男人而言。

"唯有如此才能解释他为何会把一切都下在这个赌注上：他人的尊重、与乔治的神圣友谊，甚至生命。他从西班牙回来后，整个人似乎都……毁了。毁了，没错，只有这个才是正确合适的字。他的行动变得迟缓，很难集中精神，血管里不再流淌着像以前一样的水银。他的无畏不复存在，生命之火熄灭了。他曾经说到他必须重新学习人生。

"'我今天去到了文理中学的外头。'他有一天说，'那时，所有的一切都摊在我的眼前。我拥有那么多的可能性，所有一切都是开放的。'"

玛丽亚哽咽了起来，当她再度开口前，先清了一下喉咙，可是嗓音依然嘶哑。

"他还说了一句，'为什么我们当时没有干脆一起去亚维拉。'

"我还以为他早就忘了这件事,但是他从未忘记。我们都哭了。那是我们唯一一次一起哭泣。"玛丽亚走了出去。回来时,脖子上系着一条围巾,手臂上搭着一件厚大衣。

"我想跟您一起去文理中学。"她说,"不管那里还剩下什么。"

戈列格里斯想象着她会如何打量伊斯法罕的图片,提出什么样的问题。他感到有些惊讶,因为自己似乎对这一想象一点也不觉得难为情。和玛丽亚在一起,不会难为情的。

39

她,一位年已八旬的老妇,开车时居然如出租车司机一般平稳精确。戈列格里斯注意到她握着方向盘和放在排挡杆上的手算不上优雅,她也没时间做特别的保养。这双手曾经照护过病人,清理过夜壶,上过绷带。这双手清楚知道自己在做些什么。为什么普拉多不让她当他的助手?

他们停车,步行穿越花园。她想先去女中。

"他过世以后,我已经三十年没来过这里。那时,我几乎每天都来。我想,一个我们共同分享的地方,也是我们初次邂逅的地方,或许能教会我如何跟他告别。我不知道到底应该如何跟他道别。跟一个在自己人生留下深深的烙印、影响无人可比的人道别,怎么可能?

"他送了我一样东西,我之前一无所知,在他之后,也再没有在任何人身上感受过。那就是他那设身处地体会他人感受的不可思议的能力。他经常独来独往,自我到了可怕的程度。然而,只要一涉及他人,他却又拥有另一种能力,一种想象力,迅速精确,让人头晕目眩。例如说,在我还没开始表达自己的感受之前,他已经帮我说出来了。了解他人,成了他相当热衷的一件事。不过,要是他不去质疑这样一种理解的可能性的话,他就不是他了。这样的质疑是如此激进,结果只会让人在另一个极端里感到目眩神迷。

"每次他来找我的时候,都会营造出一种不可思议、令人窒息的亲近感。在家里,我们对家人彼此的举止、态度并不粗野,反倒可以说是相当冷静,或者说是务实。接着,来了一个可以看穿我心的人,这似乎是一种启示,让人产生希望。"

他们站在玛丽亚的教室里。里头没有桌椅,只剩下一块黑板。窗户并不干净,东缺一角,西缺一块。玛丽亚推开一扇窗,嘎吱嘎吱的声响,道出了数十年来的岁月。她指着另一头的文理中学。

"那里,就在那里,从四楼那里闪着歌剧望远镜的反光。"她咽了一口口水,"一名贵族之家的公子,拿着歌剧望远镜找寻我……那可真是……有些特别。当然,如我所说的,那会让人产生希望,虽然还只是在刚萌芽的阶段,我当然也不清楚这关系到什么。尽管如此,心中仍然存在着一种模模糊糊的、期待可以共同分享生活的希望。"

他们一同走下石阶。和文理中学一样,石阶上滑溜溜的,上头铺了一层潮湿的尘埃和腐烂的青苔。穿越花园时,玛丽亚始终沉默不语。

"从某种角度来说,事情的确也就是如此。在咫尺的远方,或说在遥远的近处,我们一同分享着生活。"

她望向柯蒂斯文理中学的正面。

"那里,他就坐在那扇窗子旁,因为他什么都会,上课十分无聊,便写着小字条,下课时塞给我。那不是……嗯,不是情书,不是我每次期待的东西,只是他对某件事的想法,对圣女大德兰和其他许多事情的想法。他把我当成他思想世界里的居民。'那里,除了我之外,就只有你。'他对我说。

"尽管如此,我还是花了很久的时间才慢慢明白:他不希望我卷入他的生活。那种感觉很难解释,他想让我待在外头。我等他问我,是否愿意到蓝屋诊所工作。我多次梦见我在那里工作,真是美好,我们无须交谈便能相互理解。可是,他没有问我,甚至连暗示都没有。

"他热爱火车,对他来说,那是一种人生的象征。我真想坐在他的车厢里,和他一起出发。但是他不愿意这么做,他只想让我站在月台上,如此他可以随时打开窗,征询我的意见。他希望火车启动时,可以带着月台一起前进。我则应该像天使一样,站在一起离站的月台上,站在天使月台上,与他形影不离。"

他们一起看着文理中学。玛丽亚转过身来。

"这里是严禁女生进入的,但他下课后,会悄悄将我偷带过来,将所有的一切指给我看。巴托罗缪神父逮到过我们。他十分恼火。但是谁叫这人是普拉多!所以他最后什么也没说。"

现在,他们站在校长办公室前。这回,轮到戈列格里斯心慌意乱起来。他们一起进去。玛丽亚大笑,那是一个生气勃勃的女学生的大笑。

"是您做的?"

"是我做的。"

她走到贴满伊斯法罕图片的墙壁前,探询地望着他。

"波斯的伊斯法罕,我还是学生时想去的东方国度。"

"啊,所以现在您就溜走了,为了重温往事,跑到这里来。"

他点了点头。没想到,世上竟有反应如此敏锐、迅速明察秋毫的人。你可以随时打开火车车窗问天使。

玛丽亚做了一件令人意外的事:她走到他的身边,搂住他的肩。

"普拉多会懂的。不,不但懂,还会爱死这种方式。'想象,是我们最后的圣殿。'他常对我说。除了语言之外,想象和亲密,是他唯一认可的两座圣殿。'两者之间,有着诸多关联,相当多的关联。'他说。"

戈列格里斯犹豫了一下,还是拉开了书桌的抽屉,给她看希伯来文《圣经》。

"我敢打赌,这是您的毛衣。"

她坐在一张沙发椅上,拉过西尔维拉的毯子罩在膝盖上。

"请您为我读一段吧。他也会这么做。我当然什么都不懂,但听上去真是美妙。"戈列格里斯读了一段《创世记》。他,"无所不知",在葡萄牙的一间颓圮的文理中学里,为一名对希伯来文一窍不通的八十岁老妇念《创世记》。到昨天为止,他还不认识这个人。这真是他做过最疯狂的一件事了。他享受这种感觉,从来没有这般享受过,他仿佛挣脱了所有内心的枷锁,终于可以无拘无束向四面出击,一如知道自己的人生结局将至的人会有的行径。

"现在,我们去大礼堂吧。"玛丽亚说,"当时,那里的门总是锁着。"

他们坐在高耸的讲台前第一排座位上。

"他就是在那里发表那篇声名狼藉的演讲,但我爱死了,稿子里有太多他的想法。他就是那篇稿子。不过,有件事让我胆战心惊,那并没有写在他念的稿子里。他抽掉了。您一定还记得结尾那一段。他说,我需要两者:神圣的文字和反对一切残暴的行为。接下去就是那句:没有人可以强迫我在其中做选择。这是演讲的最后一句。事实上,后面原本还有一句:都是捕风捉影。

"'多美妙的画面!'我叫着。

"这时,他拿起《圣经》,念了一段给我听:'我见日光之下的一切作为,都是虚空,都是捕风捉影。'我大吃一惊。

"'不行,你不能这么做!'我担心地说,'神父们会马上察觉,把你当疯子看!'

"我没说出口的却是:在那一刻,他让我感到害怕。我担心他的心理是否正常。

"'为什么?'他吃惊地问,'这只是诗句而已。'

"'你总不能说这是《圣经》诗啊!《圣经》诗!以你之名!'

"'诗歌胜过一切。'他说,'它让世上的所有规则失效。'

"不过,经我这么一说,他犹豫了,最后删掉了那句话。他察觉到我在担心他。他没有察觉不到的事情。我们再也没有提起过这件事。"

戈列格里斯告诉她普拉多和乔治之间关于上帝垂死之言的辩论。

"这个,我不知道。"她说,然后沉默了片刻,双手交叉,接着又松开来。

"乔治。乔治·欧凯利。我不知道对普拉多来说,他到底是福还是祸。要我说,是隐藏在天大福分下的天大不幸。事实就是如此。普拉多渴望乔治的桀骜不驯。乔治本身就是桀骜不驯的象征。普拉多向往的就是这个人的狂妄粗野。从此人粗糙、皮肤皲裂的手上,从他蓬乱不服贴的头发上,从他那从没有停止抽过的无滤嘴香烟上,便能看出这是个什么样的人。我不想对他妄下断语,但是我也不满普拉多对他的一味赞赏,毫不批判。我自己是个农家女儿,知道农家男孩是个什么样。根本没有耍浪漫的理由。要是跟他硬碰硬,他想到的首先是自己。

"乔治让他感到神往与迷醉之处,就是他可以毫不费力地与他人保持距离,拒绝别人时直截了当,咧嘴一笑,嘴巴歪到了大鼻子上去。要是换成普拉多,不跟人争到底才怪,好像那跟他的救赎有关。"

戈列格里斯告诉她,普拉多写给父亲的信中,还有那句:他人皆为你之法庭。

"没错,就是这样。这使得他成了一个你所能想象到的最敏感的人。他强烈需要别人的信赖,才会有被接纳的感觉。他认为自己必须掩饰这种不安全感。多数的情况下,这么做的结果反而让他看上去更加大无畏。事实上,他的大无畏不过是他在身处逆境时,纯粹放手一搏的行为而已。他对自己的要求过高,永无止境,这使得他看上去自命清高,有如刽子手般尖锐刻薄。

"所有深入了解普拉多的人,对他都有一个印象:永远无法满足他与他的期望,永远无法达到他的要求。而且他严于律己的做法,使得事情变得更加棘手。你根本无法指责他狂妄自大。

"他绝对无法忍受庸俗,尤其是庸俗的语言和姿态!他真怕自己庸俗!'一个人得接受自己庸俗的行为,才能获得解脱。'

听我这么说，他的呼吸才能变得平静些，也畅快些。他的记忆力惊人，不过，这一类的话他却忘得很快，马上又会受到钢铁一般无情的想法控制，然后呼吸又再度变得压抑。

"他在对抗法庭，我的天，他在对抗法庭！他输了，没错，我相信我们不得不承认：他输了！

"他在诊所工作时的平静日子里，在人们还对他感激不尽的时候，有时看来他似乎已经赢得了这场对决。然而，接着却发生了门德斯的事。他脸上的口水一直尾随着他。直到最后，他还不断梦到当时的情景。死刑！

"我强烈反对他参加反抗运动。他不是那种人，即便有着那样的决心，也没有那样的承受力。我压根不认为那样做他能弥补些什么。然而，我无可奈何。一旦涉及的是心灵的部分，我们基本上是无可奈何的，我已经告诉过你他说的这句话。

"乔治同样参加了反抗运动。正是这样的原因，让普拉多最终失去了他。普拉多在我的厨房里，陷入沉思，一言不发。"

他们一同走下石阶，戈列格里斯指给玛丽亚看普拉多以前坐着沉思的长椅。楼层错了，但其他的几乎都是正确的。玛丽亚站在窗前，往自己女中的座位望去。

"他人的法庭。他切开安德里亚娜的脖子时，也体验到法庭的判决。其他人坐在桌旁望着他，仿佛他是个怪物，但他才是唯一一个做对了的人。我在巴黎的时候，曾经参加过急救护理班。在那里，我们见识过气管切开术。紧急情况下，我们必须横向切开锥形韧带，再用导管撑开气管，否则病人会因咽喉阻塞窒息而死。我不知道如果真的遇到这种情况，我是否做得来，是否会想到用原子笔来取代导管。'您如果想在我们这里工作的话……'帮安德里亚娜做完手术时，医生对普拉多说。

"这件事给安德里亚娜的一生带来了毁灭性的结果。一个人一旦救了另一个人的命，就得迅速轻松地与对方道别。救人一命，不但给获救的人，也给救人的人带来负担，没有人承受得了。正是因为如此，我们才更应该将救人一命视为再自然不过的好运，仿佛那疾病是在不知不觉中被治好了一般，非关个人的事。

"普拉多不得不承受安德里亚娜那沉重、几近疯狂、膜拜式的感恩。有时，他对她奴仆般的卑躬屈膝感到恶心。但是，接下来的却是她不幸的爱情、堕胎，以及陷入孤独的危机。有时，我不得不试着说服自己：普拉多是因为安德里亚娜的缘故，才没有把我带进蓝屋诊所。但这并不是事实。

"他和美洛蒂，也就是丽塔之间的关系，完全是南辕北辙，轻松又单纯。他有张照片。照片上头，他头顶着美洛蒂她们那个女子乐团的女孩们头上套着的气球帽。他羡慕小妹无拘无束的勇气，很高兴她是个未经设计的后来者，相较于父母强加在哥哥及姐姐身上的精神压力，她所感受到的要少得多。他一想到他身为儿子的生活其实可以轻松许多时，便怒火中烧。

"我去过他们家一次，那时我们还在上中学。那个邀请是个错误。他们对我很友善，但所有人都发现我不属于那里，不属于一个富有的贵族家庭。普拉多为那个下午感到非常伤心。

"'我希望……'他迟疑着说，'我没办法……'

"'这不重要。'我安慰他说。

"多年后，我见过法官一面，是他要求跟我碰面的。他察觉到普拉多认为他的法官工作对政府在塔拉法尔的所作所为负有责任。'他鄙视我，我唯一的儿子鄙视我。'他悲伤地说。接着，他突然谈到自己的病痛，以及这份职业帮助他活下去的事情。他指责普拉多缺少设身处地为他人着想的能力。我告诉他普拉多曾告诉过我的话：'我不想把他当成一个病人，一个让人可以原谅他一切的人。要是那样的话，我就没有父亲了。'

"我没告诉他的是，普拉多在科英布拉大学时是多么不快乐。他怀疑自己未来的医生生涯，不确定自己是否只是为了依从父亲的期望，而错失了自己的意愿？

"他在一家老字号的超市行窃，差点被人逮到，接着近乎精神崩溃。我去探望他。

"'你有什么理由吗？'我问他。他点了点头。

"他从未向我说明那个理由，但是我想一定跟他父亲、法庭和判决有关，是他一种无助、被锁码了的反抗行为。在医院的走道上，我遇到了乔治。

"'他要偷，起码也该偷些真正有价值的东西。'他说，'垃圾！'

"我不知道在这一刻自己是喜欢他,还是讨厌他。直到今日,我都不知道。

"指责普拉多不设身处地为他人着想,实在非常不公平。普拉多曾有许多次当着我的面,做出强直性脊椎炎的样子,然后维持那个姿势,直到腰酸背痛!你想想看,他弯着腰,头像鸟儿一样往前倾,一副咬牙切齿的样子吧!

"'我真不知道,他怎么受得了!'有一次他说,'还不只是疼痛而已,还有那份屈辱!'

"要是他的想象力哪里出了问题,一定是和他母亲有关。他和她的关系,对我来说始终是个谜。她是个美丽、穿着考究、却不引人注意的女人。他也同意我的观点,'对,她就是那样。没有人会相信那些。'他把自己划不清界线、工作狂、自我苛求、没有舞蹈表演才能的缺点,统统怪罪到她的身上。指责之多,但可能并不正确。他说,这一切都跟她和她温柔的专制独断有关。但你又没法和他谈论这些。'我不想谈,我会发火!怒火中烧!'"

暮色逐渐降临,玛丽亚打开前车灯。

"您知道科英布拉大学吗?"她问。

戈列格里斯摇了摇头。

"他爱极了科英布拉大学的乔安娜图书馆[1],他每个星期都在

---

[1] 乔安娜图书馆,被认为是世界上最华丽的巴洛克式图书馆。

那里度过,还有他受颁毕业证书的卡佩罗斯馆[1],后来的日子里,他经常回去看这两个地方。"

戈列格里斯下车时,突然有些头晕,让他不得不扶住车顶才能站稳脚步。玛丽亚眯起眼睛。

"您经常这样吗?"

他犹豫了一下,撒了个谎。

"您别掉以轻心。"她说,"您认识这里的神经科医生吗?"

他点了点头。

她的车子开得很慢,似乎在考虑是否要回头。经过转角时,她踩了下油门。一时之间,戈列格里斯感到天旋地转,直到开启车门下车,都必须紧紧握住车门把来维持平衡。他从西尔维拉的冰箱里,拿出一瓶牛奶,喝完后,才一个台阶一个台阶慢慢走上楼。

40

我讨厌住旅馆。我为什么还要这样下去?你能告诉我吗,胡丽塔?星期六中午,戈列格里斯听到西尔维拉的开门声,他一下子想起女佣告诉他这些西尔维拉说过的话。西尔维拉的动作正好呼应了这些话,他把箱子、大衣往地上随手一丢,跌坐

---

[1] 卡佩罗斯馆,是科英布拉大学举行重要仪式的场所。

在大厅的沙发椅里，疲倦地闭上眼睛。看见戈列格里斯从楼梯上走下来，才露出笑颜。

"戈列格里斯。你没去伊斯法罕？"他开心地说。

他感冒鼻塞。在比亚里茨的生意，结果不尽理想。和餐车服务生对弈，两盘皆输。司机菲立普没准时到车站接他。今天，胡丽塔又正巧放假。西尔维拉的脸上写着深深的倦意，比戈列格里斯那天在火车上看到的还要疲倦好几倍。当火车停在瓦拉杜利德站时，西尔维拉曾说："问题是，我们总是无法看清自己的生活，看不清前方，又不了解过去。日子过得好全凭侥幸。"

他们吃了胡丽塔前一天准备好的饭菜，然后坐在客厅喝咖啡。西尔维拉发现戈列格里斯来回看着那些高贵的家族聚会照片。

"真糟糕，"他说，"我全给忘了。那场家族聚会。烦人的家族聚会！"

他不想去，他才不想去。他一边嘀嘀咕咕，一边拿叉子敲着桌面。戈列格里斯脸上的某种神情，让他突然停了下来。

"不然，你跟我一起去吧。"他说，"参加一个死板的贵族家族聚会。最后一次！不过，除非你愿意……"

晚上八点左右，菲立普开车来接他们。当他看见大厅里的两人笑得人仰马翻时，不禁有些目瞪口呆。一小时前，戈列格里斯说他没有合适的衣服可穿。于是，他试穿西尔维拉的礼服，全都太紧了。这会儿，他转身注视着大镜子里的自己：裤子太长，皱巴巴地罩在过大不合适的皮鞋上；燕尾服扣不上；衬衫的领子太紧，看似就快勒死他了。他在镜子里的模样，连自己看了都吃惊，但他马上被西尔维拉的爆笑感染，享受起自己这副小丑的模样。他说不清楚为了什么，却觉得可以穿着这身行头，去报复芙罗伦斯。

从他们踏入西尔维拉姨妈家的别墅那一刻起，无形的报复才真正开始。西尔维拉开心地向自己高贵的亲戚们介绍这位来自瑞士的朋友，一名精通多国语言的正牌学者——赖蒙德·戈列格里斯。戈列格里斯听到学者一词时，有些畏缩了起来，仿佛大骗子怕露出马脚来。不过，一上了餐桌，他便像着了魔似的。为了证明自己的多国语言天分，他随心所欲地在希伯来文、希腊文和伯尔尼德语之间纵横穿插，快速变换玄妙费解的词汇，一发不可收拾，陶醉其中。他从不知道自己竟然可以如此妙语连珠，仿佛被自己的想象力牵引着，滑过一个惊险的大弯道，进入一个空的世界里，越飞越远，越飞越高，直到不知何时坠落为止。他感到一阵眩晕。他享受着这一会儿的眩晕，它是源自疯狂的文字、红酒、香烟及背景音乐的眩晕。他渴望这种眩晕的感觉，希望尽可能持续下去。他成了今晚的明星。西尔维拉的亲戚们很高兴他们不用再感到无聊。西尔维拉则一包又一包地抽着烟，欣赏这出短剧的表演。女士们打量戈列格里斯的目光让他有些不习惯。他不知道她们所要表达的，是否正是她们想要表达的东西。不过,这些都无所谓,重要的是,有这些意味深长的目光注视着他这个"无所不知",一个用最脆弱的羊皮纸造就出来的男人,一个被称为"纸莎草纸"的人。

夜深了,不知何时,他站在厨房里清洗餐具。这是西尔维拉亲戚家的厨房,但同时也是冯·穆拉尔特家的厨房。"不可思议"爱娃看着他的行径目瞪口呆。他一直等着,直到两名服侍的女佣离开后,才悄悄溜了进去。此刻,他站在那儿,头再次感到眩晕,身体不停摇晃。他俯身靠在料理台上,把盘子擦得干净发亮。现在,他再也不怕头晕,想好好享受一下夜的疯狂,他终于在四十年后,做了当年在学生聚会上没做到的事。"有可能在葡萄牙买到一个贵族头衔吗?"在饭后吃甜食的时间里,他问道,但是,并没有出现预期中的尴尬。大家只当那是语言不通的人的口吃,只有西尔维拉咧着嘴笑。

洗涤的热水在他的眼镜片上蒙上了一层雾气。戈列格里斯的手不小心抓了空,一个盘子滑落,在石头地板上摔成碎片。

"等等,我来。"西尔维拉的侄女奥罗拉突然出现在厨房里。两人同时蹲下,想收拾地上的碎片。戈列格里斯还是什么也看不清,跟奥罗拉撞在一起。事后他想,她的香水味正好可以配上他的头晕。

"没关系。"他向她道歉时,她说。他讶然惊觉,她在他的额头上印上一吻。两人再次起身时,她问他究竟进来厨房做什么?又指着他系在腰间的围裙窃笑。清洗餐具?客人?通晓多国语言的学者?"不可思议!"

他们跳起舞来。奥罗拉摘下他的围裙,打开厨房里的收音机,拉起他的手,另一只则扶住他的肩头。接着,两人便随着华尔兹的节奏在厨房里起舞。戈列格里斯年轻时曾上过一节半舞蹈课,之后便从舞蹈学校逃之夭夭。现在,他转起身来,就像只大笨熊,不停踩在过长的裤脚上。因旋转而产生的眩晕向他袭来,我就要跌倒了。他试图靠在奥罗拉身上。她似乎一点儿也没有察觉,依然随着音乐吹着口哨。他的膝盖开始不听使唤。西尔维拉以手用力扶了他一下,才让他不至于跌倒。

戈列格里斯没听懂西尔维拉对奥罗拉说的话,但是西尔维拉的声调显然是在训斥。他扶着戈列格里斯坐下,端给他一杯水。

半小时后,他们离开了。西尔维拉坐在车后座里说,自己从未有过这样的经验。戈列格里斯将这个死板僵硬的社交圈弄得神魂颠倒。没错,反正奥罗拉早已声名狼藉……但其他人呢……下一次他一定要再带上戈列格里斯,不然他们也会一再提醒他。

他们让司机先开车回到司机的家。接着,西尔维拉坐上了驾驶座,开往柯蒂斯文理中学。

"现在正是时候,不是吗?"途中,西尔维拉突然这么说。

在露营灯的照射下,西尔维拉仔细打量伊斯法罕的照片,频频点头,眼睛不时瞟一下戈列格里斯,接着又再点头。沙发椅上，放着玛丽亚叠得整整齐齐的毯子。西尔维拉坐在上面，问了戈列格里斯一个从来没有人（包括玛丽亚）问过的问题：他是如何进入古代语言的世界的？为什么不去大学教书？他还记得戈列格里斯跟他提过关于芙罗伦斯的事。在她之后，他的生活中便再也没有过其他女人了吗？

接着，戈列格里斯跟他讲述普拉多的事，这是他第一次向别人，向一个陌生人提起普拉多的事，连他都惊讶自己对普拉多了解之多，反省之多。西尔维拉边将手搁在露营暖炉上烘着，边安静地听着，丝毫没有打断戈列格里斯。他可以看一下那本红雪杉的书吗？最后他问。

他的目光在普拉多的照片上停留了很久，读了一遍《数以千计的沉默经验》的导言，接着又再读了一遍。然后，他开始翻阅书中的内容，看到其中一段时，他笑了，大声读道：记下所有慷慨行为的精细账目，这种事情时而有之。他继续翻阅下去，停住，翻回来，又接着念道：

流沙

假使我们终于明白了，不管我们多么努力，成功与否靠的纯粹只是运气而已；也就是说，假使我们终于明白了，在我们面前，以及对我们自己而言，我们的所作所为和所有体验不过像是流沙一样，那么，所有我们熟悉且赞赏的感受——骄傲、沮丧、羞耻等，都将会变成什么?

西尔维拉从沙发椅上站起身来,在屋里来回踱步,眼睛片刻不离普拉多的书。他开始热衷了起来,出声读着:了解你自己:这究竟是一种发现,还是一种创造?接着翻开下一页,他又再念道:真有人对我感兴趣吗,而不只是出于他自己的利益,才对我感兴趣?他翻到了一段比较长的段落,于是坐在校长的办公桌上,点起一根烟。

泄露天机的文字

每当我们谈起自己、谈起别人,乃至单纯谈起某种事物时,我们都想借由自己的话——可以这么说——来揭露自己的心事。我们想要让别人知道我们自己的想法和感受。我们想要让别人看透我们的灵魂(用英语来说,就是:We give them a piece of our mind。[1] 那是我在英国时,一位和我一起站在船舷上的英国人对我说的话,这是我从这个荒诞不经的国度里带回来的唯一一件美好事物。或许还可以加上在万灵学院那个手持红球的爱尔兰人的回忆吧)。用这样的方式来理解的话,我们都是至高无上的导演,可以自

---

[1] We give them a piece of our mind,我们向他人付出自己的一片心。

行决定要上演哪些剧目,来向观众展示我们自身。但这或许根本就是错误的,大错特错?不过是自我欺骗?因为我们不仅透过语言来揭露自己,同时也因此让自己暴露无遗。我们所付出的代价,比我们想要揭露的多得多,而且,有时候结果适得其反。别人可以利用我们的文字,指出某种我们自己或许浑然不知的症状。我们患上某种疾病的症状。假使我们以此来关注他人,我们或许会觉得有趣,也会让我们变得更有雅量。但是,这或许也会变成我们手上的一枚炸弹,对别人造成伤害。假使我们在开口说话之前,想着别人也会用同样的方式对待我们,那些话便如鲠在喉,可怕的经验会让我们永远闭上嘴巴。

回程的路上,他们在一栋镶着许多钢梁和玻璃的建筑物前停了下来。

"这是我的工厂。"西尔维拉说,"我想影印一下普拉多的书。"

他关上引擎,推开车门。但是,戈列格里斯脸上的表情,却让他止步。

"噢,原来如此,是的。这本书和复印机——不相配。"他的手沿着方向盘移动,"此外,你希望这本书可以完全属于你自己,不只是书本身,还有里面的内容。"

稍后，戈列格里斯睁眼躺在床上时，他思考着这几句话。为何在他过往的人生中，从未遇过能如此迅速、毫不费力便了解他的人？上床之前，西尔维拉拥抱了他一下。他可以告诉这个人自己头晕的事，告诉他自己的头晕和对神经科医生的恐惧。

41

星期天下午，胡安·埃萨站在养老院自己的房门前，戈列格里斯从他脸上看出似乎发生什么事。请戈列格里斯进门时，胡安犹豫了一下。这是个冷冷的三月天，但窗户依旧敞开。胡安在坐下来前，理了理裤子。他用颤抖的手摆放棋子时，努力与自己搏斗着。戈列格里斯后来想，胡安的搏斗，既可以说是他的感受，也可以说是一个他不知道是否该挑明的问句。

胡安摆上了卒子。"我晚上尿床了，"他沙哑地说，"却丝毫没有察觉。"他的目光飘到了床铺上。

戈列格里斯犹豫了一下。他不能沉默太久。他昨天在一个陌生人家的厨房里头晕目眩，差点栽进一个兴致高昂的女人怀抱里。但他不是自愿的，他补充说。

"那是另一回事。"胡安不高兴地说。

"因为没有牵涉下体吗？"戈列格里斯问。两个例子都说明了渐渐失去原本习惯的身体控制力。

胡安盯着他看,用力思索着。

戈列格里斯沏了茶,递给他半杯。胡安注意到戈列格里斯落在他颤抖不已的手上的目光。

"尊严。"

"尊严,"戈列格里斯说,"我不知道那究竟是什么,不过,我不认为只因身体不听使唤,就可以断定我们失去了什么。"

胡安笨拙地开了局。

"他们带我去审讯室时,我尿裤子了。他们哈哈大笑。那真是一种可怕的屈辱,但我从未丧失自己的尊严,可现在算什么呢?"

要是他当初全招了,他认为自己失去了尊严吗?戈列格里斯这样问道。

"我什么都没说,一个字也没说。我把所有可能的话语都密封……在我心底。对,没错,就是这样。我把它们全都密封起来,闩上门,再也不能打开。结果是我再也无法与人交谈,再也没有交涉的余地。这产生了一种特殊效果,我从此不再将审讯视为他人的行为、视为他人的行动。我坐在那里,有如一个空洞的躯体,有如一堆肉块,承受着冰雹般袭来的痛苦。我不再视审讯者为一个行动者。他们不知道我已经把他们降级了,降级为盲目发生的事件的现场。这有助于我从残酷的审讯中做些垂死的挣扎。"

"要是他们拿毒药来松你的口呢?"

"这样的情况我经常拿来自问,"胡安说,"我甚至梦过这样的场景。我得出一个结论,他们可以借此毁了我,但没法用这样的方式来夺走我的尊严。想让我失去尊严的话,就得先让自己失去尊严。"

"然而,现在您却为了弄脏床铺而不安?"戈列格里斯说,他把窗子关起来,"太冷了。根本没有味道,一点味道都没有。"

胡安用手捂住眼睛,"我不想插管,不想用抽尿器,只想再多拖延几个星期。"

"人们会不计代价绝对避免去做某些事,或不让它发生。或许正是因为尊严,"戈列格里斯说,"这不必然是道德的界线。"他接着补充一句,"人们也可能以另一种形式失去他的尊严:一位教师为了顺学生的意,在杂耍中学鸡叫;人为了前途,不惜阿谀奉承;极端的机会主义者;为了挽回婚姻,自欺欺人,逃避矛盾;等等,诸如此类。"

"那么乞丐呢?"胡安问,"有尊严的人会当乞丐吗?"

"或许吧,要是在他的故事里有着某种必然性,某种不可避免的东西,让他别无选择,就有这种可能。一旦他本人愿意,并且坦诚以待,他同样也是有尊严的。"戈列格里斯说。

"坦诚以待,同样也是一种尊严。拥有这种心态,才有可能在众人的谴责中幸免于难,例如伽利略和路德。那些承认自己有罪、拒绝否认的人,同样也拥有尊严。在别人面前、在自己面前拥有正直与坦率的勇气,这正是政治家做不到的。"戈列格里斯突然停了下来。"唯有当你说出来时,你才会知道自己想的是什么。"

"有些事情真让人觉得恶心。"胡安说,"譬如不停撒谎。或许这是一种没有尊严的恶心。我在学校的时候,旁边坐着一位同学,不停拿他黏答答的脏手在裤子上擦,而且是以一种很诡异的方式。直到今天,我还看得见他那副德行,仿佛他拿手去擦裤子不是真的。他想当我的朋友。怎么可能?不只是因为裤子的事,瞧他根本就是那副德行。"

"道别和道歉,同样也涉及尊严的问题,"他补充说,"有时候,普拉多会谈到这一点,尤其会思索两种道歉中的差异:有一种是会带来尊严的道歉,另一种则是剥夺他的尊严。谁要是以对方屈服为条件的话,就算不上是道歉。"他说,"别像《圣经》一样,强迫你将自己理解为上帝和耶稣的仆人。只能当仆人!书上那么写着!"

"他会气得脸色发白。"胡安说,"之后,他还经常提起《新约圣经》中对死亡的看法缺乏尊严。带着尊严死去,意味着认清这就是终点的事实真相后才死去。并且反对所有永生的谬论。耶稣升天日那一天,他的诊所照常营业,工作比平常日还多。"

戈列格里斯坐上太迦河渡船返回里斯本时,心想:假使我们终于明白了,在我们面前,以及对我们自己而言,我们的所作所为和所有体验,不过像是流沙一样……尊严在这里又意味着什么?

42

星期一一大早,戈列格里斯坐上火车,前往科英布拉。在这座城市里,普拉多一直深受一个问题的困扰:学医是否根本是个天大的错误,因为他只是遵从了父亲的愿望,却忽略掉自己的意志?有一天,他在一家著名的老字号超市里行窃,偷的根本不是他所需要的东西。而他是一个可以买下整间药局,送给挚友乔治的人。戈列格里斯想着普拉多写给父亲的信,想着那个美丽的女窃贼狄阿芒蒂娜·爱斯梅拉尔达·艾尔梅琳达。在普拉多的想象里,她担负起报复父亲的角色,替被父亲判刑的女惯窃报仇。

他在启程之前,打了电话给玛丽亚,问她普拉多当年住的街道名。对她担心他头晕一事的询问,他却闪烁其词。今天早上他的头没晕,却出现了另一种症状:他觉得当自己想要触碰东西时,仿佛需要穿越一层如薄纱般的空气,遭遇到些微的阻力。要不是他隐约怀着恐惧,觉得自己的世界正在流逝,无法阻挡下来的话,这片可穿透的空气层仿佛成了他的一层保护膜似的。他在里斯本火车站的月台上,来回试探地走动,好确定那股冷硬阻力的存在。这对他有点帮助,等他在空荡荡的车厢内坐下来时,心里已经平静许多。

这段路程，普拉多已经来回不知多少次。在电话中，玛丽亚提到普拉多对火车甚为热衷。胡安·埃萨同样提过这点。他说普拉多以自己对这类事物的知识，亦即他对火车的疯狂痴迷，救了反抗运动成员一命。"特别是转辙器最让他着迷。"胡安说。玛丽亚则强调了别的东西，"普拉多把火车旅行视为想象力的河床，是想象力液化的一股运动，是一个从密闭的心灵深处所源生的图像。"戈列格里斯今天早上在电话里和她聊天的时间，比预期还要长。两人都感受到一种特别且珍贵的信赖感，从昨天他为她读《圣经》时，已开始渐渐萌芽。他再次听到乔治·欧凯利的感叹："玛丽亚，我的天，当然了，玛丽亚。"从她开门到现在，只不过二十四小时的时间而已，他却已经完全明白为何普拉多最危险的想法总是在她的厨房，而不是在其他地方写出来的。那到底是什么？大无畏吗？或者他只是有着这样的印象：这个女人，终其一生都知道人内心的界线所在，且独立自主。或许，这正是普拉多梦想得到的东西？

他们在电话里聊了很久，仿佛仍身在柯蒂斯文理中学，他坐在校长的书桌前，而她坐在沙发椅上，拿毯子罩住腿。"一旦牵涉旅行，普拉多很明显就会开始分裂。"她说，"一方面，他想不停地行驶下去，离开封闭他幻想的空间。但还没等他离开里斯本，乡愁便已袭来。那份乡愁太可怕了，看了都受不了。'没错，里斯本是很美，可是……'大家这样对他说。

"不过，大家不知道他的乡愁跟里斯本无关，只是他个人的事,也就是说,他的乡愁并不是一种对于熟悉感和愉悦的渴望,而是要深刻得多,是某种触及他灵魂的东西:是一种躲进坚固、备受防护的内心大坝之后,让自己的灵魂受到保护,免受所有危险之火和恶毒的暗流袭击的愿望。他从经验得知,只要人在里斯本,在父母家,或者在文理中学,尤其是在蓝屋诊所时,他内心的堤坝是最坚固的。'蓝色是让我感到安全的颜色。'他说。

"普拉多保护自己这一点,解释了在他的乡愁中,为什么恐惧和灾难始终如影随形。一旦这种感受袭来,速度想必非常快,会导致他突然终止行程,逃回家里。这种情形只要出现,法蒂玛是多么失望!"

玛丽亚在继续说下去之前,犹豫了一下。

"她不明白他的乡愁从何而来。不过,这样也好。否则她一定会想:显然是我无法让他不再对自己感到恐惧。"

戈列格里斯取出普拉多的书,翻到一段已经多次重复阅读的段落。这段可以说是打开普拉多心灵的钥匙。

我的内心,有如一辆行进中的火车

我上车实非自愿,既没有选择,也不知道目的地何在。许久前的一天,我在车厢内醒来,感觉到车轮的滚动。这可真刺激,我侧耳倾听车轮隆隆的滚动声,脸迎着风,享受着速度的快感,欣赏眼前快速掠过的

景物。我真希望火车可以永远前行，永不停歇。无论如何，我都不想让火车在某个地方永远停下来。

　　我坐在科英布拉大学大讲堂的硬板凳上，当时我才意识到：我没办法下车，没办法改变火车的轨道和方向，也没办法决定车速。我看不到火车司机，分不清谁在驾驶，也不知道司机是否值得信赖，能否正确看懂号志？要是转辙器出错了，他是否能意识得到？我没办法变换车厢。我看见通道上人来人往，心想：或许他们的车厢跟我的完全不同。然而，我过不去，也没办法察看。那个我不曾见过的、也不可能见过的列车员，不仅闩上了我的车厢门，还加了封印。我推开车窗，让身子尽量伸出去，看见其他人也做着同样的动作。火车转过一个缓缓的弯道。最后一截车厢还在隧道里时，第一节车厢已经驶入下一个洞口。或许火车在没人意识到的情况下，不断地绕行，甚至火车司机也不知情。我不知道这列火车有多长。我看见大家伸长了脖子，想要看出究竟，或者想弄明白。我大声朝他们打招呼，但是行驶中刮起的风吹走了我的呼唤。

　　车厢内的灯忽明忽暗，我无可奈何。太阳和云雾、黄昏和破晓、雨雪与风暴交替出现。车顶上的灯一会儿黯淡，一会儿又变明亮，闪烁着微微的光芒。光影闪烁，熄灭，又再亮起。那光惨淡，有如水晶吊灯，又似炫目的霓虹，总之集万灯于一身。暖气也让人不放心，可能天热的时候暖烘烘，天冷时又无法运转。我检查开关，发出"卡擦咔嚓"的声响，结果什么也没有发生。奇怪的是，连我的大衣也不再保暖。外头的世界以其惯有的方式理性运转着。或许，其他人的车厢也是如此？但无论如何，我这节车厢出现了始料未及的事，是一些完全出乎意料的事。是设计者喝多了吗？还是他是个疯子？或者这根本是撒旦的欺骗行为？

车里摆着一份行车时刻表。我想查看一下火车会停靠何处。里头的纸页是空白的。我们停靠的车站，都没有站牌。车外的人朝我们的火车投来好奇的眼光。车窗玻璃因为猛烈的暴风雨变得污浊不堪。我心想，车窗扭曲了车内的景象。突然，我心里冒出了一股强烈的需求，想要去更正那些歪曲的印象。车窗被卡住，我嘶声叫喊。隔壁车厢的人，恼怒地敲击车壁。火车刚一过站，便驶入隧道。我吃了一惊。离开隧道后，我自问刚才是否真的停靠过车站？

一个人能在旅途中做些什么？整理车厢，把东西固定好，让它们不致相互碰撞、叮当作响。但是，我后来梦到：快速行驶卷起的风，呼啸而过，挤压着玻璃，好不容易摆放整齐的东西，全被刮起。我梦到最多的,还是无止境的行程、错过的车次、错误的时刻表、火车刚一驶进便化为乌有的车站以及从虚无中突然冒出的巡道工人和戴着红帽的车站站长。有时候,我在极度疲倦中睡着。陷入睡眠是一件危险的事。我鲜有醒来时神清气爽,并为眼前的改变欢欣雀跃的情况。通常我醒来时所看到的景物,里里外外都让我烦恼不已。

有时,我会大吃一惊:火车随时可能脱轨。真的,每次想到这点,我便惊恐万分。然而,只有在少数狂热的片刻,这样的想法才会仿佛一道福赐的闪电般掠过我的脑际。我醒了,另一种风景从我眼前掠过。有时,火车行进过快,我几乎跟不上景色的变化和它那突如其来的耍脾气。接着,速度减缓,风景的所做所言又是一成不变的东西,让人备受煎熬。我为自己和风景之间隔了一片车窗感到相当欣慰,如此,便可认清大块风景的愿望和企图,而无须忍受它们无情的炮火与攻击。每当火车全速前进,风景消失得无影无踪时,我好快乐。其他人的愿望呢?当它们波及我们的时候,我们该拿它们怎么办呢?

我的额头顶着车厢玻璃,尽可能全神贯注。希望有一回,哪怕只有一回,我可以真正捕捉到外头的事物!让它不再从我眼前消逝。但是,不行,我办不到。

哪怕火车也曾在站外停留，一切也消逝得太快。下一个印象迅速冲刷掉前一个印象。记忆火热运转，我气喘吁吁，忙着在事后将稍纵即逝的画面重新聚拢，形成比较清晰的幻想。不管如何专注于尾随这些事物之上，我始终差了一步。一切还是消逝了。我只能干瞪眼，一无所获。我从没一次赶上。即使是在夜里，车窗玻璃上映照出车厢内的景致，也依然如此。

我热爱隧道，它们是希望的象征：只要不是在夜晚的话，总会有光明的一刻到来。

有时候，会有人来我的车厢拜访。我不知道他们是如何穿过被闩上且加封印的车门。但这样的事还是发生了。多数的情况下，访客们来得都不是时候。有些人来自现在，有些人来自过去。他们来来去去，随心所欲，从不考虑他人，让我心烦。我非得陪这些人说话。所有这些都只是暂时的存在，不受拘束，命中注定将会被遗忘。我指的当然是在车上的谈话。一部分访客消逝得无影无踪，没留下一丝痕迹；另一些则留下了黏答答和臭气熏天的痕迹，再怎么通风都没用。我真想把车厢内的所有家当统统扔掉，汰旧换新。

旅途漫长。有些日子里，我真希望旅程永无止境。有着这样想法的日子里，真是难能可贵。还有些时候，在我得知只剩下最后一个隧道，火车将永远停下来时，我由衷感到高兴。

戈列格里斯下火车时，已是近傍晚时分。他在蒙德古河对面找了间旅馆。从那儿可以眺望阿尔卡克瓦山丘的老城风光。科英布拉大学庄严的建筑沐浴在最后一道晚霞里，在温和的金色余晖中，高高耸立，凌驾万物。普拉多和乔治曾经住在山上一条陡峭狭窄的小巷中，一间名为"共和"的学生宿舍里，这宿舍的历史可以追溯到中世纪。

"他想和其他学生一样，不想与众不同。"玛丽亚说，"虽然隔壁房间发出的声响，有时会让他发疯，他真的很不习惯。他那身为大地主的家族，几代积累下来的巨大财富，有时让他感受到沉重的负担。没有什么能像殖民和地主这两个字眼，能让他立刻面红耳赤。他一听到这两个字眼，便恨不得能拔枪射击。

"我去看他的时候，他刻意随便穿着。'为什么不像其他医学系的学生那样佩戴黄色缎带？'我问。

"'你知道我不喜欢制服。在文理中学的时候，我就讨厌学校的帽子。'他回答。

"我得回去时，我们一起站在月台上。这时，一名学生走过来，佩戴着文学系的深绿色缎带。

"我看着普拉多，对他说，'那不是你要的缎带。你不想要黄色的。你想要的是绿色的。'

"他说,'你知道我不喜欢让别人看穿我。请你尽快再来看我。'

"他说请时,有种特别的声调。为了听这个字,我愿意走遍天涯海角。"

普拉多住过的那条巷子很好找。戈列格里斯打量着学生宿舍的走廊,上了几个台阶。"在科英布拉时,仿佛全世界都属于我们。"乔治描述当初的情景时说。正是在这个地方,他与普拉多写下了"忠诚"二字。但是,清单中缺少了爱情。欲望、满足与安全感,这些情感迟早会倾塌,唯有忠诚永存。忠诚是一种意志,是一种决心和一种心灵的取舍,它是某种将偶然的相遇和感情的偶然性,转化成必要性的东西。"永恒的一瞬间,只是一瞬间,却永远存在。"普拉多这么说。戈列格里斯的眼前出现了乔治的脸。"他错了。我们两个都错了。"他听见乔治带着醉意,幽幽诉说着。

一进到大学,戈列格里斯恨不得直奔乔安娜图书馆和卡佩罗斯馆。这两处都是普拉多后来一再回来拜访的地方,但图书馆并非随时能进去,今天已经过了开放时间。

只有小礼拜堂进得去。里头只有戈列格里斯一个人。他打量着美得令人震撼的巴洛克管风琴。"我想聆听让人心醉神迷的管风琴,我需要汹涌澎湃、超脱尘世的音乐,来抵御刺耳可笑的进行曲。"普拉多在他的毕业致辞中说道。戈列格里斯搜寻着过去自己进教堂的记忆:参加坚信礼课程和参加父母的葬礼。

"我们的慈父……"这听起来是何等的沉闷、无趣与幼稚！现在想来，所有这些词句根本和具有高度延展性的希腊文与希伯来文诗歌毫无关联[1]。

戈列格里斯吃了一惊。不经意间，他居然一拳砸在长板凳上。他难堪地四下张望。幸好他一直是单独在教堂里。他蹲了下来，做着普拉多想象父亲的驼背时所做的事情：他尝试从心里去想象那个姿势。"该把它拆了，"有一次，当普拉多和巴托罗缪神父经过忏悔室时这样说道，"简直是个屈辱！"

戈列格里斯起身时，整座小教堂都在快速旋转。他紧紧抓住长板凳，等着眩晕过去。接着，不像身边匆匆而过的学生一样，他慢慢地沿着校园的小径走着，踏进一间正在上课的大讲堂，在最后一排坐了下来。起先，他心里想的这是一堂讨论欧里庇得斯的课，想着自己错失了良机，不能向那名年轻讲师大声说出自己的意见。随后，他的思绪飘回到自己学生时代上过的那些课。最后，他当自己是学生普拉多，在大讲堂里站起身，提出尖锐的问题。"坦白说，那些获奖无数的教授们和专业领域的权威，在他面前仿佛是要接受审核似的。"巴托罗缪神父这么说。然而，坐在这里的普拉多，并非高傲狂妄、自命不

---

1 此处意指戈列格里斯认为，希伯来文《圣经》和希腊文文学作品是伟大的文学作品，有如诗歌般具有高度延展性，而翻译成拉丁语的《圣经》，则变得干涸、沉闷，失去了诗意。

凡。他生活在怀疑的炼狱中，因担心自己错失良机，而备受煎熬。"我坐在科英布拉大学大讲堂的硬板凳上，当时我才意识到：我没办法下车。"

这里正上着法律课，戈列格里斯一窍不通，只好起身离开。直到深夜，他依然留在校园中，一再试着厘清那些如影随形、杂乱无序的思绪。为什么他会突然想在这所葡萄牙最著名的大学里，站在大讲堂前，与学生们共享他渊博的哲学知识？他或许已经错过了另一种可能的生活？一种以他的能力和知识足以轻易享有的生活？他过去从未想过自己身为一个学生，在大学读了几个学期之后，便不理会大学的课程，而将全部时间奉献在孜孜不倦地阅读文本上，是否错了？他从未有过这样的想法，片刻也没有。然而，为什么他现在突然感到一阵忧伤？而且那真的是种忧伤吗？

他坐在小酒馆里；点的餐上桌时，又觉得恶心。他只想出去，走进凉爽的夜风中。今天早上裹住他的薄纱般空气再次出现，变得更厚实，阻力更大。于是，他又像在里斯本火车站时一样，坚实地迈着大步走。这次也奏效了。

胡安·德·路萨德·德·雷德斯玛，《阴暗骇人的海洋》。他经过一家旧书店的橱窗，那本放在普拉多桌上的大部头书，赫然出现在眼前，那是普拉多最后的读物。他走进去，拿起那本书。花体字的大写书名，配上铜版画的海岸和水手的毛笔素描。"菲尼斯特雷角，"他听到安德里亚娜说，"在加利西亚的上方。他仿佛心意已决。当他说起这些话的时候,脸上流露出着魔般的热情躁动。"

戈列格里斯坐在书店的一个角落翻看这本书,发现了十二世纪的穆斯林地理学家艾尔·艾德里希的一段话:"我们从圣地亚哥岛出发,驶向当地农民称为菲尼斯特雷角的地方。这个名字意为'世界的尽头'。从那儿向外看,除了天空和海水之外,再也看不到其他东西。据说,这里的海浪如此汹涌,根本无人可以驾驭这片海域。因此,也没有人知道海的那边有着什么。当地人告诉我们:'有些想要一窥究竟的人,和他们的船一起消失,没有人回来过。'"

过了许久,戈列格里斯心里的一个想法才逐渐成形。"多年后,我听说她成了讲师,在萨拉曼卡大学工作,教授历史。"胡安·埃萨提到艾斯特方妮雅时说道。她为反抗运动工作时,在邮局工作。和普拉多逃离葡萄牙后,她一直留在西班牙,在那儿研读历史。安德里亚娜看不出普拉多的西班牙之行与他突然对菲尼斯特雷角产生狂热的兴趣之间究竟有何关联。假使两者之间真有某种关联的话,又会是什么?他是否可能和艾斯特方妮雅一起去过菲尼斯特雷角?她研习历史是否真是出于自己对中世纪,对当时人们所畏惧的汹涌大海的兴趣?假使他们真的到了世界的尽头,当时又发生了什么事,让普拉多如此失魂落魄,因而打道回府?

不,不,这想法太荒谬,太离奇了。尤其是想到一个女人会书写关于骇人大海的书,实在是太过荒唐。但是,他真的不能再用这样的理由,来浪费这家旧书店老板的时间。

"让我找找看。"书店老板说,"相同的书名——几乎不可能,这有悖优良的学院传统。我们先从名字来试试。"

计算机上显示,艾斯特方妮雅·艾斯平霍莎一共写过两本书,都与早期的文艺复兴有关。

"没有差很远,不是吗?"旧书店老板说,"不过,我们还可以找出更具体的细节,您注意看了。"他点进了萨拉曼卡大学历史系的网页。

艾斯特方妮雅有自己的网页,在她的出版作品目录中,最前头的两篇论文便是关于菲尼斯特雷角!一篇是以葡萄牙文写成,一篇则是西班牙文。旧书店老板做了个鬼脸。

"我不喜欢计算机,但有时候……"

他打电话给一间专业书店,他们那里有其中一本书。

快到打烊时间了。戈列格里斯腋下夹着那本阴森海洋的大书,冲了出去。书页封面上会有她的照片吗?他几乎是从女店员手里抢过那本书,翻到背面。

艾斯特方妮雅·艾斯平霍莎,一九四八年生于里斯本,现为萨拉曼卡大学教授,教授西班牙及意大利近代史。书页封面上的肖像说明了一切。

戈列格里斯买下这本书。在回旅馆的路上,他几乎每走几步便停下来打量她的肖像。"她不只是学院里爱尔兰人手上的那颗鲜红色足球而已,她更可以说是所有鲜红色爱尔兰足球的集合体。"他听到玛丽亚这么说。"他一定感觉到了,她赋予了他的人生得以完整的机会。我是说,就一个男人而言。"而胡安·埃萨的话说得或许并不中肯:"我相信,艾斯特方妮雅是他的机会,让他终于能远离法庭,进入炽热又自由的人生。这回,他才不管别人,完全依照他自己的心愿,听任自己的激情。"

当时,她和大她二十八岁的普拉多一起离开蓝屋诊所,坐在驾驶座上,开车穿越边境,摆脱了乔治,摆脱了危险,走入新的生活时,才二十四岁。

回旅馆的路上,戈列格里斯经过一家精神病院。他想起普拉多行窃后精神崩溃的事情。玛丽亚告诉他:普拉多在医院值班的期间,对那些盲目陷溺在自我当中、不断前前后后走来走去、自言自语的病人深感兴趣。其后,他也一直关注着这样的人,并且对于那些在街上、在巴士里、在太迦河边,对想象的敌人发出怒吼的人数量竟如此之多感到错愕不已。

"要是他不去跟那些人交谈,聆听他们的故事,他就不是普拉多了。这些人从来没有碰过这样的事情,而且一旦他错把自己的地址给了这些人,他们就会在隔天闯进诊所,害得安德里亚娜不得不把他们轰出去。"

在旅馆里,戈列格里斯读着普拉多书里自己尚未读到的几段笔记中的一段:

沸腾的愤怒之毒

假使我们因为别人的无耻、不恭敬或肆无忌惮而大为光火，我们便受到了他们的宰制。怒火快速地焚烧，吞噬了我们的心灵，一如沸腾的毒药般，粉碎了所有柔和的、高贵的及均衡的感受，让我们无法安眠。于是，整夜无法安眠的我们，只好起床，点亮了灯，生自己的气。愤怒好似寄生虫般栖寄在我们身上，吸干我们身上的养分，让我们的身体衰弱。我们不仅为受到的伤害，也为伤痛在我们体内任意滋生而愤怒。当我们忍受着太阳穴上的刺痛，坐在床边饱受折磨，当我们成了那股愤怒之火的牺牲者时，那造成我们失眠的加害者却躲在远处，毫发无损。在我们内心的无人舞台上，无声的愤怒暴露在刺眼的灯光下，我们独自为自己上演了一出戏码。在无助的怒火中，影子般虚幻的角色将影子般虚幻的话语投掷到影子般虚幻的敌人身上。我们的五脏六腑都感受到了迅速蹿升的怒火。而且，因为这只是一场皮影戏，我们不可能与对手真正对决，让对手受伤，或者让他承受跟我们一样的痛苦，越是想到这一点，我们越是绝望；然而越是绝望，这些毒影的舞动便越加疯狂，紧随不放，一直追踪我们来到梦中最阴暗的地下墓室。（我们怒容满面，心里下定决心誓要反击！我们彻夜模铸文字，这在他人眼中看来，具有燃烧弹一般的威力。唯有如此，才可以让我们的敌手心中升起愤怒的熊熊烈焰；相对地，我们便可以幸灾乐祸，重新获得心灵的抚慰，快乐地喝着咖啡。）

怎样才叫作适切的愤怒处理方式？我们不愿意成为没有灵魂的人，不愿意对所遭遇的事漠不关心。这样的人只会根据自己毫无生气、冰冷的判断来评价世界，从不真正关心一切，心灵根本不会有所触动。正因为我们不是这样的人，不可能真的希望自己完全不识愤怒的经验，要自己永远保持镇定。要是那样的话，我们跟乏味的麻木不仁有什么差别？愤怒让我们了解自己是什么样的人。因此，我想要了解愤怒究竟可以教导我们什么，并且让我们学会在不沉溺于愤怒毒素的情况下，有效利用愤怒。

可以肯定的一点是，我们会在临终的床上为自己的人生做最后一次清算——这时我们会尝到有如氰化物般苦涩难受的滋味：我们在一生中浪费了太多的时间和精力，让自己感到愤怒，并且在一场无助的皮影戏中，对他人进行报复。只有我们自己才知道到头来痛苦的还是我们自己，因为我们对一切依然束手无策。我们要怎么做，才能去改善这样的清算结果？为什么我们的父母、老师以及其他教导我们的人，从未对我们提过这点？一件如此意义重大的事，为什么他们从未向我们稍微提过？为什么他们从未教会我们妥协的方法，帮助我们避免为那些无谓且自我毁灭式的愤怒，浪费我们的心灵？

戈列格里斯躺在床上始终没有睡着。他时不时起身，走到窗前。午夜，上城区的大学及钟塔看上去肃穆而神圣，还带有一丝丝的威胁感。他可以想象一名土地丈量员正徒然等待着领取进入这片神秘地带的许可证。

戈列格里斯将头靠在枕头堆上，又读了一遍普拉多写的句子。在这些句子里，普拉多显然比在其他所有句子中更明显地敞开了他的心胸：有时，我会大吃一惊：火车随时可能脱轨。真的，每想到这点，我便惊恐万分。然而，只有在少数狂热的片刻，这样的想法才会仿佛一道福赐的闪电般掠过我的脑际。

戈列格里斯不知道这样的意象来自何处，但是他忽然看见这位把诗意的思想视为天堂的葡萄牙医生，正坐在一座修道院的回廊圆柱间，那里已经成了脱轨的人找寻宁静的避难所。他的脱轨，源自他那备受折磨的灵魂，有如炙热的熔岩一般，以无比的力量焚毁且卷走了他心中曾感受到的奴役，及别人对他的过度期待。他辜负所有的期待，打破一切的禁忌，而这也正是他的喜乐来源。最后，他终于在驼背的法官父亲，野心勃勃的、温柔的独裁者母亲以及终生对他感激涕零、让他几乎窒息的妹妹面前，得到了平静。

在他自己面前，他最后也终于得到了平静，不再有乡愁，不再需要里斯本，不再需要蓝色的安全感。现在，他终于可以听任自己内心的波涛汹涌，与它们合而为一，无须再为自己设立一道护坝。他可以不受阻碍地旅行，抵达世界的另一端，终于可以穿越白雪皑皑的西伯利亚大草原，一直到海参崴，无须侧耳倾听每一次车轮的滚动声，告诉他，自己正逐渐远离蓝色的里斯本。

阳光洒进修道院的中庭。立柱变得越来越亮，直到最后整个褪去了颜色。结果眼前只剩下一道发亮的深渊，戈列格里斯没站稳，栽了下去。他猛然惊醒，跟跟跄跄地冲进浴室，拿水冲脸。接着，他打电话给多夏狄斯。希腊人听他描述眩晕的所有细节，沉默了一阵子。戈列格里斯感觉到恐惧悄悄爬上他的身体。

"这有各种可能性。"希腊人最后用医生的口吻平静地说，"多数的情况下，这类问题都是无害的，却不是我们很快可以控制下来的。你还是去做个检查吧。葡萄牙人的检查技术，已经可以做得跟我们一样好。不过，我的直觉告诉我您该回家，用母语跟医生谈。恐惧和外语，两者并不适合在一起。"

戈列格里斯最后入睡时，看见大学的背后露出了第一道曙光。

43

"里头有三十万册书。"导览员这样介绍。她的高跟鞋鞋跟在乔安娜图书馆的大理石地面上喀喀作响。戈列格里斯留在后头，左右环顾。他从没见过这样的景象，房间全用金箔和热带木材包覆，让人联想到凯旋门彼此联结的拱门，上头还刻着国王胡安五世的徽章。十八世纪初，他创建了这间图书馆。精美秀丽的柱子支撑着巴洛克式的厢楼，一幅胡安五世的肖像画，一条窄长的红色地毯，更增添了大厅的华丽辉煌感。一个有如童话般的世界。

荷马史诗《伊利亚特》和《奥德赛》的版本众多，装帧华丽，书中的文字因而更显神圣。戈列格里斯的目光继续扫视这一切。过了一会儿，他发觉自己不再留意书架上的书，思绪落在了荷马的作品上。那必然是个让他心跳加速的想法，但他并不清楚这其中的意涵。他走到角落，摘下眼镜，闭上眼睛。他听到了下一个房间里导览小姐刺耳的声音。他用手捂住耳朵，在沉闷的静寂中，全神贯注。几秒钟过去，他感觉到自己脉搏的跳动。

对了，不知不觉中他在找寻着一个字，一个在荷马作品中只出现过一次的字。它仿佛就在他的背后，深埋在他的记忆里，它想要测试他的记忆力是否还像以前一样完美。他的呼吸越来越急促。可是，那个字还是没有出现。它就是没出现。

导览小姐带着喋喋不休的参观团体穿越大厅。戈列格里斯挤到了人群的最后面。他听到图书馆大门关上，钥匙转动的声音。

他心跳如悸，迅速冲向了书架，取出《奥德赛》。老旧发硬的皮革边角，划过他的手心。他一面匆匆翻着，一面吹掉尘埃。然而，那个字并不在那里，不在他以为的那个地方。它并不在那里！

他试着让自己的呼吸平缓下来。忽然，一阵眩晕袭来，仿佛一片薄云飘来，瞬间又消散。他在脑海中有条理地过滤了全部的史诗。不可能在其他的章节。结果，就连原本确定开始找起的段落，也变得四分五裂。地基开始动摇，但这一次却不是因为头晕的关系。难道是他粗心搞错了吗？难道是《伊利亚特》？他从书架上取下《伊利亚特》，随手翻着。翻书的动作空洞又机械化，根本记不住目标在哪儿。戈列格里斯时时刻刻能感受到自己被空气包围。他试着顿足，挥舞手臂，书却从他的手中滑落，他的双膝再也无法支撑身体，他感到一阵松软无力，昏倒在地。

他醒来时，费力地摸索掉在离手边不远处的眼镜。他看了一下手表，他昏倒的时间没有超过一刻钟。他背靠着墙坐着。在这几分钟里，他只是喘着气，庆幸自己没有受伤，眼镜也完好无缺。

但是，忽然间他感到一阵惊慌。这样的遗忘是否意味着某种事物的开端？第一座遗忘的小岛？它以后会慢慢扩张，还会有其他岛屿加入？我们是遗忘的岩坡。普拉多不知道在哪里曾经写过。如果此刻一场泥石流向他袭来，冲走他脑海中所有珍贵的词汇，该怎么办？他用他的大手护着头，紧紧压住，仿佛这样可以阻止词汇的流失。他的目光搜寻着一个接着一个的物体，接着一个个说出它们个别的名称，先是用方言，接着用标准德语、法语、英语，最后用葡萄牙语。没有问题，没有任何错误。他的内心渐渐平静下来。

门开了。下一批游客进入时，他躲在角落里，找机会混入人群，溜出门外。蔚蓝的天空笼罩着科英布拉大学。一家小咖啡馆里，他缓慢地小口啜着甘菊茶，胃舒缓了下来，他又能吃些东西了。

学生们三三两两地躺在三月的暖阳下。一对相拥的男女，突然发出一阵大笑，扔掉烟头后起身，姿态优雅，一气呵成，接着又跳起舞来，轻巧又自在，仿佛没有重力一般。戈列格里斯感受到回忆的漩涡，任由自己卷入。蓦然间，他回到了几十年来的记忆里没有再回去过的场景。

"没有错误，但不够流畅。"戈列格里斯在大讲堂翻译古罗马诗人奥维德的《变形记》中的一段后，拉丁文教授这般评论道。十二月的一个下午，白雪纷飞，灯光闪烁。女孩们笑着。"再多跳些舞！"一个打着领结、夹克上披着红围巾的男人补上这一句。戈列格里斯感受到自己在长板凳上的重量。他稍微动一下，长板凳便吱嘎作响。剩下的时间里，换其他人上场，他恍恍惚惚，坐在旁边，最后经过点缀着圣诞装饰的门廊时，依然感到恍惚。

圣诞节过后，他再也没回来参加过聚会，避开那名披着红围巾的男人，也避开了其他的教授。从那时起，他只在家中自修。

现在，他付了钱，走过又名诗人之河的蒙德古河，回到了旅馆。你觉得我乏味吗？怎么了？可是"无所不知"，你怎能问我这样的问题？为何所有这些事至今依然让人感到刺痛？为什么已经过了二三十年后，他依然无法从中获得解脱？

两个小时后，戈列格里斯在旅馆醒来时，太阳刚刚沉落。娜塔丽雅·鲁宾的高跟鞋跟正"咔嗒咔嗒"地踩在伯尔尼大学的大理石走廊上。他站在一间空荡荡的大讲堂里，为她讲解希腊文学作品中仅出现过一次的词汇。他想把这些字写下来，但是黑板十分滑腻，粉笔不停打滑；他想念出这些字来，却忘了怎么说。不安的梦中，艾斯特方妮雅·艾斯平霍莎也忽隐忽现，眼睛闪闪发亮，一身橄榄色的皮肤。起先，她一言不发，后来变成了讲师，在金碧辉煌的巨大穹顶下，讲授一个根本不存在的题目。多夏狄斯打断她的话。"回家吧，"他说，"我们要在布本贝格广场为您做检查。"

戈列格里斯坐在床沿，至今仍未想起荷马的那个字眼。那个字究竟出现在何处？不确定感再次折磨着他，即便手里拿着

《伊利亚特》也毫无意义。那个字出现在《奥德赛》里。没错，它就在那里。他本来就知道。可是，究竟在哪里呢？

楼下的柜台帮他查到下一班开往里斯本的火车，明早才会出发。他拿起那本关于阴森海洋的大部头书，继续读着穆斯林地理学家艾尔·艾德里希的那段文字：他们跟我们说，没有人知道在这片海域中有着什么，也没有人去研究。因为船只的航行遭遇过不少阻碍。深沉的黑暗、高涨的海浪、频繁的风暴、无数栖身大海的妖魔鬼怪，还有强劲的风。他原本想影印艾斯特方妮雅·艾斯平霍莎那两篇关于菲尼斯特雷角的文章，却在图书馆员那儿碰了壁，因为他不知道该怎么说明。

他在床沿坐了好一会儿。"还是做个检查吧。"多夏狄斯说。接着，他又听到玛丽亚的声音，"您最好别掉以轻心。"

他冲了个澡，整理好行李，请不知所措的柜台小姐帮他叫出租车。在火车站那里还能租车，不过今天仍要算钱，坐在柜台后面的男人说。戈列格里斯点了点头，签下到后天的租约，走到了停车场。驾照是他在学生时代考的，钱是他兼课赚来的，那已经是三十四年前的事。在那之后，他再也没开过车。贴着他青少年时期照片的驾照早已发黄，粗体字写着规定：他必须戴眼镜，且不得在夜间行车。驾照一次也没使用过，一直夹在护照里。负责出租的人皱了皱眉，目光来回穿梭在照片上年轻的脸和现实中的脸之间。不过，他最后还是什么都没说。

戈列格里斯坐上大车的驾驶座，等自己的呼吸平缓下来，慢慢试按所有的按钮和排档，冰冷的手启动了引擎，推到倒车挡，松开离合器。车子熄了火，车身猛然晃动，他吓了一跳。他闭上眼睛，再一次等待，直到呼吸平缓下来。第二次尝试的时候，车子猛然弹跳起来，这回倒是启动了。戈列格里斯倒车驶出停车格，以步行的速度沿着弯道开到出口。在出城的一个红绿灯前，车子再次熄火。不过，之后的情况越来越好。

高速公路上，他花了两个小时的时间才开到维亚纳堡。他镇定地坐在方向盘前，保持靠右行驶，开始享受开车的滋味，几乎把荷马的文字成功抛诸脑后。他慢慢得意起来，伸展臂膀，握紧方向盘，将油门踩到底。

一辆前灯大开的车辆迎面驶来。四周景物开始天旋地转，戈列格里斯赶紧松开油门，朝右侧的临时停车道滑去，冲进草皮，在离护板几厘米处停住。快速流动的光束，有如潮水般从他身边缓缓流过。稍后，他停在下一个停车场，走下车，小心呼吸着夜晚清新的空气。您该回家，用母语跟医生谈。

一小时后，他穿越瓦伦沙·朵·明赫，抵达边境。两名手持冲锋枪的民兵挥手让他开过去。在图伊，他开上往比戈、蓬特韦德拉的高速公路，一路往北朝圣地亚哥去。午夜前，他稍事休息，边吃东西，边研究地图，找不到更好的解决方法：要是他不想绕一大圈经过圣塔欧吉尼亚角，就必须穿越帕德隆的山路，开往诺亚，接下来的路便很清楚，一直沿着海岸开，直到菲尼斯特雷角。他从未在山路上开车，心里浮现瑞士山路的景象，看见瑞士邮政的司机猛打方向盘，以便迅速掉头。

周围的人全说着加利西亚方言，他根本听不懂。他太累了，再也想不起那个字了。他，"无所不知"，居然忘了荷马的那个字。桌下，他的脚用力地踩着地面，想要赶走那片空气的薄膜。他感到恐惧。恐惧和外语，两者并不适合在一起。

事情比他想象的轻松。遇到无法一窥全貌的急转弯时，他便减速慢行，夜间，迎面而来的车辆都开着车灯，比白天更容易辨识。过了凌晨两点，路上的车辆逐渐变少。他想到万一自己头晕起来，在窄路上无法停车时，便感到一阵恐慌。然而，见到接近诺亚的路标出现之后，他渐渐得意起来，切过弯道。就是不够流畅！可是，"无所不知"，你怎能问我这样的问题呢？为什么芙罗伦斯就不能为他撒个谎？你乏味吗？一点儿也不！

有可能摆脱掉曾经受过的伤害吗？普拉多写道，我们深入到过去。那是源自我们的情感，特别是源自那些深植我们内心的规定自己为何许人和自己变成现在这样的那些情感。因为这些情感并没有时间性，不知岁月为何，更不承认时间的流逝。

从诺亚到菲尼斯特雷角约一百五十公里，路况良好，虽然看不到海面，却感觉得到大海。现在已经凌晨四点。戈列格里斯不时停下车来，不是因为眩晕，而是因为大脑累得像是在头颅里漂浮似的。经过许多家黑漆漆的加油站之后，他终于找到一家开门营业的。菲尼斯特雷角长得什么模样？他问昏昏欲睡的加油站小弟。"我是'无所不知'。"他笑着说。

当他驶进菲尼斯特雷角时，晨曦已经穿过乌云笼罩的天空。他走进一家小酒吧，成了当天的第一位客人。他站在石板地上，感到清醒而踏实。那个字会出现的，只要等着就可以，记忆力就是如此，谁都知道。他享受这趟疯狂的旅行，享受自己来到此地，也享受店主递给他的香烟。肺里吸进了两口烟后，他感到微微的眩晕。"眩晕。"他对店主说，"我是眩晕的专家，眩晕的种类有很多，我全部都知道。"店主没听懂，使劲地擦着吧台。

快到岬角的数公里前，他打开车窗。咸咸的海风美妙无比，他开得很慢，仿佛享受着期待中的快乐。路到了一个小渔港的港口戛然而止。渔民们刚刚捕鱼归来，三三两两站着抽烟。他后来也不知道发生了什么事。总而言之，他突如其来站在渔民群中，抽着他们的烟，那里仿佛是他们露天的固定席位。

"你们满意自己的生活吗？"他问。他，"无所不知"，伯尔尼的古语言学家，来到世界的尽头，问着加利西亚渔夫们的人生观。戈列格里斯享受这一切，享受荒唐中掺杂着疲倦、狂喜和说不清的脱轨感。

渔民们没有听懂他的问题。戈列格里斯不得不用结结巴巴的西班牙文重复了两遍。"问我快乐吗？"其中一个终于高声地说，"除了快乐之外，我们不知道还有其他什么感觉！"他们大笑，不停地笑着，笑声在空气中回荡。戈列格里斯受到这份强烈情感的渲染，眼睛微微湿润。

他把手搭在其中一位渔民肩上，让他转身过去面对大海。

"完全正确，越来越多——什么都没有！"他冲着海风高叫。

"美国！"男人高喊，"美国！"

渔民从大衣内袋里摸出一张照片来，是个身穿蓝色牛仔裤，套着长筒靴，戴着牛仔帽的女孩。

"我女儿！"他朝大海的方向打了个手势。

其他人从他手上抢走照片。

"看她有多漂亮！"大家七嘴八舌。

戈列格里斯微笑，比手画脚，也跟着笑。有人拍了他的肩膀，右边，左边，又是右边，力道粗野。戈列格里斯的身体摇晃，渔民们转了起来，大海转了起来，海风呼啸变成了耳鸣，越来越响。突然，一切消失，寂静吞噬了一切。

他醒来时，发现自己躺在一艘船的甲板上，上方是人们惊恐的脸。他坐了起来，头痛欲裂，拒绝了别人手上递来的烈酒。一下子就没事了，他解释，接着又补充道："我是无所不知。"大伙儿放心笑了。他握着那些满是茧子、皲裂粗糙的手，慢慢地走下船，尽量保持身体平衡，然后坐上了驾驶座。他很庆幸引擎立刻就发动了。渔民们手插在防水衣口袋里，看着他离去。

他在镇上找到一家小旅馆，要了间房，一直睡到下午。天早已放晴，也变得暖和些。尽管如此，他在黄昏去海角时，依然冻得发抖。他在一块岩石上坐下来，遥望西面的一盏灯渐渐昏暗，直到最终熄灭。阴森黑暗的海洋。深色的海浪哗哗作响，细碎泡沫随着骇人的轰鸣，冲刷着海岸。那个字依然没有出现。它不会出现了。

究竟有没有那个字的存在？或许，这最终并不是记忆的问题，而是理解上出现了一道细微的裂痕？怎么会只因为想不起仅出现过一次的一个字，便几乎丧失了对事物的全盘理解？假使他现在是坐在大讲堂里参加一门考试，也希望自己可以绞尽脑汁地想。但是，假使面对的是咆哮的海洋呢？那片在前方逐渐与夜空融为一体的漆黑海水，为什么不能冲刷掉这类无关紧要、全是无稽之谈的忧虑，好照顾这位心灵失去平衡的人？

他突然开始想家，闭上了眼。八点差一刻，他从联邦阶地走来，踏上科钦菲尔德大桥，接着穿过医院街、市场街和杂货街的门廊，一直走到贝恒公园。在大教堂里，他听着圣乐。他在伯尔尼火车站下车，回到自己的公寓。从唱盘上取下葡萄牙语教学唱片，搁到杂物间，然后倒在床上，开心得知一切如昔。

普拉多和艾斯特方妮雅·艾斯平霍莎不太可能一起来这里，实在不可能。没有任何的蛛丝马迹，一点也没有。

戈列格里斯回到车上，身上的夹克给沾湿了，他冷得直哆嗦。黑夜里，车子看起来特别巨大，像个庞然大怪兽般，没有人可以将它毫发无损地开回科英布拉,尤其最不可能办到的是他。

后来,他到小旅馆对面,试着吃些东西,可是毫无食欲。他在柜台要了几张纸,回到房间里,坐在小茶几前,开始用拉丁文、希腊文和希伯来文翻译穆斯林地理学家写的东西,希望借着书写希腊字母,找回那个失落的字。但是,什么都没有出现,记忆的空间依然空荡静谧。不,不是那片沙沙作响的海洋,导致了文字的保留或遗忘失去意义。也不是它导致了词汇的保留或遗忘失去意义。不是那么一回事,根本不是。只是在所有文字中的唯一一个字,在所有词汇中的唯一一个词:这样的字词是无可触及的,是盲目无语的大水完全触不到的。即使整个宇宙突然洪水泛滥,天空中的雨下个不停,这样的字词依然是无可触及的。如果宇宙中只有一个字,唯一一个字,那就等于没有字;然而,假使真有这个字的话,那必然比全天下的所有洪流都要更为强力且闪耀。

戈列格里斯渐渐平静下来。入睡前,他从窗口往下看停车场上的汽车。隔天,天一亮,一切将恢复正常。

真的恢复正常了。隔天,他带着一夜难眠后的疲倦和胆怯开车上路,一小段一小段地往前进。稍事休息的时候,晚上的梦境又持续规律地骚扰着他:他来到了伊斯法罕,却见它矗立在大海边。那是一座有着鲜艳的藏青色和金碧辉煌的清真寺尖塔圆顶的城市,高高地耸立在闪亮的地平线上。当他惊见海面黑浪翻滚，咆哮着冲向那座沙漠城市时，一下子给惊醒了。干热的风吹走了他脸上的湿热闷气。他第一次梦到普拉多。这位文字炼金师什么也没做，只是出现在广阔的梦境里，举止高雅，缄默不语。戈列格里斯耳朵紧贴在安德里亚娜硕大的留声机上，努力要辨识出普拉多的声音。

开上通往波尔图和科英布拉的高速公路之前，他在维亚纳堡感觉到，他遗忘的那个《奥德赛》中的字仿佛就在嘴边。他在方向盘前不由自主地闭上了眼睛，试图使尽全力来阻止那个字再次遭到遗忘。疯狂的汽车喇叭，让他猛吃一惊。在最后的关头，他才将逆行的车子调回头来，避开与其他车子对撞的惨剧。到达下一个交流道之后，他停下车，等待来自头部血管的刺痛减缓。之后，他便尾随在一辆大货车后面，一直开到波尔图。租车处的女人见他不是在科英布拉交还车子，而是在这里，露出满脸的不悦，但在久久打量了他的脸色后，最后还是同意了。

开往科英布拉和里斯本的火车启动时，戈列格里斯疲惫地把头靠在椅垫上。他想到了在里斯本等待着他的告别。"唯有如此，才是'告别'完整且重要的意义：两个人在分开之前可以彼此理解对方的所见和体验。"普拉多在给母亲的信中这般写道，"和他人告别，同时也是和自我的告别：站在他人的角度，面对自己。"火车全速前进。这时，他才从刚刚差点出车祸的惊魂未定中舒缓下来。抵达里斯本之前，他什么都不愿再想。

在单调的车轮滚动帮助下,他终于摆脱了那件事,刹那间,那个失落的字却突然出现:λστρον(清扫大厅地面的铁铲)。现在,他也知道这个字出自何处:《奥德赛》第二十二章结尾。

车厢的门开了,一名年轻女子进来坐下,打开一份印着大字体的八卦小报。戈列格里斯起身,拿起行李走到火车尾端,那里还有一截空的车厢。

λστρον,他自言自语,λστρον。

当火车停靠在科英布拉车站时,他想着那个大学山坡,想着那个在他脑海里出现的土地丈量员,身材瘦长,弯腰驼背,身穿灰色的制服,手提老式的诊疗包,他越过了大桥,一边想着如何说服别人同意让他进入城堡。

晚上,西尔维拉从公司回家,当他看见戈列格里斯在大厅里朝他迎面走来时,眯起了双眼,显得有些讶异。

"你要回家了。"

戈列格里斯点了点头。

"解释一下吧。"

44

"要是您能多给我一些时间,我可以让您变成葡萄牙人。"赛希里亚说,"当您回到您那个说话带喉音的阴冷国家时,请您别忘记 doce（甜美）、suave（愉快）这两个字，还有我们葡萄牙人说话总是跳过元音。"

她拿披肩遮住嘴巴，说话时，气息吹着披肩。看到他的神情，她笑了。

"您喜欢我围披肩的样子，是吗？"她用力地吹了一下。

她把手伸了过去，"您的记忆力真是令人难以置信。就凭这点，我想我一定不会忘记您。"

戈列格里斯紧握着她的手，不愿放开。他犹豫着，决定最后冒一次险。

"您有什么特别的理由吗，所以……"

"您是说，为什么我总是穿戴绿色衣物吗？是的，的确有个理由，等您回来，我就会告诉您。"

等您回来。她说的是等，而不是假如。在前往旧书商维托·科蒂尼奥家的路上，他想象他星期一早上若出现在语言学校的话，事情会怎样，她脸上会出现什么样的表情。当她向他说明她为何永远穿着绿色的理由时，她会如何挪动她的嘴唇。

"你要干吗？"一小时后，科蒂尼奥的大嗓门响了起来。

门嘎吱一声开了。老人从楼梯上走下来，嘴里叼着烟斗。有好一会儿的时间，他努力在记忆里思索着。

"啊哈，原来是你。"他开心地叫着。

今天，这里也同样飘散着不新鲜的饭菜、灰尘和烟草的味道。科蒂尼奥依然穿着那件洗得褪色的衬衫，早已分辨不出原来的颜色。

啊,是为了普拉多的事,还有蓝屋诊所!找到那个男人了吗?

"我不知道自己为什么会送给你这本书。不过,给了就是给了。"当老人送给他《新约圣经》时这般说道。戈列格里斯现在正带着这本书,就在他的外套口袋里。他找不到合适的话来说,所以对此只字未提。普拉多曾写过:亲密如海市蜃楼,短暂而虚无缥缈。

"我的时间不多。"戈列格里斯说着,向老人伸出手。

"还有一件事。"老人的声音越过院子,冲着他高喊,"等您回来,你会打那个电话吗?那个写在额头上的电话?"

戈列格里斯做了个不置可否的表示,向老人挥手告别。

他坐车来到下城百夏区,在棋盘似的横街窄巷上信步走着,在乔治·欧凯利药局对面的咖啡馆里吃了点东西,然后开始等待着,等待从烟雾缭绕的药局玻璃门后出现那个身影。他还想再跟这个人聊一聊吗?他想这么做吗?

整个上午,他始终感觉他的道别好像哪里不对劲,少了什么似的。现在,他知道了。他走进相机店里,买了一部带望远透镜的相机。他再一次坐进咖啡馆里,把镜头拉至药局门口,想拍乔治出现的样子,结果因为按快门老慢半拍,他拍了一整卷的乔治。

稍后,他回到贝拉兹雷斯墓园旁的科蒂尼奥家,拍下了那座破败不堪、藤蔓横生的房子。他对准窗子,但老人没再出现。最后,他放弃了,步行到墓园。在那里,他拍下了普拉多家族的墓地。在墓园附近,他多买了几卷底片,接着坐上老式电车,横越里斯本,前往玛丽安娜·埃萨的诊所。

配上方糖的金红色阿萨姆红茶,大而深邃的黑眼睛,红发。"没错,"玛丽安娜也说,"最好是用母语和医生沟通。"戈列格里斯没告诉她,自己在科英布拉大学图书馆里昏倒的事。他们聊到胡安·埃萨。

"他的房间有点小。"戈列格里斯说。

有一瞬间,她的脸上浮现了一丝怒容,但很快又冷静下来。

"我建议过他,换到其他几家舒适些的养老院,但他就是要待在这一家。'一定要简陋,'他说,'在经历了那么多的事情之后,我告诉自己,一定要是简陋的。'"

茶还没喝完前,戈列格里斯便已离开。他真希望自己从未提起胡安房间的事。他跟胡安相处了四个下午,他们之间的关系,似乎比从孩提时代便认识胡安·埃萨的她还要亲近。真是无稽之谈,毫无意义,即便那是事实。

下午,他在西尔维拉家休息时,重新戴上了那副沉甸甸的老式眼镜,但他的眼睛显然并不乐意。

他走到美洛蒂家,天色已晚,根本没办法拍照。他坚持按下快门,拍了几张照,闪光灯亮了起来。今天可能看不到她出现在明亮的窗子后了。一个脚不触地的女孩。法官从车子里走下来,拿手杖挡住来往的车辆,站在围观的人群后面一会儿,然后挤过人群，走到用来赏钱的小提琴盒前，没看我一眼，朝里头扔了一大把硬币。戈列格里斯抬头望着雪杉。就在哥哥的刀子刺进她的脖子那一瞬间，安德里亚娜看见雪杉像血一般变得鲜红。

现在，戈列格里斯看见窗子后头出现一个男人，这决定他是否应该按下门铃的问题。在他曾经去过一次的酒吧里，他喝了一杯咖啡，抽着烟，就跟那天一样，抽了一根香烟。接着，他走到了城堡阶地上，把里斯本的夜，烙印到自己的脑袋里。

乔治正在关店门。几分钟后，乔治走上了街，戈列格里斯跟着他，保持了一段很远的距离，希望这回不会被他发现。他转进一条小巷子里，那里是国际象棋俱乐部的所在。戈列格里斯回到药局，拍下几张灯火通明的药局照片。

45

星期六上午，菲立普斯载着戈列格里斯来到科蒂斯文理中学，打包露营器具。戈列格里斯从墙上取下伊斯法罕的照片，然后打发司机回去。

这是个阳光普照、温暖的一天。下星期就要进入四月。戈列格里斯坐在入口处青苔覆盖的石阶上。坐在入口石阶温暖的青苔上，想着父亲迫切的愿望：要我成为医生，来解除像他这样的人身上的病痛。我因为他的信赖而爱他，又因为他将这动人愿望强加在我身上的重担诅咒他。

突然间，戈列格里斯哭了。他摘掉眼镜，头深陷在膝盖间，任凭泪水无遮拦地流淌到青苔地上。徒然，玛丽亚说，这是普拉多最喜欢用的字词之一。戈列格里斯一再重复念着这个字，开始时很慢，后来越来越快，直到这些字已分不开彼此，与泪水交融在一起。

稍后，他走进普拉多的教室，朝女校的方向拍了些照片。在女校这里，他则是从反方向拍回去：对准玛丽亚看见普拉多的歌剧望远镜发出两片闪光的那个窗口。

中午，坐在玛丽亚家的厨房里时，他告诉她关于这些照片的事。接着，他一口气向她提到自己在科英布拉大学晕倒，遗忘荷马的字，以及自己害怕神经检查结果的事。

后来，他们坐在厨房的餐桌旁，读着玛丽亚的专业辞典中关于眩晕的原因说明。原因可能是完全无害的，玛丽亚指着辞典上的说明，食指在上头滑动，一边翻译着。重要的句子，她一再重复。

肿瘤。戈列格里斯默默地指着那个字。是的，没错，玛丽亚说，但他得继续阅读下面的解释，这样的情况通常会伴随着其他明显而严重的症状。然而，在他身上，并未出现那些症状。戈列格里斯要离开时，她说她很高兴上次带她进行了一趟回顾之旅。透过这样的方式，她在心中清楚感觉到自己和普拉多之间特殊的亲疏融合。她走到柜子旁，取出那个雕工纤细的大木箱,将普拉多记载法蒂玛的封印信封交给他。

"我说过,我不会读它。"她说,"我相信这封信在您那里会得到妥善的保存。或许,您最终是我们之中那个最了解他的人。我很感激您提到他时的方式。"

戈列格里斯后来坐在太迦河渡船上,看着玛丽亚在河岸上,向自己挥手道别,直到自己从她的视线里消失。虽然她是他最后才认识的人,却也是他最怀念的一个人。他会写信给她,告诉她检查的结果吗?她问。

46

见到戈列格里斯出现在门前,胡安·埃萨眯起了双眼,看上去仿佛做好了对抗剧痛的准备。

"今天是星期六。"他说。

他们各自坐在习惯的位子上,面前缺了棋盘,桌子显得空荡。

戈列格里斯告诉他关于自己眩晕的事,也告诉他关于自己的恐惧,以及在世界的尽头那些渔民的事。

"您已经走不下去了。"胡安说。

他没有再提戈列格里斯的事及他的忧心,反而开始谈起自己。倘若不是如此的话,戈列格里斯反倒觉得陌生。只有这位饱受折磨的孤独老人懂得这么做。在他听过的所有话当中,这位老人的话最为宝贵。

他答应胡安一旦断定他的眩晕是无碍的,医生还有办法治疗他时,就会回来。他要把葡萄牙文学得更好,要写关于葡萄牙反抗运动的书。他的语气虽然坚定,但是刻意加入的信念却显得空洞。他相信胡安听来也同样觉得空洞。

胡安颤抖的手从架子上取下棋盘,摆上棋子。有一会儿的时间,他闭上了眼睛,然后又起身,取出一本国际象棋棋谱。

"这是阿廖辛与波戈尤波夫对弈的棋局。我们照着下吧。"

"艺术对抗科学。"戈列格里斯说。

胡安笑了。戈列格里斯真希望可以用底片保留下这个笑容。

"有时,我会试着想象人在服下了致命的药片之后,最后一刻的样子。"胡安下到一半,突然这样说。"一开始,我们或许会为人生终于走到终点,终于摆脱久病缠身与失去尊严的桎梏,备感轻松,甚至对自己拥有的无比勇气感到骄傲,遗憾自己不是经常具备这样的勇气。最后要下的结论,最后要想清楚的是:是否该打电话叫救护车?那么做是对的,还是错的?希望自己走到最后一刻,都能冷静沉着,泰然自若。等待指尖与唇间的色泽黯淡,直到麻木。这时,人会突然陷入恐慌,浑身颤抖,疯狂地希望这一切不要结束。生存的愿望有如炽热剧烈的电波,一股内在的洪流,横扫过一切,让所有的思考和决定显得夸张而不自然,荒谬而可笑。接下来呢?接下来怎么办?"

"我不知道。"戈列格里斯说,然后拿出普拉多的书念着:

如果他们在这一刻接到自己死期将近的宣告，怎能不惊慌失措？我在晨光中抬起因熬夜而疲倦的脸，心想着：不论生活轻松或艰难，不论生活贫瘠或丰富，他们不过想从生活中得到更多。他们不想就此结束，即使他们知道，人一旦死去，再也无法留恋缺欠的人生。

胡安拿过书，自己翻着，先读了这一段，又接着读了普拉多与乔治关于死亡的整段对话。

"乔治，"胡安最后说，"抽烟抽得连命都不要。'没错，那又怎样？'要是有人提到这点，他便这么说。我到现在还看得到他的脸在我面前说：'去你妈的。'哈，他也知道害怕？废物一个。"

那局棋结束时，已经临近黄昏。阿廖辛获胜。戈列格里斯拿起胡安的茶杯，喝下最后一口茶。走到房门前，两人面对面站着。戈列格里斯发觉自己的身体微微颤抖。胡安的手抓住他的肩，头靠在他的脸颊上，大声哭了。戈列格里斯感受到了他喉头间的颤动。忽然，他猛一下推开戈列格里斯。戈列格里斯差点站不稳。胡安一把推开了门，目光低垂。戈列格里斯走过走道转角时，回头望了一眼。胡安站在走道中央，目送着他离去。胡安以前从未这样做过。

在街上，戈列格里斯走到一片树林后等待着。胡安走到阳台上，点燃一根烟。戈列格里斯拍了整整一卷底片。

他看不见太迦河,他只看到、感觉到胡安。他从商业广场慢慢走向巴罗奥尔多区,然后在蓝屋附近的咖啡馆里坐下来。

47

他任凭时间一刻钟一刻钟地流逝。安德里亚娜。这或许是最困难的告别。

她打开门,立刻意识到事情不对劲:"出什么事了。"她说。

"只是回去我在伯尔尼的医生那里接受一次例行检查而已。"戈列格里斯说。

"是啊,你回去也好。"他对她如此沉着地接受这个消息感到有些惊讶,又有些受伤。

她不再急促地呼吸,却比以前更惹人注目。她突然起身,拿出笔记本。她想留下他在伯尔尼的电话,她说。

戈列格里斯吃惊地竖起眉毛。这时,她指给他看,房间角落小茶几上的一部电话。

"昨天安装的。"她说。她还想给他看一样东西。她在前面带路,朝顶楼走去。

堆在普拉多房间光秃秃的地板上的书不见了,全摆在角落的一排书架上。她充满期待地看着他。他点了点头,走到她身边,抚摸她的手臂。

然后,她拉开普拉多的书桌抽屉,松开捆在厚纸壳中的那沓纸，取出三张来。

"这是他在那个女孩走了以后写的。"她说，干瘦的胸膛上下起伏。"上头的字突然变得很小。当我看到他写的这些东西时，立刻想道：他想要把它们藏起来，不让自己看到。"

她的目光在纸页上游移。"这把一切都毁了，一切！"

她把那几张纸放进一个信封袋里，交给戈列格里斯。

"他已经不再是他自己。我真希望……请您拿走吧，拿得远远的，越远越好。"

戈列格里斯日后曾为此事咒骂自己。他想再看看普拉多救了门德斯一命的那个房间，也是挂着大脑图和埋葬着乔治棋盘的那一个房间。

"他非常喜欢在楼下工作。"两人站在诊所时，她说，"跟我，只跟我在一起。"她抚摸着诊疗床。"所有人都爱他，爱戴他，钦佩他。"

她露出一丝带点隔阂的诡异微笑。

"虽然，有些人什么问题都没有，还是过来这里。他们想出点什么毛病，就为了过来看他。"戈列格里斯的脑子快速运转。他走到摆着老旧针管的桌子前，拿起一支针筒。没错，那时候针筒的模样就是这样，他说，跟今天用的很不一样！

这些话没有传到安德里亚娜的耳朵里，她正扯着诊疗床上的一卷纸巾。先前那一丝丝微笑还挂在嘴边。

"你知道那张大脑图后来的去向吗？"他问，"那在今日必然是相当珍贵稀有。"" '你要这张图干吗?'有时,我问普拉多,'身体对你来说,不就好像是玻璃一般透明吗?''那只是一张图。'他会说。他热爱图片,不论是地图还是火车图。在科英布拉读大学时,他曾批评过一本被奉为《圣经》的解剖图册。教授们都不喜欢他。他不懂得尊重人,总以为高人一等。"戈列格里斯知道现在只有一个解决的方法。他看了看手表。

"我赶不上时间了。"他说,"我能借用一下您的电话吗?"他打开房门,走进了走廊。

当她关上诊疗所的门时,脸上怅然若失,一道垂直的皱纹将前额划分开来,她脸上的表情仿佛是个笼罩在黑暗和错乱底下的人。

戈列格里斯走向了楼梯。

"再见!"她打开房门说。

又恢复了他第一次拜访她时那种苦涩和魂不守舍的声音。她笔直站着,坚强地面对整个世界。

戈列格里斯慢慢走向她,站在她面前,直盯着她的眼睛。她的目光封闭,心不在焉。他没伸出手,她也不会握住。

"再见!"他说,"万事如意。"说完,便走了出去。

48

戈列格里斯把普拉多书的复印件交给西尔维拉。他在城里乱窜了一个小时后，才找到一家仍在营业、可以影印的百货商场。

"这个……"西尔维拉声音沙哑地说，"我……"

他们谈到了眩晕。西尔维拉说，他那个有眼疾的姐姐，几十年来一直为头晕所苦，但就是找不出原因。对那个毛病，她早已经习以为常。

"有一次，我陪她去找神经科医生。离开诊所时，我觉得我们仿佛是在石器时代！我们人类关于大脑的知识，依然是处于石器时代，只了解大脑的几个区域、几个活动模式，还有几种物质。除此之外，一无所知。我觉得，他们甚至不知道该从哪里开始检查。"

他们谈到了因为不确定所导致的恐惧。戈列格里斯忽然感到一阵不安。过了一会儿，他才恍然明白：前天他回程后与西尔维拉聊到了旅行，今天跟胡安·埃萨交谈，现在又跟西尔维拉在一起。两种亲密的感受是否会彼此阻碍、封闭，甚至毒害？他庆幸自己没有告诉胡安·埃萨，他在科英布拉大学图书馆昏倒一事，这样，便有了一件只和西尔维拉分享的事。

他所遗忘的荷马一字，究竟是什么意思？西尔维拉这时才问道。

"λστρον"，戈列格里斯回答，"清扫大厅地面的铁铲。"

西尔维拉哈哈大笑，戈列格里斯也跟着放声笑了起来。两人一直笑着，空气中回荡着两个男人的笑声，超越了彼此的恐惧、伤感、失望及对人生的倦怠。在这笑声中，两人紧紧联结在一起，无比珍贵，对方的恐惧、伤感与失望变成了自己的，创造出自己本身特有的孤独。

戈列格里斯的笑声逐渐平息，他重新开始感受这个世界的重量，想起自己跟胡安·埃萨为养老院那煮过头的午餐大笑一场的情景。

西尔维拉走进书房里，拿了一张餐巾纸回来，上头有戈列格里斯在夜车餐车上，用希伯来语写下的："上帝说：要有光，就有了光！"请他再念一遍，西尔维拉说，并请他用希腊文写一段《圣经》。

戈列格里斯无法拒绝："太初之道，道与上帝同在，道就是上帝。这道从太初便与上帝同在。万物都是他创造的。凡是创造的东西，没有一样不是他创造的。生命就在他那里，生命就是人的光。"

西尔维拉拿出《圣经》，读着《约翰福音》开头的这一段。

"换句话说，那个字是人类之光。"他说，"唯有当世界上的万物可以透过言语表达时，它们才真正存在。""言语需有韵律才行。"戈列格里斯说，"一种如《约翰福音》的字句中拥有的韵律。唯有当这些字句成为诗歌，才能真正把光明遍洒在世界万物上。正是因为如此，不断变换的语言之光，才可以使得相同的事物看起来截然不同。"

西尔维拉望着他。

"也正是因为如此,才会有人在面对三十万册的书,却想不出一个字时,头晕目眩。"

他们大笑,笑个不停,看着对方,明白两人都是为了刚才的笑料,也是为了这里头最值得珍惜的事开怀大笑。

"我可以留下伊斯法罕的照片吗?"西尔维拉后来问戈列格里斯,"就是贴在校长办公室墙壁上的那些。"西尔维拉坐在书桌后面,点起一支烟,打量着图片。"我希望,我的前妻和两个孩子可以看看这些图片。"

两人入睡前,默默站在大厅里好一会儿。

"现在,连这也要结束了。"西尔维拉说,"我是说,你在这里,住在我家。"戈列格里斯无法入睡。他想象着隔天早上火车慢慢启动的情景,感受到第一下轻柔的震动。

他诅咒眩晕以及多夏狄斯是正确的这个事实。

他打开了灯,读着普拉多关于亲密的文字:

霸道的亲密

在亲密中,我们相互缠绕,无形的纽带有如自由的枷锁。这份缠绕专横霸道:它要求对方的专一。和他人分享,无异于背叛。然而,我们希望不只去爱、去抚摸唯一一个人。这该怎么办?编导出不同的亲密吗?刻板地记录下各种主题、文字和姿态吗?还是编出一套共有的知识与秘密?那将会是一道无声滴落的毒液。

他落入不安的梦境时，天已经破晓。他梦到世界的尽头，一个没有乐器和音调，却有着优美旋律的梦境，一个由阳光、风和文字交织而成的梦境。手掌粗糙的渔民们粗鲁高声地叫喊着。咸咸的海风吹散了文字，同样吹走了他想不起来的那一个字。现在，他在手中直直地潜了下去。使尽全力拼命朝深处游，越游越深。他感受到肌肉抵御寒冷时所散发出的快感与温暖。他非得离开舢板船不可，时间紧迫。他向渔民保证这跟他们无关，然而他们却开始为自己辩护起来，他在阳光、风和文字的陪伴下，拎着水手的帆布袋上岸，渔民们看着他的眼神，一派陌生。

Die Rückkehr
回程篇

49

尽管西尔维拉早已从他的视线中消失,戈列格里斯仍不断挥手道别。"伯尔尼有陶瓷厂吗?"西尔维拉问他。戈列格里斯隔着车窗,拍了张照片:手搁在香烟前挡风点烟的西尔维拉。

里斯本最后的房舍消失了。昨天,他又去了一趟那家位于巴罗奥尔多区的教堂书店。他头一次去按蓝屋的门铃之前,曾去过那儿,额头抵着雾气弥漫的书店玻璃窗。那时,他的内心挣扎着是否应该立刻前往机场,搭下一班飞机回到苏黎世。然而此刻,他却挣扎着要不要在下一站跳下火车。

随着火车每前进一公尺,回忆便会消逝一部分?世界一段一段逐渐变回原来的模样,等他最后抵达伯尔尼火车站时,是否一切又会恢复到原状?他在里斯本停留的时间,是否也会就此销毁不见?

戈列格里斯取出安德里亚娜交给他的信。这把一切都毁了,一切!他马上要读到的东西,是普拉多在西班牙之行后写的。是他在那个女孩走了以后写的。他回忆起她描述普拉多从西班牙回来后的事:他从出租车上下来,胡子没刮,面颊凹陷,狼吞虎咽地吞下眼前的所有东西,吃了一包安眠药,足足睡了一天一夜。

火车驶往边界城市福尔摩沙城时,戈列格里斯开始翻译起普拉多那篇用蝇头小字写下的笔记:

徒劳的灰烬

距离乔治那次因为突然恐惧死亡,三更半夜打电话给我之后,已经过了很久。不,不能说很久。当时,我们是在另一个时间里,一个全然不同的时间里,迄今不过短短三年,平平淡淡、百无聊赖的三年。艾斯特方妮雅。他那次提到了艾斯特方妮雅,还有《哥德堡变奏曲》。她为他弹奏了这首曲子,他原本也想亲手在自己的史坦威钢琴上弹奏这首曲子。艾斯特方妮雅·艾斯平霍莎。一个令人迷醉的名字!我那天晚上想着。我不想见到那个女人,没有女人配得上这个名字,一定会令人大失所望。怎知事实正好截然相反:这个名字配不上她!

我们恐惧着自己的人生无法完整,好似一件未完成的作品,但我们同时却也意识到自己再无达到预定目标的可能。我们最终是这样来解释我们对死亡的恐惧。然而,我怀疑人们为何会在尚未体验到有一天这将变成不容改变的事实之前,便忧心他的人生缺乏和谐与完整?乔治似乎明白这一点。但他说什么来着?

为什么我不去翻找一下,为什么我不去检查看看呢?我为什么不想知道自己当时的想法和写下的内容呢?这种无所谓的心态从何而来?真是那么无所谓吗?或者这会不会因此扩大而加深了既有的损失?

想要了解我们以前的想法和由此产生的后果,以及现在的想法,皆是人生完整的一部分——倘若这种完整性存在的话。就此而言,我是否已经失去了那使得死亡变得令人恐惧的信念,那个相信人生和谐的信念?那是让我们感觉到值得放手一搏,借此与死亡做出抗争的信念。

忠诚,我跟乔治说,是忠诚。在忠诚里,我们发明了我们之间的和谐。艾斯特方妮雅。为何澎湃的海浪不把她冲到别处,偏偏冲到我们这里来。为什么偏要让她成为我和乔治之间无法承受的试金石?我们都没办法靠自己逃过这一关。

"对我来说,你的渴望太强烈了。跟你在一起很美好,但你对我的渴望太强烈了。我本来可以不来这趟旅行的。你看,那是你自己的旅行,完全是你自己的旅行,根本不是我们的旅行。"她说得一点也没错。一个人不能让另一个人成为自己人生中的砖瓦,成为自己极乐世界竞赛中的驮水人。

菲尼斯特雷角。我从未像在那里时那般清醒、冷静过。从那时开始,我便知道我的竞赛结束了。那是一场我从不知道自己已经加入,而且一直身在其中的竞赛;一场没有对手、没有目标、没有奖品的竞赛。完整的人生?Espejismo,西班牙人说。是我那几天在报纸上看到的,也是唯一一个我到现在都还记得的字:海市蜃楼。

我们的生活不过是流沙,在一阵风吹下,短暂成形,下一阵风来时,又被吹散。一个徒劳的构成,在它尚未真的完成之前,便已被风吹散。

"他已经不再是他自己。"安德里亚娜说。她不想跟一个变得生疏的陌生哥哥有任何的关联。"拿得远远地,越远越好"。

人什么时候会做他自己?他什么时候会变回他一如往常的样子?也许是当思想与情感的熔浆,埋葬了所有的谎言、面具以及自欺欺人时。我们常常听别人抱怨,某人不再是他自己的样子。事实上,这或许意味着他不再是我们所乐于见到的那个人?或者说到底,那只不过是我们的战斗口号罢了,用来反制自己习以为常的东西受到严重的威胁,至于对别人的担忧和关心,不过是种掩饰罢了。

火车驶向萨拉曼卡时,戈列格里斯睡着了。随后,出现了某种他至今仍未遇过的状况:醒来时,他立刻感到一阵头晕目眩。一波错置的神经刺激,席卷全身。他仿佛落入深渊里,拼命抓住座椅扶手。他紧闭双眼,结果反而让情况变得更糟。他双手捂着脸,眩晕渐渐消失。

λστρον。一切正常。

他为什么不搭飞机?十八个小时后,明天一大早他会抵达日内瓦,三小时后就能到家。中午去多夏狄斯的诊所。接下来,就把一切都交给他。

火车减速。萨拉曼卡。接着出现一面站牌:萨拉曼卡。艾斯特方妮雅·艾斯平霍莎。戈列格里斯起身,拿下行李架上的行李箱,牢牢握着,直到眩晕消失。他稳稳地踏上月台,试图去踏破那一层环绕他的空气膜。

50

后来,他回想他在萨拉曼卡头一晚的情形,似乎数小时中,他都在和眩晕搏斗。他在大教堂、小礼拜堂及回廊间跌跌撞撞,步履蹒跚,对建筑的美视而不见,却为其黑暗的力量所折服。他抬头望向圣坛、拱顶及唱诗班的座椅，这些马上就和他的记忆重叠在一起。他两次碰上了弥撒，一次留下来听了场管风琴音乐会。我不愿意在没有大教堂的世界里生活，我需要教堂的美丽与庄严，抵御平庸的世界。我愿意置身在教堂逼人的寒气中，需要那专横独断的沉默，抗衡兵营操练场上空洞的吼叫，追随者俏皮的闲话。我想聆听管风琴的华丽音调，需要超脱尘世的音乐澎湃我心，抵御刺耳可笑的进行曲。

这段话出自十七岁的少年普拉多，一名才华洋溢的少年。不久后，他便与乔治·欧凯利进入科英布拉大学。在那里，似乎全世界都属于他们；在那里，他在课堂上纠正教授。一个仍对偶然的波涛、被风吹散的流沙及徒劳的灰烬浑然不知的少年。

多年后，他在给巴托罗缪神父的信中写道：有些事，对我们人类来说实在很重要：痛苦、孤独和死亡，但也有美丽、崇高与幸福。为此，我们发明了宗教。一旦我们失去宗教的话，会发生什么事？宗教因此对我们来说依然很重要。它留给我们的是每一个生命的诗歌，但是它足够坚强来承载我们吗？

戈列格里斯从旅馆的窗子望出去，可以看到新的大教堂与旧的大教堂。每当报时的钟声响起，他便走到窗前，注视着前方灯火辉煌的教堂。圣十字若望曾在这里生活过。芙罗伦斯撰写关于他的论文时，曾多次到此地旅行过，每次都是和其他的大学生一起来。对此，他不感兴趣。他不喜欢她提到大诗人的神秘诗篇时,眉飞色舞的样子。她和她的那班朋友都是如此。

诗歌不是拿来热烈谈论的,我们只能读它,用舌头去读,和它共处;只能去感受诗歌如何感动人、改变人;只能去感受诗歌如何让人的生命有了外形、色彩及旋律。我们不能谈论诗,更不可以把诗当成学术生涯的弹药。

在科英布拉大学时,他曾自问,自己是否错失了在大学里大展宏图的人生可能?答案是否定的!他再一次感受到那次坐在巴黎圆顶餐厅时,自己以那口伯尔尼腔和伯尔尼学识,将芙罗伦斯那班卖弄玄虚、喋喋不休的同事们打得落花流水的情形。不!

后来,他梦到奥罗拉在西尔维拉的厨房里,随着管风琴的音乐旋转起舞。厨房渐渐扩大延伸,他笔直地往下方游去,卷入漩涡中,失去了知觉,然后醒来。

他是第一个去吃早餐的人。之后,他便往大学走去,一路打听历史系在哪里。艾斯特方妮雅·艾斯平霍莎的演讲课"伊莎贝拉一世"[1],将在一小时后举行。

大学中庭里,学生们群聚在连拱回廊之间。连珠炮似的西班牙文,戈列格里斯一个字都听不懂,于是便提早步入大讲

---

1 伊莎贝拉一世(1451~1504),是西班牙卡斯蒂利亚王国的女王。她与丈夫斐迪南二世完成了收复失地运动,为日后其外孙神圣罗马帝国皇帝查理五世统一西班牙奠定了基础。

堂。这是一间镶板房间，宛如修道院般简洁高贵，前头是加高的讲台。讲堂很快便坐满了人。这是一间大教室，但在开课前便已座无虚席。晚到的学生只好挤着坐在两旁的走道上。

我真恨那个长发披肩、走路腰肢款摆、穿着短裙的女人。安德里亚娜见过她二十五岁左右时的样子。现在走进来的这个女人，年纪差不多要六十岁。普拉多眼前只有她闪亮的明眸，近乎亚洲人的不寻常肤色，还有迷人的笑声及摇曳的身影。他不想让这一切消失，不愿意这样的事发生。胡安·埃萨在提到普拉多时，曾这样描述过。

没有人愿意，戈列格里斯心想，即便在今天也不愿意。尤其当他听到她的声音之后，就更不愿意了。她的声音低沉沙哑，用残留的柔软葡萄牙音调，说着硬朗的西班牙语。她一开始便关掉了麦克风。她的声音是一种可以填满整座大教堂的声音。她的目光会让人希望这堂课永远不要结束。

戈列格里斯几乎听不懂她讲课的内容。他宛如聆听一件乐器般听着，有时合上眼，有时专注地看着她的动作，看她一手时常将落至前额的灰发拨开，另一只手握着银色的签字笔，在空中用力地划上一道，加重她的说话语气；看她双肘撑在讲台上，讲到新的内容时，便展开双臂，仿佛要拥抱讲台一般。这是一位原本在邮局工作的普通女孩，一个记忆力惊人的女孩，脑海里保存了反抗组织的所有机密；一个不愿让乔治在街上搂着腰的女人；一个在蓝屋前，为了逃命，坐上驾驶座，一直开到世界尽头的女人。她不愿让普拉多将她带入他的旅程。失望与冷落,唤起普拉多此生最深刻、也最痛苦的觉醒,意识到自己彻底输掉了追求人生极乐的竞赛,感觉到自己以激情展开的人生熄灭了,化为灰烬。

戈列格里斯被起身撞到自己的学生吓了一跳。艾斯特方妮雅·艾斯平霍莎把讲义收入文件包里,走下讲台阶梯。学生们拥了上去。戈列格里斯走出去等着。

他给自己找了个可以看见她从远处走来的位置,再决定是否跟她攀谈。她走了过来,身旁跟着一个女人,从说话的样子看来,那个女人似乎是她的助理。她走过他的身边时,戈列格里斯的心快要跳出来。他尾随在两人背后,上楼,走过一段长长的走道。艾斯特方妮雅和助理道别,消失在一扇门后。戈列格里斯走过那道门,注意到门牌上的名字。那个名字配不上她。

戈列格里斯慢慢往回走,牢牢扶着楼梯栏杆。走到楼下时,他好一会儿站着不动,接着又再冲上楼梯。他等呼吸平顺了之后,才敲了敲门。

艾斯特方妮雅已经穿上大衣,正准备离开,看着他,露出疑惑的神色。

"我……我可以跟您说法语吗?"他问。

她点了点头。

他结结巴巴地介绍自己,然后拿出了普拉多的书,这是他这段时间重复多次的动作。

她眯起浅褐色的眼睛，打量着书，但没有伸出手。时间一秒一秒过去。

"我……为什么……您先进来吧。"

她走向电话，用葡萄牙语跟某人说自己现在无法过去。然后，她脱下大衣，请戈列格里斯坐下，点起一根烟。

"里头提到我了吗？"她问，一面吐出一口烟来。

戈列格里斯摇了摇头。

"您是从哪儿打听到我的？"

戈列格里斯开始说明，从安德里亚娜讲到胡安·埃萨，从普拉多最后读着的那本阴森海洋的书，讲到旧书店老板的调查，再讲到她的出版著作中的简介。他没有提到乔治·欧凯利，更没有提到普拉多用蝇头小字写下的笔记。

现在她想看那本书。她读着，又点起一根烟。她打量着普拉多的肖像。"原来他以前是这个模样。我从未见过他年轻时的照片。"

他根本没打算在这里下车，他解释道，但实在难以抗拒。普拉多的全貌……少了她，就不算完整。他当然知道这样冒昧闯来，实在是有失礼仪。

她走到窗前，电话声响起，她不予理会。

"我不知道自己是否愿意。"她说，"我是说，谈当时的事。我能带走这本书吗？我想先读一下里面的内容，考虑一下。您晚上到我家来，到时我会告诉您，我打算怎么做。"

她递给他一张名片。

戈列格里斯买了一份旅游导览，参观一座座修道院。他本非猎取名胜古迹的人，一旦游客过多，他宁可待在外面。多年后才去读畅销书，也是他的习惯。现在，他来到这里，亦非出于观光猎奇。直到傍晚时分，他才开始明白因为普拉多的缘故，他对教堂和修道院的感觉起了变化。

"真有一种颜色，可以超越诗歌的严肃吗？"戈列格里斯曾反问两个想读神学院的学生露丝·高琪和大卫·雷曼。这把他和普拉多绾合起来。或许，这正是两人之间最坚实的纽带。只是，在他看来，那位从神父做弥撒的助理小童变成了无神论神父之人，显然已经往前更踏进了一步。戈列格里斯穿行在回廊中时，尝试着去理解这多踏出的一步。普拉多是否已经超越了《圣经》的文字，将诗歌的严肃成功延伸到由这些文字所创造出来的建筑中，是这样吗？

普拉多过世的前几天，美洛蒂曾看见他从教堂里走出来。我要阅读有力的上帝言辞，需要《圣经》韵文中的非凡力量。我热爱教堂中祈祷的人们，需要看到他们的眼神，抵挡肤浅和漫不经心的险恶毒素。这是普拉多少年时期的感受。然而，那个脑子里带着一颗随时可能爆炸的定时炸弹的男人，那个从世界的尽头旅行归来，一切便化为灰烬的男人，又是带着何种感受进入教堂的？

载着戈列格里斯前往艾斯特方妮雅·艾斯平霍莎住家的出租车司机，在红灯前停下车等候。戈列格里斯看到一家旅行社的玻璃橱窗里贴着一张展示着清真寺拱顶和尖塔的大型海报。如果他每天早上在有着金碧辉煌的拱顶的蓝色"晨曦国度"中醒来，听着报时人的报时声，将会是一种什么样的人生？如果他的生命旋律是由波斯诗歌所决定的呢？

艾斯特方妮雅·艾斯平霍莎穿着蓝色牛仔裤和深蓝色水手衫出来，虽然她的头发已经开始发白，但看上去仍旧是四十五岁左右的模样。她做了些夹心面包，替戈列格里斯倒了杯茶。她需要时间。

她注意到戈列格里斯的目光飘过了书架，便说："你可以靠近一点看。"戈列格里斯取下一本厚厚的史书。他对伊比利亚半岛及其历史所知甚少，他说，接着，提到了那两本讲述里斯本大地震及黑死病的书。

她请他说明一下古典语言学，并且不断提出问题。戈列格里斯心想，她一定想知道这个要对她讲述自己与普拉多旅程的人，究竟是何方神圣。或者，她只是需要更多的时间？

"拉丁文，"最后她说，"某种程度上而言，拉丁文正是一切的开始。曾经有个男孩，一名在邮局打工的大学生。这个害羞的男孩爱上了我，以为我没察觉。他学的是拉丁文。'菲尼斯特雷角。'有天，他手拿着一封要寄往菲尼斯特雷角的信这么说，接着背了一首长长的拉丁诗，说的是关于世界尽头的故事。我很喜欢他一边背诵拉丁文诗句，双手一边不停分拣信件的样子。他发觉我很喜欢这首诗，于是不断重复，背诵了整整一个上午。

"我开始悄悄学习拉丁文，不让那个男孩知道，否则他可能会误会。真是难以想象，一个在邮局工作、只受过一点可怜教育的女孩，居然想学拉丁文。难以置信！我不知道究竟是什么引诱我至此：是语言，抑或这种难以置信的感觉？

"我的记忆力很好，学得很快。我开始对古罗马史产生兴趣，读遍所有弄得到手的书。后来，我又开始读葡萄牙史、西班牙史和意大利史。母亲在我很小的时候便过世了，我一直跟着父亲，他是名铁路工人，从未读过书。看到我这样，他刚开始很诧异，后来却为我感到骄傲，一种感动人心的骄傲。后来，他因为罢工被国际暨国家防卫警察带走，关进塔拉法尔监狱时，我才二十三岁。但是，关于这件事我什么也没法说，直到今日，我还是一样说不出口。

"几个月后，我在一次反抗运动的聚会里，认识了乔治·欧凯利。父亲被抓一事，很快在我工作的那个邮局里传开来。这时，我才发现许多同事原来都是反抗运动的成员，这事令我吃惊不已。父亲被关，让我对政治一事猛然警醒。乔治是小组中的重要成员。他和胡安·埃萨都是。

"乔治爱我爱到神魂颠倒，这令我感到得意。他试图把我塑造成明星。扫盲班是我的点子，如此大家可以定期聚会，不会受到怀疑。

"接着,那件事发生了。有天晚上,普拉多走了进来。之后,一切都变了。一道崭新的光芒照耀着万物。那天晚上我便已察觉到了,他也一样。

"我想要他,难以入睡。我不顾他妹妹仇恨的眼光,一再去诊所找他。他想拥我入怀,内心仿佛随时都会崩塌。但最后他还是拒绝了我。'乔治,'他说,'乔治。'于是,我开始恨乔治。

"有一天,我在午夜里按了他的门铃。我们走过几条巷弄后,他把我拉进一个拱门底下。霎时间,天崩地裂。'这样的事不许再发生。'事后他说,禁止我再去诊所。

"那是一个漫长难熬的冬天。普拉多不再参加反抗运动的聚会。乔治嫉妒得发狂。

"要是我说,我早已经看出结果的话,实在是太夸张。没错,是夸张。但是,我发现他们越来越仰赖我的记忆力。'万一我出事了,怎么办?'我开始问。"

艾斯特方妮雅走了出去,回来时,变了个样。好像已经准备好要参赛了,戈列格里斯心想。她似乎洗了脸,头发梳成一个马尾。她站在窗前,继续说下去之前,几口便抽掉了一根烟。

"二月底时,灾难发生了。门被异常缓慢地推开,悄然无声。他穿着一双靴子,没穿制服,但穿了双靴子。我最先从门缝间看到的便是他的靴子。接着,露出一张聪明、不怀好意的脸。我们都认识他，是巴达霍斯，门德斯的手下。我像我们之前多次演练过的那样，开始向'文盲们'讲解ç这个字母。往后的很长一段时间里，我只要一看到ç这个字母，就会想到巴达霍斯。他坐下去的时候，板凳嘎吱作响。胡安·埃萨警示的目光轻轻飘过我身上。现在，一切都要靠你了。他的目光似乎在这么说。

"一如以往，我穿着一件近乎透明的衬衫，那可说是我的工作服。乔治恨死它了。这时，我脱掉外套，巴达霍斯的目光立刻落在我的身体上。要靠这件衬衫救大家的命。巴达霍斯的一条腿架到另一条腿上，真恶心！我结束了这堂课。

"当巴达霍斯朝我的钢琴老师安德里奥走去时，我便知道完了。我听不见他们说什么，但安德里奥脸色惨白。巴达霍斯阴险地笑着。

"安德里奥被警察传唤后，再也没有回来。我不知道他们对他做了什么。我再也没有见过他。

"从那时起，胡安便坚持要我住进他的姨妈家。出于安全的考量，他说，要把我转移到安全的地方。第一天晚上我便清楚地知道，他说得没错。不过，这么做事实上并不是为了保护我，主要还是为了我的记忆力，以防秘密警察一旦逮到我，我可能会泄露秘密。那些日子里，我只见过乔治一次。我们没有触碰彼此，连手也没摸一下，感觉十分阴森恐怖。开始时，我不明白原因。直到普拉多告诉我，为什么我非得离开这个国家不可时,我才恍然大悟。"

艾斯特方妮雅从窗口回来,再次坐下,注视着戈列格里斯。

"普拉多所说的那些关于乔治的话,太可怕了,残忍到了难以想象的地步,所以我一开始只能傻傻地笑着。我们出发的前一晚,普拉多在诊所里帮我铺了床。

"'我根本就不相信。'我说,'杀了我。'我看着他,'我们说的可是乔治,你的朋友。'我说。

"'是的。'他淡淡地回答。

"乔治到底说了什么,我想知道。不过,他并不打算重复那些话。

"后来,我一个人躺在诊所里,脑海里重温一遍我和乔治一同经历的所有事。他有能力想出这样的点子吗?他当真这么想吗?我累了,什么都不能肯定。我想到了他的嫉妒,想到了他那些在我看来是不计后果、暴力的举动,即使那不见得是针对我。我不知道,我什么都不知道。

"在普拉多的葬礼上,我们并排站在普拉多的墓前,就他和我。其他人都走了。

"'你没真的相信吧?是吗?'过了半晌,他这样问我,'他误会我了。那是一个误解,一个单纯的误解。'

"'现在已经不再重要了。'我说。

"我们分道扬镳,没有再碰过彼此。之后,我也再没有听过他的消息。他还活着吗?"

听到戈列格里斯的回答后,两人有一段时间沉默无语。接着,她站起身来,从书架上取下那本大部头的《阴暗骇人的海洋》,和普拉多书堆上的那本一模一样。

"他到最后都还读着这本书?"她问。

她坐下,把书搁在膝上。

"对当时的我,一个二十五岁的女孩来说,这真的是太多、太多了。从巴达霍斯,到雾里连夜赶到胡安的姨妈家,再到普拉多的诊所那一夜,乔治可怕的念头,还有坐在让我夜不成眠的男人身边一起出发旅行的事。我完全乱了方寸。

"头一个小时,我们没说话。我真庆幸能操纵方向盘和手排挡。我们要往北开到加利西亚,胡安告诉我们,在那里越过边境。

"'然后开到菲尼斯特雷角。'我说,并且告诉他那位拉丁文学生的故事。

"他请我停车,拥抱了我。之后,他请我停车的次数越来越频繁。山崩再次爆发。他探索着我,更确切地说:他探索的不是我,而是生命。他想得到的东西越来越多,越来越频繁,也越来越贪心。不,他并不粗鲁或暴力。正好相反,在他之前,我从不知道世上竟有如此的温柔。但是,他将我整个吞噬,深深吸了进去。他对生命本身、对生命的热力,以及对他的情欲无比饥渴。他对我的灵魂的渴望,丝毫不亚于对我身体的渴望。他想在几小时内,认识我的一生,我的回忆、思想、幻想和梦想。所有一切。他掌握的速度之快、之准确，让我在起初的惊喜之余，开始感到恐惧，他迅速的理解瓦解了我的全部防线。

"多年后，一旦有人开始要了解我，我便逃开。后来，虽然情况好多了，但有一件事至今未变：我不愿意别人完全了解我。我想隐姓埋名过完一生，别人的盲目，则是我的安全和自由。

"虽然现在听起来，好似普拉多在感情上真的对我有着狂热的兴趣，然而事实并非如此。我们之间并不是相遇，他吸纳了他自己经历到的一切，特别是生命的元素。在这方面，他永远没办法满足。换句话说，我根本不是他真正想要的那个人，只是他想抓住的一个人生舞台罢了。似乎在他至今的人生中，他一直受骗；又仿佛他想在死亡降临之前，再次体验一个完整的人生。"

戈列格里斯告诉她，普拉多脑部的动脉瘤和大脑图的事。

"我的天。"她轻声惊呼。

他们曾经一同坐在菲尼斯特雷角的海边。远处，正好驶过一艘轮船。

"'我们搭船吧。'他说，'最好去巴西，去贝林、玛瑙斯[1]，

---

[1] 贝林，亚马孙河出海口的最大港口城市。玛瑙斯，为亚马孙流域中上游最大的河港都市。

去亚马孙河流域那些湿热的地方。我想写些关于色彩、味道、黏性植物、热带原始森林和动物的书。我过去写的一直都只是关于心灵的东西。'

"'这个永远无法满足现实的男人。'安德里亚娜有次这么说。

"那既不是年轻人的罗曼蒂克，也不是中年男人的庸俗无聊，而是出自真情真意，那种感觉很现实，却又与我无关。他想带着我一起进入一个完全属于他自己的旅行，一段通往他的内心深处中，那个备受忽视的区块的心灵之旅。

"'对我来说，你的渴望太强烈了。'我对他说，'我受不了，受不了。'

"他把我拉进拱门底下时，我曾准备与他走到海角天涯。然而，当时我并不了解他那可怕的饥渴。然后，是啊，不知从何时开始，这份对生命的饥渴，它那将人吞噬、摧毁一切的力量，变得如此可怕，令人望而生畏！

"我的话一定深深刺伤了他，伤得厉害。他不再与我共处一室，付的是两个单人房的钱。后来再见到他时，他整个人变得不一样了。他的目光节制，身体挺得笔直，举手投足准确无误。这时，我才意识到我的话让他感觉到自己有失尊严。而他笔直的身躯和中规中矩的举止，表露的只是他想要挽回一点尊严的无助尝试。然而，当时我根本不是这么想的。他的激情并没有让他丧失尊严，他的渴望也没有，渴望根本和尊严毫无关系。你不能因为一个人心怀渴望,就说他丧失了尊严。

"我虽然疲惫异常,还是整夜无法合眼。

"第二天早上,他只是简短说自己还想在这儿待几天。这几句简短的话,彻底表达出他内心全然的退缩。

"告别时,我们向彼此伸出了手。从他最后的目光中看来,他的内心已经完全封闭。他走回旅馆时,没有再转过身来。在我踩下油门之前,徒然地等待着他窗前的一个讯号,可是什么也没有。

"我坐在方向盘前,开了难以忍受的半小时之后,将车子倒头开了回去。我敲了他的房门。

"他平静地站在门边,眼中不带一丝敌意,几乎没有任何表情。他已经把我从他的内心永远隔绝开来。我不知道他什么时候回到里斯本。"

"一星期后。"戈列格里斯告诉她。

艾斯特方妮雅把书还给他。"我整个下午都在读这本书。开始时,我非常吃惊。不是对他,而是对我自己。我完全不知道他是谁,不知道他对自己是多么警醒、正直,正直到了无情的地步,还有他文字的力量。起先,我为自己竟然对这样的男人说'你对我来说,渴望太强烈了'感到极度不安。但渐渐地,我意识到这么说是正确的,即使我已经读过了他的东西,我认为这样说还是正确的。"

时间已经接近午夜。戈列格里斯一点也不想走。伯尔尼、火车站、眩晕,一切显得非常遥远。他问她是如何从一个学拉丁文的邮局女孩成为一名教授的。她的回答相当简洁,几乎心不在焉。

"是啊,就是有这样的事:有的人可以对久远的往事敞开心扉;却对后来的和当前的一切紧闭心门。亲密需要时间。"

他们站在门前。这时,他才决定把装着普拉多最后笔记的信封袋取出来。

"我想,这些东西应该属于您。"他说。

51

戈列格里斯站在一家房屋中介公司的橱窗前。三小时后,他的火车将开往伊伦和巴黎。他的行李寄存在火车站的保管箱里。他稳稳地站在青石地上,看着房价,想着自己的存款。学习西班牙文,学习一门他迄今为止都留给了芙罗伦斯的语言;在芙罗伦斯的圣人英雄所居住的城市里生活;旁听艾斯特方妮雅·艾斯平霍莎的课;研究众多修道院的历史;翻译普拉多的笔记;跟艾斯特方妮雅一起逐字读那些句子。

房屋中介公司的员工帮他在接下来的两小时里,安排了三个看房子的约。戈列格里斯站在发出回声的空荡屋子里,查看四周景观,留意街上的噪音,想象自己每天上下楼的情形。他口头上允诺了其中两间房子,然后搭上出租车穿越整座城市。

"往前开！"他对计程司机说，"一直往前开，快点！"

待他终于回到火车站，却弄错了行李保管箱，最后，他不得不拔腿奔跑，才勉强赶上火车。他在车厢中睡着了，一直到火车停靠在西班牙北部的城市瓦拉朴利德时才醒过来。一名年轻女子走进来。戈列格里斯帮她把行李箱抬到行李架上。"谢谢您！"她说，然后坐在门边，开始阅读一本法文书。女人的双腿交叉时，发出一声响亮的、丝绸摩擦的声音。

戈列格里斯看着那封上了封印蜡的信封。玛丽亚不想打开来看。"我死了以后，你才能打开看。"普拉多对她说，"我不想让它落在安德里亚娜手里。"戈列格里斯撕开了封印，抽出信纸，读了起来：

为什么在所有女人之中，偏偏是你？

这个问题，每个人迟早都会问自己。然而，容许这样的想法出现，为什么会让人感觉是如此危险，即使这样的想法只是默默出现？为什么大家一想到这个问题所引发的偶然性时，便感到胆战心惊，不像提到随意性，或者可替换性时那样随兴？为什么大家不能承认存在着这样的偶然性，并对此调侃一番？为什么我们会觉得，一旦承认了这样的偶然性是理所当然、不证自明时，便仿佛会削弱我们的爱慕，甚至抹灭我们的感情？我的目光穿过客厅，穿过人群和香槟酒杯，看到了你。

"这是法蒂玛,我的女儿。"你的父亲说。

"我能想象出您走过我的房间的样子。"我在花园里对你说。"你现在还能想象出,我走过你的房间的样子吗?"你在英国时问我。在渡轮上,你又问我:"你认为我们相配吗?"

没有谁配得上谁的问题。不只是因为根本不存在天意,也是因为没有可以操纵一切的人。不,因为人与人之间根本不必然需要超越偶然的需求和墨守成规的强大力量。我在诊所工作了五年。五年,没有人走过我的那些房间。我站在这里,纯属偶然;你站在那里,站在香槟酒杯之间,同样纯属偶然。事情就是如此,没有别的。

幸好你读不到这些。为什么你偏要说一定要跟妈妈结盟,一起抵抗我的无神论不可?一个为偶然性辩护的律师,不会因此削弱他的爱情,也不会因此少些忠诚,反而会更加珍惜。

读书的女人摘下眼镜擦拭着。她的脸一点儿也不像科钦菲尔德桥上那个没有名字的葡萄牙女人,但有一个地方是相同的:两边的眉毛与鼻根之间的距离不等,一边的眉毛比较长,另一边则比较短。

他想请教她一个问题,戈列格里斯说。葡萄牙语中,glória 除了荣耀之外,在宗教上,是否还有极乐之意?

她想了一下,点了点头。

那么,一个无神论者谈到抽离了"宗教极乐"的极乐时,这其中剩下的部分是否还能以这个字去形容?

她笑了。"多滑稽的问题!不过……是啊,没错。"

火车驶离布尔格斯。戈列格里斯继续读着:

向未来开启的莫扎特

你从楼梯上走下来。我像之前已经做过不下数千次那样:在你的头还没有露出来,仍被对面的栏杆遮住时,便一直注视着你。我总是先在脑海中想着你那隐而不露的部分,每次都一样。谁下楼来,再清楚不过。

今天早上,一切突然都变了。昨天,街上玩耍的孩子把一颗球丢到彩绘玻璃上,玻璃碎了。楼梯上的光线与往日不同,不再是令人想起教堂的朦胧金色光线。日光不停地流泻进来。新的光线似乎在我惯常的期待之中,打开了一道缺口,仿佛扯破了什么似的,向我索求新的想法。我突然之间感到好奇,想看看你的脸。对这突如其来的好奇心,我感到十分开心,但同时也让我吃了一惊。从当初追求者的好奇心到现在走到了尽头,这期间已过了多少年。那扇门在我们共同生活之后,紧紧关闭。法蒂玛,为什么必须是在玻璃窗破碎了以后,我才能再次打开我的目光与你相遇?

我后来也尝试要打开我的目光与你相遇,安德里亚娜,然而,我们之间的熟稔却已经铅化。

为什么开启一个人的眼界是如此之难?我们人类真的是懒惰的生物,就是无法摆脱对熟悉事物的依赖,好奇心反而成了惯性土壤中稀有的奢侈品。能在每分每秒中,以开阔的心来演绎世界,真是一门艺术,一个心永远向未来开启的莫扎特。

圣赛巴斯提安。戈列格里斯查看了一下火车时刻表。他很快就要在伊伦火车站转车前往巴黎。女人的双腿交叠着,继续读着自己的书。戈列格里斯从上了封印蜡的信封中,抽出了最后一份笔记:

我亲爱的自欺大师

我们的许多愿望与想法,经常将我们自己给蒙在鼓里,对此,其他人或许比我们自己还要清楚。是这样吗?有谁曾经对此抱持迟疑?

没有,一个人也没有!在那些与另一个人一同呼吸、一同生活的人里面,这样的人一个也没有。我们彼此对身体的最轻微抽搐和言语中最细微的部分,了如指掌。我们了解对方,却经常不愿意知道自己究竟了解了什么。尤其当我们发现,介于我们自己的所见与他人所相信的事物之间的鸿沟,大到难以忍受时,我们便更不想知道了。这时,我们需要上帝般的勇气和坚强,才能生活在完全的真实之中。我们了解如此多的事情,对自己同样了如指掌,没理由自以为是。

要是她真的是自欺大师,总是抢在我前面卖弄招数呢?我是否应该驳斥你的花招,对你说:算了吧,少来骗我,你不是那样的人?我始终对你有所亏欠。要是我有亏欠你的地方,且让我欠着吧。

然而,在这样的意义上,我们又如何能知道,我们亏欠另一个人的是什么东西?

伊伦。还没到伊伦。这是戈列格里斯跟某人说的第一句葡萄牙语。那已经是五个星期前的事了,也是在火车上。戈列格里斯使劲地帮女人把行李箱搬下来。他刚坐上开往巴黎的火车不久,女人便从他的包厢擦身而过。就在她几乎要从他的视线中消失时,她停下脚步,转过身来看着他,犹豫了片刻,还是决定走进来。戈列格里斯帮她把行李箱抬上行李架。

她回答他的问题时说,因为想读手上这本叫作《有文字前的沉默世界》的书,才刻意选择慢车。她只有在火车上才能专注在读书上，才可以如此开放地接受新事物。因此，她成了坐慢车的专家。她也要去瑞士，到洛桑。没错，是的，明早先到日内瓦。显然，两个人选了同一班列车。

戈列格里斯把外套拉到脸上。他选择慢车的原因与她的完全不同。他不想回到伯尔尼，也不想看到多夏狄斯拿起听诊器，拨电话去医院预定床位。抵达日内瓦之前，火车将行经二十四个车站。他有二十四次跳下车的可能。

他深潜入水底，垂直向下，愈潜愈深。他与艾斯特方妮雅·艾斯平霍莎跳着舞，穿过西尔维拉的厨房时，渔民们哈哈大笑。他可以从所有这些修道院，走进那些发出回音的空荡房屋里。回荡的空洞抹去了荷马的那个字。

戈列格里斯吃了一惊。λστρον。他走进洗手间，用水冲了一下脸。

他睡着的时候，读书的女人把包厢里的头灯关掉，只打开自己座位上的阅读灯。她一直读着。戈列格里斯从洗手间回来时，她只短短地抬起头，心不在焉地笑了一下。

戈列格里斯把外套拉到脸上，想象着对面的女人：我站在这里，纯属偶然；你站在那里，站在香槟酒杯之间，同样纯属偶然。事情就是如此，没有别的。

午夜过后，当他们抵达巴黎时，女人建议他们一起搭出租车到里昂火车站。圆顶餐厅。戈列格里斯嗅着女人身上散发出来的香水味。他不愿去医院，不想闻到医院的气味。当他去探望躺在暖气开得过大、令人窒息的三人病房中来日无多的父母时，那里散发出来的气味，虽然风通过，却依然散发出尿臭味，他的内心总是百般挣扎。

凌晨四点左右，他在外套底下醒了。女人睡着了，摊开的书放在膝上。他关掉她头上的阅读灯。女人翻了个身，用大衣蒙住脸。

天亮了。戈列格里斯真不愿见到天亮。

餐车服务生推着饮料车过来。女人醒了。戈列格里斯递给她一杯咖啡。她沉默地注视着从一层薄云的背后缓缓升起的太阳。"真是特别，"女人突然开口说，"glória 居然有两种完全不同的含义——外在喧闹的荣耀和内在平静的极乐。"过了半晌，她又说："极乐——我们谈的究竟是什么？"

戈列格里斯帮女人拎着箱子，穿越日内瓦车站。瑞士火车的大车厢里，人声鼎沸，人们高声谈笑。女人注意到他脸上的不悦，让他看一眼自己那本书的书名：《有文字前的沉默世界》，笑了。他跟着笑了起来。就在他笑着的时候，播音器的声音广播着：洛桑到了。女人起身。他抬下女人的行李箱。女人望着他说："这次旅程很开心。"说完便下车了。

弗里堡。戈列格里斯喘不过气来。他曾经登上城堡，从那儿打量着黑夜中的里斯本，搭上一艘太迦河的渡船。他坐在玛丽亚的厨房里，在萨拉曼卡的修道院中穿行，又坐下来旁听艾斯特方妮雅·艾斯平霍莎的课。

伯尔尼到了。戈列格里斯起身，放下行李箱等待着。最后，他拿起行李箱往前走时，步履沉重。

52

他一回到冰冷的公寓，放下行李，便去了一趟照片冲洗店。现在，他坐在客厅里，两小时后便可去拿冲洗好的照片。在那之前，他应该要做些什么？

话筒依然倒放着，压在电话线上。他想起上次离开前，和多夏狄斯在夜里通的电话。那次之后，已经过了五个星期。当时天空还在下着雪，现在街上的行人已经不穿外套了。不过，阳光依旧惨白，与太迦河上的阳光无法相提并论。

唱盘上依然放着葡萄牙语的教学唱片。戈列格里斯打开唱盘，想要拿这个声音和里斯本老式电车上的声音做比较。他穿过了贝伦区，来到阿尔法玛区，然后搭乘地铁，前往科钦菲尔德文理中学。

门铃响了。"因为你家门前的脚踏垫。我总是能从你家的脚踏垫看出你是否回来了。"劳诗礼太太解释道。她交给他一封校方的来信，前天寄来的，其他信件已经寄到西尔维拉的住址。

"你看上去脸色不太好，"她说，"一切可好？"

戈列格里斯念着校方来信中的一连串数字，但转眼间马上就忘得一干二净。他来到照片冲洗店的时间还太早，不得不继续等着。回家的路上，他几乎一路小跑。

有一卷底片拍的都是乔治灯火通明的药局正门。他按下快门总是慢了半拍，只有三次是成功的，可以清楚看出正在吸烟的药剂师。蓬乱的头发、大而多肉的鼻子、永远歪扭的领结。我开始恨乔治了。自从他知道了艾斯特方妮雅·艾斯平霍莎的故事之后，开始觉得乔治的目光不怀好意、诡计多端。正如那次在国际象棋俱乐部里，乔治坐在旁边的桌子上，看着自己被佩德罗每隔几分钟便发出的令人作呕的擤鼻涕声，折磨得浑身难受的样子。

戈列格里斯贴近眼睛看着照片。乔治那张农夫脸上，以前那疲倦却慷慨友好的眼神到哪儿去了？失去友谊的悲哀眼神到哪儿去了？我们好似兄弟，比兄弟还亲。我甚至觉得我们从未失去过对方。戈列格里斯再也找不到乔治以前的眼神。无止境的坦承显然是不可能的。那已经超出我们所能及的范围。由于不得不沉默所导致的孤独，这种情况也是可能存在的。现在，不怀好意的眼神，又再一次出现。

一个人的灵魂是否是真相的归宿？所谓事实，是否只是我们用来描绘他人与描绘自己的故事中迷惑人的幽灵而已？普拉多曾经问自己。戈列格里斯心想：一个人的眼神也是如此。眼神已经不在了，这会被解读出来。眼神始终是可被解读的眼神，世上不存在不能被解读的眼神。

胡安·埃萨在黄昏中，站在养老院的阳台上。我不想插管，不想用抽尿器，只想再多拖延几个星期。戈列格里斯再次感受到喝下胡安杯中滚烫的茶水时，喉咙间火热的感觉。

美洛蒂的房子在黑暗中，什么也看不见。

月台上，西尔维拉手搁在烟前挡风点烟。今天，他又要去比亚里茨出差。和往日一样，他一定又在问自己："为什么还要一直做下去？"

戈列格里斯持续翻看着这些照片，一遍又一遍。过去开始在他的目光之下冻结，记忆会自行选择、重整、回复，甚至欺骗。最恶劣的是，那些遗漏、扭曲及谎言，事后也都已经无法辨认。

除了回忆之外，再也没有其他观点可供支撑。

这是在他过了一辈子的城市里，再普通不过的一个星期三下午。他该做些什么？他想起穆斯林地质学家艾尔·艾德里希谈到关于世界尽头的话。他拿出自己写下的纸条，那是他用拉丁文、希腊文和希伯来文翻译出来的，艾尔·艾德里希所说的那些关于菲尼斯特雷角的话。

他忽然知道自己想做什么了。他想要拍下伯尔尼，记录下他这些年来经历的生活。这里的建筑、巷弄和广场，它们的意义是如此深远，不只是他人生的一个舞台而已。

他在照片冲洗店买好了底片后，便在自己度过童年的雷尔街区的大街小巷间穿梭，直到黄昏降临。今天，他从不同的角度，以摄影者的专注重新观看这些街道，他发觉它们看上去竟和从前大相径庭。他一直拍到上床就寝为止。有时候他醒来,不知道自己身在何处。当他坐在床沿,他已经不再确定摄影者那带着距离感、斤斤计较的目光,究竟是不是一种为了将生命的世界据为己有的正确目光。

星期四,他继续拍照。他在下方老城区的大学广场那里搭电梯,选择了这条穿过火车站的路,这样就可以绕开布本贝格广场。拍完了一卷一卷的底片。现在,他看着大教堂,仿佛自己过去从未见过一般。一名管风琴师正在练琴。自从他回来以后,这是第一次的头晕,他紧紧抓住教堂长板凳的椅背。

他把底片送进店里冲洗,接着往布本贝格广场走去,感觉自己正向一头难以对付的庞然大物发起攻击。走到纪念碑时,他停了下来。阳光消失了,色调一致的灰蒙天空笼罩在城市上空。他期待自己有些感觉,感觉自己是否可以再次碰触这里。然而,他什么也感觉不到。一切已经不像从前,也有别于他三星期前的短暂来访。那样的感觉究竟是什么?他累了,转身离开。

"怎么样,《文字炼金师》那本书,您喜欢吗?"

问话的人是西班牙书店的老板,他朝戈列格里斯伸出手。

"有无信守我的承诺?"

"有啊,"戈列格里斯心不在焉地答道,"当然有。"

他的声调僵硬。书店老板注意到戈列格里斯此刻没有心情聊天。两人很快相互道别。布本贝格广场电影院的节目单已经更新。西默农执导,珍娜·莫罗主演的电影早已下档。戈列格里斯不耐烦地等待着照片冲洗出来。校长凯吉从街角转进巷子里。戈列格里斯立刻闪避到一家商店的门口。"有时,我的妻子看起来快要崩溃了。"凯吉曾写信告诉他。现在,她住进了精神病院。凯吉看上去十分疲倦,根本没在意身边发生的事。刹那间,戈列格里斯感觉到一股想走过去跟他谈谈的冲动,不过这样的感觉很快便消失。

照片终于全部冲洗出来。戈列格里斯在伯尔尼旅馆的餐厅坐下,打开装有照片的信封袋。全是些陌生的照片,跟他毫不相干。他把照片丢进袋子里。吃饭时,他徒然要尝试找出自己期待着的究竟是什么。

回到公寓的楼梯上,一阵剧烈的眩晕袭来,他不得不用双手牢牢抓住楼梯的扶手。其后,他整晚坐在电话旁,想象当自己打电话给多夏狄斯时,某些事情将会无可避免发生。临睡前,他每每心生恐惧,担心自己会陷在眩晕和昏迷里不省人事,而醒来时却又一无所知。城市的天空逐渐绽放光明,他终于鼓起所有的勇气。当多夏狄斯的助手来上班时,戈列格里斯已经站在诊所前。

几分钟后,希腊人到了。戈列格里斯等着希腊人见到他的新眼镜时,脸上出现不悦的惊讶表情。然而,希腊人只眯了一下眼睛,便跟他一起走进会诊室,听戈列格里斯讲述新眼镜和头晕的事。

首先,他大可不必慌张,希腊人最后说,但还是必须做些检查。另外,他得住院观察一阵子,才能弄清楚状况。他抓住话筒,手搁在上头,静静地望着戈列格里斯。

戈列格里斯深呼吸几下后,点了点头。

星期天晚上住院,希腊人放下话筒,对戈列格里斯说。这附近没有比这位更棒的医生,他接着说。

戈列格里斯慢慢穿越过市区,经过许多对他而言曾经是无比重要的建筑和广场。这样做很正确。他在过去经常用餐的地方吃东西。下午稍早时,他又去了学生时代第一次看电影的电影院。

那场电影真是百无聊赖,但是电影院的气味依旧如昔,于是他一直坐到电影散场。

回家的路上,他遇到了娜塔丽雅·鲁宾。

"一副新眼镜!"她问候道。

这次的相遇,两人都不知道该如何面对。电话里的交谈已经是很久以前的事了,现在只留下梦境般的回音。

"是啊,"他说,"要是可以再回去里斯本,也是不错的。"

"医院的检查结果如何?"

"噢,没什么,只是一点眼睛的小毛病,不要紧。"

"我在波斯文上碰到了瓶颈。"娜塔丽雅说。他点了点头。

"习惯新老师了吗?"他最后问。

她笑了。"无聊至极!"

两人分手后，走了几步，又转身，向彼此挥手。

星期六，戈列格里斯花了几个小时的时间，一一拿起那些拉丁文、希腊文和希伯来文的书来看。他看着标记在书缘上的许多注释和删改，这是他数十年来写下的笔记。最后，桌子上堆了一小堆他要打包带去医院的书。做完这些事之后，他打电话给芙罗伦斯，问她今天是否可以过去看她。

她经历一次流产，几年前，又因癌症动了手术，后来病情没有继续恶化下去。现在她专职翻译，一点也没有他所想象的、不久前看到她回家时那样的疲态和了无生气。

他告诉她萨拉曼卡修道院的事。

"那时你还不愿意去。"她说。

他点了点头。她笑了。他没告诉她自己即将住院的事。后来，当他走上科钦菲尔德桥时，开始后悔没告诉她。

他绕着文理中学的深色建筑走了一圈，忽然想起在柯蒂斯校长办公室的书桌里，他用毛衣裹着的那本希伯来文《圣经》。

星期天上午，他打电话给胡安·埃萨。他今天下午要做什么，胡安问，不知能否告诉他。

今晚住院，戈列格里斯回答。

"不是一定要去的。"胡安说，沉默了半晌后，又说，"即使一定要去，也没人可以把您拴在那里。"

中午，他打电话给多夏狄斯，问自己是否方便过去跟他下棋？下完棋后，是否方便带他去医院？

他还想着关店歇业的事吗？下完第一局的时候，戈列格里斯问希腊人。还是会想，希腊人回答，经常这么想。不过，这种想法可能很快就会过去。下个月他将回塞萨洛尼基一趟，他已经十多年没回去。

第二局下完的时候，时间到了。

"要是他们检查出什么要命的东西，怎么办？"戈列格里斯问，"我是指那些会要我命的东西。"

希腊人望着他，目光沉静而坚定。

"我有一整本的处方签。"他回答。

黄昏中，他们沉默地驶向医院。生命的意义不在于如何生活，而在于如何设想生活。普拉多曾这般写道。

多夏狄斯向他伸出手。"可能什么事都没有。"他说，"我告诉过你，这个医生是最棒的。"

在医院门口前，戈列格里斯转过身，朝希腊人挥了挥手，便走了进去。大门在他身后关上时，天空开始下雨。